KiWi
PAPERBACK
1181

Das Buch

12. März 1983, 7 Uhr 53 und 20 Sekunden: Das Schicksal hält die Luft an. Der sechzehnjährige Chris bekommt eine der Chancen, die einem das Leben nur alle paar Jahrzehnte bietet. Wenn er sich richtig entscheidet, könnte er endlich cool, sportlich und schlank werden – und vor allem das Herz seiner Klassenkameradin Kathleen erobern.

12. März 1983, 7 Uhr 53 und 30 Sekunden: Alles vorbei! Chris hat die große Gelegenheit verpasst.

Aber Chris gibt nicht auf. Immer wieder kreuzt sein Weg den seiner großen Liebe. Dabei bleibt ihm wenig erspart, denn dieser führt ihn in die geheimnisvolle Welt der Katholischen Landjugend, splitternackt unter das Bett seiner Traumfrau, mit einer Pantomimengruppe auf Kirchentage, in die politischen Wirren der neu gegründeten Grünen Partei, auf die Pfingstdemonstration von Wackersdorf, in die Welt der Endlosstudenten und schließlich sogar in die Niederungen der TV-Unterhaltung.

Aber egal, was Chris auch anstellt, es gelingt ihm einfach nicht, sein Leben wieder in die Spur zu kriegen. Kann es wirklich sein, dass man manche Chancen nur einmal bekommt? Nein! Chris Mackenbrock jedenfalls kriegt eine zweite. Denn eines Morgens ist es wieder der 12. März 1983, 7 Uhr 53, das Schicksal hält die Luft an – und wenn sich Chris diesmal richtig entscheidet, kann alles anders werden.

»Roger Schmelzers Roman trifft amüsant den Zeitgeist der 80er-Jahre-Provinz«
(Süddeutsche Zeitung)

Der Autor

Roger Schmelzer, geboren 1966, lebt als Drehbuch- und Sitcomautor in Köln. Er schrieb unter anderem für die Serien »Anke«, »Switch« und »Mircomania«. Letztere wurde mit der Silbernen Rose von Montreux ausgezeichnet.

ROGER SCHMELZER

DIE BESTEN ZEHN SEKUNDEN MEINES LEBENS

Roman

Kiepenheuer & Witsch

1. Auflage 2010

Umschlaggestaltung: Barbara Thoben, Köln,
nach einer Idee von Rudolf Linn, Köln
Umschlagmotiv: © SVT Bild/Das Fotoarchiv
Gesetzt aus der Aldus und der Copperplate
Satz: Buch-Werkstatt, Bad Aibling
Druck und Bindearbeiten: CPI – Clausen & Bosse, Leck
ISBN 978-3-462-04254-2

Für meine Mutter

ERSTER TEIL

1
MÄRZ 1983

An einem kalten Frühlingstag fand im überfüllten Aufenthaltsraum B für die Mittelstufe des Freiherr-vom-Stein-Gymnasiums Hölten in der Nähe von Paderborn zwischen mir und Mark Hillebrand folgender Dialog statt. Er dauerte nur ein paar Sekunden – aber er versaute mir die nächsten zwanzig Jahre meines Lebens.

»Mann, wir sollten öfter mal zusammen was an den Start kriegen, Chris.«

»Klar, Mark.«

»Ey, hast du nicht mal Bock, mitzulaufen? Morgens zur Penne, da kommt man echt gut drauf.«

»Du meinst: joggen? Jeden Tag?«

»Genau. Na, was ist? Bist du dabei?«

»Nö.«

»Okay. Also, man sieht sich.«

»Klar.«

Seit jenem Tag habe ich diese Unterhaltung etwa eine Zillion Mal in meinem Kopf abspielen lassen, immer und immer und immer wieder. Das klingt natürlich nach einer ziemlich monotonen Art der Freizeitgestaltung, aber wir von einer fixen Idee Besessenen haben da keine Wahl. Wir machen das nicht aus Spaß.

Manchmal vergehen vielleicht ein paar Tage, ohne dass ich daran zurückdenke, aber dann sagt sich irgendeine sadistische

Synapse oben in meinem Kopf: »Hey, wir haben den guten alten Chris Mackenbrock ja das ganze Wochenende noch nicht gequält. Jungs, helft mal mit, wir vernetzen uns mit dem Erinnerungszentrum, Abteilung 1983, und stellen dann eine Verbindung mit seinem Bewusstsein her. Mann, das wird ein Spaß!«

Und dann … höre ich es wieder, dieses Gespräch, das ich geführt habe, als ich sechzehn war. Und wieder. Und wieder.

»Na, was ist? Bist du dabei?«

»Nö.«

Wenn die Jungs da oben in meinem Kopf gut drauf sind, dann schalten sie eine Stufe höher. Dann werden die Details von damals für mich wieder lebendig, sobald ich die Augen schließe: der Geruchsmix aus Schweiß, Sagrotan und Butterbroten, der einen umhaute, wenn man reinkam, und das Neonlicht, in dem alle ein bisschen krank aussahen. Als Aufenthaltsraum für die gesamte Mittelstufe war das Zimmer einfach zu klein. Jeden Morgen kloppten sich Dutzende von uns um die paar Stühle. Die Verlierer bevölkerten Tische, Fensterbänke und Heizkörper.

An diesem Morgen lehnte ich an meinem Stammheizkörper und sengte mir den Arsch an (was ganz okay war, denn es war kalt und nass, und die Alternative war, ihn sich abzufrieren). Mark Hillebrand hatte seinen Stammstuhl verlassen und sich zu mir durchgedrängt, mein Lateinheft in der Hand.

»Hier ist dein Heft zurück, Chris.«

»Danke, Mark.«

Und so weiter, die Erinnerung lässt sich nicht stoppen, wenn sie erst mal eingesetzt hat, der ganze Dialog läuft durch, bis zu dem Punkt, an dem Mark sich endlich schulterzuckend umdreht und sich durch eine Horde brüllender Achtklässler wieder zu seinem Platz kämpft.

Wenn aber die Sadisten oben in meinem Kopf mich in einem Moment der Schwäche erwischen, also wenn ich spätnachts aus dem »Double U« komme, mich vor den Fernseher haue, verständnislos auf eine Quizshow starre und gerade so viel getrunken habe, dass ich melancholisch werde, oder wenn ich auf dem Militärring im Stau stehe, und die Bäume im Stadtwald sind kahl und der Himmel ist grau, dann fahren sie das volle Programm ab. Dann lassen sie mich wieder *alles* durchleben! Jedes Wort, jeden Geruch – und jeden Gedanken, jedes Gefühl. Alles hochauflösend in Full HD, und mit jeder Menge Bonusmaterial (und entfallenen Szenen). Das läuft dann etwa so ab:

Mark Hillebrand kommt auf mich zu. Er will mir das Lateinheft wiedergeben. Ich weiß, dass ich ihn vor Kreymanns heiligem Zorn gerettet habe, und das fühlt sich gut an. Marks sozialer Status liegt irgendwo zwischen Clint Eastwood, Angus Young und Gott – aber vor Kreymann zittern sie alle. Selbst Gott.

Guido Diedrich aus der Zwölf hatte tatsächlich mal einen Cartoon in der Schülerzeitung veröffentlicht, in dem ein eingeschüchterter Gottvater zu sehen war, der an einer Schultafel mit zitternder Hand versucht, das Wort »Deus« zu deklinieren (fehlerhaft natürlich). Neben ihm stand Kreymann, die zunehmende Panik seines Opfers mit kaltem Lächeln genießend. Darunter stand: »Warum Dr. Kreymann ganz sicher zur Hölle fahren wird!«

Die Zeichnung war Guidos gelungenstes Werk und dazu eine Heldentat, aber Guido hatte sie natürlich erst veröffentlicht, nachdem er Latein abgewählt hatte.

Mark: Hier ist dein Heft zurück, Chris.

Ich: Danke, Mark.

Mark: Das war echt schwer in Ordnung von dir, dass ich Latein von dir abpinnen konnte. Ohne dich wär ich jetzt ein toter Mann!

Ich: Kein Thema, ey …

Mark: Ich weiß gar nicht, wie ich das vergessen konnte, dass Kreymann heute die ganzen Übersetzungen einsammeln will. Unglaublich, was?!

Ich: M-hm.

Mark: Also, du bist echt schwer in Ordnung. Mann, wir sollten öfter mal zusammen was an den Start kriegen, Chris.

Ich: Klar, Mark.

Mark: Ey, hast du nicht mal Bock, mitzulaufen? Morgens zur Penne, da kommt man echt gut drauf.

Ich: (heftiges Japsen)

Mark: (fragender Blick)

Ich: (noch heftigeres Japsen)

Ich starrte ihn nur an und konnte nichts sagen. Stattdessen japste ich noch mal. Im Monat zuvor hatten wir in Biologie Verhaltenslehre durchgenommen und gelernt, dass ein Huhn, das zwischen zwei starken Reizen hin- und hergerissen ist und sich nicht entscheiden kann, blödsinnig gackernd durch die Gegend läuft und auf dem Boden nach Körnern pickt, obwohl gar keine da sind.

Ich hatte es nicht so mit Körnern. Also japste ich.

Mark Hillebrand hatte mir angeboten, jeden Morgen mit ihm zur Schule zu laufen. Mit ihm zu trainieren. Das war cool. Es gab nur ein Problem: Ich war kein Sportler wie Mark. Ich war noch nicht mal Durchschnitt. Ich war … DICK!

Hätte Mark mir diese Frage vier oder fünf Jahre zuvor gestellt, hätte ich, ohne zu zögern, zugesagt – falls ich vor Aufregung in der Lage gewesen wäre, mich an das Wort »Ja« zu erinnern und es fehlerfrei auszusprechen.

Mit zwölf hatte ich es noch mühelos geschafft, mich wahlweise als Han Solo, Michael Strogoff, Captain America oder Kalle Rummenigge zu sehen – und die Tatsache zu verdrängen, dass meine Helden sich in einem entscheidenden Punkt von mir unterschieden: Sie waren *dünn!*

Jetzt, mit sechzehn, hatte ich gelernt, den Tatsachen ins Auge zu blicken. *Ich war dick!* Keine Tonne, wie Hubi Klahold aus der 10B, kein Monstrum wie Monika Brasch aus der Zwölften. Gerade so dick, dass eine Mutter, wenn sie den Satz »Du hast halt schwere Knochen, mein Junge« ausspricht, dir dabei nicht mehr in die Augen, sondern nervös lächelnd auf einen Punkt an der Wand hinter dir schaut.

Ich war füllig. Speckig. Rundlich. Wohlgenährt. Vollschlank. Untersetzt. Kompakt. Eigentlich aber: dick.

Ab diesem Punkt läuft meine Erinnerung in Zeitlupe ab, und außerdem psychedelisch verzerrt. Ich höre wieder das Blut mit einem Tempo und einem Lärm an meinen Ohren vorbeirauschen, dass ich meine, alle müssten sich zu mir umdrehen. Und ich rechne fest damit, dass Richie Sander gleich so was sagt wie: »Ey, was ist das denn? Ist das die Klospülung, oder kommt das aus deinem Kopf, Dicker?« Und dann lachen alle, und ich tu, als würde ich das auch lustig finden, und überlege mir einen Konter wie: »Bei euch gibt's doch nicht mal fließendes Wasser, Richie. Wie willst *du* wissen, wie sich 'ne Klospülung anhört?«

Aber das Rauschen ist gut. Es gibt mir ein paar Sekunden zum Nachdenken. Jeder muss kapieren, dass ich nicht antworten kann, solange es dermaßen rauscht in meinem Kopf.

Tatsächlich hatte ich bis zu diesem Zeitpunkt körperliche Anstrengung nie als ernsthafte Möglichkeit zur Gewichtsreduzierung in Betracht gezogen.

Nur einmal, als ich dreizehn war, hatte ich versucht, meinem damals explodierenden Leibesumfang entgegenzuarbeiten. Ich arbeitete ein Programm aus, in das ich optimistisch täglich fünfhundert Liegestütze und einen Zwanzigkilometerlauf einplante. Am ersten Tag schaffte ich immerhin noch zehn Liegestütze und ein Dutzend Kniebeugen. Aber am Tag danach begannen die großen Ferien, und im ZDF lief nachmittags nicht mehr das Testbild, sondern Kinderferienprogramm, und ich entschied, dass ich zu beschäftigt war, um Zeit für Training zu haben.

Das war's für mich mit dem Trainieren – bis zu diesem Augenblick. In ein paar Sekundenbruchteilen lief meine nähere Zukunft vor mir ab:

Ich sah mich und Mark, wie wir uns morgens in der Dämmerung an der Kreuzung bei uns im Dorf treffen, um loszulaufen. Verrückt – ich sah sogar, wie unser Atem in der Kälte dampft. Mark, ganz Sportler, klopft mir auf die Schulter: »Komm, Dicker, du packst das!«

Wir laufen die noch menschenleere Hauptstraße entlang, vorbei an den roten Ziegelhäusern und an dem winzigen Gemischtwarenladen, den geteerten Feldweg hinter dem Friedhof entlang, der uns erst über Weiden, dann durch Kornfelder hindurch zur Kreisstraße bringt, dann immer weiter über die Straße, zwei winzige Punkte in einer flachen, öden Landschaft. Wir keuchen an der alten Marienkapelle vorbei, dann an ein paar Einsiedlerhöfen, und es ist hart, echt hart, aber irgendwann nähern wir uns endlich dem Stadtrand von Hölten. Wir überqueren die Bundesstraße, setzen zu einem Schlussspurt an durch die modernen Wohnsiedlungen am Stadtrand, dann das Stadtzentrum mit den vielen alten Fachwerkhäusern, und dann endlich sehen wir die langgestreckten Schulgebäude vor uns.

Wir halten an den Fahrradständern hinter der Schule und machen zum Schluss ein paar von diesen superprofessionell aussehenden Dehnübungen, und Mark sagt: »Siehst du, Dicker? Du kannst alles schaffen! Dir hat nur ein Coach gefehlt!«

Dann ein paar Monate später: Wie jeden Morgen laufen Mark und ich durch die Stadt Richtung Schulhof. Als wir an der Bushaltestelle vorbeisprinten, steigen gerade Norbert Vossebein, der Schülersprecher, Bettina Croy und Judith Kreilos, die beiden hübschesten Mädchen aus der Elf, und Dr. Bruns, mein Lieblingslehrer, aus. Dabei schnappe ich ein paar Gesprächsfetzen auf.

»Boah, ist das Chris aus der Zehn? Der muss ja inzwischen mindestens zwanzig Kilo weghaben!«

»Oh Mann, warum hab ich nicht so eine Selbstdisziplin?«

»Toller Kerl. Ist ja auch mein Lieblingsschüler!«

(In Wirklichkeit kamen Judith und Bettina gar nicht mit dem Bus, sondern mit dem Zug zur Schule, und Dr. Bruns in seinem Toyota. Aber wenn man nur ein paar Sekunden Zeit hat, kann man einen größenwahnsinnigen Tagtraum nicht auch noch auf seine Stimmigkeit hin abklopfen, sondern muss ein bisschen improvisieren.)

Schließlich die letzte Vision, wieder einige Monate später: Mark und ich laufen in elegant-lockerem Stil in den Schulhof ein. Ich schwitze nicht mal. Wir klatschen uns ab. Mark sagt: »Okay, bis später dann, D–«. Er sieht mich an und grinst. »Ich wollte ›Dicker‹ sagen, ganz aus Gewohnheit. Aber wir müssen uns echt einen neuen Namen für dich ausdenken.«

Natürlich durchlebe ich in meiner Erinnerung an jenen Morgen auch diese Vision immer wieder aufs Neue. Und es ist verrückt – ich ertappe mich dabei, wie mich noch nach all den Jahren dieser alberne kleine Tagtraum jedes Mal mit einem blödsinnigen glücklichen Lächeln zurücklässt.

Damals allerdings lächelte ich nicht – ich japste hilflos. Denn neben der Verlockung existierte ein gegenteiliger Reiz: Angst. Oder wie ich es nennen würde: Panik. Eben das Gefühl, das sich einstellt, wenn man einem Dicken gegenüber das Wort »Sport« ausspricht.

Hier die Liste meiner traumatischsten Erlebnisse im Sportunterricht:

1) Achte Klasse, Kastenspringen: »Quäler« Pröttel, mein Sportlehrer über vier für uns beide leidvolle Jahrgangsstufen hinweg, hatte die niedrigste Höhe eingestellt. Während ich anlief, ging ich den Sprung im Kopf durch. Ich war vielleicht dick, aber kein Bewegungslegastheniker. Abspringen, Beine spreizen, die Arme nach vorn strecken, abstoßen und den Schwung mitnehmen. Ich wusste, dass ich das draufhatte.

Ich sprang ab … genauer gesagt: Ich *glaubte* abzuspringen. Aber ich hatte mein Gewicht unterschätzt: Ich lief einfach mit voller Wucht gegen den Kasten, kippte vornüber und blieb mit ausgebreiteten Armen auf dem Gerät kleben wie ein Insekt, den Oberkörper auf der ledernen Oberfläche ausgestreckt, während meine Beine dahinter herunterhingen. Und dann … rutschte ich hinunter, langsam, erbärmlich, während ich vergeblich mit den Händen nach Halt suchte. Ich sackte einfach hinter dem Kasten langsam zu Boden, zu panisch, um mich abzustützen, und so verlor ich zuletzt das Gleichgewicht und landete rücklings auf dem Boden, wo ich hilflos wie ein umgekippter Maikäfer liegen blieb. Alle lachten.

2) Neunte Klasse, Basketball: Während des Spiels war der Ball plötzlich verschwunden, irgendwo hinter eine am Hallenrand aufgestellte Matte gerollt. Richie Sander schrie: »Ey, wo ist der Ball?« Dann sah er mich an.

»Dicker, du hast ihn!«

»Nein, Quatsch, ich hab ihn nicht!«

»Doch hast du … unterm Trikot! Leute, er hat ihn unterm Trikot! Los, gib her!«

Dann kam er auf mich zu und griff nach meinem Bauch, als würde er ihn für einen Ball halten. Ich brüllte wütend und versuchte ihn wegzustoßen, doch das feuerte ihn noch mehr an. Er ließ nicht locker und schrie immer wieder: »Ey, gib her den Ball! Du hast ihn doch! Man kann ihn ja *fühlen!*« Alle lachten.

3) Neunte Klasse, Badminton: Ich hechtete gerade nach einem

Schmetterschlag, als Richie Sander aus dem Nachbarfeld zu mir herübersah und schrie: »Leute, guckt euch das an! Der hat Titten! Mensch, die sind ja größer als die von Inga Rust!«

An diesem Abend ließ ich zum ersten Mal seit Jahren freiwillig das Abendessen aus, denn ich hatte vor dem Badezimmerspiegel meinen Körper gründlich inspiziert und festgestellt, dass Richie recht hatte: Das waren Titten, und es waren meine, und sie waren monströs! Ich schloss mich ein und heulte. In der Nacht holte ich dann das Abendessen nach, denn Leiden macht hungrig! Ich glaube, es war damals das erste Mal, dass ich mich dafür hasste, dass ich aß.

Der Witz mit den Titten wurde zum Glück bald langweilig, aber er war nicht tot, nur weggeschlossen wie im Horrorfilm das Monster hinter der verschlossenen Tür, und jederzeit konnte man ihn hervorholen und auf mich hetzen: »Mann, das ist ja Wettbewerbsverzerrung. Wie soll ich mich denn konzentrieren, wenn ich deine Titten vor mir wabbeln sehe, Dicker?«

Es kann übrigens unmöglich immer Richie Sander gewesen sein, der all diese Witze machte. Erstens war er mein bester Freund, und zweitens war er erst in der neunten Klasse auf unsere Schule gewechselt. Aber in meiner Erinnerung ist es immer Richie, der mich verspottet, wahrscheinlich wegen seiner lauten, quäkigen Stimme, die man noch im hintersten Winkel der Turnhalle gut verstehen konnte, selbst wenn er in normaler Lautstärke sprach – wenn Richie sich über einen lustig machte, dann wusste man, dass *jeder* es mitbekommen würde.

4) Zehnte Klasse, Handball: Jens Kaletta und Mark Hillebrand wählten die Teams, wie fast immer. Wie üblich blieb ich bis fast zuletzt auf der Bank sitzen. Kaletta, der die Wahl verloren hatte, rief meinen Namen nicht mal auf, sondern schaute mich nur unendlich genervt mit diesem »Womit-habe-ich-das-nur-verdient«-Blick an und nickte mir zu.

Wahrscheinlich war es dieser Blick, der mich anstachelte: »He, lasst mich ins Tor! Ich fülle das ja fast ganz aus! Ich muss mich nicht mal bewegen!«

Ich stellte mich zwischen die Pfosten und stemmte die Arme in die Hüften. Kaletta lachte, die anderen auch.

»Okay, Dicker! Geh ins Tor! Gute Idee!«

Ich erwies mich als Niete im Tor und kassierte einen Treffer nach dem anderen, aber darum ging es nicht – sondern darum, dass ich jetzt sogar so weit war, selbst Witze über mich zu machen. Es war pure Verzweiflung, die mich dazu gebracht hatte, aber der Erfolg spornte mich an. Sobald ich spürte, dass den Leuten um mich herum langweilig wurde oder sie gereizt waren – sichere Indikatoren dafür, dass ein Witz auf meine Kosten in der Luft lag –, wurde ich aktiv und sagte Sachen wie: »Keine Angst, Männer, euch erwischt keiner beim Rauchen. Wenn die Aufsicht kommt, dann versteckt euch einfach alle zusammen hinter mir. Da seid ihr ganz sicher!«, oder: »Dick? Ich bin nicht zu dick. Ich bin nur zu klein für mein Gewicht!« Es mussten nicht mal gute Witze sein – Hauptsache, ich war's, der sie machte.

Zu dem Zeitpunkt, als mir Mark Hillebrand vorschlug, mit ihm zu trainieren, glaubte man bereits von mir, dass ich eine komplett abgeklärte Einstellung zu meinem aufgeblähten Äußeren entwickelt hatte. Witze über meinen Bauch und mein Doppelkinn prallten an mir ab, und ich hatte ein breites Repertoire aufgebaut, um sie jederzeit zu kontern. Ich war zu dem »Er-ist-dick-aber-er-steht-dazu«-Typ geworden.

5) Zehnte Klasse, wieder das verdammte Kastenspringen, nur ein paar Wochen vor diesem Frühlingsmorgen im März 1983:

Ich rannte auf den Kasten zu, ein gutes Gefühl, denn inzwischen hatte ich mich in Sachen Kraft und Körperkoordination verbessert und schaffte den Sprung regelmäßig. Ich stieß einen Kampfschrei aus (der zu meinem selbstironischen Programm gehörte), warf mich nach vorn und dann … zerbrach das hölzerne Sprungbrett unter meinem Gewicht.

Ich hob ab, trudelte, von meinem Schwung getragen, durch die Luft – und klatschte oben auf den Kasten, mit ausgebreiteten Armen und Beinen.

Ich war mir bewusst, wie lächerlich ich aussehen musste, und obwohl ich vor Schmerzen kaum atmen konnte, wusste ich, was zu tun war: Ich hämmerte den Kopf in gespielter Verzweiflung auf die Lederbespannung und gab dann eine Zugabe, indem ich auch noch hineinbiss. Die Reaktion war, wie ich sie erwartet hatte: Alle lachten – aber nicht über mein Missgeschick, sondern über die kleine Show, die ich abzog.

Und dann begann das Drama: Pröttel, der gerade zwei Jungs die Schlüssel für den Materialraum gegeben und deshalb nicht zugeschaut hatte, kam zurück, sah mich auf dem Kasten liegen und die anderen lachen – und missverstand die Situation.

Pröttel war ein harter Mann mit einer Leidenschaft für sprachlich verknappten Militärjargon und Fünftausendmeterläufe. Die armen Hunde, die in seinem Sportleistungskurs landeten, bastelten sich Buttons, die sie heimlich trugen und sie als Mitglieder der »Wehrsportgruppe Pröttel« auswiesen.

Jetzt sah er mich, hilflos auf dem Kasten herumstrampelnd, und der Anblick muss so mitleiderregend gewesen sein, dass Pröttel beschloss, zum ersten Mal in seiner Lehrerkarriere eine menschliche Regung zu zeigen. »RUHE! VERDAMMT, MERKT IHR DENN GAR NICHT, WIE EKELHAFT DAS IST, ÜBER IHN ZU LACHEN?«

Ich wollte etwas sagen, aber Pröttel hatte jetzt die Pädagogik für sich entdeckt und war offenbar entschlossen, dieses neue und aufregende Gefühl ganz und gar auszukosten.

»Chris kann nichts dafür, dass er … äh, dass er so ist, wie er ist. Leute, das ist menschlich ganz, ganz schwach von euch! Die Einzigen, die sich hier lächerlich machen, das seid ihr selbst!«

Ich zitterte vor Demütigung – und zu allem Überfluss sah Pröttel genau in diesem Moment von den anderen zu mir, kam daraufhin auf mich zu und tätschelte unbeholfen meine Schulter. Dann half er mir von dem Kasten wie einer alten Frau und zog eine verkrampfte Grimasse, die er für ein aufmunterndes Lächeln hielt.

»Schon gut, Junge. So was passiert in meinem Unterricht nicht wieder. Verspreche ich dir.«

Ich nickte. Was hätte ich auch schon dazu sagen sollen? Um die Situation wenigstens einigermaßen zu retten, nahm ich das zerbrochene Sprungbrett, betrachtete es missbilligend, tat so, als würde ich eine Aufschrift entziffern, und wandte mich in gespielter Empörung zu den anderen.

»Mann, kein Wunder, dass mich das nicht gehalten hat – das ist ja nur zugelassen bis fünfhundert Kilo!«

Ich lachte – bis ich merkte, dass ich der Einzige war. Pröttel, der weder die Situation noch den Witz begriff, sah mich stirnrunzelnd an. Wahrscheinlich suchte er nach Anzeichen für einen Gehirnschaden durch den Sturz. Die anderen standen nur da und starrten schweigend zu Boden. Nicht weil sie Angst vor Pröttel hatten. Nicht weil sie's nicht lustig fanden. Sie schwiegen, weil sie ein schlechtes Gewissen hatten – und Mitleid.

In einem schrecklichen Augenblick der Klarheit erkannte ich, dass ich in einem Teufelskreis gefangen war. Wenn die andern über mich lachten, war es die Hölle für mich. Wenn sie es aber nicht taten, war es noch schlimmer. Ich spürte, wie mein Kopf rot wurde und mir Tränen in die Augen schossen. Erschrocken wendete ich mich ab, aber es war zu spät. Pröttel in seiner neu entdeckten Sensibilität hatte meinen Moment der Schwäche bemerkt: »Da seht ihr, was ihr angerichtet habt! Schwachmaten!«

Ich wollte etwas sagen, brachte aber nur einen erstickten Laut heraus. Pröttel bedachte mich mit einem mitfühlenden »Sag-nichts-ich-weiß-genau-wie-du-dich-jetzt-fühlst-Junge«-Nicken und nahm mir sanft das Brett aus der Hand.

Er sah die anderen mit kopfschüttelnder Verachtung an,

und um meine Demütigung komplett zu machen, legte er seinen Arm um meine Schulter, und mir blieb nichts anderes übrig, als mich von ihm aus der Halle in den Umkleideraum führen zu lassen, wo er tröstend auf mich einredete.

»Nicht so ernst nehmen, okay, Junge? Sind doch selbst alles ganz arme Schweine!«

Damit ließ er mich sitzen und ging zurück, um dem Rest der Klasse mit einem ausgedehnten Circuittraining Anstand beizubringen.

Natürlich habe ich das nicht alles in dieser Ausführlichkeit vor mir gesehen, als ich damals im Aufenthaltsraum B an meinem Lieblingsheizkörper lehnte und überlegte, was ich auf Mark Hillebrands Angebot antworten sollte. Es war eher, als hätte mein Gedächtnis eine Reihe von Polaroids vor mir auf den Tisch geknallt und mich Sekundenbruchteile lang betrachten lassen: »Hier – das bist du beim Springen, Alter. Mann, siehst du dabei scheiße aus! He, das hier ist gut getroffen: wie Richie deinen Bauch abklopft und tut, als würde er nach dem Fußball suchen. Mann, was haben wir gelacht, oder? Und hier, das ist ja überhaupt das Beste: Pröttel, wie er den Arm um dich legt, und du schaust krampfhaft aus dem Fenster, damit ja keiner merkt, dass du heulst! Super Schnappschuss, was?!«

Und damit war dann klar, wie ich mich entscheiden würde. Ich schüttelte die Tagträume von einem schlanken besseren Ich ab und stellte mich der Realität: Für uns Dicke bedeutet Sport Demütigung, Gefahr, ein überhöhtes Risiko ohne echte Aussicht auf Gewinn.

Ich atmete durch und grinste Mark an.

»Nö.«

»Okay. Also, man sieht sich.«

»Klar.«

Ich nahm das Lateinheft, packte es in meine Tasche, holte ein »Nuts« heraus, riss die Verpackung auf und schob sie liebevoll zurück. Ich hatte der albernen Versuchung widerstanden, und damit würde ich der Erniedrigung ausweichen, die irgendwo auf dieser Strecke mit Sicherheit auf mich wartete.

Ich hatte meinen Platz bereits gefunden, und meine Rolle, in der ich mich einigermaßen sicher fühlen konnte. Wieso sollte ich das aufgeben und mich abstrampeln in der vergeblichen Hoffnung, zwei Kilo im Monat zu verlieren? Das wäre dämlich – so dämlich wie ein Astronaut, der sich entscheidet, sich während eines Weltraumspaziergangs den Schutzanzug vom Körper zu reißen, um ihn durch einen modischen Calvin-Klein-Anzug zu ersetzen.

Ich biss genüsslich in mein »Nuts« und war sehr zufrieden mit mir.

Zehn Monate später wechselte Kathleen Specht auf unsere Schule, und als ich mich zwei Monate später in sie verliebte und die bloße Vorstellung, mich zu küssen, bei ihr einen Kicheranfall auslöste, wurde mir klar, dass ich mindestens vierundzwanzig Kilo zu viel wog.

MÄRZ 1984 2

»Ich kann nichts sehen! Wieso muss das bloß so dunkel sein? Ich glaub, das war doch 'ne blöde Idee, Leute.«

»Schnauze, Schorsch!«

»Mann, Richie, wenn die Koch uns erwischt, sind wir tot! Ich glaub, wir sind jetzt genau unter ihrem Fenster. Wenn die rausguckt, dann –«

»Wieso soll die aus dem Fenster gucken? Um zu prüfen, ob *absolute* Dunkelheit noch dunkler ist als *totale* Dunkelheit? Das Einzige, was uns verraten kann, ist dein Gequassel, du Arsch!«

»Du hast leicht reden, dich hat sie auch nicht auf dem – AU! Können wir mal anhalten? Ich bin irgendwo vorgelaufen!«

»Nein, das war ich. Ich hab dich getreten.«

»Du? Was soll das, Chris?!

»Du sollst die Klappe halten!«

»Aber ich – AU! Oh Mann, hoffentlich ist es das wert!«

Natürlich würde es das wert sein. Zwei Tage lang hatte die Jahrgangsstufe elf ein erbarmungsloses Programm durchgezogen und alles besichtigt, was das Westberlin von 1984 hergab: Checkpoint Charlie (ganz interessant), Gropius-Bau (nicht interessant), diverse Schlösser und Nationalgalerien (gar nicht interessant) und zu allem Überfluss noch eine Aufführung von »Der zerbrochene Krug« im Theater des Westens, die uns gefühlte fünf Stunden lang in eine totenähnliche Entsetzensstarre versetzte – Herr Heine und Frau Koch hatten ihre Erfahrung mit Klassenfahrten und waren fest entschlossen, die

Teilnehmer physisch und psychisch zu zerrütten. So würde uns nachts die Kraft für alle Arten von verbotenen Unternehmungen fehlen.

In der ersten Nacht waren die beiden mit ihrer Taktik erfolgreich gewesen – aber an diesem Abend hatten Richie, Schorsch, der lange Gregor, ich und einige andere Gegenmaßnahmen ergriffen: Fest entschlossen, nicht noch eine zweite Nacht ereignislos verstreichen zu lassen, hatten wir uns literweise Kaffee eingeflößt. Jetzt waren wir wach und aufgekratzt, während wir uns durch den stockdunklen Hinterhof der Pension, in der wir untergebracht waren, unseren Weg ertasteten, der uns zu den Zimmern der Mädchen führen sollte.

Richie hielt an. »Meine Herren, wir haben das Einsatzgebiet erreicht. Wenn wir uns hier auf die Mauer hochziehen, können wir da oben drauf weitergehen. Der Balkon vor dem Mädchenflur, das ist nur ein Meter oder so, da springen wir locker drauf. Und die Balkontür schließt nicht richtig.«

Gregor klopfte prüfend gegen die Mauer. »Bin mal gespannt, ob das klappt, Richie!«

»Natürlich klappt das, Langer! Ich hab das von meinem Bruder, der war letzten Monat hier mit der Dreizehn.«

»Okay.« Gregor nickte. »Und du bist dir sicher, dass du dich nicht verhört hast, Schorsch?«

»Klar!« Schorsch keuchte, froh, seine Heldentat noch einmal berichten zu können. »Heute Mittag sitze ich hinter Elke und Andrea, und die achten nicht auf mich, tun die ja nie, und dann erzählen die sich, dass Joker gestern fast die ganze Nacht im Zimmer von Tatjana und ihren Freundinnen gewesen ist. Und dass er heute nacht wiederkommen will, um … na ja, ihr wisst schon …«

Keiner sagte etwas. Ich konnte die anderen nicht sehen, aber ich bin mir sicher, sie nickten alle mechanisch, genau wie ich.

»Ja. Mann, und die haben das echt durchgezogen?«

»Ja, Chris, das haben sie. Die haben das gemacht …«

Man konnte ihn tief durchatmen hören, während er seine dramatische Pause genoss. Dann ließ er sich die Worte auf der Zunge zergehen.

»Strip-Poker, Mann. Die spielen da Strip-Poker.«

Wir schwiegen andächtig beim Klang dieses Wortes.

Richie stöhnte, als fühlte er einen Orgasmus kommen. »Das ist echt stark. Schorsch, du hast bewiesen, dass du zu was taugst! Ich bin froh, dich zu kennen.«

Selbst in der totalen Dunkelheit konnte man erkennen, wie Schorschs Kopf vor Stolz zu glühen begann. Schließlich zog sich Richie an der Mauer hoch.

»Los! Wenn alles perfekt für uns läuft, dann kommen wir an ihr Fenster, und sie spielen gerade.«

Ich grinste. »Falsch. Wenn alles perfekt für uns läuft, dann spielen sie gerade – und Tatjana hat eine Pechsträhne!«

Die anderen kicherten. Richies leises Prusten konnte man klar heraushören.

»Du bist ein Schwein, Dicker.«

»Da widerspreche ich dir nicht. Okay, zwei von euch müssen mir raufhelfen …«

Fünf Minuten später kauerten wir drei Meter über dem Erdboden auf dem winzigen Gemeinschaftsbalkon vor dem Gebäudetrakt, in dem die Mädchen untergebracht waren. Rechts und links von uns waren Fenster, durch einige drang das gedämpfte Licht von Nachttischlampen, über die man bunte Halstücher geworfen hatte. Vereinzelt hörte man Flüstern und Mädchenkichern. Von irgendwoher waberte fast unhörbar »Red Red Wine« von UB 40 zu uns herüber. Richie wendete seinen Kopf zu dem ersten Fenster auf der anderen Seite.

»Und das, meine Herren, ist unser Einsatzziel – das Zimmer von Tatjana und ihrer Gang.«

Wir schauten genau hin.

»Man kann gar nix sehen«, meldete sich Schorsch unsicher zu Wort.

Ich kniff die Augen zusammen. »Vielleicht haben sie die Vorhänge vorgezogen.«

»Klar haben sie das«, entschied Richie. »Bei dem, was da abgeht … also gut, Männer – wir gehen jetzt rein.«

Richie und ich gingen los zur defekten Balkontür, die zum Flur führte. Gregor räusperte sich hinter uns.

»Äh, wir … wir gehen da rein? Ich dachte, wir gucken nur.«

Ich lächelte. »Okay, folgender Operationsplan: Wir schleichen uns bis vor ihr Zimmer, so dass sie uns nicht kommen hören. Dann reißen wir die Tür auf und marschieren einfach rein und sagen, dass wir gehört haben, dass hier heute Nacht eine Party steigen soll. Als Beweis für unsere guten Absichten hat Richie eine Flasche Rotwein dabei …«

Richie zog grinsend die Flasche Lambrusco hervor, die er bis jetzt in der Tasche seines riesigen Mantels verborgen hatte.

»Unser Job wird es sein, zu tun, als wären wir völlig überrascht und so geschockt, dass wir vor Schreck einfach erstarrt sind. Das wird uns Zeit geben, uns umzuschauen, alle Details in uns aufzunehmen und im Langzeitgedächtnis abzuspeichern. Wenn wir das geschafft haben, ziehen wir uns geordnet zurück und vernichten den Lambrusco.«

Gregor dachte einen Augenblick nach, dann nickte er.

»Klingt wie ein Plan. Ich bin dabei.«

Schorsch schaute uns ängstlich an. »Ich weiß nicht. Vielleicht kann man ja doch auch am Fenster irgendwie was –«

»Du bist ein Weichei, Schorsch. Es tut mir leid, dass ich dich kenne.«

Damit drehte Richie sich wieder um und öffnete die Balkontür.

Kurz darauf hatten wir uns bis zu Tatjanas Zimmer vorgearbeitet. Lautlos standen wir da und lauschten. Durch die Tür hörten wir gedämpftes Kichern. Ich schloss meine Hand um die Türklinke und sah Richie an. Er nickte mir zu. Ich atmete tief durch und riss die Tür auf.

Michael Doll, der von allen nur »Joker« genannt wurde, hatte Erfolg beim weiblichen Geschlecht wie kein anderer in unserer Jahrgangsstufe. Er sah ein bisschen aus wie Bono, allerdings eher wie eine Model-Nachahmung, wie die Gruppe seiner Kritiker (die zahlreich, aber ausschließlich männlich, besetzt war) bemängelte – doch ich glaube, was ihn so beliebt bei den Mädchen machte, war, dass er einfach keine Angst vor ihnen hatte. Irgendwas war da in seiner Entwicklung komplett schiefgelaufen. Ich hatte ihm öfter staunend zugesehen, wie er mit Tatjana Behling oder Miriam Rox geplaudert hatte, als wären sie alte Sandkastenfreunde – und die beiden waren wirklich einschüchternd schön. Joker aber blieb völlig unbefangen. Er war mit drei Schwestern aufgewachsen, und nichts Weibliches schien ihm fremd zu sein – wie sich bei einem Schulfest ein oder zwei Jahre zuvor rausgestellt hatte, konnte er sogar backen! Und natürlich *verstand* er die Mädchen. Er wusste, was sie ihm sagen wollten, ohne es auszusprechen – wann sie mehr von ihm wollten und wann nicht. Wann es okay war, sie anzufassen, und wann, sie zu küssen – das bereitete ihm nicht mehr Kopfzerbrechen als einem Koch, die Garzeit für einen Topf Spaghetti abzuschätzen. Oder wie Richie es ausdrückte: Jokers Vorteil war, dass er der einzige Mann war, mit dem eine Frau eine lesbische Beziehung eingehen konnte.

Die größte Ungerechtigkeit war, dass sich Joker nicht mal im Laufe der Jahre als schwul erwies. Jahr für Jahr warteten wir auf die Nachricht von seinem Outing, aber statt uns diesen Gefallen zu tun, wurde er erst Kampfpilot und zeugte dann insgesamt fünf Kinder mit drei verschiedenen Frauen.

Tatsächlich hätten wir niemandem sonst zugetraut, sich als einziger Junge in einem Mädchenzimmer zu tummeln und mit den Ladys eine Partie Strip-Poker hinzulegen. Doch wenn der Name »Joker« ins Spiel kam, dann klang die Geschichte absolut glaubwürdig. Dann konnte alles passieren.

Aber: Es gab keine Orgie. Es gab noch nicht mal Mädchen! Joker, der sanfte Frauenversteher, saß mutterseelenallein mit gekreuzten Beinen auf dem Boden, einen Joint im Mundwinkel, einen ganzen Stapel Frauenslips auf seinem Kopf und einen weiteren Slip mit Blümchenmuster in seiner Hand, den er erst fasziniert anstarrte, um ihn dann eingehend zu beschnuppern, was ihn wieder hysterisch draufloskichern ließ. Er sah uns und wedelte mit dem Slip in seiner Hand. »Eeeeey, das Teil riecht total nach Jasmin – dabei sind hier *Lilien* drauf! *Lilien!* Wuahahaha!!«

Wie sich herausstellte, hatte es am Vortag kein Strip-Poker gegeben und heute bisher auch nicht – allerdings tatsächlich eine Verabredung dazu. Joker aber hatte den Termin verpasst, weil sein älterer Cousin, der in Berlin wohnte, um dem Wehrdienst zu entgehen, ihn heute nach dem Abendessen aufgesucht und mit einem Beutel Dope versorgt hatte. Den ersten Joint hatten die beiden zusammen auf dem Hof hinter der Jugendherberge geraucht. Als Joker kurz darauf verspätet im Flur der Mädchen ankam, informierte ihn Elke aus dem Nachbarzimmer, dass Tatjana und die anderen sich abgesetzt hatten, weil man ihnen von einer Disco erzählt hatte, vor der es angeblich keine Einlasskontrolle gab.

Joker, frustriert und zugekifft, hatte für diese Demütigung einen denkbar durchgeknallten Racheplan entwickelt: Er beabsichtigte, eine riesige Cannabiswolke im Kleiderschrank zu hinterlassen. In seiner wirren Phantasie würden die Mädchen den Schrank am nächsten Morgen öffnen und von der Dunstwolke von einem halben Dutzend Joints eingenebelt werden – und später nach süßem Dope duftend und halbbekifft zum Frühstück torkeln, wo er sie erwarten und seine Rache kalt genießen würde.

Zwei Joints lang hatte er es durchgehalten, vor der Schranktür, die er einen Spalt weit geöffnet hatte, zu kauern und einen Zug nach dem anderen hineinzupaffen. Dann aber tat das Dope wieder seine Wirkung, und kurz bevor wir kamen, hatte Joker das Interesse an seinem Plan verloren und seine Aufmerksamkeit stattdessen der Unterwäsche der Mädels zugewendet.

»Du bist echt ein krankes Arschloch, Joker. Das gefällt mir.«

Richie nickte anerkennend und setzte sich zu ihm. Joker lächelte verwirrt, gab den Joint an Gregor weiter und zündete sich einen neuen an, während Richie einen Slip von Jokers Kopf nahm und ihn inspizierte.

»Was meint ihr, Jungs? Ist der hier von Tatjana?«

Eben noch hatte ich wieder abziehen wollen, enttäuscht und gleichzeitig mit einem flauen Gefühl im Magen, dass jemand uns hier zusammen mit Joker erwischen könnte – aber nun setzte ich mich, nahm Richie den Slip aus der Hand und begann, ihn fachmännisch zu untersuchen. Richie öffnete den Lambrusco mit einem Taschenmesser und sah mich erwartungsvoll an.

»Und? Zu welchem Urteil bist du gekommen, Holmes? Ich sage: Er gehört ihr.«

»Falsch, Watson, ganz falsch. Hier handelt es sich um Billigware, ich tippe auf Woolworth oder Kaufhalle …«

Die anderen nickten mit absurder Ernsthaftigkeit.

»Tatjanas Vater aber … hat eine Apotheke. Diese Leute sind reich, mein Lieber! Nein, dieses Stück Billigwäsche passt nicht zu jemandem wie Tatjana. Eher zu Inga oder … nein wartet – ich lege mich fest: Das Teil kann nur Beatrix gehören.«

»Faszinierend, Holmes – aber wie kannst du dir da so sicher sein?«

»Seht ihr hier, die Beinöffnungen? Die sind total ausgeleiert – und nun, mein lieber Watson, frage ich dich: Welche von den vieren in diesem Zimmer hat Oberschenkel wie Baumstämme?«

»Tatsächlich – Beatrix! Brillant, Holmes!«

Gregor und Schorsch applaudierten.

»Danke, meine Freunde«, ich zog an dem Joint wie an einer Pfeife, »nur ein wenig Beobachtungsgabe und Deduktion, das ist alles …«

Joker fing wieder an zu kichern. »*Ich* bin nicht krank. *Ihr* seid krank!«

Richie lächelte ihn sanft an. »Tja, jetzt, wo wir das geklärt hätten – nimm erst mal einen Schluck.«

Er ließ die Flasche kreisen, und wir tranken und kifften, und schließlich fand sogar Schorsch seinen Mut wieder: »Mann, Leute – ist doch schade, dass das nichts geworden ist mit dem Strip-Poker. Das wäre echt was gewesen, wenn wir da dazugekommen wären.«

Wir lächelten nur matt. Nach ein paar Sekunden räusperte sich Joker.

»Ich hab die Karten dabei.«

Es dauerte wieder einige Sekunden, bis der Erste von uns begriff, was Joker da gerade vorgeschlagen hatte. Das war natürlich Richie.

»Was meinst du damit, du hast die Karten dabei, Joker?«

»Nichts. Nur dass ich die dabeihab eben.«

»Du meinst, wir hätten nicht die Nerven dafür, oder?«

»Nee, ich hab's nur so gesagt.«

Wir sahen uns an. Richie zog tief an seinem Joint und nickte Joker zu.

»Okay, teil aus.«

Aus der Ecke, in der Schorsch saß, ertönte so etwas wie ein Wimmern. Ich schaute zu ihm herüber. Man sah ihm an, dass er sich am liebsten selber verprügelt hätte dafür, dass er das Pokern wieder ins Spiel gebracht hatte. Richie und Gregor sahen zu mir.

»Was ist mit dir, Mann? Machst du mit?«

»Ich weiß nicht ... hey, ich will nicht strippen – ich bin zum Spannen hier!«

»Hast du etwa Angst, Dicker? Dass wir dir was weggucken?«

Es war das alte Totschlagargument, aber es tat seine Wirkung. Ich stöhnte auf und nahm die Karten, die Joker austeilte, ebenso Gregor in seiner üblichen Seelenruhe. Er hätte – glaube ich – ebenso selbstverständlich und ungerührt an einer Partie russisches Roulette teilgenommen. Schorsch unternahm einen letzten Versuch, seinen Arsch zu retten.

»Also, wir können auch um Streichhölzer spielen. Ich hab welche dabei.«

Keiner beachtete ihn. So griff er schließlich seufzend nach seinen Karten.

Vielleicht lag es daran, dass ich zwei Pärchen aufgenommen hatte – ich fühlte mich plötzlich sehr lebendig. Hier saßen wir in einer Jugendherberge in Berlin, in einem fremden Zimmer, inmitten von weiblicher Unterwäsche, kifften, tranken italienischen Fusel und spielten in aller Ruhe eine Partie Strip-Poker. Das Ganze war völlig absurd, und gleichzeitig kam es mir unglaublich cool vor.

Außerdem war ich gut im Pokern. Schorsch dagegen hätte seine Karten auch gleich offen hinlegen können, so durchschaubar war er. Joker hatte inzwischen die Regeln vergessen und warf Damen und Könige weg, wahlweise weil sie ihn »böse anstarrten« oder an seine Eltern erinnerten, und Gregor stand seit jeher mit jeder Art von Spiel auf Kriegsfuß.

Aber in dieser Nacht hatte ich eine Pechsträhne erwischt. Als ich mit dem Doppelpärchen mein Hemd verlor, kicherte ich nur. Auch als mein erster Schuh dran glauben musste, spürte ich die Gefahr noch immer nicht kommen. Als ich dann aber mit einem Full House gegen Gregors Vierer unterlag, kehrte das flaue Gefühl im Magen zurück. Ich ließ den Joint bei den nächsten Runden an mir vorübergehen und konzentrierte mich auf die Karten. Aber die wurden immer schlechter, ohne dass ich etwas dagegen tun konnte. Ich merkte, dass ich trotz meiner immer luftiger werdenden Bekleidung schwitzte.

Als die Hose dran glauben musste, war meine Euphorie endgültig einem würgenden Panikgefühl gewichen. Eben noch war ich einfach nur cool gewesen, ein nächtlicher Abenteurer und Spieler. Aber jetzt erinnerte ich mich wieder daran, dass ich *dick* war. Und Dicke ohne Klamotten sind einfach noch ein gutes Stück nackter als andere Nackte. Ein paar katastrophale Runden später stand ich vor dem Abgrund und spielte um den letzten Einsatz – meine Unterhose. Gregor, Joker und Schorsch teilten dieses Schicksal mit mir.

Richie teilte aus und sah auf uns vier, die wir alle fast nackt dasaßen.

»So – mindestens einer von euch ist jetzt dran.«

Ich sah in meine Karten: ein Achterpärchen, dazu Sieben, Neun, Zehn, Bube. Das war fast nichts, und ich musste gewinnen, sonst war ich mein allerletztes Kleidungsstück los. Ich konnte versuchen, eine Straße zu bekommen, aber dazu musste ich die zweite Acht weglegen mit dem Risiko, gar nichts auf der Hand zu behalten.

Richie räusperte sich. »Lebst du noch, Dicker? Entscheid dich, was du machst!«

Ich atmete tief durch – dann legte ich die zweite Acht auf den Stapel.

»Gib schon her!«

Richie gab mir eine Karte. Ich schloss die Augen, dann endlich traute ich mich, sie anzuschauen: Es war der Pik König.

»Scheiße! Du hast gemogelt!«

»Beweis es mir!«

»Okay, das reicht! Wir hören jetzt auf!«

Ich griff nach meinen Klamotten, aber Richie war schneller

und beförderte das Bündel mit einem energischen Fußtritt unter eines der Betten.

»Oh nein, Mann, wir ziehen das jetzt durch, bis zum bitteren Ende.«

»Du meinst: bis zu *unserem* bitteren Ende«, meldete sich Gregor zu Wort.

»He, *ich* muss mir das schließlich ansehen – das macht mich zum eigentlichen Verlierer! Also, ich setze … mal überlegen … ah ja: einen Schuh. Tja, und was ist euer Grundeinsatz? Hm, lasst mich raten: jeder eine Unterhose??«

Richie prustete leise vor sich hin – und gewann die Runde mit einem Doppelpärchen. Er seufzte zufrieden, als er die Karten zusammenpackte.

»Meine Herren – wenn Sie jetzt Ihre Spielschulden bezahlen wollen …!«

Joker und Gregor legten ungerührt ihre Unterhosen auf den Stapel mit Kleidungsstücken neben sich ab. Schorsch sah aus, als würde er jeden Moment losheulen. Gregor lehnte sich mit stoischer Ruhe zurück, und ich bemerkte, dass Joker noch immer mehrere Mädchenslips auf seiner Lockenmähne balancierte. Er hatte sie da oben einfach vergessen. Ich musste lachen.

»Wenigstens nimmst du's mit Fassung, Dicker«, sagte Richie. »So, und jetzt runter mit dem Teil. Ich will nacktes Fleisch sehen.«

Ich stöhnte auf und nahm einen letzten Zug von dem Joint – dann riss ich mir die Unterhose herunter. Richie kicherte, aber ich ignorierte es und setzte mich würdevoll wieder. Trotzdem merkte ich, wie ich rot anlief. Mir war klar, dass der absolute Tiefpunkt dieser Nacht erreicht war. Aber da hatte ich mich ziemlich getäuscht.

Alle schauten jetzt auf Schorsch. Der hatte sich noch immer nicht überwinden können und stand jetzt kreidebleich vor uns. Endlich gibt er sich einen Ruck. Richie nickte ihm zufrieden zu, doch plötzlich begann Schorsch zu zittern.

»Mensch, Schorsch, krieg dich ein. Ist das hier so schlimm für dich?«, fragte Gregor.

Schorsch schüttelte nur den Kopf.

»Was ist denn dann los?«

Schorschs Stimme war dünn und brüchig. »Sie … sie kommen wieder!«

Wir verstummten und lauschten mit angehaltenem Atem. Tatsächlich – aus dem Treppenhaus hallten unverständliche, aber immer lauter werdende Mädchenstimmen zu uns herüber.

»Oh Scheiße!«, flüsterte ich.

Irgendwie hatten wir die Möglichkeit, dass die Bewohnerinnen des Zimmers wiederkehren würden, ausgeblendet. Das rächte sich jetzt.

Unser Rückzug wurde ein organisatorisches Chaos: Alle tanzten wir um die Klamottenstapel herum, Gregor beförderte die Joints in die Lambruscoflasche und die Flasche in den Papierkorb, Richie riss Joker geistesgegenwärtig die Slips vom Kopf und warf sie in den Kleiderschrank. Panisch durchstöberte ich den Stapel nach meiner Hose.

»Unter dem Bett, du Rindvieh!«, fauchte mich Richie an. Ich stöhnte auf und krabbelte los, in dem Moment schaltete Joker das Licht aus. Jetzt wurde das Gezische um mich herum immer konfuser.

»Wir schaffen das nicht!«

»Doch, Langer! Los, beeilt euch!«

»Und wenn wir mit denen reden?! Wir warten hier einfach! Reden ist gut«, schlug Joker mit belegter Stimme vor.

»Halb nackt und zugekifft und mit einem Kleiderschrank, den du durchstöbert hast, du Spinner?? Wenn die uns erwischen, können wir froh sein, wenn wir nur von der Schule fliegen!«

Schorsch machte ein Geräusch, als würde er hyperventilieren.

»Das ist nicht meine Unterhose! Ich hab die falsche an! Wo ist meine Unterhose?!«

»Schnauze! Sie sind fast da! Los, vom Fenster können wir auf den Balkon springen!«

Ich wimmerte leise – keine Chance, in der völligen Dunkelheit unter dem Bett meine Sachen zu finden. Ich krabbelte zurück und lief den anderen hinterher zum Fenster. Gregor und Schorsch waren schon draußen, Richie blickte mich auffordernd an.

Ich hievte mich auf das Fensterbrett und machte mich fertig zu springen. Und dann – stand ich wieder vor dem Kasten im Sportunterricht und *wusste,* dass ich keine Chance hatte, auf die andere Seite zu kommen. Ich schaute verzweifelt zum Balkon, und an meinem Körper zog mich jedes einzelne Pfund in Richtung Erdboden, und ich fühlte mich, als wäre ich aus Schwermetall und unter dem beschissenen Fensterbrett ein Hochleistungsmagnet angebracht.

»Ich kann nicht! Ich schaff das nicht!«

Richie sah mich fassungslos an. Ich schaute zu Boden, dann nickte ich ihm zu. Er klopfte mir auf die Schulter, grinste noch einmal mitleidig und sprang auf die andere Seite. Ich hatte keine Zeit mehr nachzudenken – ich schaffte es gerade noch wieder unter das Bett, als sich auch schon die Tür öffnete.

Eine Sekunde später standen alle vier im Zimmer: Tatjana, Beatrix, Inga und Kathleen Specht, die zwei Monate zuvor auf unsere Schule gewechselt war. Ich sah nur Jeans und Schuhe und hörte, wie das leise Gekicher abrupt verstummte.

»Oh nee! Was ist denn hier los?«

»Boah. Wie stinkt das denn?«

Rote Puma-Turnschuhe rannten zum Fenster, wo man aus dem Hof die Schritte meiner flüchtenden Freunde hörte.

»WIR KRIEGEN EUCH, IHR WICHSER!«

Die roten Turnschuhe kamen ins Zimmer zurück. Das war Tatjana. Ich erschauerte – einerseits vor Kälte, da ich nackt auf dem Linoleum lag, andererseits weil mir klar war, dass ich von allen Leuten in meiner Klasse bei Tatjana Behling – sollte sie mich hier finden – am wenigsten auf Gnade hoffen konnte.

Im Jahr zuvor hatte sich Richie in Tatjana verknallt, eine Liebe, die heftig, aber chancenlos war. Für Richie stand trotzdem fest, dass Tatjana Behling zu küssen sein vorrangiges Projekt für das Schuljahr 82/83 sein würde.

Die Chance dafür ergab sich, als die Theatergruppe der Mittelstufe Shakespeares Sommernachtstraum aufführte. In diesem Jahr entdeckte Tatjana ihre Liebe zur Bühne, was wiederum damit zu tun hatte, dass Jens Kaletta, für den sie gerade schwärmte, für die Rolle des Lysander vorgesehen war. Tatjana ließ sich den Inhalt erklären und bewarb sich darauf für den Part der Hermia, der Geliebten des Lysander. Ihre Pläne, die Proben zu nutzen, um Kaletta von ihren Vorzügen zu überzeugen, wurden jedoch vereitelt – und zwar von mir.

Ich hatte Kaletta vor dem Vorsprechen im Aufenthaltsraum abgepasst und ihm angeboten, seinen Text mit ihm durchzugehen. Da ich der Einzige war, der tatsächlich schon mal freiwillig ein Shakespeare-Stück gelesen hatte und deshalb als Experte galt, hatte Kaletta mein Angebot dankbar angenommen.

Hinter dem Schulhof an den Fahrradständern trug er mir seinen Part vor. Er war nicht mal schlecht, aber das war sowieso egal. Er würde wie jedes Jahr die Rolle bekommen, weil er aussah wie ein griechischer Halbgott.

Aber zu meinem Glück fühlte Kaletta sich nur beim Sport wirklich zu Hause. Außerhalb des Fußballplatzes besaß er nicht mehr Selbstvertrauen als ein verurteilter Kinderschänder beim Betreten des Knastduschraums. Damit konnte ich arbeiten.

»Also, Kaletta, das hat mir echt gut gefallen, was du da gemacht hast. Aber es klingt … wie soll ich sagen … etwas *normal.*«

»Wie … wie meinst du das, Dicker? Normal?«

»Du weißt natürlich, dass dieses Jahr die Mathaeus die Theatergruppe übernimmt? Und dass die total auf modernes Theater steht, und auf psychologische Interpretation und solchen Kram?«

»Ach du Scheiße!«

»Keine Sorge, Kaletta! Ich glaub, ich kann dir helfen – du brauchst eine eigene Note, Mann. Etwas ganz Unverwechselbares …«

Er sah mich dankbar an. Ich lächelte sonnig.

Als das Vorsprechen kam, hatte Kaletta zwei Tage lang nicht geduscht, trug seinen ältesten Trainingsanzug und legte in seinem Vortrag Lysander als geistig zurückgebliebenen, sprachlich gehandicapten Vollkretin an.

Dies hatte zur Folge, dass Frau Mathaeus, die neu an unserer Schule war, Kaletta für geistig zurückgeblieben und sprachlich gehandicapt hielt – und außerdem für einen Schmutzfink. Die Rolle ging an Richie, der zwar kaum Talent besaß, aber es als Einziger gewagt hatte, gegen den scheinbar sicheren Sieger Kaletta anzutreten. Tatjana, die bereits die Rolle der Hermia ergattert hatte, saß wie versteinert auf ihrem Platz.

Während der Premiere zwei Monate später schaffte es Richie dann, für einen der größten Skandale des Schuljahres zu sorgen: Als sich am Ende des Stückes Lysander und Hermia endlich fanden, kam es nicht zu dem scheuen Kuss, den die beiden monatelang geprobt hatten. Stattdessen verwandelte Richie die Szene unter dem tosenden Beifall von dreihundert minderjährigen Zuschauern und dem entsetzten Schweigen ihrer Eltern in eine nicht jugendfreie Knutschorgie, die er ins Endlose ausdehnte.

Tatsächlich kamen Tatjana und Jens Kaletta nie zusammen (stattdessen wurde sie einige Zeit später die Freundin von Mark Hillebrand, was für sie meiner Meinung nach definitiv eine Verbesserung bedeutete).

Einige Wochen nach der Aufführung hielt sie mich im Flur an: »Hallo, Mackenbrock. Ein paar Leute erzählen sich Geschichten von dir und Jens Kaletta. Wie du ihm Tipps gegeben hast fürs Vorsprechen …«

Ich zuckte unschuldig mit den Schultern. Sie beugte sich ganz nah zu mir.

»Das wirst du noch bereuen.«

Dann ging sie einfach weiter. Ich blieb verunsichert zurück. In der Mittelstufe hatte Tatjana sich regelmäßig geprügelt und einen legendären Ruf erworben, auch vor der Anwendung rohester Gewalt nicht zurückzuschrecken. Sie war fast so groß wie ich, und sie hatte richtige Muskeln vom Schwimmen und Boden- und Schwebebalkenturnen und dem Kram, den die Mädchen sonst so in ihrem Sportunterricht anstellten.

Zu meinem Glück machte sie ihre Ankündigung, sich zu rächen, nie wahr, aber ihre Einstellung mir gegenüber blieb unverändert. Ich ging ihr so gut es ging aus dem Weg.

Und nun lag ich nackt auf dem Boden, nur zwei Meter von ihr entfernt, und tastete verzweifelt nach meinen Klamotten. Jetzt gingen weiße Adidas-Turnschuhe mit schwarzen Streifen an dem Bett vorbei.

»Dieser bescheuerte Joker …«

Das war Inga, Tatjanas beste Freundin seit der fünften Klasse. Weiter hinten schoben sich neue Schuhe in mein Blickfeld: blaue Adidas mit weißen Streifen. Das musste Beatrix sein, deren Slip ich vor Kurzem noch examiniert hatte.

»Quatsch. Joker würde so was nie machen.«

Beatrix war die Sanfteste aus Tatjanas Gang. Zu meinem maßlosen Staunen hörte ich, wie die anderen ihr zustimmten.

»Genau. Joker ist okay.«

»Und kiffen tut er auch nicht.«

Hätte ich mich rühren können, hätte ich die Hände über

dem Kopf zusammengeschlagen. Mir war nicht klar gewesen, dass Jokers Zauber so stark war.

Dann kamen schwarze Armeestiefel, und zu ihnen gehörte eine tiefe, kehlige Stimme: »Egal. Hauptsache, wir kriegen das hier bis morgen gelüftet. Und Hauptsache, ich kann jetzt endlich pennen.«

Dann sah ich nur noch die Hacken der Stiefel, die jetzt in der Luft baumelten. Gleichzeitig quietschten die ausgeleierten Stahlfedern über mir und senkten sich bedrohlich bis wenige Zentimeter an mich heran. Ich verfluchte die billigen Pensionsbetten. Vor meinem geistigen Auge sah ich Kathleen – die Besitzerin der Stiefel – auf dem Bett wie auf einem Trampolin springen und die Stahlfedern sich bei jedem Hopser unerbittlich in meinen Bauch bohren. Ich betete, dass sie nicht *so* besoffen war.

Die roten Pumas gingen jetzt quer durch den Raum auf eines der Betten auf der anderen Seite zu.

»Okay – ich bin eh total hinüber! Gehen wir schlafen!«

Und dann verwandelten sich die Jeans, Turnschuhe und Stiefel in vier paar nackte Beine und Füße, die im Zimmer hin und her gingen, von Betten herabbaumelten, vor dem Waschbecken standen, während gleichzeitig neben den Hosen nun auch Pullis, Blusen und BHs über den Stuhllehnen oder einfach auf dem Boden neben den Betten landeten. Das führte zu meinem Entsetzen dazu, dass kurze Zeit darauf mein Bauch nicht mehr länger der Teil meines Körpers war, der den Stahlfedern am nächsten kam – und die Vorstellung, wie Kathleen im Vollrausch enthusiastisch auf dem Bett auf und ab hüpfen könnte, gewann eine ganz neue, zutiefst beunruhigende Qualität.

Doch schließlich endete meine Folter. Kathleen plumpste ins Bett, die Federn senkten sich bedenklich, aber ohne mein bestes Teil aufzuspießen, das Licht erlosch, und schließlich wurde es still.

Kurz darauf machte ich einen weiteren Schritt auf dem Weg

zum Erwachsenwerden: Ich erfuhr, dass auch Mädchen schnarchen können – wenigstens, wenn sie betrunken sind. Ich verabschiedete mich von dem Teil meiner Kindheit, der Mädchen für makellose Geschöpfe hielt und schlicht für unfähig, störende oder gar abstoßende körperliche Fehlfunktionen zu entwickeln, und tastete wieder nach meinen Klamotten. Als ich alles zusammenhatte, entschied ich, dass es Zeit war, mich aus meinem Versteck zu winden. Gerade wollte ich meinen Kopf unter dem Bett hervorstrecken, da ließ mich ein Flüstern vom Bett gegenüber erstarren. Es war Beatrix.

»Kathleen? Schläfst du schon?«

»Nein.«

Ich hielt den Atem an.

»Was ist denn los, Bea?«

»Mir dreht sich alles.«

Kathleen über mir stöhnte. »Okay … lass ein Bein aus dem Bett hängen und stell es auf den Boden.«

»Und das soll helfen?«

»Versuch's!«

Ein patschendes Geräusch aus der anderen Zimmerecke ließ darauf schließen, dass Beatrix den Vorschlag befolgt hatte.

»Und?«

»Ich glaube, es hilft.«

»Na also. Gute Nacht!«

Ein paar Sekunden blieb es still, aber Beatrix war jetzt wach, und etwas arbeitete in ihr, entweder ein halbes Dutzend Asbach Cola oder ihre überzähligen X-Chromosomen – das Ergebnis blieb dasselbe: Sie wollte reden.

»Sag mal, bist du eigentlich immer noch in diesen Typen verknallt?«

»Wen meinst du?«

»Das weißt du doch ganz genau: Chris.«

Inzwischen war auch das Geschnarche aus den beiden anderen Betten verstummt.

»Was? Du bist in Chris … ja, spinnst du?!«

»Das ist doch die totale Geschmacksverirrung!«

Was Inga und Tatjana noch alles dazu zu sagen hatten, erreichte mich unter dem Bett nicht mehr. Dort hatte sich inzwischen einiges für mich geändert:

– meine Einstellung zu meiner jetzigen Situation,

– meine Einstellung zu Kathleen,

– meine Einstellung zur Welt und meiner Position darin.

Oder anders gesagt: Ich war glücklich, jetzt und hier, nackt, bibbernd unter diesem Bett eingequetscht und in höchster Gefahr, entdeckt und sozial ruiniert zu werden; ich hatte mich soeben in Kathleen Specht verliebt; und mir war endlich klar geworden, dass die Welt ein perfekter Ort ist, dass alles Leid darin uns nur durch eine dumme Sinnestäuschung vorgespiegelt wird und dass ich selbst keine bedauernswerte Randexistenz im Spiel des Lebens war, sondern eine der zentralen Hauptfiguren, dass ich wichtig und großartig war, denn …

Kathleen Specht war in mich verknallt!!!

Im Schuljahr zuvor war ich etwa zwei Monate lang mit Simone Drewes aus meiner Parallelklasse gegangen. Simone sah unscheinbar aus und redete fast nie. Auf der Party zu Gregors fünfzehntem Geburtstag hatte ich neben ihr gesessen und es einfach nicht geschafft, ein Gespräch in Gang zu bringen. Stattdessen machten wir dann rum, und es stellte sich raus, dass dies auch eine Art von Kommunikation war, und zwar eine, bei der wir uns perfekt verstanden. Wir knutschten den ganzen Abend lang und machten damit am nächsten Montag in der ersten großen Pause einfach weiter. Ich war unglaublich stolz. Ich hatte eine Freundin!

Diese Begeisterung hielt etwa vier Wochen, dann bemerkte ich, dass ich es immer noch nicht schaffte, mit ihr zu reden. Ich ignorierte das noch eine Zeit lang, aber dann passierte das Undenkbare: Das Knutschen wurde langweilig. Und so hörten wir einfach auf, es zu tun – und damit war eine Beziehung beendet, die letzten Endes nur die zwei Monate lang andauernde Überbrückung einer peinlichen Gesprächspause gewesen war.

Ich war nicht in Simone verliebt gewesen. Und sie nicht in mich.

Aber … *Kathleen Specht war in mich verknallt!!!*

Inzwischen machten Inga und Tatjana weiter klar, für wie schwachsinnig sie das hielten. Ich konnte nur darüber lächeln. Ihre Beleidigungen kamen aus einer anderen Welt. Ich aber war ein Liebender und Geliebter. Ich war unverwundbar!

Dann kam endlich Kathleen wieder zu Wort:

»Ach, jetzt hört schon auf. Ich war nie in den verknallt!«

Die anderen atmeten hörbar auf.

Unter dem Bett erneuerte ich inzwischen die Feinjustierung meines Weltbildes. Der aktuelle Stand war nun:

Ich war eindeutig der unglücklichste lebende Mensch, vermutlich der unglücklichste in der Geschichte menschlicher Gefühlszustände. Und ich wünschte mich weit fort, so weit wie ein starker Joint und eine halbe Flasche Lambrusco einen eben bringen können.

Die Welt war eine Vorwegnahme der Hölle, von einem rachsüchtigen, psychotischen Gott erschaffen, um uns Menschen zu verhöhnen und zu quälen. Alles Glück war nur Illusion.

Kathleen Specht war nicht in mich verknallt. Es war unendlich albern von mir gewesen, so was zu glauben!

Allerdings merkte ich, dass *eine* Sache sich nicht verändert hatte: Ich war immer noch in Kathleen Specht verliebt!

Inga konnte es noch immer nicht fassen: »Mann, das wär auch ein Ding gewesen, wenn *du* auf einen wie Chris abfährst! Ich meine … guck dir den doch mal an!«

»Ach, ich fand, dass er irgendwie gut aussieht. Vom Gesicht her, versteht ihr?«

Unter dem Bett beschleunigte sich mein Puls wieder, aber ich traute mich nicht mehr, glücklich über diese Worte zu sein. Zu Recht.

»Echt?«, fragte Beatrix.

»Ja. Okay, *dann* hab ich ihn in Sportsachen gesehen, bei den Bundesjugendspielen.«

Tatjana lachte. »Jaaaaaa! Sein Iron-Maiden-T-Shirt, in das er kaum reinpasst! War das nicht zum Brüllen?«

Alle vier prusteten los. Unter dem Bett hasste ich mich. Zwei Jahre zuvor hatte mir mal irgendjemand gesagt, wie cool ich in dem Iron-Maiden-Shirt aussehen würde. Seitdem war es eines der wenigen Teile gewesen, in denen ich mir gut vorkam – und wie ich nun merkte, hatte ich den Absprung verpasst, es rechtzeitig auszusortieren.

Tatjana ließ nicht locker. »Ey, stell dir mal vor, wenn du den küssen musst, Kat!«

Beatrix lachte. »Da kommst du gar nicht ran, oder du kletterst erst auf den Bauch!«

»Aber das wird wenigstens nicht langweilig: Wenn du ihm die Zunge reinsteckst, kannst du ausprobieren, wie weit man in die Pausbacken reinkommt«, warf Inga prustend ein.

»Hört auf. Das ist dämlich!«, wehrte sich Kathleen. Dann kicherte sie plötzlich.

»Oh Gott. Vielleicht …«, sie begann zu kichern und konnte kaum weitersprechen, »vielleicht hat er da Nahrungsvorräte. Dann verhungern wir nicht.«

Alle vier wurden von einem Lachkrampf geschüttelt, der sie immer weiter kichern ließ. Sie giggelten endlos weiter, Minuten, in denen ich verurteilt war, unter dem Bett zu liegen und das Hemd in meiner Hand fast zu zerreißen, so sehr krallte ich mich hinein.

Das Schlimmste war: Obwohl ich fast kotzte vor lauter Verzweiflung, konnte ich es ihr nicht übel nehmen – ich war *immer noch* in Kathleen verliebt.

»Hört jetzt auf. Das ist nicht fair!« Kathleen bekam sich langsam wieder unter Kontrolle. Die anderen wurden still.

»Also, wenn ihr's echt wissen wollt: Ich war *nicht* in Chris verknallt, aber ich fand ihn … irgendwie gut.«

»Pfff. Ich versteh's nicht!« Das war natürlich Tatjana.

»Ich fand … na ja, dass er was draufhat. Sich für Sachen interessiert. Und sich um andere kümmert und so.«

»Was? Chris? Der verarscht einen doch nur!«

»Mann, Kat, wie kommst du auf so was?«

»Also … in der ersten Woche, als ich zu euch gewechselt bin, da ging's mir echt scheiße. Unter anderem, weil ihr absolut mies zu mir wart!«

»Ey, du warst so ein Punk. Mann, deine Klamotten und deine Frisur …«

»Ist ja egal. Auf jeden Fall, mir hat keiner geholfen, und keiner hat mit mir geredet.«

Tatjana, Beatrix und Inga waren jetzt ganz still. Kathleen redete mit leiser Stimme weiter.

»Und an meinem zweiten Tag hab ich dann Deutsch blaugemacht und bin zu den Fahrradständern und habe eine geraucht und geheult. Wenn ihr das weitererzählt, seid ihr übrigens tot. Tja, und dann ist Chris gekommen.«

»Uuuuuund??«

»Und *nichts.* Er hat mit mir gesprochen und mich aufgemuntert und mir alles gezeigt. Und ich glaube, dass er echt ganz gut aussehen würde, wenn er nicht so … wenn er dünner wäre. Und wir haben über allen möglichen Kram geredet, wofür er sich interessiert und wofür ich. Okay, ich glaub, sein Horizont geht nicht groß über Fußball und zweitklassige Musik raus. Und das nächste Mal, als ich ihn gesehen habe, wollte ich mit ihm reden, aber er ist einfach abgezogen und hat so getan, als würde er mich gar nicht kennen. Aber an dem Tag, am Fahrradständer und als wir durch die Schule gegangen sind, da hab ich gedacht: In den könnte ich mich vielleicht … na ja, verlieben.«

»Ein Glück für dich, dass du vernünftig geworden bist!«

Kathleen widersprach ihnen nicht. Unter dem Bett litt ich Höllenqualen – das hier war noch schlimmer als das Gekichere zuvor.

Ich konnte mich gut an den Tag erinnern und wie ich sie vor dem Fahrradständer gefunden hatte. Ich war zu spät dran und hatte schon fast die Hälfte der Kunststunde versäumt und zermarterte mir mein Gehirn auf der Suche nach einer Ausrede. Und hier wurde sie mir auf einem Tablett serviert: eine neue Schülerin, der jemand helfen musste. Frau Kubitzki, unsere Kunstlehrerin, besaß ein weiches Herz und ein ausgeprägtes soziales Gewissen. Und so nutzte ich meine Chance.

Die Neue war ein Punk. Um den Hals trug sie ein Hundehalsband, die Haare standen ihr steil vom Kopf ab, die Augenränder waren mit schwarzem Kajalstift verschmiert, sie hatte sich blass geschminkt, und was – wie ich im Nachhinein erfuhr – ein verheultes Gesicht war, hielt ich damals für eine naturrote Nase und einen wässrigen Blick. Kurz: Sie sah an diesem Tag wirklich mies aus, wie ein Clown, der im Schminkkurs nicht aufgepasst hat. Trotzdem mochte ich damals schon eine Menge an ihr: ihre kehlige Stimme, ihr unerwartetes helles Lachen, und wie sie das halbe Gespräch nur mit ihren Augen bestritt – man musste nur hineinsehen, dann wusste man schon, was sie einem sagen wollte.

Aber ich achtete nicht groß darauf. Ich führte sie überall herum, damit man uns sah und ich meine gute Tat nachweisen konnte. Ich redete über alles, was mir gerade einfiel, damit wir die Zeit bis zum Ende der Kunststunde rumbekamen. Damals merkte ich es gar nicht: Ich war nicht nur lustig und charmant. Ich war einfach völlig unbefangen ihr gegenüber. Ich war wie Joker – und das mit demselben Erfolg.

Aber auch das merkte ich nicht.

Als ich Kathleen das nächste Mal sah, hatte sie ihr Outfit verändert: Ihre Haare waren immer noch zerwuselt, aber erinnerten nicht mehr an Stacheln. Die weiße Schminke hatte sie weggelassen, den Kajalstift und das Hundehalsband auch. Sie trug einen kurzen schwarzen Rock und dicke schwarze Strümpfe.

Sie war wunderschön.

Und damit hakte ich sie damals innerlich sofort ab – »wunderschön« bedeutete in meiner Welt übersetzt: »Nicht deine Liga, mein Junge. Vergiss es!« Und so machte ich mich schnell davon und dachte nicht mehr an sie – bis zu dieser Nacht.

Als die vier Mädchen eingeschlafen waren und das Schnarchkonzert wieder einsetzte, kroch ich unendlich langsam unter dem Bett hervor und schlich mich aus dem Zimmer. Als ich zurückkam, wurde ich von noch schlimmerem Geschnarche begrüßt. Ich legte mich ins Bett.

Kathleen hatte mich gemocht. Ich sah sie die ganze Zeit vor mir, und ich platzte fast, so verliebt war ich. Und dann kehrte die Erinnerung an mein Gespräch mit Mark Hillebrand und sein Angebot, mit ihm zu trainieren, zurück. Und ich verfluchte mich, dass ich nicht darauf eingegangen war. Dann nämlich wäre ich kein Fettkloß mehr gewesen, als ich Kathleen Specht kennen lernte. Das, was sie in mir gesehen hatte, wäre tatsächlich sichtbar gewesen – und nicht mehr unter Fettwülsten verborgen. Und ich hätte *nicht* gedacht, dass sie in einer anderen Liga spielt, und deshalb alles vermasselt. Ich wäre in derselben Liga gewesen.

Mit der Zeit wurde mir klar, dass dies *der* Fehler meines Lebens gewesen war, und auch wenn in den Jahren darauf immer neue Fehler dazukamen – dies war für mich die eine große Chance gewesen, meinem Leben eine neue Richtung zu geben. Die eine Chance, die nicht jeder kriegt und die man ergreifen muss. Die große Weggabelung, an der sich entscheidet, wie es mit einem weitergeht.

Alles wäre anders verlaufen, hätte ich mich entschieden, Marks Angebot anzunehmen – dieser Gedanke lässt mich bis heute nicht los. Und wenn ich spätnachts aus dem »Double U« komme, mich vor den Fernseher haue, verständnislos auf eine Quizshow starre und gerade so viel getrunken habe, dass ich melancholisch werde, dann sehe ich alles wieder vor mir.

Und dann gehe ich zum Kühlschrank und mache mir was zu essen.

3 FRÜHJAHR 1984

Ich verliebte mich dreimal in Kathleen Specht – das zweite Mal am Tag nach den Osterferien auf dem Schulflur und das dritte Mal am Glühweinstand auf dem Paderborner Weihnachtsmarkt, fast zwanzig Jahre später. Die Wucht, mit der es mich jedes Mal traf, gab mir das Gefühl, dass Kathleen mein Schicksal war – und dass es meine Bestimmung gewesen wäre, Mark Hillebrands Angebot anzunehmen und ein besserer Chris Mackenbrock zu sein, wenn ich auf die Liebe meines Lebens treffen würde.

Alles war von einer – mir aus irgendeinem Grund wohlgesinnten – Vorsehung fein ausgetüftelt in die Wege geleitet worden, doch ich Trottel hatte meinen Einsatz verpasst.

Meine Visionen von den Trainingserfolgen, die ich mit Mark erzielen würde, änderten sich in den langen Nächten, die nun kamen: Jetzt stiegen nicht mehr Bettina und Judith, Norbert Vossebein oder Dr. Bruns aus dem Bus, an dem wir vorbeiliefen – jetzt war es Kathleen.

Kathleen sieht mich und wendet sich zu einer gesichtslosen Freundin, die hinter ihr aussteigt: »Wer ist denn der Typ da? Der gerade diesen langweiligen Schönling abhängt?«

»Chris?«, antwortet das gesichtslose Mädchen. »Der ist total unglaublich! Vor ein paar Monaten war er noch echt fett, und jetzt hat er das alles weg. Gefällt er dir?«

Kathleen sieht mir mit diesem Gesichtsausdruck hinterher, von dem ich nie genug bekommen kann – ein milder Blick, der versucht, alles zu erfassen, und in dem ein ganz kleines Lächeln mitschwingt und der einem sagt: »Ich bin gerade dabei, ganz gründlich über dich nachzudenken und mir über dich klar zu werden, und hey, es sieht gut für dich aus.«

Dann dreht sie sich wieder zu ihrer gesichtslosen Freundin: »Ja, tut er. Aber das mit dem Laufen ist nicht so wichtig. Da ist etwas darunter. Man sieht, dass mehr in ihm steckt. Dass da was … was Besonderes ist. Verstehst du?«

Tatsächlich fiel ihre Bewunderung in meinen Visionen noch ein bisschen enthusiastischer aus und beinhaltete hoffnungsvolle Spekulationen über meine Talente als Küsser und Liebhaber (die ich dann im weiteren Verlauf der Phantasien eindrucksvoll unter Beweis stellte).

Diese Vision war eine reine Wunschvorstellung – doch die Chance, für Kathleen mehr zu sein als knapp zwei Zentner Lebendfleisch, unter dem sich Spurenelemente von Charakter abzeichnen, die hatte ich *tatsächlich* gehabt – und sie verpasst.

Nach der Klassenfahrt kamen die Osterferien. Bis dahin war für mich erwiesen, dass es am Anfang von drei schulfreien Wochen einfach unmöglich ist, schlecht drauf zu sein – aber in diesem Jahr war alles anders.

Die Symptome, unter denen Liebeskranke leiden, sind bekannt:

– Schlafmangel,

– quälende Gedanken, die sich ständig im Kreis drehen,

– der unwiderstehliche Drang, Fragen wie »Was ist denn los mit dir, Junge?« mit verächtlichem Schweigen zu beantworten, oder mit einem bitter hingemurmelten: »Was interessiert's dich schon, wie's mir geht?«,

– Appetitlosigkeit.

All diese Symptome stellten sich unweigerlich auch bei mir ein – außer dem letzten. Ich schlief kaum, ich brütete vor mich hin, ich schwieg ausdauernd – und ich fraß!

Ich fraß alles, was man nicht rechtzeitig vor mir wegschloss. Ich stellte Rekorde auf: zwanzig Schokoladenpuddings, die als Wochenvorrat gedacht waren, an einem Tag oder ein ganzer Topf voll Kartoffelpüree – ohne erst darauf zu warten, dass Kassler und Sauerkraut fertig wurden.

Meine Eltern waren ratlos und führten geflüsterte Gespräche, von denen ich immer wieder Fetzen mitbekam.

»Was ist mit ihm los, Inge? Er hat doch Ferien!«

»Lass ihn besser in Ruhe. Das ist die Pubertät.«

»Quatsch. Die Geräusche im Bad macht er seit mindestens *drei Jahren!* Es muss doch auch mal gut sein!«

»Er fühlt sich nun mal schlecht.«

»Wenn ich so viel essen würd, dann wär mir auch schlecht!«

Mir war das egal. Ich bewies mir selbst, wie albern meine Hoffnungen gewesen waren. Wie sollte jemand, der so unfassbar, so über alle Maßen, gigantisch und hoffnungslos verfressen war, jemals einem Mädchen wie Kathleen gefallen, geschweige denn von ihr geliebt werden?

Ich bestrafte meine Unzulänglichkeit mit einer perversen Lust, die man sonst nur aus christlichen Büßerklöstern oder exotischen Derwischorden kennt. Ich sah die Flagellanten vor mir, wie sie mich anstarrten und zu ihrem Meister ausriefen, weil sie voller Bewunderung erkannten, dass ein fünftes Stück Schmandkuchen oder der letzte Löffel Zitronenquark vorm Schlafengehen so viel bessere Folterwerkzeuge sein können als ihre albernen bluttriefenden Peitschen.

Aber schließlich wurde es besser: Wenn man erst mal ganz unten angekommen ist, an einem Punkt, an dem jeder Hoffnungsfunke von der alles ausfüllenden pechschwarzen Finsternis verschlungen wird, dann kann man anfangen, die ganze Sache philosophisch zu sehen. Die Gefühle stumpfen ab, und langsam wird man bereit, ins Leben zurückzukehren, noch wacklig auf den Beinen wie nach einer langen Krankheit, aber funktionsfähig.

Als die Schule wieder anfing, hatte ich mir beigebracht, jeden Gedanken an meine Fast-Beziehung mit Kathleen konsequent zu unterdrücken. Außerdem machte ich mir klar, dass ich gar nicht wirklich in sie verliebt gewesen war. Es war ganz einfach das erste Mal gewesen, dass ein Mädchen zugegeben hatte, dass sie was an mir fand – und darauf war ich angesprungen.

»Hey, Dicker – wie sieht's aus? Bereit, mit mir die Kubitzki in die Frührente zu quälen?«

Richie betrat den Aufenthaltsraum, und kurz darauf kamen Joker und der lange Gregor dazu. Richie war mit seinen Eltern nach Mallorca geflogen und unterhielt uns mit erfundenen Abenteuern, in denen es um sexuell ausgehungerte Orangenfarmerstöchter ging und um den Versuch, rauszufinden, was »Kondom« auf Spanisch heißt. Ich lachte, er sah mich an.

»Und? Was hast du so getrieben, Dicker?«

»Ich? Ach … ich war erst ein bisschen depressiv. Ich mein, jetzt wo die Oberstufe kommt und alles sich auflöst …«

Die anderen nickten.

»Aber dann hab ich mir gesagt, die ganze Schwarzseherei bringt doch nichts, oder? Tja, und jetzt bin ich einfach gespannt, was kommt! Wird bestimmt geil!«

Wieder nickten die anderen, und ich lächelte erleichtert. Ich war wieder ich selbst, und das Leben würde bald wieder okay sein. Und dann wurde es acht Uhr, und wir verließen den Aufenthaltsraum und traten in die Vorhalle, und Kathleen ging mit den Rust-Schwestern an uns vorbei und lächelte mir im Vorübergehen flüchtig zu.

Und zum ersten Mal seit Wochen hatte ich keinen Appetit mehr, denn eine Riesenfaust packte sich plötzlich meinen Magen, Milz, Leber, Bauchspeicheldrüse und was sich in einem drinnen noch so findet und schnürte alles mit brutaler Gewalt zu einem großen Knoten zusammen. Ich hatte mich zum zweiten Mal in Kathleen Specht verliebt.

Ich sah ihr nach und wünschte mir verzweifelt, dass irgendwas komplett Abgedrehtes passieren würde, etwas, das *alles* ändern würde: der Ausbruch einer Fettleibigkeitsseuche, die sämtliche Jungs – außer mir natürlich – in monströse Riesenquallen verwandeln und mir so einen entscheidenden Wettbewerbsvorteil verschaffen würde. Oder der Dritte Weltkrieg – wenn sowieso alle dauernd drüber redeten, könnte er auch endlich ausbrechen und mir die Möglichkeit geben, Kathleen vor der marodierenden russischen oder ostdeutschen Soldateska zu retten und mich zusammen mit ihr durch ein atombombenverseuchtes Deutschland Richtung Westen zu schlagen. Dort könnten wir die Strahlenkrankheit in den Griff kriegen und dann ein Leben im Widerstand gegen die kommunistischen Besatzer führen.

Aber in Wirklichkeit stand ich hilflos und unendlich allein inmitten von Horden von Schülern, die schwatzend und lärmend an mir vorbei zu ihren Klassenräumen eilten, während ich Kathleen nachstarrte. Meine Eingeweide fuhren fort, sich zu verkrampfen und ineinander zu verknoten. Aus dem Inneren meines Magens oder Darms oder irgendeines noch tiefer liegenden Organs löste sich ein unheilvolles Grollen. Richie sah zu mir und dann zu Gregor und Joker.

»Sieht so aus, als hätte einer heute nicht genug zum Frühstück gehabt.«

Ich sagte nichts und dachte befangen an die fünf Milchbrötchen und drei Teller Cornflakes, die ich mir an diesem Morgen reingestopft hatte. Dann gingen wir zu den Klassenräumen.

In der großen Pause kaute ich auf meinem doppelt belegten Fleischwurstbrot mit Mayonnaise herum und dachte nach: Ich hatte drei Wochen in meiner privaten kleinen Hölle geschmort, in der es nichts gab als Leiden und Fressen. Das wollte ich nie wieder erleben – also musste ich versuchen, meinen Fehler zu korrigieren.

Schließlich überwand ich mich und machte mich auf die Suche nach Mark Hillebrand. Ich fand ihn an den Tischtennisplatten, neben ihm das halbe Fußballteam der Schule und Tatjana, die er gerade an sich zog und küsste. Ich blieb stehen, Mark und die anderen sahen überrascht auf.

»Hi, Chris. Was gibt's?«, fragte Mark.

»Also, äh, ich … ich …«

»Ja?«

»Nun, du hast doch mal mit mir geredet, über … über …«

»Ja? Worüber?«

Ich sah sein gleichgültig freundliches, verständnisloses Lächeln – und wie vor dem Sprung aus dem Fenster in der Jugendherberge wusste ich, dass ich es auch diesmal nicht schaffen würde: Der Abgrund war zu breit und zu tief, und gegen die Schwerkraft hatte ich keine Chance.

Mein Unterbewusstsein merkte, dass es mal wieder Zeit war für eine Übersprungreaktion, und so japste ich – und dann drehte ich mich ohne ein weiteres Wort wieder um und trottete davon. Das Rauschen in meinen Ohren sagte mir, dass mein Kopf inzwischen tiefrot angelaufen sein musste.

»Alle in Deckung! Gleich platzt er!« Das war natürlich Tatjana, die mir noch immer nicht verziehen hatte. Ich hörte die anderen hinter mir kichern und biss mir auf die Lippen – was für eine idiotische Idee war das gewesen: Mark Hillebrand an einen Vorschlag erinnern zu wollen, den er über ein Jahr zuvor gemacht hatte und den er inzwischen sicher längst vergessen hatte.

Es war das zweite Mal, dass ein Gespräch mit Mark Hillebrand mein Leben auf spektakulär unspektakuläre Art und Weise *nicht* geändert hatte – aber dieses Mal war ich mir der Tatsache bewusst. Dieser Zug war für mich abgefahren. Ich war auf mich allein gestellt.

Am Nachmittag fuhr ich nicht mit dem ersten Bus zurück nach Hause, sondern ging in die Stadtbibliothek, um mich auf die Suche nach einem Buch zu machen, das mich über Trainingsmethoden und Sportlerdiäten aufklären sollte. Ich fand nichts außer einem schmalen Bändchen, in dem ein ehemaliger Bodybuilder sich an die Höhepunkte seiner fragwürdigen Karriere erinnerte und außerdem ein paar Übungen und Ernährungstipps vorstellte. Ich lieh es aus.

Auf der Rückfahrt mit dem Nachmittagsbus nahm ich mir das Buch vor. Die Lebensgeschichte des Mannes überschlug ich nur, da ich bald den Eindruck hatte, dass er die Begriffe »eiserne Disziplin« und »unbeugsamer Wille« erheblich überstrapazierte. Auch die Ernährungstipps ignorierte ich, denn es tauchten neben Quarkspeisen auch Salat und Rohkost auf, und das machte mich depressiv.

Aber den Teil mit den Fitnessübungen las ich mir genau durch: Das sah machbar aus. Man brauchte kaum Hilfsmittel, nur ein paar Sachen, die sich im Haushalt fanden. Und was der Bodybuilder und seine Trainingspartnerin auf den Fotos vorexerzierten, wirkte weder zu anstrengend noch zu kompliziert.

Das würde ich durchziehen und damit ganz langsam meinen Körper umformen. Und ich würde das allein schaffen, ohne Mark Hillebrands Hilfe! Mein Enthusiasmus wuchs immer mehr.

Zu Hause angekommen, schrieb ich in meinem Zimmer einen Trainingsplan und achtete darauf, realistisch zu bleiben – jeden Tag nur ein, zwei Wiederholungen mehr und jede Woche eine neue Übung. Ich machte die Liste gleich für die nächsten drei Monate im Voraus.

Damit standen meine Vorbereitungen. Nur mit meiner Turnhose bekleidet, schlich ich die Treppe hinauf zum Dachboden, um die Fußstapfen von Rocky Balboa zu treten. Ich schaffte das Aufwärmen und die ersten zwei Übungen, und zwar in absolut korrekter Haltung – als ich ein paar Minuten später aus der Ohnmacht erwachte, lag das Buch, das ich zur

Kontrolle meiner Bewegungen an mich genommen hatte, zerfleddert unter mir.

Meine Eltern, aufgeschreckt durch den dumpfen Aufprall von zwei Zentnern Körpermasse auf die Bodendielen, waren inzwischen nach oben geeilt und sahen nun verstört auf mich herunter – die flirrenden Lichtstrahlen des Spätnachmittags zeichneten durch das Dachbodenfenster bizarr gewölbte Gittermuster auf meinen nackten Bauch, während ein paar verirrte Fliegen mich gemächlich umschwirrten. Während ich wieder zu mir kam, hörte ich die ratlose Stimme meines Vaters.

»Was ist nur los mit ihm?«

»Ich weiß es nicht, Walter. Ich weiß es doch auch nicht.«

Etwa eine Stunde später, als der Arzt, der mich in meinem Zimmer untersucht hatte, wieder gegangen war, hörte ich meine Eltern leise vor meiner Tür miteinander reden.

»Was hat er sich denn gedacht? Da oben knallt den ganzen Tag die Sonne drauf. Das sind da mindestens fünfzig Grad.«

»Und er hat nicht mal ein Fenster aufgemacht. Da gibt's doch praktisch keine Luft. Nur Staub!«

»Und ausgerechnet heute, wo er zum ersten Mal seit einem Jahr nichts zu Mittag gegessen hat.«

»So viel Dummheit, das ist doch nicht normal – wenn der Arzt das nächste Mal kommt, soll er einen Drogentest oder so was machen …«

In meinem Bett versuchte ich inzwischen, irgendwie mit der Demütigung fertig zu werden – um dann endlich erschöpft einzuschlafen. Auch wenn es nur ein paar Minuten Training gewesen waren, die Wirkung blieb nicht aus: Ich fühlte mich zerschlagen und todmüde.

Als ich wieder aufwachte, war es später Abend, die Nachttischlampe brannte, und mein Vater stand an meinem Bett. Er sah mich mit einem unsicheren Lächeln an.

»Geht's besser?«

Ich nickte. »Nicht so schlimm, Papa.«

»Ein Glück. Also … schlaf weiter.«

Er tätschelte mir die Hand und ging zur Tür, drehte sich aber noch einmal um und räusperte sich verlegen.

»Ach ja, und … also, das nächste mal, da … geh *dafür* doch lieber wieder ins Bad.«

Das »Dachboden-Drama« war nicht mein letzter Anlauf, durch Training mein Fett loszuwerden. Im Lauf der nächsten Jahre folgten noch der »Expander-Zwischenfall«, der mich fast das rechte Auge gekostet hätte, dazu das »Kurzhantel-Vorkommnis«, nach dem ich mich zwei Wochen lang nur humpelnd fortbewegen konnte, sowie das »Springseil-Fiasko«, in dessen Folge ich das Fenster meines Zimmers von meinem Taschengeld reparieren lassen musste.

Auch später blieb ich stets anfällig für Zeitungsartikel, die mich mit Überschriften wie »Mit zwölf kinderleichten Übungen zur Traumfigur« oder »Der Zehn-Minuten-Workout – dein sicherer Weg zum Idealgewicht« dazu brachten, mich mehrere frustrierende Abende lang auf dem Teppich zu wälzen, bis ich die Aussichtslosigkeit meiner Bemühungen erkannte.

Wenn ich zurückdenke, dämmerte mir aber nach diesem Fehlschlag bereits endgültig die bittere Wahrheit: Mir fehlte es an Disziplin, an Ausdauer und einfach an dem Talent, mich zu schinden. (Knapp zwanzig Jahre später sollte dann ein Laborbericht, bei dem mir ein Cholesterinspiegel von 357 bescheinigt wurde, schaffen, wozu die große Liebe nicht in der Lage gewesen war: Er brachte mich dazu, den langen und zermürbenden Kampf gegen das Fett anzutreten – und zu gewinnen.)

Das Trainingsbuch verlängerte ich trotzdem noch mehrmals, bis ich es der Bibliothek zurückgab: Die Partnerin des Bodybuilders hatte eine tolle Figur und eine Vorliebe dafür, ihre Übungen in knappen Bikinis durchzuführen – und so benutzte ich das Buch ab jetzt zu dem Zweck, den mein Vater eh vermutet hatte.

Ich war wieder ganz unten. Immer wieder ging ich in den großen Pausen zum Fahrradständer, an dem ich Kathleen zum ersten Mal getroffen hatte. Ich sah sie wieder vor mir, wie sie dasaß, blass und verheult. Ich musste nicht lange warten – ein paar Sekunden später schwappte die Verzweiflung in einer Welle über mich hinweg und nahm mir fast den Atem. Ich ließ es geschehen, denn der Schmerz war majestätisch und füllte mich ganz aus, so sehr, dass ich nicht mehr denken konnte. Und nicht mehr denken müssen – mehr wollte ich ja gar nicht.

Ich musste etwas unternehmen, wenn ich nicht vor die Hunde gehen wollte. Meine Hoffnung, mit Kathleen zusammenzukommen, war eine winzige zerfledderte Pflanze, irgendein Moos oder eine Flechte, die unerlaubt in einer schattigen Ecke hervorgesprossen war, und zwar in einem Betongarten in Nowosibirsk, direkt neben dem Schwerölkraftwerk. Aber trotzdem – das Grünzeug war nicht tot.

Ich würde Kathleen davon überzeugen, dass ich Charakter hatte und dass wir zusammenpassen würden. Ich wusste, dass ich mir da eine Menge vorgenommen hatte: meinen Fehler wiedergutzumachen und mein Schicksal in die Richtung zu lenken, die es für mich vorgesehen hatte.

Ich wusste nicht, dass es mich zwanzig Jahre kosten würde. Und ich hätte es wohl ganz bleiben lassen, hätte ich damals geahnt, dass ich *alles* falsch machen würde.

4 FRÜHSOMMER 1984

»Okay, Dicker, ich fasse mal zusammen: Du hast die charakterlichen und sonstigen Qualitäten von Kathleen Specht erkannt und möchtest mit ihr zusammenkommen – um Sex und andere verdorbene Dinge mit ihr zu treiben?«

»So in etwa. Und ich wäre froh, wenn du keine Witze darüber machen würdest.«

Wir saßen in Richies Dachzimmer. Richies Familie wohnte in einer der schmalen Gassen im verwinkelten alten Viertel von Hölten, in einem winzigen schiefen Haus, dessen Fachwerk weiß übertüncht war. Als seine Eltern im Sommer zuvor beschlossen hatten, den Dachboden auszubauen, war Richie entschlossen zu seinem älteren Bruder marschiert und hatte ihm seine E-Gitarre mitsamt Verstärker angeboten, zum Tausch gegen das Wohnrecht auf dem Dachboden. Richies Bruder nahm an und gehörte bald darauf zu Höltens härtester (und einziger) Heavy-Metal-Band. Richie aber ging auf seine eigene Tour und sammelte bei seiner weitverstreuten Verwandtschaft Sofas, Lampen, Teppiche und sogar einen Ledersessel ein, mit denen er sein »Studio« vollstellte. Ich rutschte jetzt unbehaglich in dem Ledersessel herum, während Richie am Fenster stand und in den engen Hinterhof herunterblickte.

»Wenn ich jetzt nicht irgendwas unternehme, werd ich wahnsinnig. Du musst mir sagen, was sie so tut. Was sie für Hobbys hat. Wo sie sich rumtreibt …«

»Ihr nachschnüffeln? Mach das selber.«

»Ich bin nicht aus Hölten, du Arsch! Aber bei dir, da würd das nicht so auffallen, wenn du … äh, ihr nachschnüffelst …«

Richie fischte eine Chromdioxid-Cassette aus dem Tapedeck und ließ seinen Blick über das Cassettenregal wandern. Einer der Gründe, weshalb wir immer öfter nach dem Unterricht bei ihm rumhingen, war seine riesige Musiksammlung. Er investierte einen Großteil seines Taschengelds in Leercassetten und bearbeitete seinen großen Bruder und dessen Freunde ständig, bis er sich ihre Platten aufnehmen konnte. Jetzt aber griff er in seinen Giftschrank und legte Status Quo ein, ein sicheres Zeichen, dass er ungehalten war und mich quälen wollte. Ich versuchte, mein gewinnendstes Lächeln aufzusetzen.

»He, du hast dir doch früher schon immer diese Fernrohre, die um die Ecke gucken, gebastelt. Weil du Agent werden wolltest. Jetzt kannst du das endlich anwenden.«

»Das war vor hundert Jahren! Damals war ich höchstens zwölf!«, antwortete Richie und schnaubte verächtlich. »Außerdem ging's nicht darum, Agent zu werden – sondern Superverbrecher.«

»Komm schon, Mann – ich hab dir bei Tatjana auch geholfen.«

»Das war was ganz anderes.«

»Genau. Das war viel gefährlicher – Tatjana hasst mich noch immer! Das ist ein Wunder, dass sie mir das noch nicht heimgezahlt hat.«

Richie seufzte. »Also gut, Dicker. Ich besorg mir einen langen Regenmantel, und dann schleich ich deiner Lady nach.«

Zwei Tage lang sah ich Richie kaum, dann sprach er mich nach der Chorstunde an, während wir den Gang vom Musiksaal zur Eingangshalle entlangliefen.

»Psssst. Schau in deine Tasche. Unauffällig …« Damit ging er, ohne mich noch einmal anzusehen, weiter. Ich holte den Umschlag heraus, den er in meine Schultasche geschmuggelt hatte und in dem sich mehrere vollgetippte Seiten befanden. Richie war definitiv verrückt.

Bericht vom 12.05.84:

Observation von Kathleen Specht, im Folgenden geführt unter Codename: »Observationsziel« (OZ). Durchgeführt von Ralf Sander, Codename: Observationsdurchführender (OD).

OZ wohnt in Neubausiedlung am Stadtrand, allein mit ihrer Mutter. Mutter ist geschieden und Tanzlehrerin. Wurde in Hölten geboren, ging nach Hamburg und kehrte vor einiger Zeit zurück, und nach Aussage einer Nachbarin hat sie »angeblich mal in einer Kommune gewohnt, und niemand würde sich wundern, wenn bei der mal irgendwann die Polizei vor der Tür steht«.

OZ geht dienstags zum Geigenunterricht und freitags zum Jazztanz, ist mehrmals die Woche unterwegs mit ihren Freundinnen Tatjana, Inga und Beatrix (Codename: »Dumme Tussen« oder »DTs«.) Gemeinsame Lieblingsbeschäftigungen Cappuccino trinken und rumgackern im Café Wieland, schwimmen gehen oder rumhängen bei DT 1 (Tatjana Behling). Was dort passiert, konnte von OD nicht recherchiert werden, vermute aber stark, dass es sich um Pyjamapartys, Kissenschlachten und lesbische Liebesspiele handelt.

OZ hat seit Neuestem die Mitarbeit an der Schülerzeitung eingestellt, nachdem unser lieber Direktor Multhaup (Codename: »Ober-Riesen-Arschloch«) ihren letzten Artikel über die Rolle des FvS im Dritten Reich zensiert hat. OZ geht stattdessen jetzt mit DT 2 regelmäßig ins Katholische Pfarrheim in der Weberstraße und widmet sich der christlichen Jugendarbeit (Codebezeichnung: »Bodenlose Zeitverschwendung«).

OD folgte den beiden bis zum Eingang des Pfarrheims, verzichtete aber darauf, selbiges zu betreten, da er ein zutiefst sündiger Mensch ist und beim Betreten des Hauses vom Blitz erschlagen worden wäre.

Schlusswort: Mit OZ in engeren außerschulischen Kontakt zu treten und sie dort von deinen Vorzügen zu überzeugen wird nicht leicht werden, Dicker. Du könntest deine Phobie gegen öffentliche Schwimmbäder überwinden, aber wir beide wissen, dass das nicht passieren wird. Oder du könntest Geigenunterricht nehmen, wenn du wenigstens eine Spur musikalisch wärst und nicht solche Wurstfinger hättest. Sorry, Mann.

Richie irrte sich – ich war nicht enttäuscht. Zwischen meinen Eltern, Gott und mir bestand ein Deal: Ich ging jeden Samstag brav in die Halbachtmesse, im Gegenzug stellte niemand Fragen darüber, was ich mit dem Rest des Samstagabends anfing. Das brachte allen Seiten Vorteile: Meine Eltern konnten sich sicher sein, dass die Familienehre nicht gefährdet wurde, Gott konnte seine Statistiken aufpolieren, und ich behielt ein einigermaßen reines Gewissen. So hatte ich keine Probleme damit, am nächsten Nachmittag ins Pfarrheim zu gehen, einen langgestreckten roten Ziegelbau, der früher mal eine Schule gewesen war – den zeternden Richie im Schlepptau.

»Scheiße! Warum mach ich das überhaupt!?«

»Wenn ich allein herkomm, wird Kathleen sofort klar, dass ich nur wegen ihr da bin. Und *das* darf ihr erst dämmern, wenn sie in mir mehr sieht als …«

Er kniff mir genussvoll in den Bauch. »Als das hier?«

Ich nickte. »Wenn *du* aber hier reinmarschierst und ich nur so mit dabei bin, dann ist das unauffällig. Sag ihnen einfach, dass ihre Arbeit dich interessiert. Dass du nach einer sinnvollen Freizeitbeschäftigung suchst.«

Richies Stimme wurde schrill. »Das … das kann ich nicht!«

»Wieso?« Plötzlich kam mir ein schrecklicher Gedanke. »Du bist doch nicht evangelisch oder so?!«

»Nein.«

Ich atmete auf. Er sah mich leidend an.

»Scheiße! Wenn das irgendwer erfährt, ist mein Ruf endgültig ruiniert!«

Tatsächlich hatte auch ich ein etwas mulmiges Gefühl. Bei dem Begriff »Katholische Landjugend« kamen mir Assoziationen von Teestunden und Lagerfeuerabenden. Blasse Mädchen in langen, unförmigen Röcken und dicken Strumpfhosen schenkten Wildkirschtee aus und lächelten schmallippig. Pickelige Jungs mit fiesen Frisuren, die Breitcordhosen trugen, spielten dazu »Kleines Senfkorn Hoffnung« auf der Gitarre, und nachher musste jeder was erzählen: »Mein schönstes Erlebnis mit dem Heiligen Geist« oder »Wie ich gemerkt habe, dass Jesus mein bester Freund ist«.

Aber Kathleen trieb sich hier irgendwo herum, und das ließ alle Bedenken in den Hintergrund treten. Wir gingen leise durch einen modernen weiß getünchten Flur mit orangefarbenen Türen.

»Sieht ganz normal aus. Jedenfalls nicht besonders heilig oder so«, sagte ich, leiser als nötig. Auch Richie flüsterte.

»Natürlich! So ist es in Horrorfilmen auch immer – die Irren wiegen dich in Sicherheit, dann zeigen sie dir dein Zimmer, und wenn du sie das nächste Mal siehst, schmeißen sie gerade die Kettensäge an!«

Ich steuerte auf eine Tür zu, an der ein handgemaltes Plakat hing: *»Dienstag, 15 Uhr, Hausaufgabenhilfe. Treffpunkt: Jugendraum.«* Daneben ein Pfeil, der senkrecht nach unten zeigte. Ich ging hinein – und pfiff leise durch die Zähne.

»Mann, Alter! Schau dir das an! Das ist besser als dein Dachboden!«

Der Raum war fast komplett holzgetäfelt. Eine Menge dunkler Cordsessel standen herum und bildeten zwei Sitzgruppen. Am Ende des Raums befand sich eine selbst gezimmerte Theke, daneben ein kleiner Verschlag für die Musikanlage.

»Auf jeden Fall haben die Geld. Alles aus Kirchensteuern«,

befand Richie ungnädig. Wir öffneten die Tür zum Verschlag und begutachteten die Anlage. Richies Miene entspannte sich etwas.

»Okay, hier waren Fachleute am Werk. Da, der Verstärker – ein echt gutes Teil. Der brennt dir *nie* durch. Genau das Richtige, wenn du's auf deiner Party mal krachen lassen willst. Und die Boxen …«, er deutete nach oben, »… selbst gebaut. Das hat was.«

Ich grinste und verließ den Verschlag, um mich weiter umzuschauen. Hinter der Theke waren Getränkekisten gestapelt.

»He, die haben sogar Bier. Ich sag doch, das ist hier bestimmt gar nicht so –«

»OH SCHEISSE! WIR MÜSSEN SOFORT HIER RAUS!«

Ich sah erschrocken zu Richie herüber. Er tauchte mit entsetztem Gesicht über der Brüstung des Verschlags auf – und hielt angeekelt eine der LPs, die er gerade durchwühlt hatte, hoch.

»Siehst du das? Neil Diamond!«

»Mann, hast du mich erschreckt. Leg die wieder –«

»Und Chris de Burgh! Scheiße, wer so was hört, der … der ist *gefährlich!*«

Richie hielt eine Chris-de-Burgh-Platte mit zwei Fingern hoch und sah sie voller Abscheu an. Dann verschwand er wieder. Ich versuchte ihn zu beschwichtigen.

»Komm jetzt, erzähl nichts. Wir –«

Jetzt jaulte Richie laut auf. Ich hörte, wie er sich weiter durch die Cover wühlte.

»Das ist die Hölle, Mann! Taizé-Chöre! Georg Danzer! Cat Stevens!«

»He, ich mag Cat Stevens!«

»Und hast du mal drüber nachgedacht, warum du keine Freunde hast? Diese Typen hier sind jedenfalls … oh Gott …«, seine Stimme erstarb. »Joan Baez …!«

Ich hörte, wie er seinen Kopf leise gegen die Wand hämmerte.

»Wie kann man so was freiwillig hören? Wie??«

»Ich glaube, das kann ich erklären …«, sagte eine fremde Stimme hinter mir. Ich sah mich überrascht um und betrachtete den Neuankömmling. Es war John Lennon.

»Entschuldigung, ihr hattet mich nicht gehört, als ich reingekommen bin. Ich bin Stefan.«

»Wir sind … Chris … und Richie.«

Ich starrte ihn an. Er war vielleicht ein oder zwei Jahre älter als wir, trug Wildlederjacke und -schuhe und eine kleine kreisrunde Nickelbrille, durch die er mich amüsiert anblickte. Seine Haare waren lang und glatt und in der Mitte gescheitelt – ja, das war eindeutig John, in der Nach-Sergeant-Pepper-aber-bevor-die-Schlampe-Yoko-alles-kaputt-gemacht-hat-Phase.

»… also, wir hatten gestern einen Teeabend. Da hören die Leute lieber was Ruhiges. Die Platten, auf denen richtige Musik ist, stehen links auf dem Boden.«

Ein bollerndes Geräusch hinter dem Verschlag verriet, dass Richie die Richtigkeit dieser Aussage sofort überprüfte. Ich starrte Stefan immer noch verblüfft an. Einen winzigen Moment lang war ich überzeugt, er würde den Mund aufmachen und anfangen »Across the Universe« zu singen, aber er lächelte nur. Mann, er hatte sogar Johns ironisches Lächeln.

»Also, was treibt euch her?«

»Na ja, ich … ich begleite nur Richie …«, ich zeigte auf den Verschlag. Von dort ertönten jetzt begeisterte Grunzlaute und deuteten darauf hin, dass der Rest der Plattensammlung Richie entschieden mehr zusagte.

»*Mich* hat gar nichts hergetrieben. Weil *ich* ja nur mitgegangen bin.«

»Ja, das hatte ich schon ein ganz kleines bisschen rausgehört. Und, äh, dein Freund, Richie? Was hat den hergetrieben?«

»Er … interessiert sich für eure Arbeit. Und sucht nach einer sinnvollen Freizeitbeschäftigung.«

»Das heißt: Er will bei uns mitmachen?«

Im nächsten Augenblick verstummten die Geräusche hinter dem Verschlag. Richies Kopf tauchte über der Brüstung auf, hinter Stefan, der mit dem Rücken zur Theke stand. Ich warf Richie einen bedauernden Blick zu – dann tat ich, was ich tun musste.

»Ja. Will er.«

Während Richie einen leisen erstickten Laut von sich gab, nickte Stefan, sichtlich erfreut.

»Schön. Wirklich.«

»Ja. Und ich … ich dachte, wenn ich schon mal mitgekommen bin, dann … kann ich auch mitmachen.«

»Und was interessiert euch so? Wir machen hier jede Menge Sachen.«

Damit hatte ich nicht gerechnet. Ich versuchte verzweifelt zu erraten, an welchen Aktivitäten Kathleen hier wohl teilnahm.

»Ach, ich weiß nicht … alles Mögliche.«

»Filmabende vorbereiten?«

»Ja. Das klingt interessant!«

»Oder die Jugendzeitung? Da suchen wir immer Leute.«

»Hört sich super an.«

»Dann gibt's noch die Umweltgruppe. Wir sammeln Müll im Wald auf.«

»Geil!«

Richies Miene verriet jetzt nackte Angst. Stefan aber lächelte, diesmal nicht ironisch.

»Mann, ihr seid ja *wirklich* interessiert. Ach, was ist mit Jugendmessen gestalten? Wär das was für euch? Oder Taizé-Abende? Oder die Kindergruppe betreuen?«

Richie schüttelte voller Panik den Kopf. Aber für mich gab es kein Zurück mehr.

»Ja klar!«

»Oder die Aktion Minibrot, zum Erntedankfest?«

Ich nickte eifrig. Stefan lächelte wieder.

»Ihr scheint es ja echt ernst zu meinen. Mann, das freut mich. Wir haben hier in letzter Zeit ein paar Nachwuchsprobleme. Wenn das nicht anders wird, dann kürzt die Gemeinde uns die Mittel.«

»Ah«, ich nickte mitleidig.

»Ja – und wenn wir Pech haben, kriegen wir sogar einen Jugendreferenten vorgesetzt. Dann gibt's hier bestenfalls noch Gesprächsabende oder so, auf jeden Fall total spießiger Kram. Und ich meine, der Sinn von Jugendarbeit kann doch nicht sein, dass man sich von Leuten rumkommandieren lässt, die –«

Er sah, dass ich ihn verständnislos anstarrte.

»Entschuldigung, ich komm schnell ins Labern. Ist eine kleine Schwäche von mir.«

Ich nickte nur und verbiss mir die Bemerkung, dass er sich meiner Meinung nach keine Sorgen machen musste, das Programm könnte *noch* spießiger werden.

»Also, ihr werdet bestimmt Spaß haben hier. Ich hab das Gefühl, ihr passt echt gut zu uns«, sagte Stefan und machte sich mit glücklicher Miene eine Flasche Cola auf. Er sah nicht, dass Richie hinter ihm gerade demonstrierte, wie er mir bei der nächsten sich bietenden Gelegenheit die Kehle durchschneiden würde.

Es stellte sich heraus, dass wir einen guten Zeitpunkt gewählt hatten – an diesem Abend traf sich der »Aktivkreis«, bei dem die Mitglieder der Landjugendgruppe die Aktionen für die Woche besprachen. Und so warteten wir kurz darauf mit einer Flasche Cola in der Hand in den Cordsesseln auf die anderen. Unter den ersten, die eintrafen, war – der lange Gregor. Richie konnte es nicht fassen.

»Mann, Gregor! Alter! Du hier! Wieso hast du uns nie was erzählt?«

Gregor setzte sich und schaute uns ernst an.

»Ich will ehrlich zu euch sein …«, er atmete tief durch, »es war mir ein bisschen peinlich.«

»Zu Recht!«, krähte Richie, der seine übliche gute Laune schon wiedergefunden hatte. »Ich meine, uns war immer klar, dass du ein düsteres Geheimnis mit dir rumschleppst. Aber wir dachten an so was wie Lustmorde oder Terrorismus. Wir haben ja nicht geahnt, dass es *so* schlimm ist.«

Ich trat Richie vors Schienbein. Ebenso gut hätte er brüllen können: »He, wir interessieren uns in Wirklichkeit einen Scheißdreck für diesen Laden, wir sind aus einem *ganz* anderen Grund hier!« Und selbst der geistig eher hüftsteife Gregor würde sich dann zusammensetzen können, dass dieser Grund Kathleen war. Dabei war ich heilfroh, dass ich das bisher erfolgreich vor allen hatte geheim halten können.

»Ich bin vor allem wegen der Band hier. Die ist echt gut. Ich spiele Bass«, erzählte Gregor und wurde dabei so rot, als hätte er uns gerade seine Lieblingsmasturbationspraktiken verraten.

»Verstehe. Also, *ich* interessier mich, wie sich rausgestellt hat, für alles hier«, antwortete Richie.

»Echt? Und ich hab geglaubt, du wärst mit Chris hier – wegen Kathleen.«

Ich sah Gregor fassungslos an. Er lächelte entschuldigend.

»Ich dachte nur. Weil du immer so guckst, wenn sie vorbeigeht. Oder einer von ihr redet.«

Ich spürte, wie meine Kehle eingeschnürt wurde.

»Oh Scheiße! Wissen … wissen es alle?«

»Nee, ich glaube sonst keiner. Und keine Angst, ich werd's nicht rumerzählen.«

Er nickte noch mal zur Bekräftigung und verfiel wieder in sein übliches Schweigen.

Und dann kam sie. Kathleen, begleitet von Beatrix! Sie hatte sich inzwischen noch mehr von ihrem düsteren Stil verabschiedet und trug genau wie Stefan eine alte Wildlederjacke. Ich machte mir eine geistige Notiz, meine Garderobe entsprechend umzustellen. Endlich sahen sie uns und lächelten überrascht.

»Hallo, ihr drei!« Kathleen winkte uns zu.

»Hallo!«, rief Gregor.

»Hey, ihr Schnaken!«, rief Richie.

Und ich japste mal wieder nur. Richie sah mich strafend an, während Kathleen sich umdrehte und ein paar Bekannte begrüßte.

»Wenn das mit euch beiden jemals was werden soll, musst du dir *das* ganz schnell abgewöhnen, Dicker!«

»Ist doch nicht so schlimm, Mann. Nur eine Übersprunghandlung.«

»Ich mein nicht das Gejapse. Ich mein das Starren!«

»Oh … ist das so schlimm?«

Richie nickte energisch, Gregor auch.

»Wie … wie starre ich denn?«

»Leidend«, meinte Gregor.

»Dümmlich«, sagte Richie.

»Oh«, sagte ich. »Okay, ich werd dran arbeiten.«

Der Aktivkreis verlief weniger verkrampft, als ich es erwartet hatte. Etwa zwei Dutzend Leute waren gekommen, keiner trug unförmige Röcke oder Breitcordhosen. Manchmal diskutierten sie, und manchmal gab es Streit, doch den ganzen Abend sagte niemand so was wie: »Haltet ein, Brüder und Schwestern, es gefällt dem Herrn nicht, wenn wir hadern!« oder »Warum überlegen wir so lange, was für einen Stand wir beim Pfarrfest aufbauen wollen? Der Heilige Geist wird uns die Antwort schon verraten.«

Und Kathleen war großartig! Sie schlug vor, es nicht beim Aufsammeln von Müll im Wald bewenden zu lassen, sondern sich in Gruppen auf die Lauer zu legen, die Umweltschweine zu ertappen und ihnen dann die Hölle heißzumachen. Dann beantragte sie, bei der nächsten Fastenaktion statt des üblichen Fischgerichts nur eine Handvoll Reis zu servieren – was, wie sie rausgefunden hatte, die durchschnittliche Tagesration der Hungernden in Bangladesch war. Sie war auf eine Weise überspannt und durchgeknallt, die man einfach lieben musste – zumindest fand *ich* das. Stefan dagegen erwies sich als beinharter Pragmatiker – der richtige John Lennon hätte ihn gehasst. Jedes Mal, wenn Kathleen einen Vorschlag machte, verzog er das Gesicht, als hätte man ihm in den Unterleib getreten. Danach antwortete er dann etwas, was unglaublich vernünftig klang und Kathleen wie eine Idiotin aussehen ließ.

»Ich akzeptiere natürlich, was du da sagst, Kathleen. Aber wollen wir wirklich *nur* für eine Aktion von rein symbolischem Wert *alle* in dieser Gemeinde gegen uns aufbringen? Wenn ja, dann ist es *völlig* okay, wir müssen uns nur darüber klar sein, *was* das für unsere Gruppe bedeutet – und dann müssen wir das *alle* mittragen.«

Labern konnte er tatsächlich, da hatte er nicht übertrieben, und es gelang ihm, die meisten von Kathleens Anträgen abzuschmettern. Kathleen verdrehte nur genervt die Augen, sobald Stefan loslegte, und ich ertappte mich bald dabei, wie ich es ihr nachmachte. Schließlich kam Beatrix an die Reihe. Sie leitete den Dritte-Welt-Arbeitskreis und wendete sich mit ihrer spröden Stimme an uns.

»Also, ihr wisst ja, wir haben beschlossen, einen Infoabend zu machen, über Afrika. Hat da jemand Vorschläge oder kann was beitragen?«

Ich hielt den Atem an und fragte mich, ob hier wieder die Vorsehung zugeschlagen hatte – tatsächlich gab es jemanden, der etwas beitragen konnte: mich! Ich meldete mich aufgeregt.

»Hier! Ich kann ein Referat beisteuern! Hab ich letzten Monat in Erdkunde gehalten. Über Afrika! Das passt perfekt!«

Beatrix lächelte verkrampft.

»Danke, Chris, das ist lieb, echt. Aber ich habe gehört, wie du's gehalten hast. Es ist nicht über Afrika.«

»Doch! Ist es. Über was soll's denn sonst sein?«

»Über Geburtenkontrolle.«

»Ja – in *Afrika!*«

»Du hast erläutert, dass Geburtenkontrolle notwendig ist – und dass deiner Meinung nach die katholische Kirche eine kriminelle Organisation ist, die aus Machtinteressen die Leute in der Dritten Welt in Unwissenheit hält und Massenarmut und Hunger in Kauf nimmt. Und dass der Papst dankbar sein muss – weil andere Diktatoren mit einer vergleichbaren Verbrecherkarriere schon vor UN-Tribunalen gelandet und gehängt worden wären.«

»Mann, bei Referaten hört nie einer zu. Ich musste das ein bisschen aufmotzen.«

»Und bevor Herr Heine dich gestoppt hat, hast du behauptet, die tiefere psychologische Ursache dafür wäre vermutlich Penisneid, weil es ja bekannt wäre, dass Neger größere … na ja, du weißt schon, haben und der Papst und die Kardinäle die Afrikaner deshalb einem qualvollen Hungertod ausliefern wollten, um einen Minderwertigkeitskomplex zu kompensieren. Das willst du echt erzählen – im Pfarrsaal??«

»Na ja, ich könnte es etwas entschärfen.«

Stefan meldete sich aus dem Hintergrund. »Super, die machen uns den Laden dicht.«

Das aufgeregte Gemurmel der anderen ließ darauf schließen, dass die Mehrheit das ähnlich sah. Neben mir hörte ich Richie fröhlich grölen: »Spinnt der dicke Kerl, oder was? Der soll sich mal untersuchen lassen! Raus mit ihm!«

Dann aber war nur noch eine kehlige Stimme zu hören, die alle übertönte – wenigstens schien es mir so. Es war Kathleen.

»Was ist schlecht daran, wenn man die Wahrheit sagt? Und was anderes macht Chris doch nicht! Also … teilweise wenigstens.«

Sie schob die Unterlippe vor, ihre Augen blitzten, und ihre Wangen röteten sich, und dann ging der Kampf los. Ich selbst hielt mich erst mal heraus. Tatsächlich war mein ursprüngliches Referat sehr viel weichgespülter gewesen, doch ich hatte die Pause, bevor ich es halten musste, wieder mal am Fahrradständer verbracht. Danach hatte ich meine Verzweiflung und meinen Zorn an dem wehrlosesten Opfer ausgelassen, das gerade zur Hand war: dem Papst. Das aber wollte ich lieber niemandem erzählen – zumal Kathleen gerade für mich kämpfte.

Ich genoss das Gefühl, auf einer Seite mit ihr gegen den Rest der Welt zu stehen, bis sie und Stefan schließlich kurz davor waren, handfeste Beleidigungen auszutauschen (»Habe ich das richtig verstanden, Stefan? Wir müssen auf die Gefühle des Frauen- und Müttervereins Rücksicht nehmen, weil die uns die Kaffeemaschine fürs Weihnachtskaffeetrinken zur Verfügung stellen? Hörst du dir eigentlich mal selber zu?!«)

Da meldete ich mich noch einmal.

»He, hört mal, ich hab allen möglichen Kram lesen müssen für das Referat. Auch über die Ausbreitung der Wüsten und so. Ich könnte auch dazu was erzählen.«

Die anderen sahen mich misstrauisch an.

»Kein Wort über Geburtenkontrolle. Versprochen. Und über den Papst auch nicht.«

Mein Vorschlag wurde angenommen. Als die anderen wieder zur Tagesordnung übergingen, lächelte Kathleen mir zu. Ich hatte diesen Ausdruck bei ihr noch nie bemerkt: zufrieden, ausgesprochen sonnig und ein wenig verschmitzt dazu. Ich sah darin mein ganz privates »Schau mal an, Chris, ich hab mich nicht in dir getäuscht, du bist tatsächlich ein interessanter Typ«-Lächeln.

Das war ein guter Start. Ich fühlte mich plötzlich sehr zu Hause.

Nachdem der Aktivkreis beendet war, gingen die meisten erstaunlich rasch, nur wenige Mitglieder blieben noch, darunter auch Kathleen und Beatrix – und damit auch ich. Stefan kam zu mir.

»Entschuldigung wegen eben, war nicht persönlich gemeint. Schön, dass ihr noch bleibt. Helft ihr mit, die Sessel und Tische beiseitezuräumen?«

Wir machten uns an die Arbeit. Ich flüsterte Richie aufgeregt zu.

»Mann, das war die beste Idee, die ich je hatte. Hierherzukommen, mein ich! Ich hab sie … beeindruckt! Hast du's gesehen?!«

»Jaaa, Dicker. Hilf mir mal mit dem Tisch hier!«

»Das ist der *perfekte* Ort! Hier kann ich ihr zeigen, was ich draufhabe! Und das Risiko, dass ich mich blamiere, ist gleich null!«

In diesem Moment stellte sich eine sportliche Rothaarige namens Miriam in die Mitte des Raumes.

»So, wir fangen gleich an mit dem Proben. Die Jungs ziehen sich bitte nebenan im Sitzungszimmer um. Wer neu ist und keine Gymnastiksachen dabeihat, kann sich was leihen. Wir haben Hosen und Trikots im Fundus!«

Ich sah sie ängstlich an. »Gym– Gymnastiktrikots?«

»Ja – und weiße Handschuhe natürlich.«

Ich verstand nun, warum die anderen Gruppenmitglieder den Raum vorhin so fluchtartig verlassen hatten. Und dass meine Einschätzung, dass ich mich hier nicht blamieren könnte, ebenso voreilig wie grundfalsch gewesen war. Durch unser Bleiben hatten wir uns freiwillig gemeldet – als Mitglieder einer christlichen Pantomimengruppe.

Eine Viertelstunde später kehrten Richie und ich in den Jugendraum zurück, in Socken und Gymnastikhosen. Ich hatte kurzzeitig erwogen, einfach zu verschwinden, aber ich wollte meinen guten Start hier nicht gefährden, und davon abgesehen: Zwar würde ich hier in einem eng anliegenden

Gymnastikoutfit rumlaufen – aber Kathleen würde es auch tun!

Stefan, der Unvermeidliche, ging vor uns her. Er machte sogar in diesem Aufzug eine passable Figur, was mich noch mehr erbitterte. Miriam begrüßte uns mit einem Nicken.

»Okay, stellt euch mal alle auf, ja? Ich bin froh, dass wir heute zwei Neue dabeihaben, nachdem Ulf und Timo jetzt nicht mehr mitmachen. Ich find es langsam extrem nervig, dass ausgerechnet die Jungs immer abspringen.«

Die anderen nickten. Kein Wunder – es waren fast alles Mädchen und von daher daran gewöhnt, mit angemalten Gesichtern in einem albernen Fummel herumzulaufen. Außer Stefan, Richie und mir gehörten nur noch zwei weitere Jungs zu der Gruppe – einer von ihnen war Miriams Freund und von ihr zwangsverpflichtet worden, der andere besaß tatsächlich darstellerische Ambitionen, war aber wegen Talentmangels aus der Theatergruppe geflogen.

»Ich erkläre noch mal die Stücke, die wir erarbeitet haben, und was wir damit sagen wollen …«, begann Miriam.

Es übertraf meine schlimmsten Erwartungen: Im ersten Stück, das wir proben wollten und das den Titel »Goodbye, Mother Nature« trug, sollten einige von uns mit ausgestreckten Armen herumstehen und Bäume und andere Pflanzen darstellen. Die anderen würden gebückt im Kreis herumlaufen und Lenkbewegungen nachahmen. Als böse Autos würden sie eine Pflanze nach der anderen vernichten, bis auch die letzte Brennnessel dahinsiechen würde.

»Ich weiß, es ist ein bisschen düster«, meinte Miriam entschuldigend. »Aber dafür kommt die Aussage dann umso stärker.«

Richie und ich schauten uns fassungslos an.

»Oh Mann – ich bekomme ganz neuen Respekt vor den Sachen, die wir damals im Kindergarten aufgeführt haben«, zischte Richie. Dann zog er sich mit einer eleganten Geste seine Handschuhe über, Todesverachtung im Blick. Ich schloss verzweifelt die Augen.

Wenn ich mir einen Pantomimen vorstelle, sehe ich unweigerlich ein drahtiges Männchen vor mir, das so aussieht wie Marcel Marceau. Wir Unförmigen, Dicken werden Schriftsteller, Opernsänger oder Bildhauer – die Kunstform der Pantomime aber bleibt den kleinen Dürren und Knochigen vorbehalten. Sie bewegen sich eleganter, es fällt ihnen leichter, sich zu verbiegen – aber vor allem: Sie behalten auf Socken das Gleichgewicht.

Der erste Unfall bahnte sich an, als ich von Miriam dazu verurteilt wurde, einen der sterbenden Bäume darzustellen. Während die Szene sich entfaltete, musterte sie mich mit immer kritischeren Blicken. Es stellte sich heraus, dass, egal was ich tat, sich bei meinem Anblick die Assoziation von »karg« oder »bedroht« einfach nicht einstellen wollte. Mein Baum blühte und strotzte vor Lebenskraft, ganz gleich, wie sehr ich die Arme auch hängen ließ.

So wurde ich zu einem Auto degradiert – und musste mich zum ersten Mal bewegen. Schon nach wenigen Schritten bemerkte ich, dass ich mich in höchster Gefahr befand: Das Pfarrhaus wurde von Frauen aus der Gemeinde geputzt, die diesen Job freiwillig erledigten. Sie wussten: Je blanker sie hier alles bohnerten, desto mehr würde Gott sie lieben. Also hatten sie den Linoleumboden so lange mit fanatischem Eifer behandelt, bis er zu einer Todesfalle geworden war.

Ich verringerte mein Tempo, aber da war schon Stefan hinter mir, der mich anstubste. Mir blieb nichts übrig, als in meiner gebückten Haltung weiterzurutschen und mit den Armen zu rudern, um irgendwie im Gleichgewicht zu bleiben. Ganz langsam bekam ich mich wieder in den Griff und gewann an Sicherheit. Ich traute mich sogar, mich einigermaßen elegant in eine Kurve zu legen – und eine Sekunde später hatte ich Miriam unter mir begraben, die mir am nächsten gestanden und entweder eine Blume oder einen Strauch gespielt hatte.

»Schon gut«, sagte sie mit verzerrtem Lächeln, als ich mich entschuldigte, wobei ihre Augen tränten. »Ist ja nichts passiert.« Dabei massierte sie ihren lädierten Arm.

Ich nahm mir fest vor, meinen Körper von nun an besser zu beherrschen, doch gegen das spiegelglatte Linoleum hatte ich keine Chance. Mein zweites Opfer war Richie. Er spielte in dem nächsten Stück einen gewissenlosen General, der die gesamte Menschheit auslöschen wollte (»Drastisch, natürlich! Aber so was muss man schon bringen, wenn die Leute endlich mal aufwachen sollen!«). Doch Richie kam nicht dazu, auf den roten Knopf zu drücken – er stand da wie hypnotisiert, als er mich ungebremst und wild torkelnd auf ihn zuschlittern sah. Ich riss ihn mit, und Arm in Arm landeten wir in einem Stapel zusammengestellter Stühle.

Richie nutzte die Gelegenheit und täuschte einen verstauchten Fuß vor. So konnte er den Rest der Probe von der sicheren Fensterbank aus beobachten. Mein Untergang jedoch setzte sich fort. Das dritte Stück mit dem Titel »Zivilcourage erwünscht« zeigte einen arglosen Außenseiter, der von eindeutig faschistoiden Bösewichtern misshandelt wurde, während die umstehenden Passanten das Geschehen ignorierten, bis ein mutiger Charakter unter ihnen schließlich die Initiative ergriff. In der Version des Stückes, die an diesem Abend geboten wurde, weigerte sich der mutige Charakter allerdings, sich auch nur einen Zentimeter von der Stelle zu rühren. Er war sehr dick und sehr unbeholfen und interessierte sich ausschließlich für die Wand, an der er sich verkrampft festhielt, bis er schließlich die Fahne des Schützenvereins herunterriss und auf allen vieren davonrobbte. Die Zivilcourage hatte eine vernichtende Niederlage erlitten.

Während ich auf einen Stuhl zukrabbelte, der mir Sicherheit geben würde, hörte ich hinter mir zum wiederholten Mal an diesem Abend ein vertrautes Geräusch: das Kichern der anderen.

Wenn oft genug hinter einem gekichert worden ist, wird man zum Experten. Ich konnte hören, dass es kein boshaftes Kichern war. Es brach meistens abrupt ab, weil die, die es ausstießen, sich selbst dabei ertappt hatten und mich nicht verletzen wollten. Ich hörte auch warnende Zischlaute, wenn sie sich gegenseitig zur Ordnung riefen. Das Schlimmste aber war: Ich hörte Kathleen. Ich kannte ihr Kichern, denn ich hatte es mitbekommen, als ich unter ihrem Bett lag, und es hatte sich erbarmungslos in mein Gedächtnis eingebrannt. Es war ganz leise und ganz kurz, aber das konnte mich nicht trösten.

Ich sah ein, dass ich ein Idiot gewesen war, als ich dachte, hier würde es anders sein als in der Schule – als würde ich dem Dicksein entfliehen können, nur indem ich den Ort wechselte. Ich entschloss mich, einen sauberen Schnitt zu machen: Ich würde noch das letzte Stück mitproben und am nächsten Tag einfach nicht mehr wiederkommen, und keiner würde es auch nur bemerken – nur Miriam würde, mit einem Blick auf ihre blauen Flecken, wahrscheinlich erleichtert aufseufzen.

Und dann würde ich endgültig mit Kathleen abschließen und wieder auf Richies Dachboden Musik hören und die Zeit totschlagen. Vielleicht würde ich sogar mehr für die Schule machen. Ich nickte – jetzt, da ich mich entschlossen hatte, war mir leichter ums Herz.

»Okay, Leute, das letzte Stück jetzt – *Romeo und Julia '85!*«, rief Miriam. »Ihr wisst, es geht um ein junges Paar und die Gefahren, die heute überall für die Liebe da sind: mangelnde Aufklärung, Abtreibungen, ungewollte Schwangerschaften und jetzt auch noch dieses Aids. Ich würde sagen, Theo und ich spielen wieder das Paar, und –«

»Nee, Miri, tut mir leid! Ohne mich!«

Wir sahen uns um: Theo, Miriams Freund, hatte zum ersten

Mal an diesem Abend das Wort ergriffen. Man merkte, dass es in ihm brodelte.

»Ich hab gesagt, dass ich noch mal mitmache, aber *nicht* bei *der* Nummer! Wenn ich mit dir rummachen will, dann irgendwo, wo uns keiner sieht, Miri! Das ganze Geknuddel und Gegrabbel, vor allen Leuten – das ist doch abartig!«

Miriam wirkte verunsichert, was bei ihr sicher nicht oft vorkam.

»Na gut … aber wir müssen das trotzdem bringen. Ich finde das wichtig!«

»Also, ich kann's auch nicht spielen. Wenn meine Eltern mich so sehen, fallen die tot um«, sagte eine der Jüngeren.

»Und ich hab einen Freund«, meinte eine andere schnell. Alle schauten sich unsicher an, keiner sagte etwas. Selbst Stefan, der sonst überall dabei war, blickte betreten zur Seite. Dann rettete Kathleen die Situation.

»Okay, ich opfere mich. Ich spiel die Julia.«

Damit trat sie zu den beiden Stühlen, auf denen das Paar sitzen sollte. Dann schaute sie sich um

»Wie sieht's aus, noch ein Freiwilliger?«

Ich wartete einen Moment, ob mein Herz aussetzen würde zu schlagen – dann setzte ich eine opferbereite Miene auf und hob meine Hand.

»Na gut. Irgendwer muss es ja tun …«

Ich seufzte herzerweichend, dann trat ich zu Kathleen.

Drei Wochen später händigte mir Stefan den Mitgliedsausweis der Landjugend aus. Ich blieb fast zwei Jahre lang dabei, bis der unwiderlegbare Beweis erbracht wurde, dass ich als aktives Mitglied einer katholischen Organisation untragbar war.

5 SOMMER 1985

»Verdammt, wieso funktioniert das nicht? Ich hab die Kabel genau richtig angeklemmt!«

Sie grinste. »Lass es einfach sein, Chris. Du lernst es eh nie!«

»Oh Mann, wieso höre ich nichts? Guck, hier: rot auf rot. Und schwarz auf schwarz. Das ist doch richtig! Das *muss* doch hinhauen!«

»Ja – wenn man hier vorn auf ›Speaker A *plus* B‹ drückt.«

»Jetzt kommst du dir wohl sehr toll vor.«

»Nein. Ich denk nur, dass *du* dir sehr dumm vorkommen solltest.«

»Miststück!«

»Du bist so süß, wenn du dich ärgerst.«

Das Mädchen tätschelte mir lächelnd den Arm, dann ging sie zu den Fenstern und begann, die Vorhänge im Pfarrsaal zuzuziehen, während ich den Verstärker an den Filmprojektor anschloss. Es war Beatrix.

Seit fast einem Jahr war ich nun offiziell ein Landjugendlicher. Ich bereitete Jugendmessen vor, sammelte Unrat im Wald auf, verkaufte zum Erntedankfest Minibrote vor der Kirche, schrieb Artikel für die Jugendzeitung, hielt einmal in der Woche die Stellung im Dritte-Welt-Laden und tatsächlich: Ich trat immer noch mit der Pantomimengruppe auf, und das obwohl *Romeo und Julia '85* inzwischen schon lange nicht mehr zum Programm gehörte. Ich hatte immer wieder mit dem Gedanken gespielt, aufzuhören, brachte es aber einfach nicht übers

Herz, Miriam das anzutun. Wir spielten bei Gemeindefesten, bei Eröffnungen von Einrichtungen, die »Offene Tür« oder »Teiloffene Tür« hießen, und einmal sogar vor mehr als tausend Zuschauern, als wir zum Programm des Katholikentags in München gehörten und so den absoluten Höhepunkt unserer Karriere erreichten.

Auch Gregor war nach wie vor dabei und ebenso Richie, der sich zunächst so gesträubt hatte – allerdings hatte er sich seine Nischen gesucht. So war er eines Abends nach der Probe bei Miriam aufgekreuzt und hatte sie davon überzeugt, dass der Pantomimengruppe ein Conférencier fehlte – und sich dann großzügig bereit erklärt, diesen Job selbst zu übernehmen. So blieben ihm die Auftritte in den schwarzen Gymnastikanzügen erspart. Außerdem hatte er die Musikanlage zu seinem Hoheitsgebiet erklärt und war inzwischen der ständige DJ bei allen Partys (auch bei der zu meinem achtzehnten Geburtstag). Seit seinem Auftauchen verschwanden mysteriöserweise immer wieder Alben von Joan Baez, Chris de Burgh und Neil Diamond, doch man konnte ihm nie etwas nachweisen, und zu meiner Erleichterung blieb Cat Stevens verschont.

Was Kathleen anging, so war dem verheißungsvollen Auftakt eine gewisse Ernüchterung gefolgt. Zwar hatte ich ihren Romeo spielen dürfen – doch bestand meine Interpretation der Rolle mehr oder weniger darin, sie dümmlich anzustarren und verkrampft dazuhocken. Während ich neben ihr saß und sie übertrieben steif liebkoste, war ich mir quälend genau bewusst, dass ich nur eine dünne, eng anliegende Gymnastikhose trug, unter der nichts im Verborgenen bleiben würde, und so kämpfte ich mehr mit der Kontrolle meines Körpers als mit der Gestaltung meines Charakters. Bald darauf führte mein offensichtlicher Mangel an Talent dazu, dass Miriam das Stück absetzte.

Im Herbst des Vorjahres hatte ich ein paar schlimme Wochen durchlebt. Damals kursierten Gerüchte darüber, was passiert war, als Kathleen und Beatrix in den Sommerferien zusammen nach Italien gefahren waren. In den Erzählungen darüber tauchten hartnäckig zwei italienische Abiturienten auf und ein Riesenärger, den es angeblich gegeben hatte, doch beide schwiegen sich darüber eisern aus.

All die Zeit über aber hatte ich es noch immer nicht gewagt, endlich von mir aus einen Schritt zu wagen – obwohl ich merkte, dass Kathleen mich mochte und dass sie mich interessant fand. Natürlich schlug ich mich in den Versammlungen immer wieder auf ihre Seite, und zusammen brachten wir eine Reihe ihrer verrückten Projekte gegen Stefans hartnäckigen Widerstand durch (es war großartig, zuzuschauen, wie die beiden sich ankeiften, und danach der Vernünftige zu sein, der den Streit schließlich schlichtete).

Je länger ich wartete, desto schlimmer machte ich es natürlich für mich. Wenn ich Kathleen in meinen Phantasien eine Liebeserklärung machte, sah ich ihr verblüfftes Gesicht vor mir und hörte sie mit peinlich berührter Stimme antworten: »Chris, du bist ja echt ein netter Kerl, aber ich interessiere mich *gar* nicht für dich. Ich meine, guck dich doch mal an, ich wette du bist nur im letzten Jahr zehn Kilo schwerer geworden, seit diese Schnellpizzeria aufgemacht hat. Übrigens, sag mal, verstehe ich das richtig? Du hast *zwei Jahre* abgewartet – nur um *das* von mir gesagt zu bekommen?«

Diese Vorstellung war so schmerzvoll, dass ich jedes Mal die Augen zukneifen musste und mir selbst stumm mein verzweifeltes Mantra vorbetete: »Nein, das wird nicht passieren! Nein, das wird nicht passieren!« Ich war wie der Junge, der allein durch den Wald läuft, sich nicht traut, ins finstere Unterholz neben dem Weg zu blicken und immer wieder vor sich hin murmelt: »Es gibt keine Monster! Es gibt keine Monster!«

Nachts lag ich noch immer oft wach und dachte an mein Gespräch mit Mark Hillebrand.

»Na, was ist? Bist du dabei?

»Nö.«

Was war ich damals für ein Riesenrindvieh gewesen. Aber bald würde ich es wiedergutmachen – ich würde endlich mit Kathleen reden und ihr sagen, dass ich sie liebte, und dann würde das Unglaubliche passieren und sie mich anlächeln und in ihrer üblichen etwas schnoddrigen Art erwidern: »Mann, Chris! Endlich! Weißt du, wie nervig es war, auf dich zu warten? Und wie schwer es mir gefallen ist, zu tun, als würde ich mich für diesen schmierigen italienischen Schmalzbubi interessieren – *nur* um dich eifersüchtig zu machen?«

Wenn ich Kathleen gewinnen würde – das war mir klar –, würden die Stimmen in meinem Kopf verstummen, die nicht müde wurden, mich zu verhöhnen, weil ich die große Chance, mein Leben zu verändern, achtlos weggeworfen hatte.

Um meinem Ziel näherzukommen, versuchte ich nun, so viel Zeit wie möglich mit Kathleen allein zu verbringen. Deshalb hatte ich Gregor angeboten, an diesem Freitagnachmittag seinen Dienst zu übernehmen und den Kinderfilm zu organisieren.

»Wieso den Kinderfilm? Das hast du noch nie gemacht, Chris. Du hasst Kinder!«

»Denk schneller, Gregor. Mit wem zusammen hast du nächste Woche Dienst?«

Er sah mich überrascht an. »Immer noch Kathleen? Ich dachte, das hättest du schon vor einem Jahr aufgegeben. Oder länger.«

»Nee, hab ich nicht. Also, was ist jetzt?«, fragte ich genervt. Es war schlimm genug, wenn ich mir Vorwürfe machte. Wieso musste auch er noch darauf rumhacken?

Und so kam es, dass ich an diesem verregneten Juninachmittag die Musikanlage an den Filmprojektor anschloss, um nachher ein paar Dutzend Rotznasen »Lucky Luke – Das große Abenteuer« vorzuführen.

Wie üblich hatte ich Pech – Kathleen hatte ebenfalls im letzten Moment abgesagt, und Beatrix war für sie eingesprungen. Ich war zwar enttäuscht, aber es hätte mich schlimmer erwischen können. Ich war gern mit Beatrix zusammen und hatte sogar durchgesetzt, dass sie hin und wieder auf Richies Dachboden vorgelassen wurde, Richies Vorbehalten zum Trotz (»Schön, sie leitet den Dritte-Welt-Kreis – aber in Wirklichkeit ist sie spießig, Dicker. Und ich meine: richtige, unverfälschte Achtzehnhundertzweiundneunzig-Spießigkeit. Wir sollten uns nicht mit so was einlassen«).

Tatsächlich sagte Beatrix oft Sachen wie: »Du hast die Boxen gekauft, obwohl du gewusst hast, dass die geklaut sind? Wie kannst du so was tun, Richie?«, oder: »Habt ihr euch denn noch nie überlegt, wie schädlich Rauchen tatsächlich ist? Also, ihr solltet echt damit aufhören.«

Das war rührend naiv, doch im Gegensatz zu Richie schreckte mich Beatrix' moralische Aufrichtigkeit nicht ab – zumal sie die reizende Angewohnheit hatte, mich mit den Worten »Oh Mann, Chris, du bist echt unmöglich« gegen den Arm zu boxen. Außerdem war sie eine von Kathleens besten Freundinnen und daher eine unschätzbar wertvolle Informationsquelle.

Jetzt schaute sie zu mir herüber.

»Kannst du gleich Kasse machen, Chris?«

»Keine Chance. Ich geh da nicht raus. Ich bin nur für die Technik da.«

»Aber ich mache das echt nicht gern. Och bitte«, quengelte sie.

»Och nö«, ich blieb hart. »Es tut mir Leid, aber das da draußen, das sind *Kinder*. Das kann keiner von mir verlangen.«

Sie sah mich mit finster gerunzelter Stirn an – dann boxte sie mich gegen die Schulter.

»Oh Mann, Chris – du bist echt unmöglich!«

Damit stapfte sie aus dem Pfarrsaal in den Flur, um sich dort an den Kassentisch zu setzen. Ich lächelte erleichtert.

Natürlich schaffte ich es nicht, mich dauerhaft hinter der Technik zu verstecken. Bald füllte sich der Saal, und ich war umringt von einem Pulk von Jungen im Grundschulalter, die mir mit fachmännischen Mienen beim Einlegen des Films zusahen. Ich merkte, wie meine Hände feucht wurden.

»Der macht das ganz falsch«, sagte ein weizenblonder Knirps zu seinem Freund neben ihm, der zustimmend nickte und dabei die Zungenspitze durch seine fehlenden Vorderzähne steckte. Dann wendete er sich zu mir.

»He, du machst das ganz falsch!« Offenbar glaubte er, ich würde ihn nur hören können, wenn er mich direkt ansprach.

»Schnauze«, knurrte ich leise, ohne aufzusehen.

»Du musst erst den grünen Knopf drücken.«

»Ich hab gesagt: Schnauze! Wenn ich Tipps brauche, sage ich's euch.«

»Aber er hat Recht. Du musst den grünen Knopf drücken! Da oben der«, sekundierte nun ein Mädchen mit Sommersprossen. Ich drehte mich wütend um.

»HAUT AB! SOFORT!«

Ich richtete mich auf und machte eine drohende Geste, worauf sie murrend auseinander stoben. Ich atmete auf, drehte mich wieder zum Projektor und drückte auf den grünen Knopf oben auf dem Projektor. Der Motor sprang an, und der Film fädelte ein.

Zu meinem Pech war »Lucky Luke« der Knaller in diesem Jahr. Beatrix und ich mussten zusätzliche Stühle aufstellen, dann zogen wir uns in die hintere Ecke des Saals zurück und blickten über die aufgeregt schnatternde Menge hinweg. Immer noch kamen Nachzügler.

»Okay, scheißegal, wie viele noch kommen, wir fangen einfach an. Ich halt das nicht mehr lang durch«, sagte ich, schaltete das Saallicht aus und startete den Film. Es vergingen ein paar nervenzerfetzende Sekunden, in denen der Vorlauf durchlief – dann startete der Vorspann, der Ton kam klar und deutlich, und das Bild war scharf. Das Geschnatter verstummte. Wir waren vorerst gerettet.

Kurz darauf saßen Beatrix und ich nebeneinander auf dem Boden der Pfarrheimküche, meinem Lieblingsraum. Es roch nach Bratwurst und Kaffee, und das hatte eine beruhigende Wirkung auf meine vibrierenden Nerven. Während das kochende Fett in der Fritteuse hinter mir friedlich vor sich hin zischte und ich den Regen beobachtete, der die Fensterscheiben herunterlief, seufzte ich leise.

»Okay, wir haben noch eine Viertelstunde bis zur ersten Pause. Erzähl mir was.«

»Was denn?«

»Keine Ahnung. Über die Sommerferien letztes Jahr. Ihr habt nie was davon berichtet, du und Kathleen.«

Ich schaute unschuldig an ihr vorbei auf den Topf mit den Würstchen. Beatrix lächelte.

»Tu nicht so unschuldig, Chris. Du weißt doch genau, dass wir da nix zu sagen.«

»Komm schon. Es gibt so viele blöde Gerüchte darüber. Ihr müsst das endlich mal klarstellen.«

Ihr mildes Lächeln zeigte, dass sie meinen müden Manipulationsversuch durchschaut hatte – aber dann seufzte sie und sah mich an.

»Also gut. Aber ich erzähl's nur dir, Chris. Du darfst das echt keinem weitertratschen!«

»Natürlich nicht. Klar.«

Sie nickte, dann fing sie an zu erzählen, ganz leise, und ihre Stimme klang auf einmal gar nicht mehr spröde.

»Also, es war so … wir waren bei diesem Jugendaustausch dabei, zwischen Hölten und Foligno. Und bei einer Gastfamilie untergebracht, drei Wochen lang. Die Vendossas. Mensch, die hatten ein tolles Haus, und einen Garten, der war mindestens –«

Ich räusperte mich. Wen zum Teufel interessierte dieser Garten? Sie nickte und lächelte.

»Also gut, was die Vendossas noch hatten, waren zwei Söhne: Davide und Tommaso. Unser Alter. Wir dachten uns schon, dass das Probleme geben wird, aber dann ging's doch ganz gut, zumindest eine Weile.«

Ich nickte. Ich hatte langsam eine düstere Vorahnung, dass mir ihre Geschichte nicht besonders gefallen würde.

»Tommaso war immer um mich rum, wir sind wirklich gut ausgekommen, der war eher so der Gentleman. Aber Davide hat mit der Zeit Kat immer heftiger angebaggert. Am Abend saßen immer alle auf der Terrasse zusammen, die ganze Familie, und da steht Davide auf und legt eine Cassette ein, mit total schnulzigen italienischen Liebesliedern. Und dann hält er eine richtige Rede und erzählt allen, dass er das aufgenommen hat – für »bella Catalina«. Wir wären fast gestorben, so peinlich war das, und Signor Vendossa und seine Frau haben Davide total zur Schnecke gemacht danach.«

»Gut!«

Das war mir rausgerutscht. Beatrix sah mich überrascht an.

»Ich meine … das ist doch echt keine Art. So geht man doch nicht mit Gästen um!«

»Stimmt. Na ja, aber Kat hat Davide am nächsten Tag schon verziehen, und die drei Wochen waren auch fast schon um. Und an unserem letzten Samstag waren wir dann tagsüber mit der ganzen Gruppe im Bus unterwegs, und als wir zurückkamen, standen Davide und Tommaso am Sammelpunkt, mit ihren Vespas …«

Beatrix stand auf und nahm die Pommes aus der Fritteuse. Es war jetzt ganz still um uns herum, nur die Musik des Films drang noch gedämpft zu uns.

»Und dann sagten sie, dass sie uns ›a casa‹ bringen wollten –

nach Hause. Dachten wir wenigstens. In Wirklichkeit hatten sie aber gesagt: »a Casana«. Das war das Nachbardorf. Da gab's ein Sommerfest, na ja, und das war superromantisch, auf einem mittelalterlichen Marktplatz, und es gab unglaublich guten Wein. Und nachher waren wir einfach gut drauf und auch betrunken, und Kathleen ist mit Davide ins Sommerhaus –«

»Verstehe! Das war die Nacht, wo's den Ärger gegeben hat.«

Sie nickte. Da ich sowieso nichts mehr sagen konnte, stand ich auf und stopfte ein paar Pommes in mich rein. Das tröstete mich ein bisschen. Natürlich hatte es irgendwann so kommen müssen. Kathleen war längst siebzehn gewesen damals.

»Ja. Das war echt Pech«, fuhr Beatrix fort. »Signor Vendossa ist nachts aufgewacht, wollte zum Klo gehen, und da hat er Lärm gehört, und –«

»… klar: die beiden im Gartenhaus entdeckt, wie sie's getan haben.«

»Quatsch! *Die* haben nur rumgemacht. Außerdem war das Gartenhaus fünfzig Meter weg. Ich sag doch: Der Garten war riesig!« Ich sah sie verblüfft an. Sie lächelte. »Er hat *uns* gehört – *Tommaso und mich.* In seinem Zimmer.«

Ich sah sie fassungslos an. Tja, das ist das Ding bei den spießigen Mädchen – sie überraschen einen nicht oft, aber wenn, dann richtig. Und dann schauen sie mit einem Blick, als sei ihnen nicht klar, was sie gerade von sich gegeben haben, an einem vorbei aus dem Fenster, an dem immer weiter der Regen herunterläuft.

»Du, und, er … ihr habt … ihr …«, stotterte ich. Beatrix nickte und lächelte. Aus einem Grund, den ich nicht erraten konnte, war sie offensichtlich zufrieden mit der Wirkung ihrer Erzählung. Ich konnte nur noch japsen. Zum Glück schien sie auch gar nicht zu erwarten, dass ich etwas sagte.

Es war zum Verzweifeln. Selbst Beatrix hatte mich überholt, was Rummachen und Sex anging. Und die nächsten Sommerferien würden in einer Woche anfangen. Zum Glück hatte sich Kathleen dieses Jahr nicht für einen Jugendaustausch angemeldet, sondern wollte als Begleiterin ins Kinderferienlager mitfahren. Ich fasste einen spontanen Entschluss: Ich würde mich überwinden und ebenfalls mitkommen. Das würde für mich die Gelegenheit sein, endlich den entscheidenden Schritt zu tun. Beatrix riss mich aus meinen Gedanken.

»Hörst du das? Es ist so still.«

»Komisch. Es sind noch mindestens zehn Minuten bis zur Pause.«

Ich öffnete die Küchentür – im Flur standen bereits mehrere Kinder und schauten sich suchend um. Ein Mädchen mit blonden Zöpfen lief auf uns zu.

»Der Film! Der Film ist gerissen!«, quäkte sie.

Mir wurde flau im Magen. Beatrix, die hinter mir stand, sah mich unsicher an.

»Hast du schon mal einen Film geflickt?«

»Nur einmal.«

»Einmal mehr als ich. Ich hab nur mal zugesehen.«

Ich stöhnte auf. Dann ging ich los, das Mädchen vor mir her. Sie sah sich zu mir um.

»Habt ihr da drin rumgeknutscht?«

»Was??«

»Habt ihr rumgeknutscht? Du und Beatrix?«

»Oh Mann! Lass mich in Ruhe, ja?«

»Lass dich selber im Ruhe«, piepste sie böse. »Fettsack! Fettarsch! Fettarsch! Fettarsch!«

Damit lief sie in den Saal und brachte sich in der Menge in Sicherheit. Ich folgte ihr und blieb in der Tür stehen.

Bei dem Anblick wimmerte ich leise: Am Ende des Saals lief der Projektor noch immer, und der gerissene Filmstreifen peitschte flappend um die sich drehende Spule herum. Um den Projektortisch standen erwartungsvoll mindestens dreißig Grundschulkinder und betrachteten das Drama fasziniert. Als sie mich sahen, bildeten sie eine Gasse. Einige stießen sich an und grinsten. Andere wisperten sich zu. Ich schnappte den Satz »Der wusste noch nicht mal von dem grünen Knopf« auf.

Schicksalsergeben atmete ich tief durch – dann stieg ich hinab in die Hölle. Als ich eine Viertelstunde später schweißgebadet und den Tränen nah wieder aus dem Saal wankte, wusste ich mit diamantener Klarheit, dass ich zwei Wochen Kinderferienlager nicht überleben würde.

Mir blieb nichts anderes übrig, als mich an Richie zu wenden.

Er hatte im Jahr zuvor eine stürmische Beziehung mit Judith Kreilos aus der Jahrgangsstufe über uns durchlebt, die ihn durch ein Wechselbad der Gefühle getrieben hatte: Dramatischen Trennungen folgten herzzerreißende Versöhnungen, bevor Judith schließlich nach einem tränenreichen Abschied zum Studieren nach Bremen verschwunden war. Nun betrachtete Richie sich als ausgemachten Experten für Beziehungsfragen, und niemand war vor seinen Ratschlägen sicher.

»Okay, Dicker, du hast dich also endlich entschlossen, mit deiner viktorianischen Herangehensweise an dieses Problem abzuschließen. Sehr gut, ich dachte schon, das würde ewig so weitergehen.«

Er lächelte genießerisch und begann, mit vollendeter Eleganz einige Brösel Van-Nelle-Tabak zwischen seinen Fingern in ein Blättchen einzudrehen, während er weiterredete.

»Tja, früher oder später kommen sie alle zu Richie. Und keine Angst, mein Freund – ich kann helfen.«

Ich sah ihn auffordernd an, doch er ließ mich noch ein bisschen zappeln, leckte das Blättchen und rollte es zusammen, dann betrachtete er zufrieden seine perfekte, knitterfreie Zigarette und zündete sie sich umständlich an. Ich verlor die Geduld.

»Und was genau meinst du damit, Richie?«

»Ich meine: Was du brauchst, ist die richtige Atmosphäre. Hör zu, ich mache die Musik auf jeder zweiten Party hier in der Gegend. Wenn du deinen Schritt machst, sorge ich für den geeigneten Background, für die Hintergrundmusik, die sie weichkocht.«

»Ah.«

»Ja. Zu *meinen* Klängen hat unser Freund Joker seinen Großangriff auf die entzückende Claudia Happke gestartet – und siegreich beendet.«

Ich nickte beeindruckt, während Richie an seiner Selbstgedrehten zog.

»Und *ich* war es auch, der eine halbe Stunde lang einen Chris-Rea-Song nach dem anderen gespielt hat – bis sich unsere gute Miriam endlich mit ihrem Theo versöhnt hatte.«

»Aber die beiden haben sich trotzdem getrennt«, sagte ich zögernd.

»Wunder kann ich nicht bewirken«, antwortete Richie ungerührt. »Nur ganz normale emotionale Manipulation. Also, ich werde mich um deinen Fall kümmern, obwohl das natürlich nicht leicht wird. Am besten wär's gewesen, du wärst in dieses Ferienlager mitgefahren.«

Ich schüttelte heftig den Kopf. »Nee, auf keinen Fall.«

»Pech. Ich hatte sogar selbst überlegt mitzukommen. Rita Theissen ist wieder mit dabei.«

»Die Frau von dem Typen vom Ordnungsamt?«

»Ja. Sie und ein paar andere Frauen aus der Gemeinde kümmern sich ums Kochen. Tja, und Frau Theissen kümmert sich offenbar ganz gern auch noch um andere Dinge.«

»Erzähl nichts!«

»Frag Gregor – der war letztes Jahr dabei und meint, er hätte sie sich kaum vom Leib halten können. Auf jeden Fall, so eine gemeinsame Aktion, das wär für dein Vorhaben genau das Richtige. Ich seh's vor mir: Die Flammen prasseln heimelig, im Nebenraum schnarchen die Bälger, ein Fläschchen Wein wird aufgemacht, dann noch eines, ihr fühlt euch sauwohl, weil ihr sozial wertvolle Arbeit geleistet habt, und jetzt könnt ihr entspannen – nur ihr beide seid noch wach, ihr müsst flüstern, um keinen zu wecken, und deshalb näher aneinanderrücken, und dann –«

»Stopp! Hör auf, mich zu quälen, Mann!«

Richie prustete leise vor sich hin und schnippte sich ein paar Tabakkrümel aus dem Mundwinkel. »Tja, so viel also zu dem, was passieren *könnte,* wenn du nur ein bisschen mehr soziale Intelligenz besitzen würdest. Kommen wir zu dem, was ich für dich tun kann. Natürlich kann ich dir das Labern nicht abnehmen …«

»Das ist klar.«

»Aber ich kann dein Süßholzraspeln mit einem 1a-Klangteppich untermalen. Ich kenn Kathleens Geschmack ein bisschen: ›Boys don't cry‹ und ›Charlotte sometimes‹ und noch ein paar Songs aus der Richtung – dann ist sie emotional so überhitzt wie Bambi nach dem Tod seiner Mutter.«

»Okay. Kapiert. Und wann machen wir das?«

»Es gibt nur noch eine Party, auf die wir alle eingeladen sind – direkt am Tag bevor alle ins Ferienlager fahren: die Abschiedsparty von Tatjana.«

Ich nickte. Das hatte ich fast vergessen. Ende Februar war Tatjana Behling von einem Tag auf den anderen nicht mehr zum Unterricht gekommen. Kurz darauf hatte sich herumgesprochen, dass sie schwanger war – und schlimmer noch: Mark Hillebrand war nicht der Vater.

Diejenigen von uns, die sich genauer mit Tatjanas Lebensstil auskannten, ahnten sofort, wann das neue Leben gezeugt worden war: beim Skiurlaub in Brixen, zu dem der Behling-Clan jedes Jahr vor Weihnachten aufbrach.

Tatjanas Eltern stürzten in eine tiefe Krise. Trotz strenger Beaufsichtigung hatte ihre Tochter es geschafft, mehr oder weniger direkt unter dem Weihnachtsbaum Sex zu haben. Gleichzeitig war sie allerdings nicht clever genug gewesen, Kondome zu verwenden.

Die Situation wurde noch verworrener, als der werdende Vater, Sohn eines Wäschefabrikanten aus München, zusammen mit seiner Mutter anreiste. Allen Klischees über braungebrannte, bajuwarische Jetset-Bubis zum Trotz zeigte er Charakter – und während Tatjanas Eltern und seine Mutter sich anbrüllten und Dinge von sich gaben, die sie noch jahrelang bereuen würden, fragte er Tatjana, ob sie sich vorstellen könne, ihn zu heiraten.

Tatjana war zunächst geschockt, doch dann hatte sie sich die Sache ein paar Tage lang überlegt und war zu dem Schluss gekommen, dass gerade eigentlich genau das passierte, was sie für ihr Leben eh vorgesehen hatte – nur ein paar Jahre früher als geplant. Sie machte offiziell mit Mark Schluss, nahm den Antrag an und entschied sich, die Schule abzubrechen. Ihre Pflichten als zukünftige Wäschefabrikantengattin würden im Wesentlichen im stilvollen Halten von Champagnergläsern, leichtem Geplauder über das Wetter und ausgedehnten Shoppingtouren bestehen – wozu brauchte sie da Abitur?

Die Hochzeit wurde für den Sommer geplant, und Tatjana verbrachte das darauffolgende halbe Jahr damit, ihren rasch dicker werdenden Bauch stolz in der Stadt zu präsentieren, ihren Umzug vorzubereiten und weiter mit ihren Freundinnen Cappuccino zu trinken und sie grinsend zu bedauern, wenn sie über Klausuren und Hausarbeiten stöhnten.

Die Zwillinge in ihrem Bauch trugen den provisorischen Namen »mein Skiunfall«. Wenn die Jungen erst mal auf der Welt waren, wollte sie die beiden Finn und Leon nennen, was wir alle für sehr albern hielten – solche Namen würden nie in Mode kommen. Tatjanas Eltern versuchten verzweifelt, wenigstens Benjamin oder Daniel durchzusetzen, doch Tatjana blieb stur: Aus ihren Kindern sollte etwas Besonderes werden, und das sollte schon mit den Namen anfangen.

Tatjana mochte ein nerviges Miststück sein, aber sie hatte Stil. Für den ersten Samstag in den Sommerferien hatte sie ihre große Abschiedsparty angekündigt, bevor sie sich in ihr VW Coupé setzen und Richtung Süden aus unserem Leben verschwinden würde. Selbst mich hatte sie eingeladen. Ich musste lächeln, wenn ich daran dachte: Wenn alles gut ging, würde sich mein Leben ausgerechnet auf einer Party meiner alten Erzfeindin zum Besseren wenden.

Im Osten von Hölten erhebt sich ein bewaldeter Hügel: der Spieckerberg. Nahe dem Gipfel an einer geschützten Stelle findet sich ein offenes Blockhaus mit einem Grillplatz, von dem aus man hinunter in die Ebene bis Hölten und an klaren Tagen in die Ferne nach Paderborn schauen kann.

Ursprünglich war die Anlage errichtet worden, um Ausflüglern und Touristen einen romantischen Rastplatz zu bieten. Doch die blieben aus. Stattdessen machte die Höltener Hütte im Laufe der Jahre Karriere als legendärer Partystandort.

An diesem Abend waren fast drei komplette Jahrgangsstufen auf den Spieckerberg gepilgert, um bei Tatjanas Abschiedsparty dabei zu sein.

Als ich mein Fahrrad den gewundenen Waldweg am Rand des Hügels hinaufschob, wummerte mir schon Musik entgegen: Eric Clapton – Richie wärmte sich also noch auf. Oben wimmelte es bereits von Feiernden, und ständig kamen neue Gruppen den Hügel hinauf. Die Anlage hatte man in der Hütte aufgebaut, an der offenen Wand standen die Kästen mit den Getränken und – nur Tatjana konnte auf so etwas kommen – tatsächlich ein edel garniertes Buffet mit Salaten, Schimmelkäse, Lachskanapees, Shrimps und Lauchsuppe.

Ich sah mich etwas um und entdeckte Kathleen, die mit Inga und Beatrix zusammenstand. Es war noch zu früh, um zu ihr zu gehen, da die Dunkelheit noch nicht eingesetzt hatte, also schlenderte ich zur Hütte, wo Richie gerade den nächsten Song auswählte. Endlich drückte er auf die Pausentaste, nahm den Kopfhörer ab und blickte mich mit geradezu väterlichem Wohlwollen an.

»Gut siehst du aus, Mann. Ich sehe, du bist bereit, deinen Teil zu tun!«

»Ja. Das heißt, falls ich sie irgendwie von ihrer Gang loseisen kann.«

»Keine Sorge, Dicker. Auch dafür ist gesorgt.« Ich sah ihn erstaunt an. »He, du bekommst das ganze Paket.« Er lächelte gönnerhaft. »Also, wenn's erst mal dunkel und romantisch ist, wird unser gemeinsamer Freund Joker, auch genannt ›der Unwiderstehliche‹, seine gesamte Aufmerksamkeit Beatrix und Inga widmen und sie in den Genuss seines maßlosen Charmes kommen lassen. Das wird dir Gelegenheit geben, dein Opfer von der Herde abzusondern und mit ihm eine einsame Ecke aufzusuchen, wo du deiner Süßen dann verliebten Schweinkram ins Ohr flüstern kannst.«

Ich nickte. »So werde ich's machen.«

»Gut. Geh nicht zu nah vor eine der Boxen – Rumschreien schadet der Romantik. Geh aber auch nicht zu weit weg, sonst hat die Musik keine Wirkung. Ach ja, und hab Geduld. Warte mindestens einen Song ab, bis sie etwas weichgekocht ist. Danach aber musst du Gas geben: Es gibt immer eine Menge Leute, die von Cure genervt sind, und ich werd das nicht ewig durchhalten können. Hast du das alles kapiert?«

»Warte, ich mach mir eben 'ne Liste.«

Er grinste und klopfte mir auf die Schulter. »Ich wünsch dir viel Glück, Alter. Du machst das schon.«

Ich widerstand dem Impuls, ihm vor Dankbarkeit um den Hals zu fallen, und ging weiter. Die nächsten zwei Stunden verbrachte ich damit, mich zu irgendwelchen Gesprächsgruppen zu stellen, hin und wieder zu nicken oder zu lachen, wenn es die anderen taten, und ansonsten einen Gesichtsausdruck aufzusetzen, von dem ich hoffte, dass er meine panische Angst nicht verraten würde.

Schließlich wurde es dunkel, und ich ging näher zu Kathleen und ihren Freundinnen hinüber. Jetzt konnte ich sie sogar verstehen.

»Komm doch auch mal mit, Bea. Ich find das echt eine gute Sache.«

»Ich weiß nicht, Kat – die Grünen? Das ist nicht meine Welt. Und ich find's blöd, wenn du den Dritte-Welt-Kreis im Stich lässt.«

»Tu ich doch gar nicht. Und außerdem, ihr habt doch immer noch Stefan.«

»Ganz toll … wo steckt der überhaupt? Wollte der nicht auch kommen?«

Ich hörte, wie Kathleen schnaubte. »Sitzt wieder im Pfarrheim im Büro und schreibt irgendwelche Artikel für die Jugendzeitung. Keine Ahnung, wann der zuletzt auf einer Party war.«

Beatrix wollte etwas erwidern, aber nun kam Joker zur Feuerstelle und legte seinen Arm um Inga, die neben den beiden stand. Dann begann er, auf Beatrix einzureden, und tatsächlich schaffte er es, die beiden wegzulotsen. Ein paar Sekunden später stand Kathleen allein am Feuer – und dann hörte ich die weinerliche Stimme von Robert Smith singen, »All the faces, all the voices blur, change to one face, change to one voice«. Es war so weit.

Ich atmete tief und lange durch – dann ging ich zu ihr hinüber. Sie stocherte mit einem Ast im Feuer und nippte an einem Becher mit Wein.

»Hey.«

»Hey«, sie deutete auf eine der Boxen. »Endlich mal vernünftige Musik.« Sie lächelte und summte dann die Melodie mit. Offenbar war das nicht ihr erster Becher.

»Schön, dass wir mal so reden können«, eröffnete ich das Gespräch. »Kommt ja nicht so oft vor.«

Das war eine miese Einleitung, aber sie entsprach zumindest der Wahrheit. Obwohl wir uns immer häufiger gesehen hatten, waren dabei stets andere um uns herum gewesen.

Ich versuchte, mich freizumachen von der verwirrenden Wirkung, die Kathleens Gegenwart jedes Mal auf mich hatte, der Duft ihrer Haare und ihre Haut und die Augen natürlich und die Lippen, ihre Beine und Hände nicht zu vergessen, dann natürlich die Füße und die Wangen und ihr Hintern und die Sommersprossen, dazu noch ihr Nacken, ihr Hals, ihre Ohren und die Stelle hinter ihren Ohren, wenn sie ihr Haar zurückgebunden trug. Es war so vieles an ihr, was mich in guten Momenten verträumt dahindämmern ließ, meistens aber einfach in einen dümmlich stierenden Idioten verwandelte.

Ich fasste mich wieder und konzentrierte mich. Immerhin hatte ich nur drei Songs lang Zeit.

»Hör mal, ich wollte –«

Weiter kam ich nicht. Sie legte mir lächelnd einen Finger auf den Mund. Dann schloss sie die Augen, wiegte sich hin und her und summte weiter glücklich »Charlotte sometimes« mit.

Während mich ein Schauer durchlief und ich mir verzweifelt wünschte, sie hätte ihren Finger wenigstens ein paar Sekunden länger auf meinen Lippen liegen lassen, fragte ich mich, ob Richie nicht *zu* richtig gelegen hatte mit seiner Musikauswahl.

Um ihr zu zeigen, dass es mir genauso erging wie ihr, begann ich mich ebenfalls hin und her zu wiegen – aber sie hatte die Augen weiter geschlossen und öffnete sie erst wieder, als der Song endete.

»Ein schöner Abend«, sagte sie und lächelte verträumt.

»Ja«, antwortete ich. Ich entschuldigte mich in Gedanken bei Richie für mein mangelndes Vertrauen in seine Fähigkeiten. In so einer Stimmung hatte ich sie noch nie erlebt. Ich fühlte mich langsam sicherer und begann mein Vorhaben, indem ich sie anlächelte.

»Was ist mit dir? Tut dir was weh?«, fragte sie.

»Äh, nein. Wieso?«

»Na ja, du hast so ausgesehen.«

Ich schwor mir, bei der nächstbesten Gelegenheit mein Lächeln vor dem Spiegel zu kontrollieren, und wartete endlose Sekunden, bis sich ihr verträumter Gesichtsausdruck wieder einstellte. Diesmal würde ich es geschickter anpacken – ich beschloss, das Gespräch auf ein Thema zu lenken, das uns beide bewegte.

»Tja, Stefan … mies, dass er nicht gekommen ist, was?«

Augenblicklich verzog sie das Gesicht.

»Supermies. Tatjana interessiert ihn gar nicht, obwohl sie sogar mit ihm verwandt ist. Das einzig Gute daran ist, dass ich mal eine Zeit lang den Gestank nicht ertragen muss. Hast du das mitbekommen – dass er jetzt *Pfeife raucht?* Das ist doch total bescheuert! Kriegt der gar nicht mit, wie hyperarrogant das aussieht? Der Typ ist *so* affig!«

Meisterleistung, dachte ich und verfluchte mich. Ich hatte nur zwei Sekunden gebraucht, um die aufkeimende romantische Stimmung komplett zu zerstören. Jetzt erwartete mich eine Hassrede, die mindestens eine Viertelstunde dauern würde, wenn ich nicht schnell handelte. Bevor sie noch ein Wort sagen konnte, deutete ich begeistert auf eine der Boxen.

»He, *noch* ein Cure-Song!«, rief ich aus. »Geil!«

Sie lauschte – und dann entspannte sie sich wieder und lächelte.

»Du magst Cure?«

»Ja. Die Musik ist … einfach schön«, log ich, ohne zu zögern.

Sie sagte nichts mehr, sondern schenkte mir ein sehr sonniges Lächeln. Wenn die Zeit genau jetzt angehalten hätte und ich auf ewig in diesem Moment eingefroren worden wäre, in dem die Welt nur aus mir, Kathleen und ihrem unglaublich wundervollen Lächeln bestand, ich hätte ein perfektes Schicksal darin gesehen. »Geht nur und nehmt eure Zeit«, hätte ich gesagt. »Und euer Leben und diesen Kram. Ich hab hier alles, was ich zu meinem Glück brauche. Wir sehen uns dann, in einer Trillion Jahre oder so!«

Aber das Leben ging unerbittlich und viel zu schnell weiter. Schon näherte sich der zweite Song seinem Ende, und aus dem Augenwinkel merkte ich, dass sich ein paar grobschlächtige Typen mit Motorradjacken und Flensburger-Flaschen in der Hand vor der Hütte versammelt hatten und wütend auf Richie einredeten. Mir blieb nicht mehr viel Zeit – und Kathleen hatte schon wieder selig die Augen geschlossen und summte. Verfluchter Wein!

Ich musste es darauf ankommen lassen, sie aus dieser Trance zu reißen.

»Du hast recht. Das ist echt eine tolle Nacht«, begann ich.

Sie schlug die Augen auf. Ich dankte Gott, wenn es ihn denn gab.

»Was ist mit dir?«, fragte sie.

Bevor ich antworten konnte, hörte man empörtes Brüllen von der Hütte her. Soeben hatte der dritte Cure-Song in Folge begonnen, und die Gruppe der Unzufriedenen wuchs ständig und radikalisierte sich zunehmend. Ein kurzer Blick hinüber zeigte mir, dass ein oder zwei Motorradjackenträger versuchten, sich auf Richie zu stürzen, aber noch wurden sie von ihren weniger besoffenen Kumpels zurückgehalten. Ich wendete mich wieder zu Kathleen.

»Na ja, ich bin irgendwie in einer komischen Stimmung. Ich hab nachgedacht in letzter Zeit ...«

Meine Stimme klang eine Oktave zu hoch und zittrig, aber Kathleen schaute mich interessiert an, und dann wurde ich auf einmal ganz ruhig. Der Moment war da. Ich konnte nichts mehr tun, als ihr sagen, dass ich in sie verliebt war, und dann würde sich alles entscheiden. Mit ruhiger Stimme redete ich weiter.

»Und ich denke, man vertut sein Leben, wenn man nie was wagt. Und wenn man nicht das ausspricht, was man schon immer mal sagen wollte. Und was man fühlt …«

Sie sah mich jetzt aufmerksam mit großen, forschenden Augen an.

»Man … man kann irgendwie seine Gefühle nicht immer verneinen, oder? Auch wenn man ein Risiko dabei eingeht – dann kann es danebengehen, okay. Aber man hat's wenigstens versucht. Und das ist das Unerträgliche, finde ich, es nicht wenigstens versucht zu haben. Verstehst du?«

»Ja«, sagte sie leise. »Ich glaube, das verstehe ich sehr gut.«

Ich lächelte, diesmal nicht verzerrt. »Und ich glaub, dass man nichts darauf geben soll, was die andern sagen. Oder ob sie über einen lachen. Dass man über seinen Schatten springen soll, wenn einem wirklich was an jemandem liegt …«

»Ja. Das stimmt. Das stimmt total …« Sie sah mich ernst an. »Wieso sagst du mir das?«

Ich atmete tief durch – aber kam nicht dazu, den entscheidenden Satz anzusprechen. Ein ohrenbetäubendes wütendes Brüllen und das Klirren von zersplitterndem Glas übertönten mich. Ich schaute verzweifelt hinüber zur Hütte: Dort wurde gerade Richie hinter der Anlage hervorgezerrt und in einen Stapel Bierkästen geschleudert, während der Mob in die Hütte eindrang. Ich sah schnell wieder zu Kathleen und redete atemlos weiter.

»Also, was ich sagen wollte. Ich –«

Es war zu spät: Sekunden später war auf dem gesamten Spieckerberg keine Unterhaltung mehr möglich. »Seek and destroy« von Metallica krachte aus den Boxen. Sie hatten die Anlage voll aufgedreht. Verzweifelt trat ich näher auf Kathleen zu. Sie schrie etwas, aber ich konnte nicht verstehen, was es war. Ich beugte mich ganz nah zu ihr.

»WAS WOLLTEST DU GERADE SAGEN, CHRIS?«

Ich sah sie niedergeschmettert an. In meiner Phantasie spielte sich ab, wie ich sie anbrüllen würde.

»WORAUF ICH HINAUSWOLLTE UND WAS ICH DIR SAGEN WOLLTE, KATHLEEN: ICH LIEBE DICH!«

»HÄ?«

»ICH SAGTE: ICH LIEBE DICH!«

»ICH VERSTEHE NICHTS!«

»SCHEISSE! ICH HAB GESAGT: ICH LIEBE DICH, KATHLEEN!«

»KANNST DU NICHT LAUTER REDEN?«

»ICH ... OH MANN! ICH WILL DIR SAGEN: ICH LIEBE DICH SO SEHR, ICH KÖNNTE PLATZEN!«

»KOTZEN? IST DIR SCHLECHT?«

»NEIN – ICH SAGTE: PLATZEN!«

»HAST DU DURCHEINANDERGETRUNKEN?«

»NEIN!! ICH HAB GESAGT –«

»ES GIBT LEIDER KEIN KLO! ABER IN DER FICHTENSCHONUNG KANN DICH KEINER SEHEN!«

Konnte ich es ihr unter diesen Umständen sagen? Ich musste es wenigstens versuchen – doch als ich mich wieder zu ihr beugen wollte, schaute sie auch schon genervt zur Hütte hinüber.

»WARTE KURZ, OKAY?«

Damit stapfte sie mit blitzenden Augen zum Blockhaus – wo auch Tatjana, Inga und Beatrix gerade eintrafen. Gemeinsam nahmen sie den Kampf gegen die Metal-Fraktion auf. Ich drehte mich um, ging zu meinem Fahrrad und schob es den Hügel hinunter.

Wieder lag eine Nacht ohne Schlaf vor mir. Wieder und wieder ließ ich das Gespräch vor meinem inneren Auge abspulen, mein verzerrtes, blödsinniges Lächeln, meine Unfähigkeit, einen vernünftigen Einstieg zu finden, und dann mein endloses weitschweifiges Gelaber, das genau die paar entscheidenden Sekunden zu lang gedauert hatte.

Und natürlich quälte mich die eine große Frage: Wie hätte sie geantwortet? Ich hatte den Eindruck, dass sie bis zum Schluss nicht wusste, worauf ich hinauswollte, und dass es sie überrascht hätte.

Endlich fiel ich in einen unruhigen Schlaf, und als ich aufwachte, war es bereits Mittag, und ich wusste spontan, dass ich sofort Kathleen anrufen musste. Ich hielt den Hörer schon in der Hand, da erinnerte ich mich daran, dass sie ja an diesem Tag in aller Frühe schon zusammen mit fünfzig Kindern und einem Dutzend Betreuer nach Sundern gefahren war.

Die nächsten zwei Tage verbrachte ich in einem Zustand fiebriger Erregung. Ich tigerte durch das ganze Haus, unfähig, zur Ruhe zu kommen. Schließlich traf ich eine Entscheidung: So konnte es nicht weitergehen. Ich musste nach Sundern.

Als ich mich dazu entschlossen hatte, fühlte ich mich augenblicklich besser. Ich zeigte mich wieder bereit, mit meinen Eltern in ganzen Sätzen zu reden und die Kommunikation nicht länger auf ein missmutiges Knurren zu beschränken – und aß abends drei große Portionen Bratwurst mit Kohlrabi.

Am nächsten Morgen wachte ich bereits kurz nach Sonnenaufgang auf. Die Sonne schien warm in mein kleines Zimmer hinein. Ich war augenblicklich hellwach und fühlte mich ausgeschlafen und in einer aufgekratzten Hochstimmung, wie man sie manchmal am Anfang einer großen Reise erlebt. Ich ging hinunter in die leere Küche, machte mir ein üppiges Frühstück, packte ausreichend Proviant in einen Rucksack und schlug den Autoatlas meines Vaters auf, um mir die Lage von Sundern genau einzuprägen. Dann brach ich auf und ging zur Straße.

Heutzutage trampt fast niemand mehr, aber damals war es für uns eine selbstverständliche Art der Fortbewegung. Ich musste selten lange warten, bis mich jemand mitnahm, ich vermute, dass mein harmloses Gesicht und ein gewisser Knuddelfaktor dabei eine Rolle spielten.

Bis Sundern waren es nur wenig mehr als hundert Kilometer, und ich trampte auf den Kreisstraßen und Landstraßen durchs Sauerland. Auf diese Weise brauchte ich zwar länger, sparte mir aber den Stress an den Auf- und Abfahrten an der Autobahn. Außerdem hatte ich es nicht eilig, jetzt nicht mehr. Ich wusste, kein Heavy Metal und kein Erdbeben und kein Meteoriteneinschlag würden mich diesmal aufhalten können.

Ich fühlte, dass ich gerade dabei war, meine eigene Heldengeschichte zu schreiben, eine, die Kathleen mir später noch oft erzählen würde: »Weißt du noch, wie du hundert Kilometer weit getrampt bist, um mir zu sagen, dass du mich liebst?« Wenn ich mir das vorstellte, war ich fast ein bisschen enttäuscht, dass die Reise so glatt verlief. Ich hätte mich auch bereit gefühlt, einen Teil der Strecke auf einem Viehtransporter inmitten gereizter Bullen zurückzulegen oder heimlich, auf einem Raketentransporter versteckt, militärisches Sperrgebiet zu durchqueren, nur um zu meinem Mädchen zu kommen.

Schließlich erreichte ich Sundern, und dann wurde es doch noch beschwerlich, als ich herausfand, dass ich die letzten fünf Kilometer zu Fuß zurücklegen musste.

Als endlich das alte Schullandheim, in dem die Kinder und ihre Betreuer untergebracht waren, in der Ferne auftauchte, lief mir der Schweiß in Strömen den Nacken hinunter, und an meinem linken Fuß quälte mich eine Blase – aber ich hatte es tatsächlich geschafft.

Die Angst, die mir die Kehle zugeschnürt hatte, meldete sich nicht wieder. Wenn Kathleen mich nicht wollte, dann sollte sie es sagen. Ich würde ihr dann danken, mich wenigstens angehört zu haben, und dann würde ich mich von ihr verabschieden. Vielleicht würde sie mir einen Abschiedskuss auf die Wange geben wollen, aber den würde ich ablehnen, und dann würde ich mich wortlos umdrehen und davongehen, um zurückzutrampen, ein Abenteurer der Liebe und der Landstraße.

Aber sie würde mich nicht ablehnen. Sie würde mich anlächeln und so etwas sagen wie: »Es tut mir Leid. Ich hätte es dir schon lange sagen sollen – ich liebe dich auch. Ich hatte Angst vor dem, was die anderen sagen. Aber ich bin's satt, mich zu verstellen! Ich … ich liebe einen … verzeih mir, ich werd es nur *einmal* aussprechen und dann nie, nie wieder, ja? Also, ich liebe einen … Dicken – und ich werde dazu stehen!«

Diese Vision konnte ich noch klarer vor mir sehen als meinen traurig-würdigen Abgang in den Sonnenuntergang. Auch in dieser Phantasie bot sie mir einen Kuss an, doch hier nahm ich ihn an.

Wir würden zusammen zu Pastor Henrichs gehen, der das Lager leitete, und ich würde anbieten, als zusätzlicher Betreuer zu bleiben. Wir würden zwei tolle Wochen haben und uns nachts in eine stille Ecke zurückziehen und uns unendlich kitschige Sachen zuflüstern und herausfinden, dass wir Seelenverwandte waren.

»He, Chris, was machst du denn hier? Das gibt's ja nicht!«

Gregor stand vor mir und stützte sich auf dem Lenker eines Fahrrades ab. Ich kämpfte darum, in die Realität zurückzufinden, wischte das verträumte Lächeln aus meinem Gesicht und merkte, dass ich fast am Schullandheim angekommen war. Aus der Ferne hallten Kindergeschrei und Wasserplatschen herüber.

»Hi, Gregor, ich dachte, sie brauchen hier wen, der dich vor Rita Theissen rettet«, witzelte ich, dann wollte ich lossprudeln, dass ich unterwegs war zu meiner Liebsten – aber da kam er von selbst auf die Antwort. Sein Blick wurde starr.

»Oh. Du bist wegen *ihr* hier …«

Ich fühlte mich mit einem Mal, als hätte man mir einen sehr großen Stein in den Magen gestopft, einen Findling von irgendeinem extrem lebensfeindlichen Planeten, die Oberfläche mit Hunderten messerscharfen Kanten übersät, die meine Magenwände zerfetzten.

»Was … was ist los?«

»Du kommst gerade erst an, nicht wahr? Dann weißt du's gar nicht…«

»*Was,* Gregor? *Was* weiß ich nicht??«

»Kathleen ist heute Morgen zurück nach Hölten. Ganz früh. Sie haben sie weggeschickt. Und Stefan auch …«

»Wieso?«, fragte ich erstickt.

Er sah zur Seite, dann seufzte er.

»Sie haben sie heute Nacht erwischt. Im Wagen des Pastors. Beim … beim Sex.«

Ich glaube nicht, dass ich in den knapp zwei Stunden, die ich danach im Schullandheim in Sundern verbrachte, überhaupt irgendwas sagte. Ich wusste, wenn ich versuchen würde, auch nur ein Wort zu reden, würde ich losheulen oder schreien oder irgendwas von mir geben, bei dem ich mir selbst auf keinen Fall zuhören wollte.

Gregor sagte später, dass er an diesem Tag zum ersten Mal jemanden gesehen hätte, der tatsächlich grau im Gesicht wurde. Ich selbst erinnere mich nur verschwommen, dass er mich wie ein Kind am Arm nahm und mich zum Haus führte, wo ich dann in einer Ecke des Speisesaals mit einem Becher Kakao und Weißbrot und Marmelade herumsaß und mich darauf konzentrierte, wie der Stein in meinem Magen tiefer sank. All die Bakterien und Mikroorganismen, die die letzten Jahrmillionen in seinem Inneren überlebt hatten, krabbelten und krochen jetzt hervor, um meine Organe zu einem glibberigen nutzlosen Modder zu zersetzen.

Hin und wieder lugten ein paar Kinder um die Ecke, und manchmal blickte eine der Kochfrauen prüfend über die Anrichte. Ich spürte ihr Mitleid, auf jeden Fall hatte die Geschichte schon die Runde gemacht.

Mir war also noch nicht mal mein heldenhafter Abgang geblieben, nur pure, unverdünnte Demütigung, gemixt mit einer maximalen Dosis Schmerz.

Später berichtete Gregor, dass Kathleen die ganzen Tage schon so komisch gewesen sei. Offenbar hatte sie sonderbare Andeutungen von sich gegeben: dass man ein Risiko eingehen müsse, dass man seine Gefühle nicht immer verneinen könne. Dass man über seinen Schatten springen müsse, auch wenn's die anderen nicht verstünden. Das hätte sie jetzt endlich eingesehen.

»Das Zeug klang gar nicht nach ihr. Keine Ahnung, wo sie das herhatte«, meinte Gregor.

Ich glaube, das war der Moment, an dem ich tatsächlich anfing zu heulen. Als ich begriff, dass ich bei der Party am Lagerfeuer von mir geredet, aber Kathleen dabei die ganze Zeit an Stefan gedacht hatte. Dass sie wer weiß wie lange schon in ihn verknallt gewesen war, es aber nicht zugeben konnte, weil es ihr zu peinlich war. Und dass sie dann schließlich über ihren Schatten springen konnte – weil *ich* sie dazu angetrieben hatte.

Als ich am nächsten Tag bei Richie vorbeikam, packte er gerade für eine Radtour nach Amsterdam. Ich setzte mich in den Ledersessel und schüttete ihm mein Herz aus.

»Was will sie nur mit diesem Stefan?«, fragte ich. »Der Typ denkt doch nur an den Gruppenkram und an seine Artikel!«

»Offenbar nicht«, antwortete Richie, während er mehrere Paar Socken in seinen Rucksack stopfte. »Nach dem, was ich gehört hab, haben zwei von den Kochfrauen über eine Stunde daran gearbeitet, die Polster der Rücksitze wieder sauber zu kriegen. Und trotzdem hat der Pfaffe angekündigt, dass er niemals wieder in diesem Wagen zu fahren gedenkt.«

»Kann ich gut verstehen. Das ist ja auch ekelhaft.«

Richie sah mich nur an, ich blickte zur Seite.

»Ja, ich weiß, was du meinst«, fuhr er unbarmherzig fort. »Gestern Abend hat man die beiden zusammen im ›Till Eulenspiegel‹ gesehn. Muss ein widerliches Geknutsche gewesen sein. Mir wird schlecht, wenn ich nur dran denke!«

»Der ist doch total vertrocknet. Und raucht Pfeife! Das ist doch superalbern. Was kann man an so einem denn finden?!«

»Hm, zuerst mal … ist dir schon mal aufgefallen, dass er aussieht wie John Lennon?«

Ich sagte nichts mehr. Es war zu schmerzhaft.

Wie ich später von Beatrix erfuhr, hatte es in Sundern tatsächlich einen romantischen Abend am Kamin gegeben, und auch eine geflüsterte Unterhaltung – nur ohne mich in einer der Hauptrollen. Stattdessen hatte Kathleen Stefan die Wahrheit gebeichtet, die sie schon seit ein paar Monaten mit sich herumschleppte: dass irgendwann ihre Abneigung gegen ihn ins Gegenteil umgeschlagen sei. Dass sie, wenn sie jetzt an ihn dachte, sich nicht mehr vorstellte, wie sie ihn am besten beleidigen, sondern wie sie ihn dazu bringen könnte, sie zu küssen. Zu ihrer Erleichterung stellte sich dann heraus, dass es Stefan genauso gegangen war.

Wieder einmal verlebte ich denkbar trübsinnige Ferien. Um mich abzulenken, stürzte ich mich mit fanatischem Eifer in die Jugendarbeit und organisierte Jugendmessen, liturgische Nächte und Meditationsabende mit Liedern, die von Mönchen aus dem Kloster Taizé gesungen wurden. Einige Tage lang erwog ich ernsthaft, eine Karriere als Priester einzuschlagen. Bei denen gab es viele Dicke, und in früheren Zeiten schien es geradezu üblich gewesen zu sein, als Reaktion auf eine unglückliche Liebe ins Kloster einzutreten. Dann aber zog ich abends aus meiner Nachttischschublade die alte zerknitterte *HörZu* mit den Fotos von Sophie Marceau aus »La Boum« hervor und erkannte, wie wahnwitzig dieser Gedanke war: Ich hatte noch kein einziges Mal Sex gehabt, und schon dachte ich darüber nach, für immer damit aufzuhören? Ich entschied, dass ich mit sechzig oder siebzig immer noch jung genug sein würde, um mich dem Klerus anzuschließen.

Mit den Wochen erholte ich mich von dem Schock. Immerhin war es ein Trost, dass ich diesmal tatsächlich versucht hatte, Kathleen für mich zu gewinnen. Selbst wenn ich im Jugendraum saß, Kathleens Lieblingssessel gegenüber, in dem sie sich nie mehr herumlümmeln und mit dem verfluchten Stefan streiten würde, tat es nicht mehr besonders weh. Vielmehr fragte ich mich, wie das möglich war: Weder hatte Kathleen bemerkt, wie es um mich stand, noch hatte ich mitbekommen, was sich zwischen ihr und Stefan anbahnte. Vielleicht, dachte ich, gehört das zum Erwachsenwerden: dass man lernt, die anderen um einen herum einzuschätzen, hinter ihre Fassade zu sehen und so mit der Zeit nicht mehr dauend auf dem linken Fuß erwischt zu werden. Bei dem Gedanken musste ich lächeln. Diese Lektion hatte ich nach den Erfahrungen der letzten Wochen mehr als gründlich gelernt. So schnell würde mich keiner mehr überraschen können.

Wie üblich lag ich damit komplett falsch.

Am ersten Samstag nach Schulbeginn fand traditionell die Sommerabschlussfeier der Landjugend statt, eines der unbedeutenderen Ereignisse im jährlichen Partykalender. Die Landjugendlichen blieben fast völlig unter sich, es wurde beträchtlich weniger Bier getrunken als sonst, und immer wieder drängten sich Mädchen mit glänzenden Augen an die Musikanlage und brachten den sich windenden Richie dazu, Songs von Simon & Garfunkel oder aus »Hair« zu spielen.

Ich stand in einer dunklen Ecke des Jugendraums, trank ein Bier und fühlte mich einsam. Selbst Stefan fehlte mir irgendwie.

»Tanzen?«

Ich blinzelte, geblendet von der Discokugel an der Decke, dann erkannte ich, wer vor mir stand: Beatrix, die mir wieder mal zu Hilfe kam. Ich grinste.

»Klar.«

Wir gingen in die Mitte des Raumes und tanzten. Zum

Glück konnte sich Richie gegen die Folkpop-Fraktion durchsetzen und legte Police auf, meine alten Lieblinge, und dann auch noch »Roxanne«, einen von den besten Hits.

»Und? Bist du über die Sache mit Kathleen einigermaßen weg?«

Mich verblüffte ihre Offenheit. In den letzten Wochen waren alle unglaublich vorsichtig gewesen, wenn sie mit mir redeten. Sobald irgendwer versehentlich das Wort »Kathleen« aussprach, trat plötzlich unbehagliche Stille ein, und alle machten ein peinlich berührtes Gesicht, als hätte sich jemand gerade als Modern-Talking-Fan geoutet.

»Ja. Bin ich. So ziemlich. Es ist ganz gut, dass ich kaum Kurse mit ihr zusammen habe. Dadurch wird's noch mal leichter.«

»Ja, glaube ich.«

»Ich kann's nur noch immer nicht fassen, dass ich vorher nichts gerafft habe. Tja, so hatte ich die Gelegenheit, mich in Sundern total zum Affen zu machen, und die hab ich dann auch genutzt.«

Sie lachte. »Gregor hat gesagt, die Kochfrauen haben dir Honigbrote und Kakao in die Hand gedrückt wie einem Sechsjährigen, wenn er sich das Knie aufgeschlagen hat. Das hätte ich echt gern mit angesehen.«

»Marmelade«, sagte ich. »Es waren Marmeladenbrote.« Sie kicherte. »Mann, das war ein schwarzer Tag. Aber ich hab's abgehakt. Inzwischen gehe ich sogar wieder auf Partys. Und tanze.«

Tatsächlich, ich tanzte immer noch. Richie hatte immer noch keinen Folkpop-Wunsch durchgehen lassen. Stattdessen spielte er jetzt auch noch »Walking on the Moon«, wozu ich ihm innerlich gratulierte. Bei Police war es nicht schwer, gut draufzukommen.

Wir tanzten und redeten weiter, über meine kurzzeitige geistige Umnachtung, die mich fast in die Arme der katholischen Priesterschaft getrieben hatte, über das nächste Schuljahr und warum nur ein masochistisch veranlagter Wahnsinniger auf den Gedanken kommen könnte, Deutsch bei Frau Suermann als Abiturfach zu belegen (was wir beide getan hatten).

Ich machte Witze, in denen Pastor Henrichs die Hauptrolle spielte und seine Beziehung zu Messwein, und sie kicherte (einen angedeuteten Tabubruch konnte sie genießen, nicht aber einen echten, weshalb ich mir meine Witze über Pastor Henrichs und die Messdiener für ein anderes Publikum aufsparte).

Schließlich aber wurde Beatrix immer einsilbiger, offenbar hatte ich meine alten Qualitäten als Unterhalter noch immer nicht ganz wiedergewonnen. Doch es war auch okay, einfach nur so zu tanzen – normalerweise hielt ich mich da zurück, aber bei »Message in a Bottle« konnte ich einfach nicht anders. Beatrix lächelte.

»Ich glaube, ich hab dich noch nie so tanzen sehen.«

»Na ja, sonst läuft hier auch keine vernünftige Musik!«

Einen Moment lang befürchtete ich, sie würde sich als »Hair«- oder »Jesus-Christ-Superstar«-Fan outen, aber sie widersprach mir nicht, und so tanzten wir weiter.

Danach wurde es langsam, Van Morrison mit »Crazy Love«. Ich lächelte breit. Beatrix sah mich fragend an.

»Das ist mein Lieblingssong«, erklärte ich.

»Echt?«, fragte sie.

»Ja«, antwortete ich. »Aber ich hab ihn noch nie auf 'ner Party gehört. Richie ist unglaublich!«

»Ja, er ist echt toll«, sagte sie lächelnd, umfasste mich, und dann, als wir gemeinsam tanzten, legte sie ihren Kopf auf meine Schulter.

Ich brauchte noch immer ein paar Sekunden. Erst als ich Richie sah, der uns über die Brüstung hinweg beobachtete und jetzt – zufrieden mit seiner Arbeit – lächelte, verstand ich.

Solange Frauen in unserem Leben in der Gestalt von *Mädchen* auftauchen, nehmen wir sie nur am Rande war. Wir haben den diffusen Eindruck, dass sie in einer bonbonbunten behüteten Puppenstubenwelt leben, in der die schlimmsten denkbaren Unglücke geköpfte Barbies oder ein Patzer beim Seilchenspringen sind. In Wirklichkeit trainieren sie all die Jahre lang, mit dem Leben und all dem Mist, der darin passiert, fertig zu werden – und wenn das Leben dann tatsächlich richtig losgeht, haben sie einen Vorsprung, den wir niemals einholen können.

Während wir Jungs Hunderte von Stunden damit verbrachten, zu diskutieren, wer in die Nationalmannschaft gehört und wer nicht, oder uns die albernsten, niederschmetterndsten Beleidigungen füreinander auszudenken, hatten sie zusammengesessen und gemeinsam ihre Sinne geschärft, so dass sie in der Lage sein würden, selbst winzige Stimmungsschwankungen und Verhaltensauffälligkeiten ihrer Mitmenschen zu bemerken und zu interpretieren und für sich zu nutzen.

Für jeden von uns kommt irgendwann der Tag, an dem uns mit einem Schlag klar wird, dass wir uns all die Jahre, in denen wir uns für die Herren der Welt oder wenigstens unseres eigenen Lebens gehalten haben, dramatisch getäuscht haben.

Für mich war dieser Augenblick jetzt gekommen.

Beatrix hatte ihren Feldzug wie ein verzweifelter, aber kühner Feldherr geplant und durchgeführt.

Sie hatte natürlich mitbekommen, dass ich in Kathleen verliebt war. Nach dem Drama von Sundern hatte sie so lange wie nötig abgewartet und dann einen genauen Schlachtplan für die Landjugendparty entworfen.

Das Thema »Kathleen« hatte sie angeschnitten, um es dann ein für alle Mal abhaken zu können, hatte unser Gespräch dann in eine angenehme Plauderei überführt, die mich dazu brachte, mich wohl und sicher zu fühlen, zum Höhepunkt hatte sie durch ihr Schweigen eine fast unerträgliche Spannung entstehen lassen, danach hatte sie schließlich alles auf eine Karte gesetzt: Kein schüchternes Vortasten, kein Herumlavieren – sie hatte einfach den Kopf auf meine Schulter gelegt. Das war ganz offen und kindlich, rührend und auch irgendwie sexy.

Danach musste sie nur noch warten, bis bei mir der Groschen fiel.

Richie grinste, als er mir Wochen später von den Vorbereitungen berichtete: »Mann, ich musste mir noch nicht mal Gedanken machen, was genau ich spiele, Dicker. Sie hatte deinen Musikgeschmack schon gründlich recherchiert. Hat mir 'ne exakte Liste mit allen Songs gegeben. Und unter uns: Sie *ist* ›Jesus-Christ-Superstar‹-Fan, das nur als kleine Warnung.«

Wir tanzten weiter, ich zog sie näher an mich, und ich spürte, wie sie dabei ein Schauer durchlief. Ich versuchte herauszufinden, was ich jetzt am besten tun sollte, aber damit war ich komplett überfordert. Beatrix war mir einfach ein Rätsel, und was in mir selbst vorging, hatte auch kaum noch etwas mit klarem Denken zu tun. Ich wollte ihr tausend Fragen stellen, aber jedes Wort wäre falsch gewesen. Wie üblich zeigte sie sich der Situation besser gewachsen als ich. Sie sah auf, und ohne etwas zu sagen, küsste sie mich. Das war ihre Art zu fragen, ob ich sie wollte.

Und es war eine Sprache, die ich verstand. Ich antwortete ihr, indem ich sie zurückküsste. Den Rest des Abends verbrachten wir knutschend in den Sesseln neben der Tanzfläche.

In den nächsten Tagen kam ich mir dumm und albern vor, mich jahrelang nach Kathleen Specht verzehrt zu haben, um nun diese große Leidenschaft von einem Tag auf den anderen umstandslos zu entsorgen.

Im Nachhinein glaube ich, dass ich nach all der Zeit einfach ausgehungert danach war, von jemandem geliebt zu werden, und ebenso danach, jemanden auf andere Art zu lieben als nur heimlich aus der Ferne. Bis dahin hatte ich nur den Unterschied zwischen »Lieben« und »Verknalltsein« gekannt. Genauere Differenzierungen des Gefühls »Liebe« tauchten in meinem Kosmos nicht auf.

In Kathleen war ich einfach und schlicht verliebt gewesen, und bis vor ein paar Tagen hätte ich geschworen, dass sich Verliebtsein immer so anfühlen würde: absolut, verzehrend, ohne Raum für Fragen oder Zweifel. Aber nun stand ich einer ganz neuen Variante diese Gefühls gegenüber: Das hier war schön, und es machte mich glücklich. Und trotzdem erkannte ich sofort, dass es nicht dasselbe war, nicht so stark, nicht so verschlingend – und auch nicht so zerstörerisch.

Nach diesem Abend war klar, dass Beatrix und ich zusammengehörten. Ich brachte sie nach Hause, und es dauerte dann noch fast zwei weitere Stunden, bis wir uns endgültig voneinander verabschiedeten. Nachdem sie ihre Schlacht erfolgreich geschlagen hatte, ließen ihre Nerven sie im Stich, und sie lachte und schluchzte abwechselnd. Es tat gut, und gleichzeitig konnte ich es einfach nicht fassen, dass *ich* es war, der sie so glücklich machen konnte.

6 HERBST/WINTER 1985/86

In den nächsten Wochen und Monaten änderte sich mein Leben völlig. Nach der Episode mit Simone Drewes war ich jetzt zum ersten Mal wirklich mit einem Mädchen *zusammen*. Beatrix hatte genaue Vorstellungen von einer Beziehung. Sie zog mich sanft da hinein – und ich ließ mich willig ziehen. Schon bald stellte sie mich ihren Eltern vor und gab keine Ruhe, bis sie meine kennen gelernt hatte. Meine Nachmittage mit Richie wurden seltener, und ich vermisste sie nicht. Und einige Monate lang hätte ich, hätte man mich nach Kathleen Specht gefragt, geantwortet: »Kathleen? Ja, das war die Erste, in die ich richtig verliebt war. Aber ist nichts draus geworden, sie ist jetzt mit diesem Typen zusammen, Steffen oder so … na ja, was soll's? Interessiert heute keinen mehr.«

Der Herbst 1985 war einfach perfekt. Beatrix und ich nahmen das Zusammenleben als Paar vorweg, nur ohne eigene Wohnung: Wir bewohnten einfach zwei Zimmer – das eine bei mir zu Hause, das andere bei ihr. Genauso aßen wir zusammen, woran sich unsere Familien schnell gewöhnten.

Früher hatte ich gespottet über Paare, die altmodische Beziehungen führten – nun war ich es, der verspottet wurde: Jedes Mal, wenn ich Richies Dachboden betrat, dröhnten mir bereits Peter-Kraus- oder Connie-Francis-Schlager entgegen, und wenn ich wieder ging, verabschiedete Richie mich mit einer jovial-zackigen Gert-Fröbe-Parodie: »Öhö, Wiedersehen dann, mein lieber Mackenbrock. Und schöne Grüße noch der Frau Gemahlin, Wertester!«

Eigentlich hatte ich es für ausgemacht gehalten, dass mir so etwas niemals passieren würde. Aber dann brachte Beatrix mir zum ersten Mal einen Kuchen mit, den sie selbst für mich gebacken hatte – und ich war überwältigt. Zwar hätte ich mir gewünscht, dass sie es dabei belassen hätte und ihre Fürsorge nicht noch auf selbst gestrickte Socken und Pullover ausgedehnt hätte – doch selbst die schafswollenen Geschmacklosigkeiten, die sie mir schenkte, rührten mich irgendwie. Und genauso genoss ich es, mit ihr zusammen einzukaufen, mit ihr über die Bücher zu reden, die wir gerade lasen, Jugendmessen zu organisieren oder zusammen in der Küche das Geschirr abzutrocknen.

Ich träumte nicht mehr von Seelenverwandtschaften und von endlosen Gesprächen am offenen Feuer. Stattdessen hörte ich ein »Bleib nicht zu lange, ja? Wir wollen doch nachher noch zur Fahrstunde!« und ein »Dein Kragenknopf ist lose. Warte, ich nähe ihn dir an!« – und ich fand es romantisch.

Woran ich mich ebenfalls erst gewöhnen musste, war Beatrix' ausgeprägter Sinn für Ordnung – alles hatte bei ihr seine Zeit und seinen Platz. So erlaubte sie sich und mir lange Küsse und Umarmungen und alles, was mit Romantik zu tun hatte, nur in der Abgeschiedenheit unserer privaten Zimmer. Und mit der Zeit merkte ich, dass ich sie immer zur selben Tageszeit küsste oder streichelte. Manchmal machte ich Witze darüber: »Oh Mann, meine Hand ist schon an deiner Brust angekommen? Dann ist jetzt Viertel nach sieben, mein Bus fährt gleich.«

Einmal, als wir eng umschlungen in ihrem winzigen Zimmer auf ihrem Bett lagen (es muss kurz nach sechs gewesen sein, meine Hand war erst bis zu ihrem Bauch gewandert), fragte ich sie, warum sie mir damals in der Pfarrheimküche die Geschichte von ihr und Tommaso erzählt hatte.

Sie blickte mich ernsthaft an. »Ich konnte es nicht mehr ertragen, dass du mich so angesehen hast. Als wär ich … irgendwas. Nur kein Mädchen. Keine … Frau.«

Da wusste ich, dass wir miteinander schlafen würden, und wir wussten beide, dass es bald passieren würde, obwohl wir zu schüchtern waren, darüber zu reden. Jedes Mal, wenn einer von uns berichtete, dass andere Familienmitglieder irgendwann in naher Zukunft nicht zu Hause sein würden, horchte der andere auf und stellte die unausgesprochene Frage, ob dies *der Zeitpunkt* sein könnte.

In den Monaten zuvor hatte ich mich oft gefragt, wie es sein würde, aber ich hatte mit der Spannung einigermaßen leben können. Doch seit klar war, dass das große Ereignis unmittelbar bevorstand, übernahm der Sexualtrieb meinen gesamten Organismus. Eine Zeit lang noch versuchte ich, mein Gehirn funktionstüchtig zu halten, aber sobald ich mir einen Moment der Schwäche erlaubte, driftete ich ab und sah in meiner Phantasie Beatrix' Bauch und ihre Brüste vor mir, von denen ich inzwischen so genau wusste, wie sie sich anfühlten, und phantasierte, wie ich auch all das von ihr kennen lernen würde, was mir bisher noch ein Geheimnis geblieben war. Schließlich stellte ich das Denken völlig ein. Es hatte keinen Sinn.

Und dann schließlich kam der Tag. Am Morgen zuvor, als wir gemeinsam zur Schulmesse gingen, die an jedem ersten Freitag im Monat stattfand, erwähnte Beatrix beiläufig, dass ihre Eltern, ihr Bruder und ihre Schwester den gesamten nächsten Tag in Paderborn zum Einkaufen sein würden, dass sie aber beschlossen hatte, nicht mitzufahren. Sie hätte kein Geld für Anschaffungen und die Weihnachtsgeschenke eh längst alle zusammen. Ihre Stimme klang belegt, als sie mir das erzählte, und sie verhaspelte sich ständig.

»Also … dann komm ich morgen vielleicht bei euch vorbei?«, fragte ich. Auch meine Zunge war aus Watte.

»Ja. So gegen elf?«

»Okay. Elf. Super.«

Damit war es abgemacht.

Ich hatte oft das Ende eines Gottesdienstes herbeigesehnt, aber dies war die erste Messe, die ich von Anfang bis Ende angeturnt durchstehen musste. Immer wenn ich die Augen schloss, sah ich eine nackte Beatrix vor mir. Vergeblich versuchte ich, irgendein Wort der Predigt zu verstehen. Ich vermute, dass es um so was wie »Verantwortung gegenüber der Schöpfung« oder »Angst vor dem Atomkrieg« ging. Aber immer wenn ich aufblickte, schien Pastor Henrichs von allen Schülern, die in den Bänken saßen, mich anzuschauen und mir Botschaften senden zu wollen: »Ich weiß, was gerade in dir vorgeht, du kleines verdorbenes Ferkel! Was ist nur los mit euch Kindern? Erst besudelt ihr mein Auto und jetzt meine Kirche!«

Ich vermied es, ihn anzuschauen, dafür fiel mein Blick auf den gekreuzigten Jesus, der in meinen Augen jetzt nicht mehr leidend aussah, sondern lasziv-verrenkt, und mich leidenschaftlich anzufeuern schien: »Alles Gute, mein Junge! Schnapp dir deine Kleine und dann fröhlich losgerammelt! Ich denk an euch, dann hab ich was zu tun, während ich hier rumhänge.«

Ich stöhnte auf. Gregor und Schorsch, die neben mir saßen, schauten mich irritiert an.

»Äh, so schlimm, das mit der Atomrüstung …«, stammelte ich.

Dann setzte ich mich kerzengerade auf und versuchte, mich wenigstens auf die Fürbitten zu konzentrieren. Es gelang mir nicht.

Den Rest des Tages verbrachte ich damit, mit glasigen Augen ins Nichts zu starren, während sich in meinem Kopf ein nicht enden wollender Porno mit mir und Beatrix in den Hauptrollen abspielte. Je näher der Augenblick kam, desto mehr veränderten sich meine Phantasien allerdings: Sie behandelten nun alle Spielarten des sexuellen Versagens, in quälender Ausführlichkeit.

So musste ich mir, als ich am nächsten Morgen vor der Tür des Höwing-Hauses stand, eingestehen, dass meine Libido auf dem Rückzug war. Ich fragte mich, ob es nicht doch besser wäre, das Ganze irgendwie abzublasen, dann öffnete Beatrix die Tür. Sie hatte einen Jeansminirock und eine Nylonstrumpfhose an, Sachen, in denen ich sie noch nie zuvor gesehen hatte – diese kleine Überraschung genügte bereits: Mein Gehirn schaltete augenblicklich wieder auf vollen Sexmodus um.

»Willst du was trinken, Schatz?«, fragte sie.

Sie hatte das vermutlich für eine einfache Frage gehalten, bestens geeignet, um mir den Einstieg zu erleichtern. In Wirklichkeit aber überforderte mich bereits diese kleine Antwort. In meiner Vorstellung waren wir schnell nach oben in ihr Zimmer verschwunden, hatten uns dort in einem wilden Rausch die Klamotten vom Leib gerissen und dann sofort losgelegt.

Aber sie hatte offensichtlich vor, es länger hinauszuzögern. Oder wollte sie einfach nur höflich sein und die Stimmung auflockern? Konnte ich ihr sagen: »Nein, danke, ich möchte nichts trinken, sondern lieber so schnell wie möglich dazu übergehen, dich zu poppen«? Ich war ratlos, und denken konnte ich eh nicht mehr, all mein Blut war aus meinem Gehirn abgeflossen und wurde anderswo in meinem Körper gebraucht. Ich starrte auf ihren Rock und ihre Beine. Zum Glück schaffte ich es wenigstens, mich kurz davon loszureißen und den Kopf zu schütteln. Uns war nun beiden klar, dass jeder Versuch einer Konversation zu einem schmählichen Scheitern verurteilt war. Also gingen wir erst mal ins Wohnzimmer.

»Wollen wir uns setzen?«

»M-hm.«

Sie lächelte tapfer. Ich merkte, dass sie fast so nervös war wie ich, und fragte mich, ob sie die Geschichte mit Tommaso vielleicht nur erfunden hatte. Im nächsten Moment saßen wir dann schon nebeneinander und küssten uns, und meine Nervosität wich etwas. Hier fühlte ich mich auf heimischem Terrain.

Nach einiger Zeit merkte ich, wie ihr Atem schneller wurde und wie ihre Finger mein Haar immer wilder zerwühlten. Ebenso wurde mir klar, dass ich nicht länger warten konnte, wenn ich nicht wollte, dass ein Unglück passierte.

»Bitte … lass uns raufgehen«, flüsterte ich heiser.

Sie nickte nur, und dann gingen wir nach oben, in ihr Zimmer, genauer gesagt: Sie ging und ich wankte.

Wir zogen uns aus, aber die Wir-reißen-uns-die-Klamotten-vom-Leib-Ekstase, auf die ich gehofft hatte, kam nicht auf. Und damit zog sich der Moment, den ich am meisten gefürchtet hatte, eine kleine Ewigkeit hin: der Augenblick, in dem ich ihr nackt gegenüberstand, ohne ein einziges meiner etwa hundert Kilo verbergen zu können. Doch als es nun so weit war, vergaß ich meine Befangenheit – ich hatte nur Augen für Beatrix. Sie hatte mir immer gefallen, aber jetzt kam es mir vor, als merkte ich zum ersten Mal, wie schön sie tatsächlich war. Schön und sexy. Ihre Wangen waren gerötet, und sie lächelte schüchtern, als sie merkte, wie begeistert ich sie anstarrte.

»Komm«, sagte sie.

Wir küssten uns wieder, und es machte mich fast wahnsinnig, ihre nackte Haut zu spüren. Zum ersten Mal seit vielen Jahren fühlte ich mich ohne Kleidung wohl.

»Hast du ein Kondom dabei?«, fragte sie atemlos.

Ich griff nach meiner Jacke und zog eines hervor.

»Okay«, sagte sie und lächelte. »Dann lass uns anfangen.«

Zum Glück stellte sich nun heraus, dass die Geschichte mit Tommaso nicht erfunden gewesen war. Sie wusste, was zu tun war.

»Oh Mann. Mir war nicht klar, dass das so … so technisch ist …«, brachte ich hervor. Sie lächelte.

»Keine Angst. Ab jetzt wird es einfacher.«

Damit zog sie mich an sich. Auch jetzt half sie mir, und ich dachte, was für ein Glück ich hatte, dass ich sie gefunden hatte, und ein paar Sekunden später konnte ich bereits gar nichts mehr denken, und ich dankte ihren Eltern, die sie so pragmatisch erzogen hatten, und Tommaso, der ihr so viel über Sex beigebracht hatte, und überhaupt der ganzen Welt.

Als ich sehr viel später auf dem Heimweg war, konnte ich es immer noch nicht fassen: Sie hatte mich nackt gesehen, dick wie ich war, und sie hatte nicht gelacht oder sich angeekelt weggedreht – ihre Augen hatten geglänzt, und ihr Atem war noch schneller geworden. Sie hatte es geschafft, dass ich mir zum ersten Mal, seit ich denken konnte, fast *schön* vorkam.

Die kurzen Schreie, die sie ausgestoßen hatte, waren wie eine Melodie, die mir nicht mehr aus dem Kopf ging. Am Anfang hatte ich Angst, dass ich ihr wehgetan haben könnte oder dass sie sich unter meinem Gewicht irgendwas gequetscht hätte. Als ich dann mitbekam, dass es nichts damit zu tun hatte, hatte ich gar nicht mehr genug davon bekommen können, ihr dabei zuzuhören.

Ich wusste, ich hätte nur an Beatrix denken sollen, an uns beide, und wie fantastisch es für uns gewesen war. Aber alles, was mir im Kopf herumging, war, dass ich nun endlich ein Mann war, dass es ein Mädchen gab, das es anturnend fand, mit *mir* zu schlafen, und darüber hinaus beschäftigte mich vor allem die Frage, wie ich sie dazu bringen könnte, das von nun an täglich mit mir zu tun.

Wie sich bald herausstellte, waren meine Sorgen nicht unberechtigt. Zwar war ich mir sicher, dass Beatrix den Sex mit mir genoss, aber andererseits schien sie nicht annähernd so wild darauf zu sein wie ich. Ich fühlte mich wie ein Junkie, der zitternd durch die Gegend läuft, nur von dem Gedanken besessen, wie er an seinen nächsten Schuss kommen kann, und der gerade eben so viel von seiner Droge bekommt, dass er nicht ins Delirium abdriftet.

Trotzdem waren die nächsten Wochen die besten meines

bisherigen Lebens, und dann kam der Winter, ein perfekter Winter, wie aus einem Dickens-Roman. Schon Ende November fiel das erste Mal Schnee, und die Höwings sammelten gemeinsam Tannenzweige für den Adventskranz, banden ihn und hängten ihn in einer lustigen kleinen Zeremonie in ihrem riesigen Hausflur an der Decke auf. Sie machten Schneewanderungen, und während die Mädchen und ihr jüngerer Bruder vorneweg liefen und sich Schneebälle um die Ohren warfen, ging ich hinter den anderen mit Herrn Höwing, und wir redeten über Politik, über Heinrich Böll und die Fehleinschätzungen des Papstes, und ich kam mir sehr erwachsen vor.

Wenn wir danach wieder zu Hause ankamen, teilte Frau Höwing dicke Norwegersocken an alle aus, und dann saßen wir im Wohnzimmer zusammen und schlürften Grog und Glühwein, und Beatrix saß neben mir und drückte sich an mich und roch einfach großartig wie immer. Es fehlte nur ein Kaminfeuer, aber immerhin hatten sie einen Kachelofen, und außerdem hatte ich seit meinen so dramatisch geplatzten Kinderferienlager-Träumen eine gespaltene Beziehung zu romantischen Kaminfeuern.

Ein paar Wochen lang blieb es mir vergönnt, in diesem Zuckerwatte-Adventsidyll zu leben, da platzte mal wieder das Schicksal herein, schaute sich neugierig um, erspähte mich und grinste höhnisch: »He, da ist ja mein alter Freund Chris Mackenbrock, schau mal an, dem geht's ja richtig gut. Na, das lässt sich ändern!«

Das Schicksal näherte sich in Gestalt von Schorsch. Er passte mich am Pfarrheim ab, als ich vom Dritte-Welt-Arbeitskreis kam, und bat mich, ihn mitzunehmen und in unserem Nachbardorf abzusetzen (seit ein paar Wochen hatte ich den Führerschein, und manchmal durfte ich mit dem Wagen meines Vaters in die Stadt. Verdammt, ich war einfach unglaublich erwachsen: Ich hatte Sex *und* den Führerschein). Dort sollte das offizielle Gründungstreffen des Ortsverbandes der Grünen stattfinden, und Schorsch war eingeschriebenes Mitglied.

Ich versuchte nachzudenken: Kathleen war jetzt bei den Grünen. Ich würde sie wiedersehen können – außerhalb der Schule, wo sie immer noch ständig von ihrem Freundinnenkreis umschwirrt wurde. Natürlich würde auch Stefan dabeisein, so dass ich zum ersten Mal die Chance haben würde, auf die beiden zusammenzutreffen, als eine Art Katastrophentourist in eigener Sache. Ich würde die beiden beobachten, und dann würde ich mir sagen können: »Siehst du? Du hast zugeschaut, wie er sie angrabbelt mit seinen langen Spinnenhänden und wie sie ihn anstrahlt und ihm dann die halbe Unterlippe wegkaut. Und stürzt jetzt die Erde ein? Geht die Welt unter? Nein! Und warum? Weil du drüber weg bist, Mann! Da hast du den Beweis!«

Das klang überzeugend. Dann aber meldete sich eine andere Stimme in mir und machte ein paar störende Anmerkungen: Erstens sei ich mit einer anderen zusammen. Und zweitens hätte ich es bis jetzt geschafft, Kathleen und Stefan aus meinem Leben und meinen Gedanken weitgehend zu verbannen. Als Beweis dafür, dass ich über Kathleen hinweg sei, sei das doch wohl durchaus hinreichend.

Aber ich bin niemals gut darin gewesen, das Richtige und Vernünftige zu tun. Also überhörte ich die Stimme.

Das Gründungstreffen des Höltener Ortsverbandes der Grünen fand in stilechter Atmosphäre in einem renovierten Bauernhaus statt. Als wir eintraten, stürzte eine kugelrunde kleine Frau in den Vierzigern auf uns zu.

»Georg, was bin ich froh. Wir dachten schon, du schaffst es nicht mehr.«

In wenigen Sekunden umringten noch weitere Parteifreunde Schorsch und klopften ihm auf die Schulter.

»Hallo, Elli, ich freu mich auch«, begrüßte Schorsch die kleine Frau, die nun auch mir enthusiastisch die Hand schüttelte und mich anstrahlte.

»Wir sind so froh, es sind so viele da!«, gurrte sie. »Kommt, ihr müsst Hermann begrüßen!«

Damit führte sie uns in das Innere des Hauses. Die ehemalige Tenne war zu einem Versammlungsraum umgebaut worden – es gab ein Sofa, ein paar Sessel und bunt zusammengewürfelte Stühle, alles im Kreis angeordnet. Elli stapfte zielstrebig auf eine Menschentraube zu, die sich respektvoll vor ihr teilte. Schließlich blieb sie vor dem Mann stehen, der das Zentrum der Gruppe bildete: Er war sehr groß, sehr blass und sehr dünn und hatte einen langen struppigen Bart. Jetzt schaute er über seine Brille hinweg mit einem milden Lächeln zu uns herunter.

»Hermann, das ist Chris«, führte Schorsch mich ein.

»Wie schön. Wir brauchen jede Frau und jeden Mann!«, antwortete Hermann mit einer unangenehm hohen und dünnen Stimme, und bevor ich etwas sagen konnte, hatte er schon seinen Arm um Schorsch gelegt, führte ihn davon und redete mit seiner Fistelstimme in kämpferischem Tonfall auf ihn ein.

Ich sah mich um und entdeckte noch ein paar weitere Rauschebärte, die selbst den von Hermann in den Schatten stellten. Ein würdiger Greis mit wallender Mähne nickte mir freundlich zu, um dann wieder mit einer ätherischen Schönen in einer weiten bunt bestickten Tunika zu reden. In der Mitte auf dem Boden hockten einige hartgesottene Ökos in gestrickten oder gewebten Klamotten und beobachteten die anderen mit sanften Augen, auf den Stühlen daneben saßen zwei junge Bauern mit kurz geschnittenen Haaren und roten Wangen und fragten sich offensichtlich, wie zum Teufel sie mit all diesen Leuten in einen Raum geraten waren. In einer Ecke standen eine Handvoll Studenten in längs gestreiften Hosen und speckigen Lederjacken, außerdem erkannte ich zwei meiner alten Grundschullehrerinnen.

Etwas eingeschüchtert ging ich weiter durch den Raum, und endlich entdeckte ich Miriam und Gregor, die nebeneinander auf dem Boden an der Wand saßen. Ich setzte mich zu den beiden.

»Mensch, Langer, hättest du gedacht, dass wir uns mal bei so was treffen?«, fragte ich Gregor.

Er räusperte sich. »Nein. Weißt du, Miriam hat sich überlegt, dass sie sich politisch engagieren möchte. Und dann hat sie entschieden ... dass ich das auch möchte.« Er sagte das würdevoll und mit größtem Ernst. Es war unmöglich, zu sagen, ob er einen Witz machen wollte. Ich grinste. Nach ihrer Trennung von Theo hatte Miriam das Alleinsein nicht lange ertragen und sich eines Abends nach dem Aktivkreis zu Gregor gesetzt und ihn darüber informiert, dass er ihr gefalle und sie mit ihm zusammensein wolle. Gregor, der tatsächlich selbst auch ein Auge auf Miriam geworfen hatte, hatte – entgegen seiner sonstigen Art – diesen Antrag fast spontan angenommen, das heißt: nach nur zwei Wochen Bedenkzeit.

Ich öffnete die Flasche Bier, die mir die mütterliche Elli im Vorbeigehen in die Hand gedrückt hatte, und wollte gerade einen Witz über Leute in Birkenstockschuhen machen, da sah ich Kathleen und Stefan. Sie saßen aneinandergelehnt an der gegenüberliegenden Wand, er hatte den Arm um sie gelegt. Ich prüfte mich: Es tat weh, aber es war weit davon entfernt, unerträglich zu sein. Ich befand mich auf dem Weg der Besserung, ganz eindeutig.

In diesem Moment lächelte sie ihn an, und dann küsste sie ihn – und ich wusste augenblicklich, dass ich mich falsch eingeschätzt hatte. Während ich wie gebannt auf die beiden starrte, hörte ich plötzlich ein sonderbares pfeifendes Geräusch. Miriam beugte sich über Gregor hinweg zu mir.

»Luft holen! Sofort!«, zischte sie.

Ich gehorchte und sog tief und keuchend Luft in meine Lungen. Jetzt merkte ich, dass ich selbst das pfeifende Geräusch verursacht hatte. In meiner Verkrampfung seit dem Beginn des Kusses hatte ich einfach das Atmen eingestellt.

»Schon in Ordnung. Ich hatte nur … an was gedacht. Passiert einem ja schon mal.« Ich lächelte verzerrt. Die beiden sahen mich mitleidig an. »Es ist nicht, was ihr denkt«, flüsterte ich gereizt. Jetzt nickten sie höflich. Ich wollte wieder etwas sagen, wurde aber von Hermanns dünner Stimme unterbrochen, die den Raum erstaunlich mühelos ausfüllte.

»Okayyyyy, Leute, wir fangen dann jetzt an!«

Vom Beginn der Veranstaltung bekam ich nicht viel mit. Ich war zu beschäftigt, mir selbst klarzumachen, dass meine heftige Reaktion nur darauf zurückzuführen war, dass die beiden mich mit ihrem Kuss auf dem linken Fuß erwischt hatten. Schließlich schaffte ich es aber doch mich auf das Geschehen im Raum zu konzentrieren. Hermann berichtete von dem Bundesparteitag der Grünen, den er besucht hatte. Joschka Fischer, der inzwischen Minister in Hessen war, war auch da gewesen, und es hatte sogar eine Bombendrohung gegeben. Und später war der ganze Parteitag aufgebrochen und nach Wackersdorf gereist, um dort den Atomkraftgegnern Mut zu machen.

Ich sah mich um und fühlte mich, als hätte man mich in das alte Rom versetzt, wo die ersten Christen sich heimlich in den Katakomben trafen und der rauschebärtige Petrus zu ihnen sprach und ihnen erzählte, wie er den Herrn gesehen und mit ihm gesprochen hatte.

Wie üblich trugen meine Visionen mich weiter fort. Ich sah, wie Petrus sich auf den Knaben Askanius stützte und uns erzählte, dass er Joschka Fischer persönlich eine Frage gestellt habe. Ich sah mich aufzeigen und rufen: »Oh ich weiß: Du hast ihn gefragt: *Quo vadis, Domine?!*« Und Petrus nickte mit einem rätselhaften Lächeln, und dann stürmte eine Kohorte römisch-ostwestfälischer Legionäre die Gründungsversammlung der Grünen und warf die Teilnehmer in Gefängnisse, wo sie darauf warten würden, von Löwen gefressen oder gekreuzigt oder verbrannt zu werden. Und Stefan würde den Zenturio anwimmern: »Ich schwöre dem grünen Unglauben ab! Bitte lasst mich leben, und ich trete noch heute in die CDU ein!« Ich dagegen würde zusammen mit Kathleen fliehen, und wir würden …

Ich schüttelte mich. Was phantasierte ich mir denn da zurecht? Wenn ich schon mit irgendeinem Mädchen vor irgendwas nach irgendwohin fliehen würde, dann natürlich mit Beatrix. Nicht mit Kathleen! Überhaupt war es albern, dass ich noch immer so was vor mich hin träumte. Das konnte man mit vierzehn machen oder vielleicht noch mit sechzehn, aber ich war inzwischen achtzehn und damit verpflichtet, meine Phantasien zu kontrollieren.

Ich hatte eine erbitterte Diskussion über die Formalitäten bei der Wahl des Wahlleiters verpasst und bekam nun wenigstens die Wahl des Vorsitzenden selbst mit. Die Mitglieder stimmten für Hermann, der als einziger Grüner im Stadtrat saß, und – zu meiner Überraschung – für Schorsch als seinen Stellvertreter. Er bekam einen Riesenapplaus und lächelte schüchtern in die Runde, aber irgendwie schaffte er es, dass seine Wangen diesmal nicht anfingen zu glühen. Danach hielt er eine kleine Rede. Gregor und ich starrten uns verblüfft an: Wenn Schorsch ein Referat halten musste, schrieb er sich den Text Wort für Wort auf, und trotzdem endete es jedes Mal in einem kaum verständlichen Gestammel – und hier improvisierte er offensichtlich, und das ziemlich gut.

Ich beugte mich zu Gregor: »Wer ist das? Das ist doch nicht Schorsch!«

Gregor runzelte die Stirn. »Er hört sich an wie … ein *Politiker!*«

Miriam stieß ihn in die Seite. »Pscht! Ich will das hören!«

Wir sahen uns wieder an. Gregor zuckte mit den Schultern.

Einige Zeit später kündigte Hermann zu meiner Erleichterung eine Pause an, nachdem er sich vorher noch den Unmut der Studenten zugezogen hatte, als er alle Anwesenden aufforderte, aus parteitaktischen Gründen nicht in der Öffentlichkeit zu kiffen. Ich drängelte mich an das Buffet, das in der Ecke der Tenne auf einem langen Tisch aufgebaut war, und knabberte freudlos an ein paar Möhren und einer Sojafrikadelle. Schließlich fand ich wenigstens etwas Käse und schaute mich um nach einem Messer, um mir ein Stück abzuschneiden.

»Sagt mal, hat jemand ein –?«

Weiter kam ich nicht, denn plötzlich stand sie neben mir – Kathleen. Ich hatte mir schon oft vorgestellt, wie unser nächstes Treffen verlaufen würde, aber davon hätte ich nicht mal zu träumen gewagt: dass es damit anfing, dass sie mir fast in den Armen lag, inmitten von Dutzenden Leuten, die uns gegeneinanderpressten.

Sie war offensichtlich genauso erschrocken wie ich. Ein paar Sekunden lang starrten wir uns einfach nur an.

»Hi«, sagte sie schließlich.

»Hi«, antwortete ich.

»Ich hab gehört von … wie du ins Ferienlager …«

»Ja. Dachte ich mir.«

»Es tut mir Leid.«

Ich war verblüfft. »Aber … aber … das muss dir doch nicht …«

»Doch. Ich hätte was merken müssen. Wenn ich nicht so mit mir selbst beschäftigt gewesen wäre.«

Sie sah mich traurig an. Traurig sah sie sogar noch schöner aus. Mann, hätte sie nicht einfach ein Miststück sein können, das mit meinen Gefühlen spielte und das ich dann dafür hätte hassen können?

»Du … du hast echt nichts Falsches getan. Überhaupt nichts! Bitte glaub das nicht, ja?«

Sie lächelte dünn. »Okay. Danke. Na ja, ich bin froh, dass du jetzt mit Bea zusammen bist …«

Ich nickte. Endlich schaffte ich es, mich von ihr loszureißen.

»Okay. Ich geh mal auf meinen Platz zurück.«

Wir lächelten uns noch mal verkrampft zu, dann ging ich los.

»Chris?«

Ich drehte mich um. Sie schaute mich forschend an.

»Wie … wie lange … warst du in mich –?«

»Seit vorletztem Jahr. Ostern.«

Ihre Augen wurden groß. »Und die ganze Zeit bist du –?«

»Ja.«

Sie wollte etwas sagen, aber das hatte sie offensichtlich überwältigt. Vielleicht war sie's aber einfach nur satt, dass ich ihr jeden Satz abschnitt. Ich fühlte mich schuldig. Warum hatte ich ihr keine leicht verdauliche Lüge aufgetischt? Dass das nur eine kurzzeitige Verknalltheit gewesen war und mir irgendwer ein paar bunte Pillen angedreht hatte, unter deren Einfluss ich den Trip nach Sundern unternommen hatte, und zwei Wochen später hatte ich alles schon halb vergessen. Ich versuchte, mir darüber klar zu werden, ob es überhaupt *irgendwas* Vernünftiges gab, das ich jetzt sagen konnte, da erschien Stefan hinter ihr. Er legte seine Arme um ihren Bauch.

»Hier steckst du, Sweetheart. Kommst du? Es geht weiter.« Dann blickte er zu mir. »Oh, hi, Chris. Ich hab dich gar nicht gesehen«, log er.

Kathleen lächelte ihm zu. Er versuchte, sie zu küssen – aber sie drehte sich weg.

»Gehen wir?«, sagte sie betont leichthin.

Er nickte verwirrt, dann lächelten mir beide zum Abschied zu und gingen Arm in Arm auf ihre Seite der Tenne zurück. Ich starrte ihnen betäubt nach und setzte mich dann wieder auf meinen Platz. Vorsichtig spähte ich hinüber: Kathleen hatte die Arme vor der Brust verschränkt, und Stefan saß mit schmalem Mund neben ihr und verfolgte das Geschehen. Mir dagegen ging es jetzt besser. Zwar hatte ich nichts Vernünftiges zu essen bekommen, aber *sie hatte sich geweigert, den Mistkerl zu küssen!* Vielleicht hatte das nichts zu sagen, doch im Moment genügte mir das.

In der Versammlung wurde inzwischen heftig diskutiert. Hermann hatte angesetzt, seine Lieblingsidee zu erörtern: einen Musterbauernhof aufzubauen, der der ganzen Region als Vorbild für das Betreiben ökologischer Landwirtschaft dienen könnte. Schorsch hatte daraufhin angefragt, was aus seinem Antrag geworden sei, das Schicksal der Höltener Juden während der Nazizeit zu recherchieren und dann irgendwie an sie zu erinnern.

»Ich würde vorschlagen, wir widmen uns Themen, die politisch und regional *relevant* sind«, antwortete Hermann und kraulte sich den Rauschebart. »Wir haben hier den Strukturwandel in der Landwirtschaft, und genau darauf zielt das Musterhofprojekt ab …«

Schorsch ließ nicht locker. »Aber … ich finde meinen Vorschlag wichtig. Ich würd auch selbst die meiste Arbeit machen.«

Hermann atmete tief durch, dann blickte er Schorsch sanft lächelnd an.

»Das ist schön, dass du dich so einbringen willst, Georg. Ich würde vorschlagen, dass du da in deiner Schule eine Projektarbeit dazu machst.«

Schorsch ließ gedemütigt den Kopf hängen. Das war wirklich ein mieser Tiefschlag gewesen. Ich zeigte auf. Leicht genervt nickte Hermann mir zu.

»Was genau ist denn an den ermordeten Juden irrelevant?«, fragte ich. »Sind sie eher politisch nicht relevant – oder regional unbedeutend?«

Hermann variierte sein Lächeln: Es war jetzt nicht mehr sanftmütig, sondern mitleidig. »Also gut, lasst es mich so sagen: Es ist einfach ein sehr, sehr ungeschickt gewähltes Thema. Wenn ich im Stadtrat beantrage, dass uns für so eine Recherche die Akten ausgehändigt werden ... also, so ein Antrag hat nicht die *allerkleinste* Chance darauf, angenommen zu werden.« Er schaute selbstgefällig über den Rand seiner Brille hinweg zu mir herunter. »Aber das könnt ihr natürlich nicht wissen.«

Sein Lächeln wechselte nun von mitleidig zu großmütig-triumphierend, während er sich wieder umwendete. Doch ich war noch nicht mit ihm fertig.

»Haben Sie schon viele Anträge gestellt im Stadtrat?«, fragte ich laut.

Langsam drehte er sich wieder zu mir, die Mundwinkel immer noch nach oben gezogen, aber aus seinen Augen war jeder Funke Sympathie verschwunden.

»Du kannst mich ruhig duzen, wir duzen uns hier alle. Und *ja,* ich *habe* eine Menge Anträge gestellt«, sagte er mit sehr geduldiger Stimme. Ich lächelte sonnig zurück.

»Und wie viele von *deinen* Anträgen – ganz genau – sind angenommen worden?«

Die Studenten in ihrer Ecke grölten zuerst los, fast gleichzeitig mit den Bauern, die schneller schalteten, als man ihnen zugetraut hätte. Schließlich lächelten selbst die Ökos auf dem Boden entrückt, obwohl man sich nicht sicher sein konnte, ob sie mitbekommen hatten, was vor sich ging, oder ob sie sich nur von der Strömung treiben ließen. Der verzerrte Rest von Hermanns Lächeln erstarb endgültig, und sein Blick wurde stumpf, als er seine Niederlage bemerkte, dann drehte er sich abrupt weg. Schorschs Kopf glühte wieder wie zu seinen besten Zeiten. Die Versammlung beschloss schließlich, seinen Antrag anzunehmen. Danach wurde Kathleen zur Pressesprecherin gewählt. Schließlich machte ich mich aus dem Staub, bevor alles vorbei war und ich mit irgendwem würde reden müssen.

Mit diesem Abend endete für mich die kurze Phase, in der ich glaubte, meinen inneren Frieden gefunden zu haben. Weihnachten kam, und ich schenkte Beatrix ein Halskettchen mit einem Symbol ihres Tierkreiszeichens als Anhänger und außerdem eine Cassette, die ich ihr aufgenommen hatte, und ich bekam von ihr eine Baskenmütze. Die hatte ich mir tatsächlich gewünscht und konnte es gar nicht fassen, weil ich das vor Monaten mal ganz nebenbei erwähnt hatte und nie gedacht hätte, dass sie sich daran erinnern könnte. Dann kam Silvester, und es fiel Schnee, und wir erlebten Mitternacht alle zusammen auf dem Spieckerberg, wo wir Raketen abschossen und uns dann in der Blockhütte zusammendrängelten und Sektflaschen kreisen ließen. Nachher schlief ich mit Beatrix auf Richies Dachboden, in den er uns zur Feier des Tages geschmuggelt hatte, bevor er loszog, um den Rest der Nacht auf der Party unseres Freundes Joker zu verbringen.

Und dann kam das Ende der Weihnachtsferien, und wir machten unseren ersten gemeinsamen Wochenendausflug und fuhren mit dem Zug nach Köln, wo wir die coolen Läden in der Fußgängerzone durchstöberten, auf den Dom stiegen und in der WG der älteren Schwester von Beatrix' Freundin Inga übernachteten.

Immer wieder sagte ich mir, wie gut ich es hatte und wie toll es war, dass ich eine Freundin hatte, mit der ich all das zusammen erleben konnte.

Doch die ganze Zeit über dachte ich an Kathleen.

Ich hatte versucht, ihr weiter aus dem Weg zu gehen, und mir fest vorgenommen, den Grünen den Rücken zu kehren. Aber das Schicksal – oder genauer gesagt: Schorsch – ließ mich nicht mehr aus den Klauen. Ein paar Wochen nach den Weihnachtsferien kam er im Pausenraum auf mich zu.

»Hi, Chris. Was weißt du über Krüppelwalmdächer?«

»Was zum Teufel sind Krüppelwalddächer?«

»Nicht Wald. Krüppel*walm*dächer!«

»Ah. Dann weiß ich nichts darüber.«

»Das ist dumm. Du musst einen Leserbrief darüber schreiben. In der *Neuen Westfälischen,* im Lokalteil.«

Wie ich von Schorsch erfuhr, hatte die Opposition innerhalb der Ortsgruppe der Grünen einen Teilerfolg errungen und es geschafft, dass der neue Intimfeind ihres Vorsitzenden zum stellvertretenden Pressesprecher gewählt wurde – ich! Niemand hatte es für nötig gehalten, mich darüber zu informieren, da es nicht zu erwarten war, dass ich den Job jemals würde ausüben müssen. Selbst Kathleen, die eigentliche Pressesprecherin, war praktisch arbeitslos, denn die wenigen Mitteilungen, die herausgegeben werden mussten, verfasste Hermann persönlich.

Doch nun lag Hermann mit einem Blinddarmdurchbruch im Krankenhaus, und Schorsch stand vor seiner letzten Französischklausur.

»Sag, wenn du nicht willst«, er blickte mich zerknirscht an. »Aber Kathleen hat sich schon beschwert, dass ihr das sonst zu viel ist, weil sie sich da ja nicht auskennt, und dass sie das deshalb mit irgendwem zusammen machen will.«

Ich nickte ergeben. Das Schicksal hatte mich mal wieder bezwungen. Wieso sollte ich noch länger dagegen ankämpfen?

Sie wartete am nächsten Tag nach dem Unterricht im Pausenraum auf mich. Ich setzte mich zu ihr und versuchte, mich als Parteioffizieller zu sehen – und nicht als einen von seinen Hormonen zerrütteten, zwischen zwei Mädchen hin- und hergerissenen Vierer-Abi-Kandidaten.

»Bei Krüppelwalmdächern ist das Dach noch mal abgeknickt«, legte ich los und holte einen Block, einen Stift und ein paar Bücher aus meiner Tasche, damit ich was Unverfängliches zum Anstarren vor mir hatte.

»Sonst hab ich nicht viel darüber rausbekommen. Aber ich hab ein paar Abbildungen gefunden.« Damit deutete ich auf die Bücher.

»Sehr gut«, nickte sie, ebenso knapp und sachlich. Offensichtlich war auch sie entschlossen, die Rolle der Pressesprecherin durchzuhalten. »Also, was ich weiß, ist, dass die Dinger vor allem in Süddeutschland vorkommen – aber in letzter Zeit werden auch bei uns in der Gegend immer Häuser und vor allem Scheunen so gebaut.«

»Warum nicht? Wenn's gut aussieht.«

»Nein! Du verstehst nicht! Unsere Position ist, dass wir wollen, dass die Leute die Tradition nicht ganz vergessen. Nur weil alles, was nach Bayern aussieht, so heimelig rüberkommt.«

»Klar! Scheiß bayerischer Kultur-Imperialismus!«

Sie lächelte schwach. »Ich sehe, wir verstehen uns.«

Dann verfassten wir gemeinsam den Leserbrief. Ich erinnere mich an kein einziges Wort mehr, das wir damals schrieben – aber noch ganz genau an den eng anliegenden schwarzen Pulli, den Kathleen trug, und wie sie ihre Nase krauszog, wenn sie sich auf einen Satz konzentrierte, und wie ich mich kaum von diesem Anblick lösen konnte. Und ich erinnere mich, dass ich mir Mal um Mal auf die Zunge beißen musste, um sie nicht nach Stefan zu fragen und danach, wie es nun zwischen ihnen beiden stand. Und dann merkte sie schließlich, wie ich sie heimlich anstarrte, und schlang unbehaglich die Arme um den Körper. Ich riss mich also endlich zusammen und steckte all mein Feuer in den Leserbrief – die Krüppelwalmdächer bekamen eine volle Breitseite meiner unterdrückten Leidenschaft ab. Ich glaube nicht, dass jemals vor- oder nachher das Krüppelwalmdach mit solch fanatischer Inbrunst verdammt worden ist. Niemand, der diesen Brief gelesen hat, wird jemals wieder in der Lage gewesen sein, ein Haus mit einem doppelt gekrümmten Dach anzuschauen, ohne dabei ängstlich zu erschauern.

Dann tauchte von einem Tag auf den anderen Stefan wieder im Pfarrheim auf, ohne Kathleen. Er wirkte ernster als früher und machte sich daran, sich seinen Platz zurückzuerobern, mit noch größerer Verbissenheit als zuvor. Wie die anderen sich erzählten, hatte es ein langes Gespräch zwischen ihm und Pastor Henrichs gegeben, über dessen Inhalt sich beide beharrlich ausschwiegen. Kathleen auf jeden Fall war nicht dabei gewesen. Offenbar hatte Stefan die Verbannung nicht länger ertragen können. Seine Sehnsucht nach der Gruppe war größer gewesen als sein Drang, die Welt zu verbessern. Kathleen dagegen hatte den Schritt heraus in die Welt gemacht und war nicht bereit, umzukehren – auch wenn das bedeutete, dass sie Stefan verlor. Ich kämpfte mit aller Macht darum, mich nicht über diese Entwicklung zu freuen. Ich hatte eine Freundin, und mit der war ich glücklich – Punkt. Was diese beiden trieben – oder nicht mehr trieben –, ging mich damit nichts an.

Außerdem machte Kathleen sich inzwischen daran, ihren Aufgabenbereich als Pressesprecherin der Grünen auszubauen, auch wenn es nur noch hin und wieder Briefe zu schreiben gab, da es Hermann inzwischen wieder besser ging. Immer öfter sah man sie im Lokalbüro der *Neuen Westfälischen* mit den Reportern dort reden, außerdem besuchte sie einen Kurs über Journalismus. Auf den Versammlungen der Grünen-Ortsgruppe, die ich nun regelmäßig besuchte, saß sie meistens neben Hermann, und Schorsch berichtete, dass sie dabei war, zu Hermanns wichtigster Ansprechpartnerin zu werden, eine Entwicklung, die Schorsch offen eifersüchtig machte.

Um meine Verwirrung komplett zu machen, führte mein schlechtes Gewissen gegenüber Beatrix nicht dazu, dass mein Drang, mit ihr schlafen zu wollen, nachließ. Ebenso bemerkte ich erstaunt, wie sehr ich es nach wie vor mochte, einfach mit ihr zusammenzusein, meistens gelang es mir sogar, in ihrer Gegenwart nicht mal an Kathleen zu denken. Auch wusste Beatrix, dass ich die Leserbriefe zusammen mit Kathleen geschrieben hatte, und es schien ihr keine Sorgen zu bereiten. Aber es half alles nichts: Ich kam mir vor wie ein Betrüger.

Mein Leben hatte sich zu einem einzigen großen Durcheinander entwickelt. Meistens schob ich es auf die Abiprüfungen, die immer näher rückten und für die ich nicht mal annähernd genug lernte. Meinen Stundenplan hatte ich so weit es ging ausgedünnt und verbrachte nun jede Minute, in der meine Anwesenheit im Unterricht nicht zwingend erforderlich war, in der Schnellpizzeria, mit Richie und ein paar anderen, die sich ebenfalls nur mäßig für ihren Abidurchschnitt interessierten. Das ging so weit, dass wir inzwischen von der Schule nur noch als dem »großen, hässlichen Zweckbau gegenüber der Pizzeria« sprachen. Als Nebeneffekt nahm mein Körperumfang weiter proportional zu meiner Verwirrtheit zu.

Schließlich kam Ostern und wieder eine Versammlung der Grünen-Ortsgruppe. Inzwischen ging ich schon aus reiner Gewohnheit in Opposition zu Hermann. Seit er ständig mit Kathleen zusammenhing, war er mir noch unsympathischer.

»… und dann schlage ich vor, dass wir einen Termin festlegen, an dem wir zusammen den Widerstand in Wackersdorf unterstützen. Wir könnten ein ganzes Wochenende hinfahren. Oder die Pfingstfeiertage.«

Alle nickten zu Hermanns Worten, auch Kathleen, die mal wieder ganz nah neben ihm saß. Ich keuchte wütend.

»Um das Projekt vorzubereiten, wollen wir außerdem eine Informationsveranstaltung zur Kernenergie durchführen. Ich habe eine Liste mit unabhängigen Wissenschaftlern, die sind glaubwürdiger als diese gekauften Fuzzis von der Strahlenschutzkommission.«

Wieder allgemeines Nicken – und auch Kathleen lächelte, als hätte ihr vergötterter Hermann gerade persönlich einen Farbbeutel über dem Kopf von Helmut Kohl ausgekippt und damit die Regierung gestürzt.

Ich ertrug es nicht länger. Also zeigte ich mal wieder auf, um rumzumäkeln.

»Ja?« Hermann deutete resigniert auf mich. »Chris?«

»Wenn's um Glaubwürdigkeit geht ... sollten wir dann nicht über was anderes reden? Wie wär's mit den Sachen, die so im Stadtrat vor sich gehen?«

»Okayyyyy ... was genau meinst du?«

»Über deinen Antrag, Aufwandsentschädigungen für Hausfrauen, die im Stadtrat sitzen, einzuführen.«

»Nun ja«, er lächelte säuerlich auf mich herunter, »wir alle sind uns doch wohl einig, dass diese Diskriminierung ein Ende haben muss.«

»Klar. Es ist nur so, dass im Rat im Moment nur eine einzige Hausfrau sitzt – nämlich *du*, Hermann!«

»Na und? Also gut, ich bin zurzeit Hausmann und würde gern den anderen Ratsmitgliedern gleichgestellt werden – was ist falsch daran?«

»Du kümmerst dich doch sonst so um die Öffentlichkeit – was meinst du, wie das rüberkommt, wenn die Grünen im Rat Anträge stellen, bei denen der einzige Bürger, der finanziell davon profitiert, ihr Vorsitzender ist? Wie *glaubwürdig* ist das?«

»Nun«, er schlurfte triumphierend ein paar Schritte in die Raummitte, »unsere sehr fähige Pressesprecherin hat dafür gesorgt, dass das den lokalen Medien nicht in den falschen Hals gekommen ist.«

Damit lächelte er Kathleen zu, die dankbar zu ihm aufschaute. Ich kochte – dabei ahnte ich nicht, dass mir das Schlimmste noch bevorstand.

Hermann wendete sich wieder zu mir.

»Aber wenn wir schon unbedingt über uns selbst reden wollen und wie wir auf die anderen wirken ... dann möchte ich doch mal fragen: Wie glaubwürdig wirkt es, wenn einer von uns einen Leserbrief schreibt über das Waldsterben, und ein paar Wochen später tritt seine Freundin in genau die Partei ein, die der Hauptverursacher für das Problem ist?«

»Hä?«, antwortete ich.

Schorsch, der neben mir saß, beugte sich zu mir. »Beatrix – sie ist seit letzter Woche bei der Jungen Union«, flüsterte er.

Ich sah ihn ungläubig an. Er nickte traurig. »Es stimmt echt, Chris. Ich weiß es von Udo Klocke – der ist der Vorsitzende.«

Ich sah mich um. »Ja und? Was hat das denn mit mir zu tun?«, fragte ich, zu laut und zu gepresst, um überzeugend rüberzukommen. Hermann griente mich mit seinem gelungensten Weltverbessererlächeln an.

»Verstehe ich das richtig? Du fragst, was dich … was dich *deine Freundin* angeht?«

Ich konnte nichts mehr sagen. Hermann versuchte, so zu tun, als würden ihn diese Eröffnungen, die er zum Wohle der Gruppe machen musste, selbst schmerzen, was ihn nur noch schmieriger aussehen ließ. Die anderen schwiegen. Man sah, dass sie nicht intolerant sein wollten und es sie eigentlich nicht kümmerte, mit wem ich zusammen war. Wenn ich nur den Mund vorher nicht so voll genommen und das mit der Glaubwürdigkeit aufgebracht hätte. Einmal mehr schaute ich zu Kathleen hinüber: Sie entwickelte gerade ein enorm intensives Interesse an der Maserung des Stützbalkens neben ihr. Ich konnte ihr ansehen, dass ihr die ganze Situation peinlich war. Das machte es erst richtig schlimm.

Als ich am nächsten Tag Beatrix im Aufenthaltsraum für die Oberstufe traf, war ich bereit für unseren ersten richtigen Streit. Sie küsste mich, aber ich kniff die Lippen zusammen, drehte mich weg und sagte nichts. Als ich merkte, wie unglücklich sie schaute, fühlte ich mich schon schlecht.

»Ich hab's schon gehört«, sagte sie sofort. »Es tut mir so leid, Schatz – ich hätte es dir sagen sollen. Das mit der Jungen Union.«

»Allerdings«, zischte ich ungnädig.

»Es war so blöd – Renate hat mich gefragt, ob ich bei denen mitmache, und mit der war ich doch schon im Kindergarten befreundet. Und ich hätte nie, nie gedacht, dass du deshalb

Ärger bekommst. Ich meine, du bist doch nicht für mich verantwortlich.«

Ich schaute sie nur an. Sie guckte noch kläglicher als vorher.

»Und ich hab gemeint, dass das eh nie bekannt wird, weil ich doch einfach nur auf so einer bescheuerten Liste steh, sonst nichts. Und dann hat irgendwer von denen das rausgequasselt …«

Sie schaute auf ihre Knie und heulte fast. Ich kam mir inzwischen wie ein Arschloch vor, dass ich sie so kalt abgefertigt hatte.

»Na ja, schon gut. War auch nicht so schlimm …« Ich nahm ihre Hand.

»Alles wieder gut?«, fragte sie – und knuffte mich mit der freien Hand gegen den Arm.

Ich nickte. Wir lächelten uns an. Es war ein schönes und neues Gefühl, ihr vergeben zu können, da ich sonst eigentlich ständig den Eindruck hatte, dass ich es war, der alles falsch machte. Endlich hatte *sie* ein Geheimnis vor *mir* gehabt und sich mit einem schlechten Gewissen rumgeplagt. Ich sah das als ausgleichende Gerechtigkeit, und gleichzeitig ließ es die Tatsache, dass ich nach wie vor dauernd an Kathleen denken musste, weniger schlimm erscheinen.

Am Abend hatte ich zum ersten Mal in meinem Leben Versöhnungssex – und das, ohne dass es überhaupt einen richtigen Streit gegeben hatte. Ich fand es toll.

Zum ersten Mal seit Wochen hatte ich wieder das Gefühl, dass ich mein Leben in den Griff kriegen, dass alles wieder gut werden könnte. Aber dann kamen der Unfall in Tschernobyl und Pfingsten am Zaun von Wackersdorf und der Tag, an dem meine Jugend endete.

7 PFINGSTEN 1986

Am 25. April 1986 sollte im Block 4 des Kernkraftwerks in der Nähe der ukrainischen Stadt Tschernobyl überprüft werden, wie sich der Reaktor im Fall eines totalen Stromausfalls verhalten würde. Gegen Mittag reduzierte man die Leistung des Kraftwerks, um den Versuch einzuleiten. Unglücklicherweise wurde ausgerechnet jetzt erhöhter Strombedarf aus Kiew gemeldet – und um keinen Parteibonzen zu verärgern, verschob man das Unternehmen kurzerhand um zwölf Stunden. Dies hatte zwei Folgen: Erstens wurde der Reaktor zunehmend instabil, und zweitens musste das Experiment von der verblüfften und unvorbereiteten Nachtschicht durchgeführt werden.

Am 26.04. um 1 Uhr 23 ging es endlich los. Der stellvertretende Chefingenieur des Kraftwerks, Anatoli Djatlow, zerstreute die Bedenken seiner Untergebenen mit einem kernig-jovialen: »Noch ein, zwei Minuten, und alles ist vorbei! Etwas beweglicher, meine Herren!«, und ließ den Turbinengenerator in Block 4 abschalten.

Wie sich herausstellte, bewies Djatlow damit prophetische Qualitäten: Zwei Minuten später sollte in der Tat alles vorbei sein – und ein Großteil des Reaktorinneren sich in einer spektakulären Flugbahn knapp einen Kilometer über der Erdoberfläche befinden.

Als Reaktion auf die Abschaltung der Turbine war nämlich in dem instabilen und nicht mehr ausreichend gekühlten Reaktor die Temperatur abrupt angestiegen, und seine Leistung nahm rapide und unkontrolliert zu. Jetzt fragten sich die beteiligten Ingenieure, ob es wirklich so eine clevere Idee gewesen war, sämtliche automatischen Notfallsysteme zu deaktivieren, um eine authentische Simulation herzustellen.

Als die ersten Pumpen explodierten, führten die erschrockenen Techniker sämtliche Bremsstäbe, mit denen man die Kettenreaktion kontrollieren konnte, auf einmal in den Reaktor ein. Ein weiteres Mal verblüfften sie sich selbst mit der durchschlagenden Wirkung ihrer Aktion – sie hatten nämlich gerade endgültig den Super-GAU ausgelöst: Ausgerechnet die Graphitspitzen an den Bremsstäben riefen kurzzeitig eine heftige Reaktion hervor, bevor die steuernde Wirkung einsetzen konnte. Es war, als hätte man, um zu bremsen, das Gaspedal bis zum Anschlag durchgetreten.

Sekunden später flog Block 4, bei dem man sich eine Sicherheitsummantelung in typisch sowjetischer Nonchalance gespart hatte, in die Luft. Eine enorme Menge Radioaktivität wurde freigesetzt, sah sich blinzelnd um, reckte sich tatendurstig und beschloss, sich ein wenig in der Welt umzuschauen.

Ihr erstes Ausflugsziel war Europa.

Als die Katastrophe einige Tage später nicht mehr verheimlicht werden konnte, beruhigten die zuständigen Politiker in der damaligen Bundesrepublik die Bevölkerung mit dem Hinweis darauf, dass Tschernobyl immerhin mehr als 1800 Kilometer entfernt sei und deshalb keinerlei Gefahr bestehe. Zu diesem Zeitpunkt schwenkte die radioaktive Wolke gerade in einer eleganten Linkskurve über Deutschland ein.

Nun brach das Chaos aus. Während ein bayerischer Minister in dem bizarren Bemühen, die Ängste der Bevölkerung zu zerstreuen, vor laufenden Kameras verstrahlte Kuhmolke verzehrte, riet man anderswo zur selben Zeit den Menschen, bei Regen das Haus nicht zu verlassen und Kinder von Sandkästen fernzuhalten, ließ Salatbeete unterpflügen und verteilte Jodtabletten.

Natürlich lösten diese Nachrichten auch im Grünen-Ortsverband Hölten hektische Aktivität aus. Sogar Hermann ließ kurzzeitig davon ab, Schorsch zu schikanieren, und beantragte im Stadtrat, überprüfen zu lassen, ob und wie stark der Erdboden rund um Hölten vergiftet war.

Schließlich wurde von der Ortsgruppe auch Hermanns Antrag, nach Wackersdorf zu fahren, um gegen den Bau der atomaren Wiederaufbereitungsanlage dort zu demonstrieren, angenommen. Als Termin hatte er Pfingsten anvisiert.

Jeder von uns musste sich fragen, ob er wirklich da mitwollte, denn der Schutzzaun um das Baugelände von Wackersdorf war einer der Orte, an dem man die Auswirkungen der Tschernobyl-Katastrophe besonders deutlich spüren konnte. Seit Anfang des Jahres sollte hier in der abgelegenen Oberpfalz die sogenannte WAA gebaut werden, in der atomare Brennstäbe aus den Kernkraftwerken der Republik wiederaufbereitet werden sollten. Jedes Wochenende demonstrierten wachsende Menschenmassen gegen das Projekt, Atomkraftgegner genauso wie empörte Oberpfälzer. Nach dem Unfall von Tschernobyl waren die Auseinandersetzungen immer gewalttätiger geworden, zwei Demonstranten und ein Polizist waren ums Leben gekommen, es hatte Hunderte Verletzte und Tausende von Verhaftungen gegeben.

Einige Wochen lang schob ich das von mir weg: Ich musste mich eh durch die Abiprüfungen schlagen, was mir dank einer kurzzeitigen ungewohnten Aufwallung von intellektuellem Kampfgeist schließlich fast gelang. Nur in Biologie, meinem vierten Fach, würde ich in die Nachprüfung müssen.

Nun führten meine Eltern ein paar ernste Gespräche über meine Zukunft mit mir – als Folge entschied ich, in den nächsten Wochen nach einer Zivildienststelle zu suchen (und fand eine als Gärtner in einem Altenheim, was gemütlich zu werden versprach) und die Fahrt nach Wackersdorf sausen zu lassen.

Dann aber schrieb ich ein paar Tage vor Pfingsten in der Pizzeria noch einmal einen Leserbrief zusammen mit Kathleen. Als wir fertig waren, sah sie mich prüfend an, kämpfte eine Weile mit sich und sagte dann heiser: »Hey, auf Pfingsten … da will ich dich um einen großen Gefallen bitten. Einen *echt großen* Gefallen.«

Ich muss sie sehr verständnislos angeblickt haben, vermutlich mit dem dümmlichen Starren, für das ich bekannt bin, wenn man mich auf dem linken Fuß erwischt, und das man leicht mit dem Ausdruck panischer Angst verwechseln kann, denn sie fing an zu lachen.

»Keine Angst, es ist nichts Kriminelles. Also … nicht *wirklich*. Aber es ist nicht ohne. Und du bist der Einzige, den ich fragen kann.«

»Wovon … wovon redest du?«

Sie schaute durch mich hindurch, oder besser in sich hinein, und schien einen Gedanken hin und her zu wälzen, bevor sie mich schließlich mit einem dünnen Lächeln wieder ansah.

»Ich kann's dir echt noch nicht sagen. Tut mir Leid. Ich will nur vorfühlen.«

Ich schaute auf meine Hände. »Dir ist klar, dass ich unmöglich Nein sagen kann, oder?«

Sie lächelte wieder, diesmal war es ein warmes und verschmitztes Lächeln.

»Ich hatte mit so was gerechnet, ja.« Dann wurde sie ernst. »Ich will, dass du weißt … also, wenn ich dich frage, und du willst das nicht machen, dann ist das völlig okay. Du *kannst* Nein sagen. Okay?«

Ich nickte nur und versuchte, so gleichgültig wie möglich auszusehen.

Ich glaubte, sie durchschaut zu haben – sie hatte sich für unsere Fahrt nach Wackersdorf zu Pfingsten eingetragen, und ich wettete, dass sie dort eine spektakuläre Aktion vorhatte, vielleicht um Hermann, der auch mitfahren würde, zu beeindrucken. Und da sie nicht für die Listen zuständig war, wusste sie natürlich nicht, dass ich nicht mitfuhr, sondern ging davon aus, dass ich wie alle anderen dabei sein würde. Auch wenn mir Hermann nach wie vor gestohlen bleiben konnte – dass ich der Einzige war, der für sie in Frage kam, um ihr bei ihrer Tat zu helfen, versetzte mich in ein Hochgefühl, von dem ich erstaunt bemerkte, dass es nicht nur den Nachmittag, sondern auch den nächsten Tag über anhielt.

Wenn ich zurückblicke, ähnelte meine Lage damals der, in der sich die Ingenieure in Tschernobyl befanden: Ich war auf das, was kam, denkbar schlecht vorbereitet, und alle meine Berechnungen stellten sich später als fehlerhaft heraus. Ich gab mich mit bruchstückhaften Auskünften zufrieden, anstatt mir alle notwendigen Informationen zu besorgen, und daraufhin passierten dauernd Dinge, die ich nicht vorhergesehen hatte – und als Reaktion darauf machte ich eine Dummheit nach der anderen.

Im Nachhinein kam ich mir unendlich dämlich vor. Aber das ist Djatlow und seinen Männern bestimmt auch so gegangen.

Kurz vor Pfingsten meldete ich mich also doch noch für die Fahrt an. Als ich am nächsten Tag beim Mittagessen bei uns zu Hause davon erzählte, musste ich bemerken, dass ich zumindest *eine* Variable komplett falsch eingeschätzt hatte: Beatrix.

»Spinnst du?! SPINNST DU TOTAL?!«, blaffte sie mich an.

Meine Eltern, die mit am Tisch saßen, schreckten zurück. Meine Mutter begann eilig, das Geschirr abzuräumen.

»Da sind Leute gestorben!«

»Das war eine alte Frau mit einem Herzinfarkt … und ein anderer mit Asthma …«

»Scheiße! Du hängst seit Monaten bei den Scheißgrünen rum, obwohl dir Politik total am Arsch vorbeigeht. Und dann tust du zum ersten Mal was Vernünftiges und willst da nicht hinfahren zu diesen ganzen Scheißspinnern und Kriminellen und dich verhaften oder zusammenschlagen lassen – und jetzt plötzlich willst du's doch! Das ist scheißkrank!«

Sie hatte einmal »Arsch« und dreimal »Scheiß« und einmal »Scheiße« gesagt – das waren in ein paar Sekunden mehr Kraftausdrücke, als in den vergangenen sechs Monaten zusammen. Also wusste ich, dass die Lage ernst war. Ich fühlte mich wie einer dieser Mörder im Fernsehen, der endlich merkt, dass Inspektor Columbo ihm schon seit Anfang der Folge auf der Spur ist und jetzt die Falle zuschnappen lässt.

Aber obwohl ihre Vorhaltungen immer weitergingen, während meine Eltern sich unauffällig Richtung Küche entfernten, erwähnte sie Kathleen nicht mit einem Wort – und ich konnte sie nicht durchschauen: Hatte sie Angst vor dem, was ich sagen könnte, falls sie das Thema tatsächlich anschnitt? Oder ahnte sie tatsächlich nicht, wie sehr ich darum kämpfen musste, meine konfuse Gefühlswelt unter Kontrolle zu halten? Ich traute mich nicht, sie anzusehen.

»JETZT SCHAU MICH DOCH AN!«

Gehorsam drehte ich ihr den Kopf zu. Ihre Augen schwammen. Ich legte mir selbst gegenüber einen heiligen Schwur ab: Ich würde mitfahren, aber was auch immer Kathleen vorhatte – ich würde ihr nicht helfen.

»Hör zu, Schatz – ich *muss* da mit. Ich verspreche dir, dass ich mich im Hintergrund halte und nichts anstelle. Okay? Aber wenn ich jetzt wieder absage, dann werd ich für alle als totaler Feigling rüberkommen.«

»Na und? Besser ein Feigling als verhaftet und im Krankenhaus.«

»Oh Mann, manchmal könnte man fast glauben, du wärst ein Mädchen«, versuchte ich einen Witz zu machen, erntete aber nur eisiges Schweigen. Ich stöhnte. »Komm schon, Bea. Du wirst sehen, es wird alles gut. Okay?«

Ich sah sie fragend an. Sie reagierte nicht. Ich versuchte, ein Lächeln zustande zu bringen, und knuffte sie in den Arm.

»AU! WARUM BOXT DU MICH DENN? SPINNST DU?!«

Sie rieb sich den Arm, dann stand sie auf und schaute auf mich herunter. Sie wurde ganz ruhig. Einen Moment lang dachte ich, der Sturm habe sich gelegt, aber dann merkte ich, wie verzweifelt sie mich anschaute.

»Bitte! Bitte – fahr nicht!«

Damit drehte sie sich um und ging.

In den beiden Tagen bis Pfingsten sah ich weder Beatrix noch Kathleen. Ich beabsichtigte nach wie vor, mich an das Versprechen, das ich mir selbst gegeben hatte, zu halten. Kathleen würde schon jemanden finden, der ihr helfen konnte. Aber mitfahren musste ich, ansonsten hätte ich keinem von denen, die sich für die Fahrt eingetragen hatten, mehr in die Augen schauen können. Und nachher, wenn ich meine Verlässlichkeit unter Beweis gestellt hatte, würde ich auch Beatrix wieder besänftigen können.

Ich ahnte nicht, dass Block 4 bereits dabei war, sich aufzuheizen und in diesem Stadium die Kettenreaktion kaum noch aufzuhalten sein würde.

Am Pfingstmontagmorgen standen wir auf dem Marktplatz von Hölten und warteten auf den kleinen Bus, der uns in die Oberpfalz bringen sollte. Schorsch trat neben mir von einem Bein aufs andere und sah aus, als hätte er gerade in die Hose gemacht. Selbst Hermann wirkte nervös, aber im Gegensatz zu Schorsch stand er steif aufgerichtet da, den Blick wie ein Feldherr in die Ferne gerichtet. Ganz offensichtlich verfasste er im Geist gerade seine Memoiren und war soeben bei dem Satz *»Ich wusste, dass ich vor meiner gefährlichsten Prüfung stand, aber ich durfte keine Spur von Angst zeigen. Meine*

Anhänger verließen sich auf meine innere Kraft …« angelangt.

Von Kathleen war noch nichts zu sehen, dafür kamen jetzt Gregor und Miriam. Ich schaute die beiden verwundert an – nur Miriam hatte sich für die Fahrt eingetragen.

»Hallo, Leute.« Miriam lächelte gezwungen. Dann überreichte sie Schorsch den Schlafsack, den sie bei sich getragen hatte. »Hier, wie versprochen.«

Ich nickte Gregor zu. »Mann, ich hätte nicht gedacht, dass ich dich hier sehe.«

Er zuckte nur mit den Schultern. Ich grinste.

»Ich weiß schon: Miriam hat entschieden, dass ihr *beide* hinfahren wollt.«

Er runzelte die Stirn, dann schüttelte er den Kopf.

»Nein – *ich* hab entschieden, dass wir beide hierbleiben wollen.«

Er sagte das mit seiner üblichen schlichten Würde. Wir schauten ihn verblüfft an, dann merkte ich, dass keiner von ihnen einen Rucksack dabeihatte. Miriam lächelte verlegen, umarmte Schorsch und mich – dann gingen sie rasch. Während die beiden in der Fußgängerzone verschwanden, sah ich weiter Miriams verkrampftes Lächeln vor mir und fragte mich, wie viel Mut es Gregor gekostet haben musste, um so feige zu sein. Ich überlegte, ob ich es nicht auch so hätte halten können, aber entschied, dass es nun definitiv zu spät war, um noch einen Rückzieher zu machen. Schließlich kam der Bus. Ich sah auf die Uhr.

»Wo Kathleen wohl bleibt?«, fragte ich. Hermann drehte sich zu uns um: »Oh, die kommt nicht mit. Hat mich heute Morgen angerufen, sie hat einen Magenvirus.«

Wir stiegen ein, und ich atmete tief durch: Ich musste Kathleen nichts abschlagen. *Und* ich konnte beweisen, dass ich nicht wegen *ihr* mitfuhr. *Und* ich vermisste sie plötzlich unendlich.

Dafür kam noch jemand anderes dazu – Richie, der plötzlich quer über den Platz lief, vor den Bus sprang und ihn zum Halten brachte und dann einstieg. Zufrieden setzte er sich neben Schorsch und mich.

»Okay, Männer, auf geht's! Demonstrieren! Weg mit den bösen Atomraketen!«

»Richie – es geht nicht um Raketen«, korrigierte ihn Schorsch.

»Ah. Gut, dass wir eine lange Fahrt vor uns haben. Da könnt ihr mich aufklären, wogegen ich bin. Nach einem kleinen Nickerchen.«

Ich schaute ihn forschend an.

»*Du* hast dich eingetragen? Warum hast du das getan, Mann?«

»Lass es mich so sagen, Dicker: Ich hatte das Gefühl, dass heute mal wieder was Aufregendes passieren könnte. Und diesmal will ich das nicht verpassen.«

Er kuschelte sich behaglich zurecht und gähnte ausdauernd zum Zeichen, dass er nicht mehr gestört zu werden wünschte. Ich beschloss, es ihm gleichzutun, und lehnte den Kopf gegen die Fensterscheibe.

Etwa vier Stunden später hielt unser Bus auf einem Bauernhof am Rand von Wackersdorf. Wir stiegen aus, und Hermann, der schon mal hier gewesen war, schritt uns voran und hielt auf einen Weg zu, der uns in den Wald auf der anderen Seite der Straße führte.

Je tiefer wir in das Gehölz eindrangen, desto mehr Menschen sahen wir. Alle strömten einem Ziel zu, das wir noch nicht erkennen konnten. Die meisten waren jung wie wir. Aber ich sah auch Ältere, die Bauern, Handwerker oder Beamte sein konnten – und ihre Frauen.

»Ein bisschen wie vorm Westfalenstadion, wenn Schalke kommt«, meinte Richie trocken.

Ich grinste und deutete auf ein paar Zelte, die durchs Dickicht zu sehen waren und vor denen eine einsame Gestalt Gitarre spielte und ein Wolf-Biermann-Lied sang.

»Nur das Begleitprogramm ist besser.«

»Stimmt.« Richie nickte. »Und der Gegner ist die Atommafia und der Polizeistaat. Die sind natürlich sympathischer als Schalke!«

»Lasst das bitte!«, zischte Schorsch. »Könnt ihr nicht mal so was ernst nehmen?« Er zog seinen Friesennerz, in dem er wie ein kleiner Junge wirkte, enger um sich.

Wir hörten auf zu reden, zumal man inzwischen die Geräusche vom Rand der riesigen Lichtung her hörte, die man in den Wald geschlagen hatte – tausendfaches Schreien, dazu ein lautes Zischen, das ich nicht einordnen konnte. Über uns kreiste ein Hubschrauber. Mein Magen zog sich zusammen.

Nicht mehr alle, die wir sahen, waren jetzt auf dem Weg zum Zaun, manche rannten auch in unsere Richtung, vom Bauplatz weg. Die meisten hatten gerötete Gesichter, viele schienen zu weinen.

»CS-Gas«, kommentierte Schorsch mit verkniffener Miene. »Ist im Krieg verboten. Aber zu Hause benutzen sie's. Habt ihr Tücher oder so was dabei?«

Wir schüttelten den Kopf. Er öffnete seinen Rucksack und gab uns ein paar Dreieckstücher.

»Perfekte Vorbereitung – sehr gut, Mann. Ich arbeite gern mit Profis.« Richie klopfte Schorsch auf die Schulter, dessen Gesicht wurde röter als die Köpfe derjenigen, die vom Gas erwischt worden waren. Wir merkten, dass wir den Rest der Gruppe verloren hatten, und setzten langsam unseren Weg Richtung Waldrand fort.

Jetzt wurde der Lärm immer lauter, und helles Tageslicht drang durch die Bäume.

»Wartet mal«, sagte Richie plötzlich. »Ich bin stecken geblieben.«

Mühsam zog er seinen Fuß aus dem Schlamm. Ich merkte, dass ein Nieselregen eingesetzt hatte.

»Scheiße! Ausgerechnet heute muss es regnen!«

»Das ist nicht das Wetter!«, meinte Schorsch neben mir. »Das kommt aus den Wasserwerfern!«

Jetzt bemerkten wir, dass die Wasserpfützen mit weißlichem Schaum bedeckt waren. Ich leckte mir die Lippen.

»Schmeckt süßlich, das Wasser.«

Schorsch sah mich erschrocken an. »Schnell – bindet euch die vor!« Er band sich sein Dreieckstuch um, wir folgten seinem Beispiel.

»Das ist mit dem Gas vermischt. Erhöht die Effizienz«, erklärte er dumpf unter dem Tuch hervor. Ich nickte und beneidete ihn jetzt um seinen Friesennerz. Als wir bemerkten, dass kein weiterer Schwall feingestäubten Wassers über uns niedergehen würde, stapften wir weiter durch den morastigen Boden. Endlich erreichten wir die Lichtung.

Direkt hinter dem Waldrand fiel der Boden ab und am Fuß der Senke stand er: der Zaun, Hunderte Meter lang, aus massivem Metall, bedeckt mit dichten Stacheldrahtrollen. Dies war also das Ziel all der Menschen, die durch den Wald geströmt waren.

Die Fläche vor dem Baugelände, die sich zu unserer Rechten verbreiterte, war so weit wir sehen konnten ausgefüllt mit Demonstranten – es mussten Zehntausende sein. Hinter dem Zaun hatte man den Boden aufgeschüttet. Auf dem Gipfel dieser künstlichen Erhebung erwartete uns der Gegner: Dutzende Gefährte, die ich in einem ersten Moment der Panik für Panzer hielt, bevor ich begriff, dass es sich um Wasserwerfer handelte. Und Tausende Polizisten. Mir wurde klar, dass ich noch nie mehr als eine Handvoll von ihnen auf einmal gesehen hatte.

Die meisten Leute schienen nicht nach irgendeinem Plan vorzugehen. Viele wanderten einfach am Zaun entlang, einige hielten Transparente hoch, andere wieder sangen. Ich erkannte den Gitarrenspieler aus dem Wald wieder, der jetzt eine Gruppe begleitete, die der Staatsmacht die »Internationale« entgegenschmetterte.

An vielen Stellen liefen immer wieder Schwarzgekleidete zum Zaun. Manchmal warfen sie Steine auf die Polizisten dahinter, manchmal schrien sie Beleidigungen, um ihre Gegner zu provozieren, und manchmal bildeten sich kleine Grüppchen, die offenbar begannen, die Stäbe durchzusägen, und schnell Richtung Wald davonstoben, sobald sich Polizeieinheiten näherten. Über allem kreisten weiterhin Hubschrauber.

Etwas rechts von uns entdeckten wir Hermann und die anderen aus dem Bus. Hermann hatte ein Plakat entrollt, neben dem er nun in Feldherrenpose stand, während er dem Feind unerschrocken ins Auge blickte: »WAA ist WAAhnsinn!«

»Typisch Hermann«, grummelte Schorsch. »Keinen Funken Originalität.«

Niemand antwortete ihm, denn jetzt traten unten ein paar Wasserwerfer in Aktion. Sie sendeten gewaltige Wasserschwälle gegen die vorderen Reihen der Demonstranten. Diejenigen, die den Gefährten am nächsten standen, prallten wie von einer unsichtbaren Faust getroffen zurück. Die Menschen hinter ihnen rannten auseinander, als der Strahl sie mit seiner vollen Wucht traf und in Sekunden mit seiner chemischen Lösung durchnässte. Richie sprach als Erster wieder.

»Okay, gehen wir runter. Ich bin ja nicht so ein Profidemonstrant. Was genau müssen wir tun? Schütteln wir die Fäuste und schreien ›Macht kaputt, was euch kaputt macht‹? Oder muss man sich irgendwo dafür eintragen?«

»Ich weiß nicht«, antwortete ich. »Vielleicht … gehen wir einfach um den Zaun rum? Wie die anderen?«

Schorsch schüttelte den Kopf.

»Oh nein. Wenn wir schon hier sind, dann machen wir was Richtiges!«

Wir sahen ihn verwundert an. Das klang mal wieder nicht

nach dem Schorsch, den wir aus der Schule kannten. Er holte tief Luft.

»Könnt ihr euch nicht vorstellen, dass es unerträglich ist, wenn alle in der Schule über einen lachen – selbst die aus den unteren Klassen? Und dass es unerträglich ist, wenn dieser Hermann sich für was Besseres hält, nur weil er schon vor zehn Jahren bei irgendwelchen Vietnamdemos dabei war, und man für ihn nur Fußabtreter ist? Nun, für mich *ist* das unerträglich. Und deshalb …« Er atmete tief durch und blickte uns trotzig an. »… deshalb schneide ich jetzt ein Loch in diesen Zaun!«

Er knöpfte den Friesennerz auf und zog aus verschiedenen Taschen und auch aus seinen Gummistiefeln mehrere Metallteile, die er mit verblüffender Geschicklichkeit zusammensteckte, und strahlte uns an.

»Eine Eisensäge. Zerlegbar, wegen den Kontrollen.«

Wir nickten nur fassungslos. Er holte tief Luft.

»Also, ich kann das nicht von euch verlangen – aber ich gehe da runter.«

»Ich bin dabei«, sagte Richie, ohne zu überlegen. »Ich mache alles mit, wo ich mir sicher sein kann, dass es *nicht* drauf hinausläuft, dass ich irgendwann ›We shall overcome‹ singen muss!« Er nickte Schorsch zu. »Abgemacht – wir wechseln uns beim Sägen ab!«

Dann sahen beide mich an. »Was ist mit dir, Dicker?«

Ich schaute unentschlossen hinunter.

»Die haben … Schlagstöcke. Und Wasser. Und Filmkameras.«

Beide nickten.

»Und wir haben noch nicht mal schwarze Klamotten und Skimasken wie diese anderen Typen da unten.«

Beide grinsten und zogen sich gleichzeitig die Dreieckstücher über die Nasen. Ich stöhnte.

»Und ein Loch in den Zaun zu sägen wär … rein symbolisch.«

»Stimmt – das wär ein Symbol«, sagte Schorsch. »Und was für eins!«

Ich überlegte: Beatrix würde nie etwas von dem, was ich hier trieb, erfahren, zumindest nicht, wenn ich mich einigermaßen geschickt anstellte und Richie und Schorsch dichthielten. Aber Kathleen würde ich davon erzählen können – dies war die Chance, die große Aktion zu vollbringen, die ihr wahrscheinlich vorgeschwebt hatte, bevor sie krank wurde. Und sie musste mich nicht mal bitten, das für sie zu tun. Ich atmete schneller. Wieder mal warf mir das Schicksal eine Chance einfach so hin – und diesmal würde ich kein Trottel sein und sie vorbeiziehen lassen. Also nickte ich.

»Okay – ich bin dabei, Männer!«

Ich zog mein Tuch über die Nase – dann stapften wir den Hang hinab.

Zu diesem Zeitpunkt hätte ich noch abbrechen können. Ich hätte mich zu Hermann stellen und das *WAAhnsinn*-Transparent bewachen können, oder vielleicht hätte ich zu dem Typen mit der Gitarre gehen und ihn fragen sollen, ob er ein paar Joan-Baez-Songs draufhat. Ich weiß nicht, was daraus geworden wäre – aber meinen persönlichen Super-GAU hätte ich verhindern können.

Wie Anatoli Djatlow ein paar Wochen zuvor in Tschernobyl war ich in diesem Augenblick noch überzeugt, die Lage nach wie vor unter Kontrolle zu haben – und wie er irrte ich mich da gründlich. Wie Djatlow die besonderen Eigenschaften des Reaktors nicht einberechnet hatte oder teilweise gar nicht über diese unterrichtet war, so fehlten auch mir ein paar entscheidende Informationen: So hatten sich die Polizeikräfte in Wackersdorf von dem Massenansturm zu Pfingsten zunächst überraschen lassen. An den ersten beiden Tagen des Wochenendes stand eine viel zu kleine Zahl von Verteidigern einer riesigen Masse von radikalisierten Atomkraftgegnern gegenüber.

Diesmal waren es die Polizisten, die fürchten mussten, eingekesselt und verprügelt zu werden. Erst am Pfingstmontag schaffte man es zu reagieren: Kräfte aus dem ganzen Bundesgebiet wurden zusammengezogen, und jeder verfügbare Wasserwerfer wurde nach Wackersdorf verlegt, bis man 46 zusammenhatte – mehr als jemals vorher oder nachher bei einer einzelnen Demonstration eingesetzt wurden. An diesem Tag wollte man zurückschlagen.

Mein »Okay – ich bin dabei, Männer!« entsprach wunderbar Djatlows »Noch ein, zwei Minuten, und alles ist vorbei!«: Es war forsch, lässig – und abenteuerlich dumm.

Wir kämpften uns durch die Masse der Demonstranten. Endlich ragte der Zaun vor uns auf. Wir folgten seinem Verlauf, bis wir ein fast fertig ausgesägtes Loch entdeckten. Schorsch nickte uns zu, dann kämpften wir uns das meterhohe Betonfundament hoch – dann schließlich konnten wir das Metall berühren. Wir sahen uns um: Niemand schien uns zu beachten. Schorsch zog seine Säge hervor – dann legte er los.

»Oh Mann, ich kann nicht glauben, dass wir das hier wirklich tun!«, keuchte er. »Das ist der Wahnsinn!«

Richie schaute ihm unbeeindruckt zu.

»Mal im Ernst, Alter – hast du schon *jemals* in deinem Leben *irgendwas* zersägt?«

»Wie meinst du das?«

»Das sieht scheiße aus, wie du das machst.«

»Das ist auch sauschwer!«, ächzte Schorsch und sägte mit ruckartigen, unbeholfenen Bewegungen weiter an der Stange, die er sich ausgewählt hatte. Richie stöhnte.

»Gib mal her!«

»Nein! Später!«

»Du hast noch nicht mal *eine* Stange durch, Mann! Wenn das so weitergeht, sind wir heute Nacht noch nicht fertig!«

Richie wand Schorsch die Säge aus der Hand und sägte energisch drauflos, musste jedoch bald bemerken, dass Schorsch nicht übertrieben hatte: Es war eine elende, sauschwere Arbeit. Schließlich löste ich ihn ab. Eine Dreiviertelstunde später hatte ich die vorletzte Stange durchtrennt.

»So, jetzt haben wir's gleich.«

»Sollten wir auch besser«, meinte Schorsch. »Da hinten braut sich was zusammen.«

Wir folgten seinem Blick: Oben auf dem Hügel wuselten Einsatzkräfte hin und her und schienen sich zu formieren. Schnell nahm ich Richie die Säge aus der Hand und machte mich an die letzte Querstange. Ich sägte wie ein Verrückter, und nach ein paar Minuten durchtrennte ich das letzte Gitterstück. Ich rüttelte an dem Rechteck – und zog es heraus.

Wir hatten unser Loch in den Zaun gesägt!

Richie brachte ein Geräusch hervor, das irgendwo zwischen Lachen und Nach-Luft-Schnappen angesiedelt war.

»Gut – keine halben Sachen. Okay?«

Wir nickten. Ich zögerte noch einen Moment – dann kletterte ich durch das Loch auf die andere Seite. Einmal mehr wünschte ich mir, ich hätte mich irgendwann dazu durchringen können, meinen Körperumfang zu verkleinern, aber mit der Hilfe meiner Freunde schaffte ich es, mich hindurchzuzwängen. Die anderen folgten, und wir sahen uns um und konnten unseren Triumph noch immer nicht fassen.

»Wahnsinn«, flüsterte ich.

»Der Hammer. Absolut der Hammer«, flüsterte Schorsch andächtig.

»WIR HABEN EUCH BESIEGT! KOMMT DOCH UND HOLT UNS, WENN IHR EUCH TRAUT!«, brüllte Richie mit überschnappender Stimme den Einsatztruppen entgegen, die vom Gipfel des Hügels in unsere Richtung näher kamen. Ich schaute genauer hin.

»Scheiße! Die kommen *wirklich* hierher!«

Wir starrten ein paar Sekunden auf den Hügel. Dann verlor Schorsch als Erster die Nerven.

»Die verhaften uns. Das ist Sachbeschädigung!«

Er fing an, zurückzuklettern

»Das fällt dir jetzt ein?«, schrie ich ihn an. Meine Stimme klang unangenehm schrill. Richie kreischte jetzt vor Lachen.

»Sachbeschädigung? Alter – das ist Landfriedensbruch!«

Schorsch wurde weiß im Gesicht, und ich bekam eine Panikattacke, als ich versuchte, mich wieder durch das Loch zu zwängen.

»Scheiße – es geht nicht!«, wimmerte ich.

Da spürte ich einen heftigen Schmerz – Richie hatte mich in den Hintern getreten.

»Au! Sag mal, spinnst du, du blödes –!«

Weiter kam ich nicht: Richie trat noch mal zu, diesmal noch härter – und er hatte Erfolg. Ich wurde durch das Loch katapultiert und kullerte vor Wut und Schmerz schreiend das Betonfundament hinunter.

Einen Moment später rannten wir drei die Senke entlang, auf die Masse der anderen Demonstranten zu. Ich blickte mich um: Unsere Flucht war keinen Augenblick zu früh gekommen. Die ersten Polizisten schoben sich schon durch das Loch.

»Oh Gott! Das darf doch nicht wahr sein!«, schrie Schorsch plötzlich.

Ich sah wieder nach vorn: Dort kam uns eine weitere Gruppe Uniformierter entgegen. Wir drehten auf dem Absatz um und flüchteten in die entgegengesetzte Richtung. Jetzt aber drohten die ersten Polizisten, die durch den Zaun gekommen waren, uns den Weg abzuschneiden. Der vorderste schien ein besonders guter Sprinter zu sein. Ich erkannte, dass Richie und der von blinder Panik beschleunigte Schorsch ihm entkommen konnten – doch ich würde nicht schnell genug sein. Meine Lungen empörten sich bereits jetzt gegen die ungewohnte Belastung, und mein Atem ging pfeifend.

Ich schwenkte nach links ab, vielleicht würde er den anderen nachsetzen. Aber mit dem Instinkt des Jägers hatte er erkannt, dass es ihm gelungen war, das schwächste Tier von der Herde zu isolieren, und trampelte jetzt auf mich zu. Seine Ausrüstung minderte seine Geschwindigkeit beträchtlich – aber ich hatte mehr zusätzliche Pfunde mit mir rumzutragen als er.

Ich erkannte aus dem Augenwinkel den Waldrand, schwenkte noch weiter ab und setzte zu einem letzten verzweifelten Spurt an – doch schon ein paar Sekunden später hörte ich seine schweren Schritte fast direkt hinter mir. Ich heulte auf und wollte anhalten und mich geschlagen geben – da ertönte hinter mir ein Geräusch, das ich als ein »Klonk« identifizierte – und gleich darauf hörte ich einen fallenden Körper.

Ich blickte mich um: Der Sprinter lag am Boden und hielt sich seinen Kopf. Etwa zehn Meter links von ihm stand der Gitarrenspieler, die Gitarre auf den Rücken geschnallt. In den Händen hielt er jetzt Steine, sein Wurf war offenbar ein Volltreffer an den Helm gewesen und hatte den Uniformierten in seinem Lauf aus dem Gleichgewicht gebracht. Er nickte mir kurz zu, dann drehte er sich um und verschwand, und auch ich setzte mich schnell wieder in Bewegung. Ich war gerade losgerannt, da hörte ich Schreie neben mir – es waren Schorsch und Richie.

»Los, zum Wald«, keuchte Richie. »Hier ist der Teufel los!«

Tatsächlich hatte sich die Senke hinter uns inzwischen in eine Art Schlachtfeld verwandelt. Immer mehr Polizisten mit Spezialausrüstung stürmten aus allen Richtungen heran. Dies war der geplante Großeinsatz, mit dem die Staatsmacht den Demonstranten die Demütigung der letzten Tage heimzahlen wollte – und mit perfektem Sinn für Timing hatten wir uns ausgerechnet diesen Moment ausgesucht, um unser Loch zu sägen.

Inzwischen waren auch wieder eine Handvoll Autonomer aufgetaucht, die ihre Gegner mit Steinen bewarfen, um dann flink wieder im Gehölz zu verschwinden. Auch wir kamen jetzt dem erlösenden Waldrand immer näher – da wurde unsere Flucht durch einen gewaltigen Knall neben uns gestoppt. Ich stolperte und fiel auf den Boden. Plötzlich bestand die Welt um mich herum nur noch aus Rauch. Meine Augen tränten, vor allem aber glaubte ich zu ersticken. Ich taumelte in wilder Panik umher, wobei ich gegen Schorsch stieß, der ebenfalls verzweifelt nach Luft schnappte. Da tauchte vor uns aus dem Nebel einer der Autonomen auf – er trug einen Gesichtsschutz.

»EINE GASGRANATE! AUS DEM HUBSCHRAUBER ABGEFEUERT!«, brüllte er uns an. »KANN EINEM NICHTS ANHABEN, WENN MAN SICH SCHÜTZT!«, fügte er in ohrenbetäubender Lautstärke hinzu. Wahrscheinlich war die Granate direkt neben ihm detoniert – seine Lungen funktionierten offensichtlich glänzend, aber seine Ohren schienen ihren Dienst eingestellt zu haben.

»Krieg … krieg keine Luft mehr …«, röchelte ich und merkte, wie meine Beine unter mir wegsackten. Er legte mir die Hand auf die Schulter.

»IST NUR EIN GEFÜHL! GEHT GLEICH WIEDER WEG! VERSTEHST DU?«, dröhnte er. Ich überlegte, wie ich ihm wohl klarmachen konnte, dass ich ihn sogar verstanden hätte, wenn ich gerade zweihundert Kilometer entfernt auf dem Marienplatz in München gestanden hätte, aber dann nickte ich nur. Gleich darauf erblickte er anscheinend irgendwas im Nebel und rannte mit Kampfgeschrei in die Rauchschwaden hinein.

Augenblicke später sah ich Richie: Hustend und spuckend taumelte er wie eine desorientierte Wespe im Kreis herum. Auch er musste in der Nähe der Detonation gestanden haben: Sein Gesicht war mit roten Pusteln übersät. Er blinzelte verzweifelt und konnte offenbar weder reden noch etwas sehen. Ich nahm seinen Arm, während ich mich verzweifelt darauf konzentrierte, gegen die panische Erstickungsangst anzukämpfen. Dann winkte ich Schorsch, und gemeinsam machten wir uns daran, uns durch den undurchdringlichen Nebel Richtung Wald zu bewegen. Ein paar Minuten torkelten wir quälend langsam voran. Dann verließ uns die Kraft – wir ließen uns zu Boden sinken und blieben einfach liegen und drückten uns unsere Tücher vors Gesicht, während wir darauf warteten, dass sich der Gasnebel verzog.

Endlich sahen wir wieder den Himmel über uns und rappelten uns auf.

»Jetzt aber nichts wie rein in den Wald«, sagte ich, während ich mir den Staub von den Sachen klopfte. Da hörte ich Schorsch neben mir wimmern.

»Oh nein. Oh nein, oh nein, oh nein …«

Ich schaute ihn an – und dann an ihm vorbei.

Wir hatten uns im Nebel verirrt. Wir waren nicht zum Wald gelaufen, wie wir gedacht hatten.

Wir standen wieder vor dem Zaun.

Und nur dreißig Meter von uns entfernt machte sich gerade eine weitere Einsatzgruppe bereit, loszustürmen – genau auf uns zu. Schorsch ließ sich wieder auf die Knie fallen und rollte sich so weit es ging zu einem Ball zusammen – eine Haltung, die ihn, hätte einer aus der Ortspartei ihn beobachtet, bei der nächsten Wahl sämtliche Stimmen gekostet hätte. Richie – immer noch fast blind und benommen – schwankte in gerader Linie auf die Polizisten zu, stolperte dann und blieb einfach liegen, wo er war. Ich starrte auf die Reihe von uniformierten Männern, deren Gesichter ich jetzt sehen konnte.

Man konnte erkennen, dass die Demütigungen der vergangenen Tage ihre Stimmung nicht gehoben hatten. Sie hatten lange auf die Revanche warten müssen – nun aber wirkten sie ausgeruht und ausgesprochen tatendurstig. Ich sah, wie sie liebevoll mit den Knüppeln in ihren Händen spielten.

Der Reaktor explodierte, die Reste der Brennstäbe flogen der Stratosphäre entgegen, Anatoli Djatlow starrte verdattert auf sein Kontrollpult und murmelte irgendwas von »Ui, das war jetzt aber nicht meine Schuld!«.

Der Augenblick, in dem der Super-GAU endgültig eintrat, war da.

Ich kann mich heute nicht mehr daran erinnern, was passierte, während die gesamte Einsatzstaffel auf mich zuzurennen schien – das ist aber auch gar nicht nötig.

Denn genau in dem Moment, als der vorderste Beamte auf mich zustürmte und weit ausholte, um einen wohlplatzierten Knüppelschwinger auf meinem Oberkörper zu landen, schaute am Waldrand ein Fotoreporter durch sein Teleobjektiv und drückte auf den Auslöser seiner Hochleistungskamera. Als er am Abend in seinem Studio die Aufnahmen entwickelte, fiel ihm eine davon ins Auge. Er hielt sie hoch, betrachtete sie prüfend und sagte sich: »Geil, das hat ja einen Wahnsinns-Symbolgehalt!« Gleich darauf fuhr er mit den Aufnahmen in seine Redaktion.

Am nächsten Tag erschien die BILD-Zeitung mit der Schlagzeile »Mutiger Polizist besiegt Chaoten«. Darunter ein großes Foto von einem Polizeibeamten, der allein drei Demonstranten bekämpft. Zwei von ihnen haben sich in einer Demutshaltung vor ihm auf den Boden geworfen. Der dritte, ein fetter, rotgesichtiger Kerl mit verschleiertem Blick, hat ein Tuch umgebunden, das ihm bis ans Kinn heruntergerutscht ist. Als Waffe in seiner Hand hält er idiotischerweise immer noch die Säge, mit der er wenige Minuten zuvor Staatseigentum beschädigt hat. Sein Gesichtsausdruck ist schwer zu deuten. Später in seinem Prozess vor dem Amtsgericht Schwandorf, bei dem man ihn in unverständlicher Milde zu einer geringfügigen Bewährungsstrafe verurteilt, wird er aussagen, dass er vor Angst und aufgrund der Gaseinwirkung geheult hat – aber für die Leser der Ausgabe war klar, dass es sich in Wirklichkeit um die hasserfüllte Grimasse eines verblendeten Radikalen handelte.

Durch meinen Aufenthalt in der Arrestzelle und den anschließenden Arztbesuch verpasste ich die Rückfahrt. Als ich am folgenden Abend heimkam, war mir mein Ruhm schon vorausgeeilt. Meine Eltern baten mich zu einem ernsthaften Gespräch, bei dem sie sondierten, ob ich bereit sein würde, die Hilfe eines Jugendpsychologen in Anspruch zu nehmen. Jedes Mal, wenn ich mit verbitterter Stimme fragte, ob sie denn *gar* nicht daran interessiert seien, sich *meine* Version der Ereignisse anzuhören, zuckten sie zurück, als rechneten sie damit, dass ich als Nächstes auch meine eigene Familie mit einer Säge bedrohen könnte.

Ein paar Tage später fanden am Freiherr-vom-Stein-Gymnasium die Nachprüfungen statt. Die Blicke der Prüfungskommission machten klar, wie verantwortungslos die Schulbehörde ihrer Meinung nach handelte, indem sie sie dazu zwang, einen Raum mit einem bundesweit bekannten Gewalttäter zu teilen, ohne dass man ihnen ein paar Bodyguards als Geleitschutz stellte.

Ich hatte kaum mehr lernen können, und das eisige Schweigen der Prüfer verwandelte mich endgültig in ein Nervenbündel. So verhedderte ich mich komplett in dem Text über Evolution, den ich interpretieren musste, und nach einer qualvollen Viertelstunde fasste der Prüfungsleiter meinen hilflos gestammelten Vortrag zusammen: »Wenn ich das, was Sie uns gerade erzählt haben, Herr Mackenbrock, zu Ende denke, dann haben Sie gerade versucht, uns zu beweisen, dass der Schimpanse vom Menschen abstammt.« Ich spürte die kalte Befriedigung in seiner Stimme.

Zwei Wochen später hatte ich es schriftlich: Ich war durchgefallen und würde ein weiteres Jahr brauchen, bis ich mein Abitur in der Tasche hatte.

Immerhin musste ich mir nicht die Mühe machen, dem Altenheim abzusagen, an dem ich meinen Zivildienst ableisten wollte – ein paar Tage später erhielt ich nämlich das Schreiben, in dem die Leitung ihre Zusage zurückzog. Pastor Henrichs dagegen suchte nach subtileren Wegen, um mich in Zukunft vom Pfarrheim fernzuhalten. Er ließ Stefan bei mir anrufen, der mir mit vor Verlegenheit brüchiger Stimme ausrichtete, dass ich zur unerwünschten Person erklärt worden war. Jesus würde ja eher für Frieden und Gewaltlosigkeit stehen – und nicht für Kommunismus und Angriffe mit Sägen auf harmlose Staatsdiener. Normalerweise hätte ich »Und die Kreuzzüge? Und die Inquisition?? Wie gewaltlos wart ihr denn da, ihr miesen Heuchler, hä!?« in den Hörer gebrüllt.

Aber ich denke, irgendwann während der Reaktorkern in Tschernobyl sich in seine Einzelteile zerlegte und das dumpfe Bollern der explodierenden Kessel aus Block 4 die Wände des Kontrollraums erzittern ließ, wird sich einer der Techniker ganz plötzlich zurückgelehnt und die Arme hinter dem Kopf verschränkt haben – ein fatalistischer Gegenpol zu Anatoli Djatlow. Und während seine Kollegen ihn beschimpften, sah er sie mit stumpfen Augen an und antwortete: »Wir können nichts mehr tun. Akzeptiert das, Towarischtschi! Wieso kämpft ihr gegen das an, was ihr nicht verhindern könnt?« Und dann zündete er sich lässig eine Zigarette an und lehnte sich noch weiter zurück mit dem Lächeln eines Mannes, der weiß, dass er viele schlaflose Nächte vor sich hat.

Genau an diesem Punkt war ich jetzt angelangt.

Den schlimmsten Brief hatte ich bereits bei meiner Ankunft im Briefkasten gefunden, wo er seit dem Vortag auf mich gewartet hatte. Er war von Kathleen:

Hey, Chris, wenn du das liest, bin ich schon auf dem Weg nach Berlin. Du weißt, ich hatte ernsthafte Absichten, als ich zu den

Grünen gegangen bin. Aber dann haben mich die Leute von der Zeitung drauf gebracht: Seit sich ein paar Leute von der CDU abgespalten haben, ist Hermann der Große das Zünglein an der Waage im Rat & das will er nutzen: Der Musterhof, den Hermann mit Gemeindemitteln aufziehen will – das wird sein eigener sein!! Er wird den Hof offiziell abtreten, aber in Wirklichkeit wird er ihn behalten. Es gibt Dokumente, die das beweisen können – die waren in Hermanns Büro. Aber du weißt ja selbst, dass da immer jemand ist, entweder Hermann oder einer seiner Getreuen & ich habe es nicht geschafft, dass er mir ganz vertraut.

Doch heute sind alle in Wackersdorf!! Und rate mal, wer letzten Freitag im Büro was kopieren musste und schusseligerweise vergessen hat, den Schlüssel rechtzeitig zurückzugeben?

Das ist es also, worum ich dich, lieber Chris, hatte bitten wollen: den Schlüssel zu nehmen, das Büro zu durchsuchen und diese Beweise zu finden. Du warst ja der Einzige, der nicht mitfahren wollte nach Wackersdorf. Wenn ich daran denke, wie's zwischen dir und Hermann steht, glaube ich, wenn es jemand getan hätte, dann du.

Dann hast du dich doch noch für die Fahrt eingetragen & ich musste den Plan ändern & hab mich krankgemeldet. Hab Blut und Wasser geschwitzt, ob Hermann den Braten riecht. Aber das hat er nicht & jetzt bin ich im Besitz von Kostenvoranschlägen, Entwürfen für eine ratsinterne Einigung und Gesprächsprotokollen!! Der Artikel, den ich schreiben werde, kann mir bestimmt weiterhelfen auf meinem Weg, Journalistin zu werden. Aber ich möchte, dass du weißt, dass es mir vor allem darum ging, das Richtige zu tun!! Alles Liebe, Kathleen

PS: Schade, dass ich W'dorf verpasse. Ich wette, es ist richtig cool.

Ich muss, während ich den Brief las und mitbekam, was für ein kompletter Idiot ich gewesen war, mehrmals irre gelacht haben, ohne es auch nur zu merken – denn kurz darauf nahm mich mein Vater zur Seite und betonte noch einmal, wie hilfreich ein Gespräch mit einem Psychologen sein könne.

Beatrix war die Einzige, die mir nicht schrieb oder Nachrichten übermitteln ließ. Sie kam persönlich, um mir zu sagen, dass sie mit mir Schluss machen wollte. Noch immer erwähnte sie Kathleen nicht, aber ich machte mir nichts mehr vor: Sie musste schon seit Langem zumindest geahnt haben, was mit mir los war, und sie wusste auch, *wen* ich mit der Aktion am Zaun hatte beeindrucken wollen.

Wir weinten beide, doch ich machte keinen Versuch, sie umzustimmen oder zurückzuhalten. Ich wusste, dass sie das Richtige tat, und obwohl mir der Gedanke, von nun an ganz ohne sie zu sein, im Moment fast unerträglich schien, war ich ihr dankbar, dass sie die Kraft hatte, die mir fehlte: den Knoten zu durchschlagen.

Ich hatte aufgehört, an den Knöpfen herumzuspielen. Ich starrte in den Funkenregen der Explosion und ließ mich von der austretenden Radioaktivität bestrahlen.

Alle Elemente in meinem privaten Versuch waren falsch angeordnet gewesen, oder ich hatte sie falsch kalkuliert: Kathleen, Beatrix, Hermann, Schorsch, Richie, ich selbst – keine dieser Variablen hatte sich so verhalten, wie ich es vorausgesehen hatte. Und alles zusammen hatte zum Super-GAU geführt.

Wieder quälte ich mich nachts mit Fragen: Warum nur hatte ich Kathleen nicht noch mal gefragt, was sie vorhatte? Wie hatte ich mich von Schorsch zu dieser idiotischen Aktion bringen lassen und mir selbst vormachen können, dass schon alles gut gehen würde?

Aber es gab eine andere Frage, die mich viel mehr fertigmachte: *Warum war ich Kathleen nicht wichtig genug gewesen? Nicht mal so wichtig, dass sie mich einweihen konnte?*

Alles führte immer wieder zu ihr zurück. Sie war meine radioaktive Bedrohung und meine schädliche Strahlung, und jetzt war ich fertig mit ihr. Ich war einfach nur froh, dass ich sie endlich weit weg wusste, in Berlin.

Ich beschloss, sie nie wiederzusehen, und das hielt ich auch durch.

Mehr als siebzehn Jahre lang.

WEIHNACHTEN 2003 8

Interview in der Harald-Schmidt-Show. Harald Schmidt sitzt dem erfolgreichen TV-Autor Chris Mackenbrock gegenüber.

HS: … also, Chris – ich hab mir die ersten Folgen von *Ratgeber: Liebe* angeschaut und konnte gar nicht mehr abschalten. Woher nimmst du alle diese Ideen?
CM: Na ja, ich bin mit der faszinierendsten Frau der Welt zusammen – und das seit über siebzehn Jahren. Da kommt schon ein bisschen Stoff für Beziehungsgeschichten zusammen.
HS: Deine Partnerin, das als Zusatzinformation, ist Kathleen Specht, die Madonna des investigativen Politjournalismus und Shootingstar der Öffentlich-Rechtlichen. Dir ist hoffentlich klar, dass wir dich nur deshalb eingeladen haben, um über dich an sie ranzukommen? Ich meine: Wir laden hier sonst *nie* Autoren ein! *(zum Publikum)* Autoren sitzen bei uns hier normalerweise im Keller, und einmal am Tag bringen wir ihnen einen Kanten schimmeliges Brot runter und sammeln die Texte ein … *(Gelächter)* Wir haben uns neulich bei dieser Preisverleihung getroffen, als du gerade deinen, lass mich nachrechnen, vierzillionensten Bambi gewonnen hattest, und da hast du erzählt, dass diese Szene in Folge eins autobiografisch ist – du hast *tatsächlich* damals erfahren, dass sie in dich verliebt ist, als du nackt und bekifft unter ihrem Bett gelegen hast? *(Gelächter)*
CM: Ja, das stimmt.
HS: Und? Hat sie's mitbekommen?

CM: Ja – aber zum Glück erst am nächsten Tag. Weil ein Schuh unter ihrem Bett geblieben ist und sie mich so ausfindig gemacht hat.
HS: Also, du warst quasi eine Art männliches exhibitionistisches Spanneraschenbrödel … *(Gelächter)* Na ja, ein Glück, dass ihr trotzdem noch zusammengekommen seid.
CM: Nein, das war kein Glück. Das war Schicksal. *(Gelächter im Publikum verstummt)*
HS: Woher willst du das wissen?
CM: Also … etwa ein Jahr bevor wir uns kennen lernten, war ich noch … dick. Richtig dick!
HS: Tatsächlich? Also, das würd man nicht vermuten, wenn man dich so sieht. *(zustimmendes Raunen im Publikum)*
CM: War aber so. Und habe das Angebot von dem besten Sportler unserer Klasse bekommen, mit ihm jeden Tag zu trainieren.
HS: Ein Angebot, das man nicht ausschlagen kann …
CM: Genau. Aber ich … ich hätte es um ein Haar abgelehnt. Fast! Doch *dann* … habe ich's angenommen. Und als Kathleen an unsere Schule gewechselt ist, hatte ich schon knapp zwanzig Kilo weniger drauf.
HS: *(ernst)* Du glaubst also an Schicksal?
CM: Ich glaube, dass man manchmal an Wegpunkte kommt, an denen man die Weichen für sein weiteres Leben stellt. Diese Entscheidung damals hat mir zu der Frau meines Lebens verholfen – und noch zu viel mehr: Ich hätte ein schlechteres Abi gemacht, weil mir alles egal gewesen wär, hätte *nicht* Jura studiert und wär *nie* Rechtsanwalt geworden und hätte später nicht den Mut gehabt, meinen kreativen Teil freizusetzen …
HS: Das alles wäre passiert, wenn du damals die falsche Entscheidung getroffen hättest?
CM: Ja. Und ich wäre sicher immer noch dick. Und frustriert. Und ich schätze, ich hätte die eine oder andere Dummheit gemacht …

HS: Ja gut, aber machen wir das nicht alle? Ich meine: Auch *ich* hab mir die Hörner abgestoßen damals: Hier mal ein Munitionsdepot in die Luft gesprengt, da ein Bonzenauto angezündet, was man eben so tut, wenn man den Mädchen imponieren will – ich bin sogar mal schwarzgefahren von Pforzheim nach Stuttgart. *(Gelächter)*
CM: Ja, so was in der Art. Und später dann hätte ich vielleicht wahllos einfach irgendwas studiert, hätte ein, zwei bedeutungslose Beziehungen gehabt, und vielleicht wär ich dann auch in eine langfristige Beziehung gerutscht – mit einer Frau, die aber nur … na ja, die zweite Wahl gewesen wäre. Und vielleicht wäre ich sogar trotzdem ins Fernsehgeschäft eingestiegen und würde jetzt in irgendeiner Klitsche sitzen und Gags erfinden … und hätte ein Magengeschwür wegen all dem schimmligen Brot, das man mir zu essen gibt … *(Gelächter)*
HS: Jetzt zu Weihnachten gibt's auch mal Kuchenreste. *(Gelächter)*
CM: Tja, ich wär wahrscheinlich einer von den Leuten, die abends nach Hause kommen, sich irgendwas in der Mikrowelle warm machen, sich dann in Trainingshose mit einer Flasche Bier vor den Fernseher knallen und stumpfsinnig durchs Programm zappen.
HS: Also genau unser Zielpublikum! *(Gelächter)* Gut, dass nicht alle deine Selbstdisziplin haben, sonst würde uns am Ende gar keine Sau mehr einschalten! *(Gelächter)* Danke, Chris – das war genau die richtige Geschichte zu Weihnachten. Schön, dass du mal wieder bei uns warst.

(Sie schütteln sich die Hand. CM geht ab.)

Wie üblich kam diese Vision, während ich auf dem Klo saß. Es war schwer, sie abzuschütteln, und um wieder auf die Erde zurückzukommen, rief ich vor meinem inneren Auge das Bild hervor, das Richie, Schorsch, mich und den Polizisten am Zaun von Wackersdorf zeigte. Das half immer.

Als Plakat war das Foto damals in der alternativen Szene zu einer Art Ikone geworden – zu *dem* Bild, das die Gewalt zwischen dem brutalen Polizeistaat und den mutigen Atomkraftgegnern symbolisierte, und es fand seinen Weg in Tausende von Jugendzimmern, AStA-Büros und Wohngemeinschaften – und schließlich auch ins Internet, wo man unausweichlich darauf stößt, wenn man das Wort »Wackersdorf« googelt.

Zum Glück konnte man mich kaum erkennen – einerseits aufgrund der Grimasse, die ich zog, andererseits weil ich jetzt, von der dumpfen Ahnung gequält, dass mein Leben mehr oder weniger schieflief, sämtliche Hemmungen fallen ließ und mich zu einer monströs effektiven Pizzavernichtungsmaschine entwickelte. So hatte ich bald immer weniger Ähnlichkeit mit diesem vergleichsweise schlanken Neunzehnjährigen mit der Säge in der Hand.

Als zum ersten Mal jemand das Plakat zu einer Sitzung der Höltener Grünen mitbrachte, hatte ich meine politische Karriere bereits beendet. Beatrix hatte recht gehabt: In Wirklichkeit interessierte ich mich nicht besonders für Politik, und ohne Kathleen kam ich mir auf den Sitzungen noch überflüssiger vor als in den Monaten zuvor.

Schorsch atmete in wenig diplomatischer Offenheit auf, als ich ihm schließlich mein Ausscheiden aus dem Ortsverband mitteilte. Nachdem Kathleen Hermanns Machenschaften an die Öffentlichkeit gebracht hatte, hatte die Ortsgruppe ihren alten Vorsitzenden in die Wüste geschickt und Schorsch zu seinem Nachfolger gewählt. Richie und ich versprachen ihm, niemals zu erzählen, wer der Typ auf dem Foto war, der sich da devot zu Füßen eines Polizisten zusammenrollte und offenbar gerade ansetzte, ihm die Füße zu küssen. Unsere Verschwiegenheit sicherte ihm die Parteikarriere. Kurz nach dem Abi galt er bereits als eines der hoffnungsvollsten Polittalente der Region, und Anfang der 90er-Jahre tauchte er im nordrhein-westfälischen Landtag auf.

Ich hatte das Poster sogar bei uns zu Hause im Badezimmer aufgehängt – um mich an meinen Eltern zu rächen. Unser Verhältnis hatte sich inzwischen noch mehr verschlechtert. Bei der Einstellungsuntersuchung zu meiner Zivildienststelle hatte ich zum ersten Mal, seit ich mich erinnern konnte, auf einer fremden Waage gestanden. Als man mir die Ergebnisse der Untersuchung mitteilte, bestand ich darauf, das Wiegen zu wiederholen – aber das Resultat blieb gleich: 105,5 Kilo, fünf Kilo mehr, als ich angenommen hatte. Es stellte sich heraus, dass meine Mutter die Waage in unserem Badezimmer seit Jahren schon manipuliert hatte, um mich vor der vollen Wahrheit zu verschonen. Mir war klar, dass sie es gut gemeint hatte, aber dafür war die Wirkung auf mich nun umso vernichtender.

Schließlich schaffte ich im zweiten Anlauf das Abitur und begann dann meinen Zivildienst – nicht in einem Altenheim, sondern in einem Krankenhaus in Paderborn. Und nachdem ich mit damit fertig war, arbeitete ich dort noch ein halbes Jahr lang als Aushilfe, weil ich es vermasselte, mich rechtzeitig an der Universität einzuschreiben.

Ich hatte immer ein bisschen davon geträumt, Jura zu studieren und Anwalt zu werden. Das wäre zwar irgendwie spießig gewesen, aber immerhin war ich ja selbst ein Justizopfer gewesen (wenigstens sah ich mich so), und anderen in einer ähnlichen Lage aus der Patsche zu helfen, das konnte ich mir gut vorstellen. Selbst als ich bei meinem Prozess zu meiner Enttäuschung mitbekam, dass man vor deutschen Gerichten nicht aufsteht und ein zackiges »Einspruch« in den Saal brüllt und die Richter nicht »Euer Ehren« genannt werden, blieb Rechtsanwalt weiter mein heimlicher Traumberuf.

Doch Jura kam wegen meines miesen Abis nicht in Frage, und unter den anderen Fächern konnte ich mich für keines entscheiden, schon deshalb, weil ich mich für keines wirklich interessierte. So hatte ich den Abend vor dem letztmöglichen Einschreibetermin als »Nacht der Entscheidung« ausgerufen und meine Freunde um mich versammelt. Jeder bekam die Möglichkeit, ein Fach vorzuschlagen, das ich studieren sollte. Nachher wurden alle Vorschläge notiert und in einen Hut geworfen, aus dem dann Joker als Glücksfee meine Fächerkombination ziehen sollte. Als ich am nächsten Tag gegen Abend erwachte, hatte ich meinen Zug nach Köln um etwa neun Stunden verpasst – und natürlich auch den Termin zur Einschreibung. Immerhin aber blieb es mir erspart, mich für einen Fächermix aus Assyriologie, Vietnamistik und Maschinenbau anzumelden.

Während ich in den nächsten Jahren Germanistik, Geografie und Philosophie studierte, verlor ich Beatrix nie ganz aus den Augen, was zum guten Teil an ihren Eltern lag. Die Höwings betrachteten mich trotz meiner offenkundigen Neigung zur politischen Radikalität nach wie vor als den vielversprechendsten aller Schwiegersohnkandidaten, mit denen Beatrix sie konfrontierte. Da sie weiter Kontakt mit meiner Mutter hielten, blieb ich immer auf dem Laufenden über die Dramen, die sich abspielten, wenn Beatrix einen meiner Nachfolger mit zum Essen nach Hause brachte. Der einzige Kandidat, mit dem es zu einer ernsthaften Beziehung kam, war ein Bankkaufmann aus Münster, wo sie studierte. Nach etwas über einem Jahr fiel Beatrix allerdings auf, dass ihre gemeinsamen Gespräche sich fast ausschließlich um Themen wie Rentenvorsorge und die Ratenzahlungen für das irgendwann in der Zukunft zu kaufende Eigenheim drehten. Sie wartete das Semesterende ab, dann teilte sie dem Bankkaufmann mit, dass sie erst einundzwanzig sei und sie ihn gern in zehn oder zwanzig Jahren in seiner Bank aufsuchen würde, um ihre finanzielle Zukunft mit ihm zu bereden – bis dahin würde sie vorschlagen, dass er sich Gesprächspartner suche, die besser zu ihm passten: Rentner, Marmorbüsten oder Zombies.

Ich selbst verzichtete im Gegensatz zu Beatrix darauf, meine

Eroberungen mit meinen Eltern bekannt zu machen, was vermutlich eine weise Entscheidung war. Anne war eine pummelige Germanistikstudentin, die so wenig Selbstvertrauen besaß, dass sich jedes Gespräch mit ihr wie ein Verhör anfühlte. Zu dieser Zeit ging es mir allerdings ähnlich – wahrscheinlich waren wir einfach beide überrascht, dass es noch irgendjemanden gab, der uns attraktiv fand (oder wenigstens so tat) – und so beschützten wir uns eine Zeit lang gegenseitig vorm Alleinsein, bis wir merkten, wie schwer es ist, über die Fehler anderer hinwegzusehen, wenn man nicht mal wenigstens ansatzweise verliebt ist.

Dann kam Lilo. Lilo war zwei Jahre älter als ich, hatte ihr Studium abgebrochen und jobbte als Kellnerin – und sie war sexy und versaut. Wie sich herausstellte, gab es viel mehr über Sex zu wissen, als ich bis dahin auch nur ahnte – und Lilos Kenntnisse waren enzyklopädisch! Leider hatte die Hemmungslosigkeit, die mich an ihr so faszinierte, ihre Ursache nicht nur in einer allgemein leidenschaftlichen Veranlagung, sondern auch darin, dass sie die Medikamente, die ihre psychische Stabilität sicherten, kurz bevor wir uns kennen lernten, abgesetzt hatte.

Die Veränderungen kamen schleichend. Eine Weile lang konnte ich sie ignorieren, doch dann erfuhr ich, dass Anne, Lilos Vorgängerin, nachts verstörende Anrufe erhielt, in denen sie von einer hasserfüllten weiblichen Stimme als »zweitklassige, notgeile Schlampe, die zu spießig ist, ums wenigstens mal auf dem Boden zu treiben«, beschimpft wurde. Da wusste ich, dass *diese* Beziehung nicht friedlich einschlafen würde – *und* dass ich nie wieder einer Frau intime Details über vergangene Liebesgeschichten anvertrauen würde.

Ein paar Wochen lang noch fand Lilo im Sex ein Ventil, um ihre Aggressionen abzureagieren, was mir eine Reihe anstrengender, aber aufregender und unvergesslicher Nächte bescherte. Dann aber folgte unausweichlich die Explosion. Es geschah, als wir mit Freunden in einem der mexikanischen Restaurants, die damals neu in Mode kamen, saßen: Zunächst verdächtigte Lilo mich, die Kellnerin anzubaggern und mit ihr geheime Zeichen auszutauschen. Dann teilte sie den beiden anderen anwesenden Frauen mit listiger Miene mit, dass sie genau wisse, wie oft jede von ihnen mit mir geschlafen hätte. Einen Moment lang fragte ich mich, ob ich entsetzt, belustigt oder geschmeichelt sein sollte. Die Antwort bekam ich, als Lilo die Kellnerin mit einem Pitcher voll Strawberry Margarita überschüttete und mir im Anschluss daran eine Steakgabel in den Arm rammte. Damit hatte sie endgültig den Trennungsprozess eingeleitet, der für beide schmerzhaft werden sollte: für Lilo psychisch, für mich eher körperlich.

Danach schwor ich mir, dass jetzt erst mal Schluss sein würde mit Beziehungen, die von vornherein zum Scheitern verurteilt waren – in diesem Moment griff die Weltgeschichte in mein Leben ein, in Form der deutschen Einheit. Die Referendariatsstelle in Münster, die Bea antreten wollte, wurde ihr unerwartet von einer Bewerberin aus Jena weggeschnappt, und so verschlug es sie nach Köln.

Als sie bei mir anrief, war ich darauf vorbereitet, weil ich durch ihre Eltern schon Bescheid wusste. Und dann hörte ich ihre Stimme, die ein bisschen spröde war wie immer, und mein Herz hüpfte, und ich fühlte mich zu Hause. Die gedehnten Vokale und das »R«, das sich eher wie ein »A« anhörte, und die Erzählungen von den belanglosen kleinen Abenteuern an ihrer neuen Schule, das alles war für mich wie eine Pizza Capricciosa mit extra Käse und Zwiebeln.

Vorher hatte ich überlegt, sie fernzuhalten, auf männliche und souveräne Art, indem ich etwas Abgeklärtes sagte wie »Na, Süße – glaubst du wirklich, dass es eine gute Idee ist, wenn wir uns wiedersehen?«. Aber während wir telefonierten, lief es dann auf den Satz »He, natürlich helfe ich dir beim Streichen, klar du, mach ich total gern, wenn du willst, kann ich gleich vorbeikommen« hinaus – ich hörte mich selbst sprechen und hatte das dumpfe Gefühl, dass ich weder souverän noch abgeklärt klang, sondern eifrig wie ein Hundewelpe, der endlich Gassi geführt wird.

Ich half Beatrix, ihre winzige Einzimmerwohnung zu renovieren, und danach aßen wir beim Chinesen, und von da an taten wir das einmal in der Woche (essen gehen, nicht renovieren). Etwas später begannen wir, unsere Zeitpläne zu synchronisieren, und wann immer sie etwas an der Uni zu erledigen hatte, tranken wir einen Kaffee zusammen oder gingen in die Mensa.

In all diesen Jahren, in denen ich meine Jugend immer mehr hinter mir ließ, hatte mich Kathleens Stimme begleitet. Seit ich mich in sie verliebt hatte, damals unter ihrem Bett in Berlin, war sie in meinem Kopf gewesen. Ich hatte unzählige Unterhaltungen mit ihr geführt, auch wenn ich es – ganz wie im wirklichen Leben – nicht schaffte, eine angenehm belanglose Plauderei mit ihr zustande zu bringen. Sie hatte die meisten meiner Entscheidungen in ihrer schnoddrigen Art kommentiert und – wie nicht anders zu erwarten – mir nur in den seltensten Fällen zugestimmt.

Als ich die Wahl meiner Studienfächer dem Zufall überlassen wollte, hatte die Stimme enttäuscht geklungen: »Hältst du das wirklich für lustig, Chris? Ist dein Leben für dich echt nur ein Witz?«

Auch als ich die Beziehung mit Anne anfing, meldete die Stimme sich, und ich sah Kathleens Gesicht vor mir und wie sie mich mitfühlend anlächelte: »Ich kann dich ja verstehen, und ich gönn's dir, wirklich – aber ist das fair der Kleinen gegenüber?«

Und als Lilo in mein Leben trat, hatte die Stimme beleidigt geklungen: »Wie? Du warst jahrelang hinter *mir* her – und jetzt kommst du mit *so was* an? Hast du dir mal überlegt, wie ich mich fühlen würde, wenn ich wüsste, dass ich in einer direkten Reihe stehe mit einer nymphomanen Psychopathin??«

Dann brach die Lilo-Krise los, und ich schloss wochenlang jede Nacht mein Zimmer ab, weil ich befürchtete, an die Bettpfosten gefesselt aufzuwachen, während Lilo mit einem Steakmesser vor meiner Nase herumfuchteln und sich gerade überlegen würde, in welches meiner Körperteile sie es als Nächstes versenken wollte. In dieser Zeit blieb die Stimme ganz stumm. Ich versuchte, sie zu provozieren: »Na komm schon, sag doch, dass du's gleich gesagt hast! Sag's schon!« Aber sie antwortete nicht – nur wenn ich ganz genau hinhörte, konnte ich so etwas wie ein verächtliches Schnauben wahrnehmen.

Danach, während fähige Ärzte Lilo halfen, ihr Gefühlsleben (und ihre Medikation) wieder in den Griff zu kriegen, nahmen die Phantasie-Kathleen und ich unsere Gespräche wieder auf, und sie kommentierte alles, von verpassten Klausurterminen bis zu den Filmen, die ich mir ansah, und immer ließ sich das, was sie mir zu sagen hatte, in einem Satz zusammenfassen. »Mann, Mann, Mann, Chris – ist das etwa schon alles, was du mit deinem Leben anfangen willst?!« Meistens ließ ich es über mich ergehen, aber manchmal rächte ich mich und antwortete etwas wie: »Hallo?? *Du* hast deine Freunde hintergangen, eine Provinzsplitterpartei aufgemischt und dich dann heimlich aus dem Staub gemacht! Was willst *du* mir denn bitte erzählen?!«

Als ich nun wieder anfing, mich mit Bea zu treffen, begann die Kathleen in meinem Kopf völlig zu verstummen. Nur manchmal, in stillen Augenblicken, hörte ich sie leise seufzen, als sei sie nicht einverstanden mit dem, was ich da trieb, wolle mir aber nicht wehtun. Und wenn ich die Augen schloss, konnte ich Kathleen vor mir sehen, wie sie sich in die Türöffnung lehnte, die Arme vor der Brust verschränkt. Sie schaute mich traurig an, aber sie sprach nicht mehr mit mir.

Dieses Mal zog mich Beatrix nicht in unsere Beziehung – dieses Mal glitten wir gemeinsam hinein, und wir nahmen das als etwas Natürliches, Unausweichliches, wie die Jahreszeiten oder das Älterwerden. Immer, wenn ein paar Wochen verstrichen waren und ich uns betrachtete, hatten sich ein paar Kleinigkeiten verändert, die uns wieder mehr zu einem Paar werden ließen. Als ihr Fernseher kaputtging, kaufte sie sich keinen neuen, weil sie sowieso meistens bei mir schaute. Dann begannen wir, unsere Heimatbesuche auf dieselben Wochenenden zu legen, so dass wir zusammen fahren konnten. Schließlich wurde es selbstverständlich, dass wir voneinander wussten, was wir so trieben, und es gab zum ersten Mal Streit, weil ich ein Wochenende lang mit Freunden nach Amsterdam gefahren war und ihr nichts davon gesagt hatte.

Es war ein langer Weg und ein großer Schritt, bis wir uns zum ersten Mal wieder küssten, und von da nur noch ein winziger Trippelschritt, bis wir wieder miteinander schliefen. Und danach dauerte es nicht mehr lange, bis wir uns an einem Samstagmorgen gemeinsam in einer Telefonzelle drängelten, den *Kölner Stadt-Anzeiger* vor uns an die Scheibe gedrückt, und Leute anriefen, die Zweizimmerwohnungen vermieteten.

Ich sah mein Leben zu diesem Zeitpunkt zwar nicht als verpfuscht an, aber ich hatte mir angewöhnt, es mit einem gesunden Argwohn zu betrachten. Doch Beatrix lenkte alles so gut es ging in die richtigen Bahnen. Sie hatte nichts von ihren praktischen Fähigkeiten verloren – im Gegenteil. Sie konnte Wände tapezieren, wusste, wo man günstig einen gebrauchten Herd auftreiben konnte, kannte die Termine für den Sperrmüll – und sie hatte inzwischen einen richtigen Job und verdiente eine Menge Geld. Sie brachte mich dazu, mein Studium nicht abzubrechen, sondern mich durch die letzten quälenden Semester zu würgen, tippte meine Seminararbeiten (sie konnte sogar mit zehn Fingern tippen) und rettete meine Magisterarbeit, indem sie mich mit Kaffee und Rühreiern zwei Wochen lang am Leben erhielt und dann selbst in die Stadt fuhr, um das Werk ausdrucken und binden zu lassen, während ich die erste Dusche seit Tagen nahm und danach ins germanistische Seminar radelte, um mit den Sekretärinnen zu flirten und sicherzustellen, dass sie das Büro nicht schlossen, bevor meine Arbeit eintraf.

Damit hatte ich einen weiteren großen Schritt gemacht auf dem Weg, endgültig ein *Erwachsener* zu werden, mit allem, was dazugehört, also: Magistertitel, Vollzeitjob, Kreditkarten, neu gemachte Jacketkronen aus Porzellan, übersäuerter Magen und eine Rentenzusatzversicherung. Um dann den nächsten Schritt hinter mich zu bringen, musste ich gar nicht viel tun: Ich wurde dreißig.

Jetzt musste ich mich nur noch entscheiden, was ich mit dem Rest meines Lebens so anfangen sollte. Ich rechnete ein bisschen nach, und es stellte sich heraus, dass es noch etwa fünfunddreißig Jahre dauern würde, bis ich alt genug sein würde, um in Rente zu gehen. Leider hatte ich auch jetzt immer noch keine Idee, was der richtige Beruf für mich sein könnte.

Beatrix, die inzwischen dabei war, zur Beamtin aufzusteigen, schlug vor, dass ich mein Glück ebenfalls mit einem Lehrerjob versuchen sollte, als Quereinsteiger – bald würde man die verzweifelt suchen. Wie üblich hatte sie, als sie mir davon erzählte, schon gründlich recherchiert: Ich würde nur noch ein oder zwei Scheine an der Uni und eine mäßig herausfordernde Prüfung nachmachen müssen, dann würde sich der Rest von selbst regeln. Dagegen konnte ich nichts sagen, außer dass mir der Job des Lehrers immer schon als der langweiligste der Welt erschienen war – und dass sich an meinen Problemen im Umgang mit Kindern nicht viel geändert hatte, auch wenn ich versuchte, an mir zu arbeiten.

Miriam und Gregor, die in Paderborn lebten, hatten inzwischen zum ersten Mal Nachwuchs bekommen: Luca. Luca war, darüber bestand Einigkeit, eine Art Vorzeigekleinkind, das seinen Altersgenossen in Sachen Ausgeglichenheit des Gefühlslebens und sittlicher Reife um Jahre voraus war. Das hieß, dass er nicht all diesen Scheiß machte, mit dem Kinder die Erwachsenen sonst in den Wahnsinn treiben: stundenlang rumbrüllen, kleine eckige Gegenstände verschlucken, die Katze von der Balkonbrüstung werfen oder plötzlich spurlos verschwinden, um dann in der Nähe von glühenden Herdplatten oder rückwärtssetzenden Autos abrupt wieder aufzutauchen.

Meinen Freunden zuliebe hatte ich mich bemüht, eine positive Beziehung zu Luca aufzubauen – aber genauso gut hätte ich versuchen können, mit einem Mountainbike den Mount Everest hochzustrampeln.

Luca sah in mir offensichtlich eine Inkarnation von Stalin, Pol Pot oder Iwan dem Schrecklichen. Wenn ich die Wohnung betrat, verstummte er augenblicklich und war von da an nicht mehr dazu zu bewegen, auch nur ein einziges Wort von sich zu geben. Er ignorierte die Geschenke, die ich mitbrachte, und spähte mit großen ängstlichen Kinderaugen im Zimmer umher, wie ein amerikanischer GI, der im vietnamesischen Dschungel nach der nächsten Palme Ausschau hält, hinter der er sich vorm Geschützfeuer des Vietcong in Deckung bringen kann.

Miriam und Gregor, freundlich wie sie waren, suchten die Schuld bei sich und zermarterten sich die Köpfe, wann sie Luca im frühesten Alter einer traumatischen Situation mit einem dicken Mann ausgesetzt haben könnten. Ich merkte an, diese traumatische Situation könnte eingetreten sein, als der Kleine *mich* zum ersten Mal gesehen hatte, aber davon wollten die beiden nichts hören.

Kein Wunder also, dass ich nicht augenblicklich die Sektkorken knallen ließ, als Beatrix mir ihren Vorschlag, Pädagoge zu werden, unterbreitete. Außerdem kam noch ein zweites Ereignis dazwischen: Richie trat wieder in mein Leben.

Während der Kontakt zu Gregor und Miriam genau wie der zu Schorsch nie abgerissen war, hatte Richie irgendwann einfach aufgehört, Lebenszeichen von sich zu geben. Er zog häufig um, von Hannover nach München, Berlin, London und danach wieder nach München, und wo er sich aufhielt, gewann er schnell viele Freunde, die er dann einfach hinter sich ließ, wenn er weiterzog. Und nun rief er an, das erste Mal seit Jahren.

»He, Dicker, bist du's? Große Nachrichten, mein Freund: Ich bin in Köln.«

»Wo? Am Bahnhof?«

»Nein, nicht zu Besuch. Ich *wohne* hier!«

»Ah! Seit wann?«

»Lass mich überlegen … zehn Monate – nein: elf!«

Ich war sprachlos, was allerdings keinen Unterschied machte, da er nun begann, mir in bester Laune seine Geschichte zu erzählen. Ihm schien nicht in den Sinn zu kommen, dass ich angesichts der Tatsache, dass er bald ein Jahr lang fast um die Ecke gewohnt hatte, ohne sich ein einziges Mal zu melden, angepisst sein könnte.

Er hatte sein Studium abgebrochen und in München begonnen, Sketche für Fernsehshows zu schreiben. Obwohl ein Anfänger, hatte er schnell Erfolg gehabt und das Angebot bekommen, als fester Autor für eine tägliche Comedyshow nach Köln zu kommen. Schnell entschlossen, hatte Richie sich in die Bahn gesetzt, ein winziges Einzimmerappartement im Belgischen Viertel angemietet und war am nächsten Morgen in den Studios in Hürth erschienen, hatte einen Schreibtisch zugewiesen bekommen und an diesem die nächsten elf Monate mehr oder weniger komplett verbracht. Nun war die Show abgesetzt worden, aber Richie hatte bereits Pläne für die Zukunft. Er wollte sein eigenes Büro aufmachen, und dazu suchte er einen Partner. Das war der Moment, in dem ich wieder in seinem Gesichtskreis auftauchte.

Wir trafen uns in einem der mexikanischen Restaurants, von denen nach wie vor ständig neue eröffneten, und er erzählte mir, wie er sich unsere Zukunft vorstellte.

»Das mit dem Schreiben hast du schnell raus, Dicker. Im Grunde wird's sein wie früher im Aufenthaltsraum. Wir setzen uns zusammen, machen Quatsch und reden irgendeinen Unsinn daher – nur diesmal schreiben wir das nachher auf und verdienen Geld damit. Viel Geld.«

Er erzählte von seinen Erfahrungen der vergangenen Monate und von den Möglichkeiten, die sich uns bieten würden. Es tat gut, wieder mit ihm zusammenzusitzen und einfach so drauflloszuquasseln, und ich merkte, wie anstrengend Beatrix und ihre Freunde im Grunde waren und wie schwer ich mich damit tat, ein vernünftiger, reifer Erwachsener zu werden.

Schon deshalb reizte mich Richies Angebot: Spaß und eine Menge Geld, das klang nach einer echten Perspektive, nach der ich bisher vergeblich gesucht hatte. Beatrix' Vorschlag fehlte im Vergleich dazu der Sexappeal – auch wenn er ultimative Sicherheit bei zwölf Wochen Ferien im Jahr bot.

Die Entscheidung fiel, als ich eines Abends halb betrunken vom Doppelkopfspielen nach Hause kam, den Fernseher anstellte und Kathleen Specht im Fernsehen sah.

Ich hatte gewusst, dass sie inzwischen bei einem ARD-Politmagazin arbeitete, und auch, dass sie manchmal als Reporterin vor der Kamera zu sehen war. Ebenso, dass sie jetzt mit Roman Kreuzburg, einem der Starjournalisten des Senders, zusammen war. Aber das ging mich nichts mehr an.

Ich hatte mir noch eine Flasche Bier aufgemacht und zappte durchs Programm, und tatsächlich meldete sich mein Gehirn erst, als ich bereits drei Sender weiter war: *Irgendwas* hatte ich verpasst. Ich zappte zurück – und da war sie: Kathleen. Nichts erinnerte mehr an die verheulte Punkerin, der ich damals am Fahrradständer über den Weg gelaufen war. Sie trug ein Jackett, eine Bluse und eine Anzughose, und ihre Haare leisteten, durch einen eleganten Stufenschnitt gebändigt, der Schwerkraft keinen nennenswerten Widerstand mehr.

Kathleen war irgendeiner Sauerei bei der Telekom auf die Spur gekommen, ihr Bericht war der Aufmacher der Sendung. Ich erkannte in ihr immer noch die Kämpferin, aber sie hatte gelernt, sich zu beherrschen: Dem unfähigen Aufsichtsbeamten, den sie interviewte, schenkte sie ihr sonnigstes Lächeln, während sie ansetzte, ihn auseinander zu nehmen und ihm ein paar Fragen zu stellen, die ihm die Versetzung in ein lichtloses Kellerarchiv bescheren würden.

Schönheit und Eleganz und gleichzeitig die Härte einer Überzeugungstäterin – keine Frage, sie war unbestreitbar total, ganz und gar, atemberaubend *heiß*.

Ich sah es – und es kümmerte mich nicht. Das da war nicht meine Kathleen, die mir den Finger auf den Mund gelegt hatte, um in Ruhe »Charlotte sometimes« hören zu können, und auf deren Wangen hektische rote Flecken auftauchten, wenn sie ein neues Stück für die Pantomimengruppe vorschlug.

Als ich daran dachte, trauerte ich ein wenig meiner jugendlichen verzweifelten Leidenschaft nach, von der sich in meinem jetzigen Leben so gar nichts mehr fand. Vielleicht hatte ich einfach nur ein paar Bier zu viel getrunken und wurde deshalb langsam sentimental. Vielleicht aber hatte mir Kathleen auch einen Dienst erwiesen, indem sie mich durch ihren Fernsehauftritt ein letztes Mal anspornte und mal wieder die alte Frage in den Raum stellte: »Ist das wirklich alles, was du mit deinem Leben anfangen willst, Chris?«

Ich schaltete den Fernseher aus und überlegte, wie ich Beatrix die schlechte Nachricht mitteilen würde. Dann nahm ich den Hörer und wählte Richies Nummer.

Richie hatte nicht zu viel versprochen: Das Schreiben machte Spaß, und ich verdiente mehr Geld damit, als ich mir jemals hätte vorstellen können. Und außerdem lernte ich Julian kennen.

Als ich den Namen Julian Toth zum ersten Mal gehört hatte, hatte ich mir einen schmalbrüstigen, eleganten Tweedjackenträger vorgestellt, der mit köstlichen kleinen Bonmots um sich warf, während er lässig an dünnen, teuren Zigarillos paffte.

In Wirklichkeit war Julian ein massiger, kettenrauchender Bär mit wirren, fettigen Haaren und ernsthaften Bronchialproblemen, und auf niemanden passte das Wort »elegant« weniger. Er war ein Veteran der deutschen Fernsehcomedy – das bedeutete, er war schon mehr als fünf Jahre dabei. Nun hatte er den Job als Chefautor der Show, die Richie und ich von nun an regelmäßig mit Sketchen beliefern wollten, angetreten. Er saß in einem Büro in der Innenstadt, das man ihm und drei anderen festen Autoren angemietet hatte, und einmal in der Woche gewährte er uns eine Audienz und klärte uns über die Mängel unserer Texte auf. Dabei entwickelte er eine Direktheit, die einen Ausbilder der US-Marines im Vergleich dazu wie eine Gouvernante in einem Höhere-Töchter-Pensionat erscheinen ließ.

»Okay, ihr beiden – ist euch klar, warum dieser Sketch Zeitverschwendung ist?«

»Äh, weil er … nicht lustig ist?«, stammelte ich.

»Weil … weil wir uns nicht an deine Vorgaben gehalten haben, Julian?«, fügte Richie hinzu.

»Sehr schön, ich mag's, wenn du dich so bei mir einschleimst, Schnullerbacke. Das ist gut für mein Ego«, antwortete Julian und grinste wölfisch.

»Also – die Redaktion hat mir eure Nummer zurückgegeben mit der Anmerkung: ›pythonesk‹. Einer von euch eine Ahnung, was das bedeutet?«

»Äh … dass die Nummer ein bisschen so ist wie ein Monty-Python-Sketch?«

»Exakt, Schwabbel. Und ich seh an eurem debilen Grinsen, dass ihr das für was Gutes haltet«, antwortete er und zündete sich seine fünfte Zigarette seit Beginn unserer Besprechung an. »Deshalb lernet: Wenn irgendein Producer, Chefautor, Redakteur, Regisseur oder Darsteller etwas von euch als ›pythonesk‹ bezeichnet, dann heißt das, dass ihr eine snobistische, intellektuelle, mit Fremdwörtern infizierte, das Publikum verschreckende, beschissene Gymnasiasten-Gehirnwichse abgeliefert habt! Kapiert?!«

Wir nickten respektvoll.

»Und … und was sollen wir jetzt mit dem Sketch machen?«, fragte ich eingeschüchtert.

»Übersetzt ihn und schickt ihn nach England. Allerdings haben sie die Nummer da wahrscheinlich schon vor dreißig Jahren gemacht. Also verbrennt den Scheiß und schreibt mir was Neues! Jetzt verpisst euch und lasst mich in Ruhe – ich muss ein bisschen lustig sein.«

So ging das immer. Wir kamen uns vor wie Schuljungen (natürlich mit einem sensationellen Taschengeld). Zwischen seinen Ausbrüchen und Hustenattacken brachte Julian uns alles bei, was wir wissen mussten, und das war mehr, als ich mir vorgestellt hatte: dass man eine Pointe, wenn's geht, auf einen einzigen Satz verkürzt, der außerdem noch möglichst kurz ist; dass man den eigentlichen Gag am besten ganz an das Ende dieses Satzes stellt; dass man danach auch die Vorbereitungen für die Pointe so weit wie möglich zusammenstreicht, bis nur das übrig bleibt, was man unbedingt braucht; dass heute kein Mensch mehr *Pointe* sagt, sondern *Punchline;* dass auch niemand mehr davon spricht, eine Pointe *vorzubereiten* – und man stattdessen ein *Setup macht;* dass es keinen Sinn hat, einem Producer oder Chefautor seinen Sketch mit den Worten »Meine Freundin hat aber drüber gelacht« anzupreisen – es sei denn, man möchte ein höhnisches »Ach ja? Wobei lacht deine Freundin denn sonst noch so?« als Antwort hören.

Wir schrieben jeden Tag. Erst saßen wir uns an unseren Schreibtischen gegenüber, qualmten das Büro voll, schütteten Unmengen Kaffee in uns hinein und redeten aufeinander ein, bis sich die Gedanken, die wir planlos hinausschleuderten, langsam zu einer kleinen Geschichte zusammensetzten. Wenn wir ein paar davon zusammenhatten, schrieben wir sie auf. Am Ende des Jahres, als alle Sketche abgedreht waren, galten wir als hoffnungsvolles Nachwuchsteam. Julian bestellte uns ein letztes Mal in sein Büro und hielt eine kleine Ansprache, während er seinen privaten Kram zusammenpackte.

»Also, ihr beiden: Vielleicht hab ich das in den letzten Monaten nicht immer ganz klar rausgearbeitet – aber ihr seid tatsächlich … hmmm, gar nicht schlecht. Also, wenigstens meistens. Wenn ihr nicht gleich wieder alles vergesst, was man euch eintrichtert. Und wenn man die Nummern nicht einberechnet, die ihr offensichtlich unter dem Einfluss harter Drogen schreibt. Und … ach, was soll's: Die Produzenten waren zufrieden mit euch, die Leute vom Sender, der Regisseur und die Darsteller auch. Also eigentlich alle von denen, die nicht die Spur einer Ahnung haben.«

Wir nickten erfreut. Richie meldete sich zu Wort.

»Tja, wenn alle so zufrieden mit uns waren … hat das auch ein paar positive Auswirkungen auf unsere Zukunft? Auftragstechnisch zum Beispiel?«

Julian brachte einen Hustenanfall hinter sich, nahm ein signiertes John-Cleese-Foto von der Wand und betrachtete es konzentriert.

»Tja, eure Zukunft. Genau darüber wollte ich mit euch reden – äh, habt ihr vielleicht noch einen Platz in eurem Büro frei?«

So wurden wir ein Trio. Julian kannte so ziemlich jeden in der Branche und war über jedes Projekt, das gerade irgendjemand plante, informiert. Wir lieferten Sketche in großem

Maßstab, erweiterten bald unser Angebot und verfassten auch Sitcom- und Seriendrehbücher. Das Leben war aufregend.

Dann kam Silvester 1999, und wir hatten Konservendosen und Kerzen gehamstert, denn wir waren darüber informiert worden, dass die Zivilisation zugrunde gehen würde. Bei allen Computern der Welt würde um Mitternacht die Datumsanzeige auf den 01.01.00 springen, und weil sämtliche Programmierer jahrzehntelang geschlampt hatten, würden die Maschinen davon ausgehen, dass es sich um den 1. Januar 1900 handelte, und daraufhin – wie Roboter im Film, die vor ein logisches Dilemma gestellt werden – funkensprühend ihren Geist aufgeben, während Rauch aus den überlasteten Schaltkreisen aufstieg. Grundschulanfänger würden statt des Infoschreibens zur Einschulung einen Bescheid über gigantische Rentennachzahlungen erhalten, weil sie offiziell als 106-Jährige geführt würden, und alles, was mit Computern zu tun hatte, würde den Bach runtergehen.

Doch dann passierte gar nichts, außer dass die Lieferanten von Luxusautos und Rolex-Uhren Nachschubprobleme bekamen, weil es eine frischgebackene neue Gruppe von kaufwütigen Superreichen gab: die Hersteller von Konserven und Haushaltskerzen.

So brach ein neues Jahrtausend an, und auch wenn sich mein Leben in vielen Bereichen verbessert hatte, stellte sich nun langsam heraus, dass der Job als Autor und eine gesunde Lebensführung schlecht zusammenpassten. Bis dahin hatte Beatrix es mit unermüdlichem Einsatz geschafft, mein Körpergewicht unter Kontrolle zu halten. Sie hatte ausgeklügelte Taktiken entwickelt, um mich abzulenken, wenn ich zum Telefonhörer griff und eine Pizza bestellen wollte. So verlor ich zwar kein Gewicht, aber ich nahm wenigstens auch nicht zu.

Das hatte sich schnell geändert, nachdem Richie und ich unser Büro bezogen hatten. Bis dahin hatte ich einen Kompromiss mit Beatrix ausgehandelt: wöchentlich eine Pizza. Das betrachtete ich nun als hinfällig – und alle Dämme brachen. Wir stapelten die Pizzakartons im Büroflur, und schon nach wenigen Wochen hatten sich zwei gewaltige Türme bis unter die Decke aufgerichtet, die wir oft andächtig betrachteten, bis wir den Gestank nicht mehr ertragen konnten und die Kartons schließlich entsorgten.

Ein paar Monate und etwa ein Dutzend Kilo und mindestens ebenso viel genervte Streitereien mit Beatrix später merkte ich, dass ich eine Pause einlegen musste, als ich die Treppe zu unserer Wohnung hochsteigen wollte. Das war umso bedenklicher, als wir gerade mal im zweiten Stock wohnten. Ich musste mich auf den Treppenabsatz setzen, die Einkaufstüte entglitt meinem Griff, und ich sah ein halbes Dutzend Kiwis die Treppe hinunterrollen (gesunde kleine Dinger, die ich natürlich für Beatrix mitgebracht hatte, nicht für mich).

Ein paar Wochen später stand ich halbnackt in der Praxis meines Hausarztes Dr. Seliger von einer Untersuchungsliege auf und zog mein Hemd an. Dr. Seliger, ein hutzeliges Männchen Ende fünfzig, legte sein Stethoskop zur Seite, mit dem er mich abgehört hatte, und setzte sich hinter seinen Schreibtisch, und ohne abzuwarten, bis ich fertig war, legte er los.

»Also, Herr Mackenbrock, Sie können sich freuen: Ihre Reflexe sind glänzend!« Er hielt das Hämmerchen hoch, mit dem er gegen mein Knie geklopft hatte. Ich lächelte stolz und knöpfte das Hemd zu.

»Das ist allerdings die einzige gute Nachricht. Was Ihre Testergebnisse angeht ...« Er starrte mit sichtlichem Widerwillen auf einen Bogen Papier vor ihm auf dem Tisch. »Ihr Cholesterinwert liegt bei 357! Verstehen Sie, was das bedeutet? 357!«

»Äh, ich vermute, das ist hoch?«, fragte ich, während ich mich jetzt auch setzte.

»Hoch? Stellen Sie sich vor, Sie kraxeln auf den Nanga Parbat, und da oben steigen Sie dann in eine Rakete, die Sie senkrecht ins All katapultiert, und dann fliegen Sie ein paar Stunden – und wo Sie dann sind, das ist immer noch nicht hoch im Vergleich zu Ihrem Cholesterinwert. Und von den anderen Werten will ich gar nicht erst anfangen! Ein Wunder, dass Ihr Blut überhaupt noch durch Ihre Adern *fließt* – es müsste sich eigentlich längst in eine Art Sülze verwandelt haben, bei so viel Müll, mit dem es angereichert ist!« Er putzte seine Brille und betrachtete noch mal kopfschüttelnd meine Testergebnisse.

»Okay, verstehe. Und vielen Dank, dass Sie mir das so mitfühlend mitteilen.«

»Oh, sind wir beleidigt? Tja, gehen Sie doch vor Gericht, das macht mir keine Angst. Bis Ihre Klage durch ist, sind Sie längst tot.«

Langsam wurde ich wirklich wütend. Ich rutschte in meinem Stuhl nach vorn.

»Sie wollen mich loswerden, oder? Weil ich Kassenpatient bin?«

»Nein, Herr Mackenbrock! Ich will, dass Sie Ihr Leben retten! Und ich will, dass Sie kapieren, dass Ihnen nicht mehr viel Zeit bleibt, wenn Sie so weitermachen! Mein Gott, Sie haben die Konstitution eines Achtzigjährigen! Und damit meine ich nicht einen *rüstigen* Achtzigjährigen!«

»Pfff … Sie reden wie meine Freundin.«

»Sie haben eine Freundin? Sehr gut, Frauen sind ja so viel vernünftiger! Lassen Sie sich entmündigen und übertragen ihr die Vormundschaft. Andernfalls soll die junge Dame sich schon mal mit Ihrer Grabrede beschäftigen.«

Ich stöhnte. »Okay, mal im Ernst – was schlagen Sie vor? Was soll ich tun?«

»Was Sie tun sollen? Werden Sie Buddhist! Trinken Sie nur noch grünen Tee! Lernen Sie, Gemüse zu lieben! Und Salat! Gehen Sie raus in den Wald und bewegen Sie sich! Wenn Ihnen gehen zu anstrengend ist, dann robben Sie! Machen Sie

Visualisierungsübungen: Immer wenn Sie einen Kartoffelchip essen, stellen Sie sich vor, dass er tödliche Fettpartikel aussendet, die durch Ihre Adern transportiert werden – um Ihr Herz explodieren zu lassen – BUMM! Was Sie machen, ist egal – aber fangen Sie *heute* damit an!«

Im Nachhinein konnte ich kaum verstehen, dass ich so lange völlig verdrängen konnte, wie es um mich stand. Beatrix, mein Bild im Spiegel am Morgen, der Zeiger der Waage, Kiwis, die die Treppe hinabrollten – alles um mich herum hatte mich angeschrien: »Chris, komm zur Vernunft! Du frisst dich tot!«

Aber ich hatte es geschafft, das in einem hinteren Teil meines Bewusstseins zu verstauen, in dem all die düsteren Wahrheiten lauerten, die zu schmerzhaft oder zu lästig waren, als dass ich mich mit ihnen hätte befassen wollen. Dort lagerten ein paar unwillkommene Ahnungen darüber, warum meine Mutter seit meiner Kindheit darauf bestanden hatte, dass ein Mensch nur dann glücklich werden kann, wenn er mit einem Monstervorrat an Kohlehydraten und Kalorien versorgt wird – selbst wenn es sich bei diesem Menschen um einen kleinen Jungen handelt, der entsetzt bemerkt, wie er von Monat zu Monat weniger von seinen Füßen sehen kann, wenn er an sich hinabschaut. Dort waren auch ein paar deprimierende Erkenntnisse über die Natur meiner Beziehung zu Beatrix gelagert, ganz weit hinten, noch hinter der Schmuddelecke, in der all die Sexphantasien, die ein aufgeklärter, zivilisierter Mensch niemals haben darf, vor sich hin moderten.

Dr. Seliger hatte mich dazu gebracht, die Wahrheit über meinen tatsächlichen Gesundheitszustand ans Tageslicht zu befördern und einen Schalter bei mir umzulegen – und wenn ich mich wirklich ändern wollte, hatte ich einen Trumpf in der Hand: Beatrix. Sie machte sich mit ihrer angeborenen westfälischen Tüchtigkeit daran, die Anregungen des Arztes in einen handfesten Plan zu verwandeln (genauer gesagt: Sie hatte diesen Plan schon vor Jahren entwickelt und nutzte jetzt die Gelegenheit, mich schonend damit vertraut zu machen).

Wenige Tage später wurde ich Mitglied in einem Fitnessclub. Ein chronisch optimistischer Coach namens Thilo begleitete mich durch die ersten Stunden. Ich lernte alles über Crunches, Curls und Sit-ups und über dynamische und isometrische Trainingsmethoden.

Ohne Beatrix hätte ich spätestens nach dem ersten Muskelkater aufgegeben – die Schmerzen waren mörderisch. Nur Thilos Dauereuphorie war *noch* schwerer zu ertragen. Aber Beatrix hatte jetzt die Initiative in der Hand und gab sie nicht mehr ab. Ich gewöhnte mich an das Training, und die Schmerzen ließen nach und verschwanden bald völlig. Dann kam ein Rückschlag, als ich tatsächlich mit dem Joggen anfing und mir beim zweiten Mal bereits einen Muskelfaserriss zuzog. Doch ich ließ mich davon nicht erschüttern (genauer gesagt, ließ sich Beatrix nicht erschüttern, ich zog nur mit). Ein paar Wochen später begann ich meine Joggerkarriere erneut mit einem ausgetüftelten Trainingsprogramm, bei dem ich am Anfang den größten Teil der Strecke gehend zurücklegte und nur hin und wieder ein paar Meter lief. Mit der Zeit wurden die Gehstrecken immer kürzer, und nach etwa einem halben Jahr konnte ich eine halbe Stunde durchlaufen.

Zu Hause hatte Beatrix sich zur absoluten Herrscherin über den Kühlschrank erklärt. Sie kündigte alle unsere Kompromisse auf, erklärte den Pizzas dieser Welt den Krieg und erstellte einen Speiseplan, der gerade genug Fleisch enthielt, um mich nicht völlig verzweifeln zu lassen. Es gab Rückfälle, aber insgesamt erwies ich mich als ein dankbarer Patient und kooperierte. Ich lernte die betörende Wirkung körpereigener Endorphine kennen und erlebte den Flow, der einsetzt, wenn man einfach lange genug durch die Gegend rennt und irgendwann aufhört, an das richtige Tempo oder das Ziehen in den Muskeln oder die korrekte Atmung oder überhaupt an *irgend-*

was zu denken. Ich erfuhr die Befriedigung, die einen überkommt, wenn man nach dem Training unendlich matt auf das Sofa sinkt und den ganzen Abend damit verbringt, sich von seinem guten Gewissen loben zu lassen.

Eine Zeit lang konnte ich kaum aufhören, mich selbst mit fast autoerotischer Begeisterung zu betatschen, weil sich mein Körper so viel besser anfühlte. Ich verbrachte wonnige Stunden vor dem Spiegel im Badezimmer, und einige Wochen lang befürchtete ich, mich zu einem hemmungslosen Narzissten zu entwickeln, bis die Sensation, mein schlankeres, strafferes Ich zu betrachten, langsam nachließ.

Auch meine Beziehung mit Beatrix verbesserte sich. Vorher waren wir gerade dabei gewesen, in die »Altes-Ehepaar«-Phase einzutreten, und hatten begonnen, aneinander vorbeizuleben, vor allem seit ich mich auf das Autorendasein eingelassen hatte. Doch nun besaßen wir ein gemeinsames Ziel: mich zu ändern. Beatrix war dankbar, dass ich ihre Bemühungen nicht sabotierte, und ich dankte ihr, dass sie alle Kochbücher, die sie auftreiben konnte, nach Rezepten durchstöberte, die gesund waren und mich trotzdem nicht in Depressionen versinken ließen.

An meinem sechsunddreißigsten Geburtstag verriet mir die computergesteuerte Hightechwaage, die wir gekauft hatten, dass ich mich nun offiziell als Mensch mit Gerade-noch-Normalgewicht betrachten durfte. Beatrix und ich standen nebeneinander und starrten andächtig auf die LCD-Anzeige. Dann fielen wir uns in die Arme.

So sah mein Leben im Dezember 2003 aus: Ich war nur ein kleines Rädchen im Getriebe der TV-Unterhaltung, aber hatte Spaß dabei und verdiente gut. Ich hatte eine Freundin, die nicht meine große Liebe war, aber die sich um mich kümmerte und ohne die ich völlig abgestürzt wäre – *und* ich hatte einen Body-Mass-Index von 24,5.

Ich dachte an den Tag vor mehr als zwanzig Jahren, als mir Mark Hillebrand sein Angebot gemacht hatte. Nun hatte ich endlich nachgeholt, was ich damals idiotischerweise versäumt hatte, und ich konnte mitverfolgen, wie der Tagtraum, der mich seitdem verfolgt hatte, wenigstens zum Teil Realität wurde. Ich hatte zwei Jahrzehnte verschwendet, aber inzwischen lief es eigentlich gar nicht schlecht für mich – dachte ich wenigstens.

Doch dann … kam wieder mal Weihnachten.

9 IMMER NOCH WEIHNACHTEN 2003

Wie jedes Jahr fuhren wir am 23. Dezember in aller Frühe nach Hölten zu unseren Eltern. Und wie jedes Jahr besuchten wir auf dem Weg Gregor und Miriam in Paderborn. Ich hätte ahnen müssen, dass dies ein Tag für große Veränderungen war, als ich – an Karottenstäbchen knabbernd – im Wohnzimmer auf dem Sofa saß und Luca plötzlich neben mich krabbelte und mir treuherzig lächelnd sein neuestes selbst gebautes Lego-Flugzeug präsentierte. Dann blieb er ohne eine Spur der üblichen Panik neben mir sitzen und spielte selbstvergessen vor sich hin.

»Was ist los mit ihm?«, fragte ich Gregor und Miriam verblüfft. »Normalerweise wirft er mir die Dinger an den Kopf. Habt ihr ihm was ins Fläschchen gemischt?«

Die beiden informierten mich leicht indigniert darüber, dass Luca schon seit einigen Jahren von einem Teller aß, davon abgesehen aber waren sie genauso überrascht wie ich. Sie hatten meine Beziehung zu ihrem Sohn als rettungslos und unumkehrbar verkorkst betrachtet und jede Hoffnung längst aufgegeben.

»Vielleicht ist es, weil du jetzt so … so anders aussiehst«, meinte Gregor schließlich.

»Genau. Jetzt, wo du nicht mehr so fett bist«, fügte Miriam in ihrer üblichen Versessenheit, die Dinge beim Namen zu nennen, hinzu. »Weißt du was? Ich glaube, er hat dich gar nicht wiedererkannt.«

Ich überlegte kurz, ob ich zufrieden sein sollte, dass mein

hartes Training solche Früchte abwarf, oder aber verärgert, weil man mich nicht um meiner selbst Willen mochte, sondern nur wegen meines verbesserten Äußeren. Dann machte ich mir klar, dass es sich hier um einen Fünfjährigen handelte und ich daher die Messlatte für Wertekompetenz vielleicht nicht zu hoch anlegen sollte.

Schließlich ging der Nachmittag vorbei, und Beatrix fuhr zu ihren Eltern nach Hölten, während ich in Paderborn blieb, um wie jedes Jahr mit Gregor auf dem Weihnachtsmarkt vor dem Dom einen Glühwein zu trinken und später den Bus zu nehmen. Wir verbrachten eine angenehme Stunde an der Glühweinbude, während der ich erfuhr, dass Luca im Sommer einen kleinen Bruder bekommen würde, dessen Name entweder Jonas oder Joshua lauten würde. Darauf tranken wir noch einen weiteren Becher, und als ich mich gerade umdrehte, um ein letztes Mal zu bestellen, hörte ich Gregors Stimme.

»Das gibt's ja nicht! Guck mal, Chris!«

Ich drehte mich wieder zu ihm und folgte seinem Blick. An der Bude neben uns stand Kathleen Specht und kaufte einen Leuchtstern aus Papier.

Sie hatte die Wollmütze tief ins Gesicht gezogen, den Mantelkragen hochgeschlagen und sich den Schal um den Mund gewickelt, so dass man sie kaum erkennen konnte. Mütze, Mantel und Schal waren grau und elegant und perfekt aufeinander abgestimmt. Ich überlegte, ob ich rübergehen sollte oder versuchen sollte, nach ihr zu rufen, oder ob ich mich einfach wieder umdrehen und meine Bestellung beenden sollte – das war vermutlich die beste Variante. Gerade wollte ich mich zu meiner weisen Entscheidung beglückwünschen, da hörte ich neben mir Gregor rufen: »HALLO! KATHLEEN! HIER!«

Verdammt – ausgerechnet jetzt ergriff er zum ersten Mal seit Jahrzehnten die Initiative. Kathleen sah sich suchend um und entdeckte uns schließlich. Einen Moment lang wirkte sie unschlüssig, dann kam sie auf uns zu.

»Hey, ihr zwei – seid ihr's wirklich?«, fragte sie, und ohne eine Antwort abzuwarten, drückte sie Gregor an sich und wandte sich dann mir zu und musterte mich von oben bis unten.

»Wahnsinn, Chris! Ich hätte dich nicht wiedererkannt!«

Ich grinste. »Du hast es also gemerkt? Dass ich meine Haare gefärbt hab?«

Sie lachte, und wir umarmten uns. Sie roch fantastisch – ein Duft, der perfekt zum Schal, zur Mütze und zum Mantel passte.

»Ich wusste gar nicht, dass du noch hierher zum Weihnachtsmarkt kommst«, bemerkte ich.

»Bin ich sonst auch nie. Meine Mutter ist gerade nach Paderborn gezogen.« Sie schaute mich wieder an und schüttelte fassungslos den Kopf.

»Wahnsinn, ich kann's gar nicht glauben, dass du tatsächlich … dass du *das* geschafft hast! Meinen Glückwunsch, wirklich!«

»Tja, danke. Und Glückwunsch natürlich auch für dich – zur Weltkarriere, dem Starruhm und dem Traummann und so.«

Sie lächelte dünn. »Das mit dem Traummann ist Geschichte. Der hat letzte Woche das Angebot angenommen, Korrespondent in Washington zu werden – und er hat, da er praktisch denkt, gleich die Gelegenheit genutzt, um mit mir Schluss zu machen.«

Während Gregor sich mitfühlend räusperte, rieb sie ihre kalten Hände gegeneinander. Ich schaute sie genauer an: Erst hatte ich ihre geröteten Wangen und Augen der Kälte zugeschrieben, aber da hatte ich mich getäuscht – sie hatte geweint. Ich bemerkte ebenfalls, dass sie dünner aussah als das letzte Mal, das ich sie im Fernsehen gesehen hatte. Sie hatte auch ein paar Fältchen mehr, als auf dem Bildschirm zu sehen waren, die hatte man weggeschminkt – aber ich musste mir eingestehen, dass mir diese Fältchen gefielen.

Da sich eine peinliche Gesprächspause abzeichnete und von

Gregor in solchen Fällen keine Hilfe zu erwarten war, kramte ich nach einer passenden Antwort.

»Tja, da haben wir beide einiges verloren – du einen Mann und ich dreißig Kilo. Wenn das keinen Glühwein wert ist!«

Sie lächelte tapfer, und ich bestellte uns noch einen Becher. Kurz darauf verabschiedete sich Gregor, und Kathleen versprach, ihm zu mailen und im nächsten Jahr vorbeizukommen und sich seine Kinder anzuschauen.

Dann blieben Kathleen und ich allein zurück.

Der Weihnachtsmarkt in Paderborn ist wirklich romantisch. Überall brennen Lichterketten, und der alte Dom wird kunstvoll illuminiert – es gibt unpassendere Orte, um die Frau, in die man früher mal unsterblich verliebt gewesen ist, nach vielen Jahren wiederzutreffen.

Eine Weile plätscherte unser Gespräch etwas mühsam vor sich hin, wie so oft, wenn man auf jemanden trifft, den man früher ganz gut gekannt hat und der einem fremd geworden ist. Schließlich merkte ich, dass mich irgendwas ganz furchtbar irritierte. Ein paar Minuten lang rätselte ich herum, und dann, als ich Kathleen eine neue heiße Schokolade bestellte, bekam ich heraus, was es war: Aus dem Augenwinkel sah ich, dass sie mich anstarrte.

Ich fragte mich, ob mir da meine Einbildung einen Streich gespielt hatte, also entschloss ich mich zu einem Experiment: Ich ließ meine Tüte fallen und bückte mich, um sie aufzuheben. Dabei spähte ich heimlich nach oben – und da war es wieder: Sie checkte mich ab. Und lächelte dabei. Es war ganz klar: Kathleen Specht, früher mal das coolste Mädchen an unserer Schule, legendäre Verräterin an der Grünen-Ortsgruppe Hölten und aktuelle Starjournalistin der ARD, stand auf den neuen, schlanken Chris Mackenbrock.

Ansonsten allerdings machte ich umso weniger Punkte. Kathleen versuchte, so wenig wie möglich den Star raushängen zu lassen, doch sie war es inzwischen gewöhnt, ein Gespräch zu führen und zu beherrschen. Wer konnte es ihr auch verdenken? Wenn laut Umfragen vierzig Prozent der männlichen deutschen Bevölkerung, darunter mehr oder weniger die gesamte intellektuelle Elite, scharf auf eine Nacht mit einem sind, darf man wohl mit einem gewissen Schub fürs Selbstvertrauen rechnen. Und so hatte ich trotz ihrer Rücksichtnahme das Gefühl, ein wenig im Hintertreffen zu sein – genauer gesagt: Ich kam mir vor wie ein Bauer.

Sie redete voller Wärme von den Slumbewohnern in Jakarta, die sie kennen gelernt hatte, und von deren täglichem Kampf ums Überleben – und ich erzählte ihr, dass Beatrix und ich uns jetzt einen Seat Alhambra gekauft hatten.

Danach berichtete sie von den chinesischen Dissidenten, mit denen sie unter abenteuerlichen Umständen Kontakt aufgenommen hatte, weswegen sie jetzt nicht mehr nach China einreisen durfte. Ich dagegen teilte ihr mit, dass Frau Koch, unsere alte Jahrgangsstufenleiterin, sechs Wochen in einer Suchtklinik verbracht hatte.

Schließlich schilderte sie die Details ihrer gescheiterten Beziehung mit Roman Kreuzburg. In der Geschichte spielten verratene Ideale, riesige Geldsummen und zwei neunzehnjährige Stripperinnen tragende Rollen – es war wie eine Folge *Dallas.* Ich dagegen konnte berichten, dass es zwischen mir und Bea ganz gut laufen und wir nächstes Jahr unser zehnjähriges Jubiläum feiern würden.

Ich seufzte innerlich auf bei dem Gedanken, wie sich die Dinge verschoben hatten: Früher hatte ich sie unterhalten, aber sie konnte mit meinem Äußeren nichts anfangen, und heute gefiel ich ihr ganz offensichtlich – aber langweilte sie zu Tode.

Der Tiefpunkt kam, als sie mich nach meinem Job fragte. Ich erzählte ihr von Richie und den Sketchen und merkte, wie ihr Lächeln gefror.

»Sketche also, ja? Interessant …«

»Ja. Ist es.«

»Und, äh … du bist nicht zu alt dafür?«

»Nein … äh, wieso?«

»Na ja, ich dachte, die, die solche Witze schreiben, sind eher so in den Zwanzigern.«

»Nee … die meisten nicht. Und es sind keine Witze. Es sind … Sketche.«

»Ah …«

Man merkte, dass sie versuchte, irgendwas Positives zu sagen, aber sie musste lange überlegen, bis ihr endlich etwas einfiel.

»Also, Lachen ist ja auch wichtig … auch gesellschaftlich, denke ich. Und es hat was Anarchisches. Etwas Unangepasstes. Das finde ich gut.«

»Ja … Lachen ist gut …«

Ich hätte in den Boden versinken können. Natürlich, das war eine Welt, mit der sie, für die alles Bedeutung und Substanz haben musste, nichts anfangen konnte. Warum hatte ich nicht Streetworker oder Drogenberater werden können? Oder Slumbewohner in Jakarta – da wäre zumindest mein langsames, qualvolles Verhungern für sie von Interesse gewesen.

Aber was sollte es – dem neuen, verbesserten Chris Mackenbrock konnte es komplett egal sein, was Kathleen Specht von ihm dachte. Denn er hatte ein neues, verbessertes Leben, und in dem hatten linksalternative Starjournalistinnen nichts zu suchen. Wir versprachen uns, uns auf einen Kaffee zu treffen, wenn sie mal in Köln oder ich in Berlin sein würde, und wussten beide, dass es dazu nicht kommen würde, dann stapfte ich davon, um meinen Bus zu erwischen.

Kurz darauf saß ich allein auf der hintersten Bank und hatte vergessen, dass mir Kathleen Specht und ihre Meinung von mir egal war. Mit verkniffenen Lippen murmelte ich vor mich hin: »Dieses Miststück! Hält sich für so was von toll, nur weil sie immer noch die Welt verbessert und ich nicht!«

Wie ich dann auf die Idee kam, weiß ich nicht. Ich brachte sie zunächst auch noch nicht mal mit Kathleen in Verbindung. Ich saß im fast leeren Bus allein auf der Rückbank, und plötzlich war es mir klar: Ich würde etwas von Bedeutung erschaffen – etwas, das gesellschaftlich wertvoll war. Diesmal würde ich niemandem nachlaufen und in keine Vereine oder Organisationen eintreten – diesmal würde ich ein eigenes, unverwechselbares Werk hervorbringen. Ich würde keine Bilder malen oder Romane schreiben oder Filme drehen, denn das konnte ich nicht. Aber ich konnte auf meinem eigenen Terrain kämpfen – ich würde eine Sketchshow entwerfen. Und zwar eine mit Anspruch. Die Show würde von Kathleen handeln. Und von mir. Von uns beiden und der Liebe – was für ein größeres Thema konnte es geben?

An den Weihnachtsfeiertagen war ich völlig in meine Idee vertieft, die ich in Gedanken immer weiter ausarbeitete. Zum ersten Mal seit Monaten wurde ich mal wieder für das Verschlingen großer Mengen Fleisch und Kartoffeln gelobt – und bemerkte es kaum.

Es sollte ein Mix aus fortlaufender Handlung und einzelnen abgetrennten Sketchen werden. Dabei würden sich verschiedene Spielarten der Liebe gegenüberstehen. Es würde ein »ideales« Paar geben: zwei Menschen, die füreinander geschaffen waren und zwischen denen in jeder Hinsicht die Funken sprühten, die aber niemals zusammenkommen. Und es würde viele andere Paare geben, aus verschiedenen Zeiten und Kulturen. Dabei sollten sämtliche Bereiche auftauchen, die im Bereich Liebe und Beziehungen eine Rolle spielen konnten: Anbaggern, Trennung, Sex, Nachwuchs, Heirat, Altersunterschiede, Untreue – die meisten Ideen kamen mir zu einem Paar, das schon seit Langem zusammen war und Probleme hat, die Leidenschaft füreinander nicht zu verlieren – ich merkte, dass Beatrix und ich die Vorbilder für dieses Paar abgaben.

Das Ganze würde wie ein Ratgeber für wirklich alles, was

mit Liebe zu tun hat, aufgemacht sein, und damit hatte ich auch den Arbeitstitel *Ratgeber: Liebe.*

In diesen Tagen begannen bekannte Talkmaster wie Harald Schmidt, mich in meinen Gedanken zu interviewen – meistens, wenn ich auf dem Klo saß. Jahrelang hatten meine verrückten Visionen mich in Ruhe gelassen, aber jetzt kehrten sie mit Macht zurück. Mit dem Frieden, den ich in den vergangenen Monaten mit meinem Leben gemacht hatte, war es nun vorbei, und je mehr ich an dem Stoff arbeitete, desto mehr erschien *Ratgeber: Liebe* mir als ein Teil meines verpassten Lebens, der nun doch noch Wirklichkeit werden könnte.

Über den Jahreswechsel machte ich aus meinen Gedanken ein Konzept, das ich schließlich Richie und Julian zu lesen gab. Ein paar Tage später traf ich die beiden zum ersten Mal in diesem Jahr im Büro. Beide hatten mein Werk vor sich liegen.

»Und? Was haltet ihr davon?«, fragte ich und versuchte, cool zu wirken.

Sie sahen sich an, offensichtlich hatten sie sich bereits besprochen. Dann antwortete Julian.

»Hat ein paar interessante Bestandteile. Könnte vielleicht sogar funktionieren.«

Ich atmete auf. Für seine Verhältnisse war das fast ein euphorischer Ausbruch.

»Die Rubrik mit dem Pärchen, dessen Gedanken man hört, während die beiden Sex haben … das hat was.«

»Wobei du geschrieben hast, dass man nur die Oberkörper sieht – darüber müssen wir noch mal reden, Dicker«, schaltete sich Richie ein.

»Und was zu machen über die Nasenreibtechniken in Eskimo-Singlebars – das ist, glaube ich, auch neu. Und schon, äh, irgendwie originell«, setzte Julian wieder an, während er mein Treatment durchblätterte.

Ich grinste. »Ihr meint, das könnte … *pythonesk* sein?«

»Hey! Ich sagte: Es ist *nicht ganz schlecht!* Keine Gotteslästerungen, okay?«, antwortete Julian streng, dann runzelte er die Stirn. »Das, was du da vorhast, wird natürlich ziemlich aufwändig …«

Ich schaute ihn fragend an. »Du meinst: Es hat keine Chance?«

Er putzte seine Brille mit wütendem Eifer. »Nicht, wenn wir es einfach so einer Produktionsfirma oder einem Sender anbieten.« Er setzte die Brille wieder auf und schaute uns herausfordernd an.

»Jungs – wir brauchen einen Star.«

Zwei Monate später fuhren wir in Marienburg, einem von Kölns Nobelvierteln, vor der Gründerzeitvilla von Mike Hecker vor – dem Star, den Julian tatsächlich aufgetrieben hatte.

»Wow, so viel verdient man mit schauspielern?«, fragte Richie und pfiff anerkennend durch die Zähne, während wir ausstiegen.

»Nein, die ganze Familie stinkt vor Geld«, klärte uns Julian auf. Eine Haushälterin, die eine schwarze Uniform und ein Häubchen trug, öffnete uns und führte uns durch das Haus auf die Terrasse. Ich spürte meine Füße kaum vor lauter Nervosität: Meine große Chance war gekommen.

Nachdem Julian mein Konzept an Mike Hecker geschickt hatte, war alles verblüffend einfach gewesen. Hecker hatte ein paar Tage später bei uns im Büro angerufen, sich begeistert gezeigt und verkündet, dass er sich bereits jetzt entschlossen habe, dass *Ratgeber: Liebe* und nichts anderes sein nächstes Projekt sein und er mit allen Mitteln für dessen Realisierung kämpfen werde. Kurz darauf bekamen wir einen Anruf aus Berlin von einer Produktionsfirma, mit der Hecker in der letzten Zeit ein paarmal zusammengearbeitet hatte. Ein Producer mit schleppender Stimme und Berliner Akzent bat uns, ihm das Konzept zuzumailen, damit man es »mal durchgehen könne«. Das taten wir, und ein paar Wochen später rief er dann wieder an und fragte uns, ob wir Zeit hätten für ein Treffen.

Jetzt, auf dem Weg durch den endlosen, mit edlem Nippes vollgestellten Flur schnaufte Julian tief durch. Als besonderes Zeichen des Respekts für unsere neuen Geschäftspartner hatte er sogar ein Taschentuch dabei, in das er hineinhustete.

»Also, wenn irgendjemand von denen irgendwas Dummes sagt – und das *wird* passieren –, dann rastet nicht gleich aus. Das hier ist ein inoffizielles, ich zitiere, ›Kick-off-Meeting mit Brainstormcharakter‹, und es geht bis zum Abend. Das heißt, jeder kann daherquasseln, was ihm gerade in den Sinn kommt, ohne dass es große Konsequenzen hat – und es wird viel, viel Zeit dazu da sein. Okay?«

Wir nickten, dann traten wir auf die Terrasse. Die anderen saßen schon auf Holzbänken um einen rustikalen Gartentisch herum. Ich wollte Julian noch nach ein paar Verhaltensmaßregeln fragen – doch der stieß plötzlich einen markerschütternden Entzückensschrei aus und wuchtete seinen Bärenkörper in Richtung eines unauffälligen jungen Typen, der etwas verloren neben den anderen stand.

»Werner! Mann, du bist dabei?? Der Tag ist gerettet!«

Ich schaute ihm überrascht nach. Nie zuvor hatte ich so viel Herzlichkeit in seiner Stimme gehört. Er hatte den anderen jetzt erreicht und schüttelte ihm begeistert die Hand. Werner lächelte freundlich.

»Julian, hi. Ganz schön lange her, dass wir uns getroffen haben.«

»Lange? Eine Ewigkeit! Verdammt, wir müssen doch wenigstens mal wieder einen trinken gehen, das haben wir seit Hürth schon nicht mehr gemacht! Hey, warst du auf Kuba in der Bar in Santiago, von der ich dir erzählt hab?«

Werner nickte und bestätigte, dass das ein toller Geheimtipp gewesen war.

Dann winkte uns unser Gastgeber heran, und Julian riss

sich, sichtlich widerstrebend, von Werner los. Während wir weitergingen, schaute ich zurück.

»Ein Freund von dir?«, fragte ich Julian.

»Freund??« Er starrte mich fassungslos an. »Das ist der Redakteur vom Sender. Der entscheidet über *alles.* Und mit *alles* meine ich: GELD.«

Richie gab ein Prusten von sich. »Und ich dachte schon, ihr wolltet euch nachher ein Zimmer nehmen.«

Julian sah ihn über seine Brille hinweg an. »Heute geht's darum, dass der Typ uns einen Entwicklungsauftrag gibt, okay? Erst dann sehen wir Kohle!«

Mit diesen Worten hatten wir Mike Hecker erreicht, und es kam zur nächsten euphorischen Begrüßung.

Mike Hecker hatte, wie er im Laufe des Abends noch mehrfach betonen würde, seine Karriere am Theater begonnen. Das bedeutete, er hatte einige Schauspielkurse besucht, die ihm sein Vater finanziert hatte, der – wenn ich es richtig verstanden hatte – Deutschlands größter Büroklammernhersteller war. Danach hatte Mike ein paar Monate lang ein Engagement bei einer Berliner Kleinstbühne gehabt, wo er in verschiedenen Stücken jeweils den besten Freund des jugendlichen Helden spielte.

Dann traf er auf einer Premierenparty einen Fernsehproduzenten, der sich auf der Suche nach neuen Talenten für eine seiner Daily Soaps war. Es stellte sich heraus, dass Mikes Vater Mitglied derselben Studentenverbindung war wie der Vater des Produzenten.

Mike wusste, dass nur der Erfolg als Darsteller haben kann, der es schafft, sich die schlimmsten Torturen abzuverlangen. Also ging er den harten Weg: Er rief seinen Vater an.

Den hatte er durch seine Berufswahl tödlich gekränkt, und Mike verbrachte eine zutiefst unangenehme halbe Stunde am Telefonhörer, bevor er seinen alten Herrn überzeugt hatte, auf dem nächsten Verbindungsabend ein paar vertrauliche Gespräche zu führen.

Bald darauf spielte Mike wieder den besten Freund eines jungen Helden – diesmal allerdings täglich und nicht vor fünfzig Zuschauern, sondern vor fünf Millionen. Nach sechs erfolgreichen und produktiven Jahren, in denen er außerdem seine Memoiren und zwei CDs herausbrachte, entschied Mike, dass seine Rolle ihn künstlerisch nicht mehr weiterbrachte, und er verließ die Soap und die Produktionsfirma.

Allerdings blieben die Angebote für ernsthafte Rollen spärlich, Mike geriet in Panik und nahm das nächste beste Angebot an: Es war eine Sketchshow – und sie wurde einer der größten Überraschungserfolge des Jahres. Nun war sie nach fünf Staffeln ausgelaufen und Mike auf der Suche nach einem neuen Hit. Und der sollte *Ratgeber: Liebe* werden.

»Julian, toll, dich wiederzusehen. Und du musst Chris sein …« Er strahlte mich verzückt an und drückte das Manuskript mit meinem Konzept an sein Herz. »Hör mal – ich möchte mich bei dir bedanken! Danke für *Ratgeber: Liebe,* Chris. Es ist das Beste, was ich seit Jahren gelesen habe. Danke!«

Er stellte uns den Leuten von der Produktionsfirma vor: Siggi, dem Producer, den wir schon vom Telefon kannten und der genauso übernächtigt aussah, wie er geklungen hatte. Dann Melanie, seiner Assistentin, die mir strahlend und fast bewundernd die Hand gab. Es war ein tolles Gefühl, dass ich eine derart überirdische Schönheit so offensichtlich beeindruckte. Und schließlich tauchte auch noch Remy auf, der Produzent, der persönlich erschienen war, um das neue Baby mit auf die Welt zu bringen. Sein Lächeln war noch wärmer als das von Melanie und sein Händedruck fest und männlich.

»Das ist wunderbar, was du da geschrieben hast. Und ich meine nicht nur das Hitpotenzial, das es natürlich *auch* hat. Aber weißt du, ich glaube, es wird die Menschen auf eine Reise mitnehmen. Sie nachdenklich machen. Diskutieren lassen. Das wird man nicht einfach so beim Bügeln gucken.«

Wir setzten uns alle um den Holztisch. Als Erster redete Werner, der Redakteur.

»Also, ich habe selten so viel Vergnügen schon beim Lesen einer ersten Fassung gehabt – und ich bin mir sicher, dass *Ratgeber: Liebe* schon bald eines unserer Premiumprodukte am Freitag- oder Samstagabend sein wird …« Alle nickten beifällig. Ich schaute mich unter den von Eifer erglühten Gesichtern um. Selten hatte ich mich inmitten einer Gruppe fremder Menschen so wohl gefühlt. Sie alle waren hier zusammengekommen, um zu helfen, meinen Traum zu verwirklichen. Wir waren ein bisschen wie die Gefährten in *Herr der Ringe*, ein Haufen verrückter Typen, die aufbrechen, um einen langen und beschwerlichen Weg gemeinsam zu gehen und etwas Großartiges zu vollbringen. Ich versuchte, nicht allzu selig vor mich hin zu lächeln.

Wir wurden jetzt aufgefordert, ein paar erste Einschätzungen zu den Details abzugeben. Es stellte sich heraus, dass alle meine Ideen mit nur wenigen Einschränkungen lustig fanden – außer Melanie, die säuerlich in meinem Treatment blätterte und immer wieder Anmerkungen machte wie »Also, das hätte man besser ausarbeiten können« oder »Das hier ist ja im Ansatz ganz gut, aber ich hab's erst beim zweiten Mal Lesen verstanden«.

Zu allem Überfluss hatte sie bei ein paar Punkten Recht, und so wurden meine Antworten zunehmend schnippisch – bis Julian mich zurückhielt.

»Ruuuuhig, Brauner! Hör zu: Die Kleine ist nur aus zwei Gründen hier – und beide würde ich jetzt gern anfassen. Ihre einzige Chance, zu zeigen, dass sie was draufhat, ist, an deinem Treatment rumzumäkeln. Wenn sie's toll findet wie die anderen, halten sie alle nur für ein süßes blondes Bambi ohne eigene Meinung. Also – steh das jetzt gefälligst durch!«

Kurz darauf kam Siggi an die Reihe. Er kämpfte weiterhin ganz offensichtlich mit dem Schlaf, der ihn jeden Moment zu übermannen drohte.

»Also, was der Remy und der Werner gesagt haben, da kann ich nur zustimmen – voll und, äh, ganz. Ich bin echt … also, begeistert … das sind alles Sachen, die auch im weißen Raum funktionieren … und auch die Tonality, die überzeugt total. Das macht Spaß …«

Ich schaute verwirrt zu Julian.

»Wovon redet er?«

»Er ist nur ein Angestellter, also darf er Remy und Werner auf keinen Fall widersprechen. Aber er weiß nicht, was *genau* den anderen gefallen hat, also lässt er ein paar Versuchsballons los, ohne dass er konkret werden muss: ›Weißer Raum‹ und ›Tonality‹ – das hört sich professionell an und passt immer.«

Dann wendete Julian seine Aufmerksamkeit wieder Siggi zu, der nun doch noch irgendwas Fundiertes zum Besten geben wollte und deshalb anmerkte, dass es möglicherweise Probleme geben könnte mit einem Sketch, der während einer islamischen Hochzeit spielte. Es wäre blöd, wenn als Reaktion darauf irgendein Mufti in Teheran eine Fatwa gegen das deutsche Fernsehen erlassen und alle Moslems der Welt aufrufen würde, Köln-Ossendorf in die Luft zu bomben. Ich musste mir selbst gegenüber zugeben, dass ich das nicht bedacht hatte. In diesem Moment legte Julian los.

»Super, Siggi, du hast ja *ganz genau* kapiert, was Brainstorming bedeutet! Mann, wir fangen gerade erst an, über das Projekt zu reden – danach haben wir noch mindestens ein Jahr, um uns selbst zu zensieren, okay?«

Er machte noch eine Weile so weiter und nahm Siggi nach allen Regeln der Kunst auseinander. Ich sah Richie verblüfft an.

»Was hat er denn? Was Siggi gesagt hat, war viel weniger fies als das Gesabbel von Melanie.«

Richie grinste. »Ich glaube, ich weiß, was er vorhat: Siggi hat einen schlechten Stand, bei seinem Chef und auch beim Sender. Das bedeutet: Wenn wir irgendwo demonstrieren wollen, dass wir für unsere Sache kämpfen – und das mit harten Bandagen –, dann ist Siggi unser Wunschgegner.«

Ich nickte verdattert. Inzwischen war meine Stimmung gekippt. Bisher hatte noch niemand etwas Brauchbares zu meinem Konzept gesagt, und wir saßen hier schon fast eine Stunde. Und jetzt folgte der Aufritt von Mike, den er sich bis zum Schluss aufgespart hatte. Er stand auf und lächelte mit halb geschlossenen Augen in die Runde.

»Tja, ich habe mich ein wenig vorbereitet – und die letzten Wochen damit verbracht, ein paar kleine Ideen aufzuschreiben …«

Damit zog er aus dem Korb, der neben ihm auf dem Boden stand, ein dickes Din-A4-Ringbuch, das ebenso zerfleddert wie vollgekritzelt aussah.

»Ihr wisst ja wahrscheinlich, dass ich nebenbei einige Erfahrung im Drehbuchschreiben habe, und es ist vielleicht die größte Qualität von *Ratgeber: Liebe* – dass es mich derart inspiriert hat …«

Ich konnte mich nicht mehr beherrschen. »Äh, ich dachte, die größte Qualität wär, dass es *lustig* ist? Und *originell?* Und *intelligent?*«

Mike entschloss sich, meinen Ausbruch zu ignorieren, und blätterte weiter, während die anderen erwartungsvoll lauschten.

»Also, hier … ein Sketch, den man machen könnte: Ich spiele einen Serienmörder und telefoniere mit meinem Psychologen, der mich behandelt, weil ich Beziehungsprobleme habe – und zwar, weil ich so viele Frauen gleichzeitig habe. Und dann … stellt sich heraus: Es gibt gar nicht die vielen verschiedenen Frauen. Sondern nur viele abgetrennte Körperteile, die in der ganzen Wohnung verstreut sind. Arme, Beine, Brüste – und ich habe zu *allen* eine Beziehung und rede mit allen. Versteht ihr? Denn ich bin ja ein *Serienmörder.*«

Er gluckste in sich hinein. Davon abgesehen konnte man

jede einzelne Fliege im Garten herumschwirren hören – es war totenstill geworden. Alle vermieden es, einander anzusehen. Remy, Siggi und Werner lächelten mit ausdruckslosen Mienen ins Nichts, und Melanie schlang die Arme fest um sich und starrte auf den Tisch vor sich. Richie keuchte, ich wusste, dass er kurz davor war loszuprusten. Mike blätterte wieder mit verschmitztem Lächeln in seinem Ordner, die frostige Reaktion schien ihn nicht im Mindesten zu erschüttern.

»Hmmm … oder hier, das ist gut: Ein jungverheiratetes Paar mit zu viel Leidenschaft. Irgendwann sagt sie: Ich halte es nicht mehr aus, dein Trieb ist zu stark, diese Ekstase macht mich wahnsinnig. Daraufhin schneide ich mir, da ich sie ja so liebe, den Penis ab. Aber ein paar Nächte später sagt meine Partnerin, dass sie es immer noch kaum aushalten kann vor Leidenschaft, wegen meiner zärtlichen Finger. Also schneide ich mir auch die Finger ab. In der nächsten Nacht befriedige ich sie mit der Zunge, und selbst das treibt sie noch zum Wahnsinn. Also schneide ich mir auch die Zunge ab …«

Er gluckste erstickt und konnte nicht mehr weiterreden, was ihm vor allem Melanie dankte, die inzwischen kreidebleich dasaß und katatonisch mit dem Oberkörper vor und zurück wippte. Das Lächeln von Remy, Siggi und Werner war zu einer angestrengten Grimasse erstarrt.

»Ich will nicht zu viel erzählen«, brachte Mike hervor. »Aber später wird's noch echt heftig.« Er kicherte haltlos. »Also, und dann hab ich noch diesen hier, wo ich einen aidskranken Querschnittsgelähmten spiele, der –«

»Oh!«, rief Remy. »Das Abendessen kommt!«

Tatsächlich: Das Hausmädchen begann, Platten aufzutragen. Alle atmeten auf.

»Na, dann machen wir später weiter.« Mike klappte den Ordner zu und packte ihn in den Korb zurück. Richie gewann langsam wieder die Kontrolle über sich.

»Der Typ ist total krank«, flüsterte er begeistert. »Super!«

Wir spazierten ein paar Schritte durch den Garten. Ich schaute auf die anderen am Tisch, die sich jetzt wieder unterhielten, als seien alle die besten Freunde.

»Was soll das hier alles?«, fragte ich düster und schlug auf einen Busch ein. »Das ist doch nicht kreativ! Das ist … Politik!«

»Stimmt«, frohlockte Richie. »Und ich dachte immer, das Schreiben macht Spaß und die Besprechungen wären sauöde. Wenn ich geahnt hätte, dass es genau umgekehrt ist …«

Nach dem Essen ging das Treffen im Wohnzimmer weiter. Uns allen war bewusst, dass wir den Entwicklungsauftrag noch immer nicht in der Tasche hatten, also zogen jetzt alle am selben Strang – selbst Mike, der als Letzter auftauchte. Er hatte eine private Unterredung mit Remy gehabt, und sein Korb, der das ominöse Ringbuch enthielt, war jetzt nirgendwo mehr zu sehen.

Draußen am Gartentisch hatte sich Werner nach seiner Einführungsrede auffallend zurückgehalten. Aber jetzt konnte er kein Wort mehr sagen, ohne dass ihm die euphorische Begeisterung aller Beteiligten entgegenschlug, und schon die Andeutung einer launigen Bemerkung wurde mit dröhnendem Gelächter belohnt. Nachdem er eine Zeit lang so befeuert wurde, taute Werner schließlich auf.

»Also, natürlich hab auch ich mir so meine Gedanken gemacht. Und ich meine, wenn man noch ein oder zwei Kleinigkeiten einarbeitet, könnte das Ganze *noch* besser werden …«

Mein ganzer Körper krampfte sich zusammen, aber ich sagte nichts, sondern zwang mich dazu, Werner mit einer froherwartungsvollen Miene anzustarren, wie die anderen auch.

»Also, es könnte *noch* … wie soll ich sagen … *noch* sozial relevanter sein, versteht ihr? Es gibt so viele Probleme und harte Themen, die gar nicht auftauchen: Arbeitslosigkeit, Ausgrenzung von Minderheiten, Kinderarmut, Sterbehilfe, Fremdenhass, und so weiter, und so weiter, es gibt so vieles. Also, das wäre mir ganz persönlich auch wichtig …«

Alle starrten ihn fassungslos an. Selbst Julian unterbrach sich vor Verblüffung mitten in einem Hustenanfall.

Es gab für uns Autoren eine ungeschriebene Liste von Themen, die in jedem Konzept, Sketch oder Drehbuch mit mindestens einem Kilometer Abstand umschifft werden mussten. Ganz oben auf dieser Liste standen: Arbeitslosigkeit, Ausgrenzung von Minderheiten, Kinderarmut, Sterbehilfe und Fremdenhass. Und jetzt das!

Ich merkte, dass alle mich anstarrten. Ich überlegte kurz, dann antwortete ich.

»Also – ich denke schon, dass wir das einbauen könnten. Wenn das Ganze noch mehr in der Realität verankert wird … dann macht es das bestimmt sogar besser.«

Alle atmeten auf, Julian strahlte. »Mensch, Werner – wo nimmst du das nur immer her?«

Werner lächelte bescheiden. »Na ja, auch wir sind ja irgendwo Kreative.«

Er erntete frenetische Zustimmung bei allen im Raum. Für den Rest des Abends überlegten wir, was wir alles ändern wollten, um das Konzept anzupassen. Es stellte sich heraus, dass ich es mehr oder weniger würde neu schreiben müssen, aber das machte mir nichts aus.

Aber an einem konnte auch unser gemeinsamer Enthusiasmus nichts ändern: Werner hatte noch immer kein Wort zum Thema »Entwicklungsauftrag« verloren. Selbst Richie, der über jede Witzelei, die Werner vom Stapel gelassen hatte, in einen hysterischen Lachkrampf ausgebrochen war, wurde langsam heiser.

Schließlich beendete Remy widerstrebend den Abend, weil er noch einen Termin in der Innenstadt hatte. Im Garten verabschiedeten wir uns alle voneinander. Danach standen Richie, Julian und ich trübsinnig zusammen und starrten Werner nach, der in seinen Wagen stieg.

»Mann, ich hätte es ahnen müssen«, meinte Julian und hämmerte sich gegen die Stirn. »Ich hab neulich noch mit einem Typen vom Sender geredet, der hat mir erzählt, als Nächstes würden soziale Themen ganz groß rauskommen. Ich dachte, der redet von Realityshows und Dokusoaps und all diesem Müll. Ich hätte niemals geglaubt, dass die das auch auf Sketchshows anwenden wollen.«

»Und was machen wir jetzt? Ohne Entwicklungsauftrag?«, fragte Richie deprimiert.

»Keine Angst. Übermorgen ist der Auftrag da. Dann könnt ihr euch gleich ans Pilotbuch setzen«, sagte eine amüsierte Stimme neben uns. Wir blickten uns erstaunt um: Die Stimme gehörte Remy, der nun ebenfalls am Zaun stand und zu Werners Wagen hinüberblickte. Dort stieg gerade Melanie auf dem Beifahrersitz ein. Remy klopfte uns auf die Schultern: »Amateure …«

Er lächelte nachsichtig, dann schlenderte er zurück zu den anderen, um sich ebenfalls zu verabschieden.

Ich war tagelang kaum in der Lage, einen klaren Gedanken zu fassen. Am meisten machte mich fertig, dass ich nicht mal sagen konnte, ob ich meinem Ziel, aus eigener Kraft etwas Wertvolles zu schaffen, wirklich näher gekommen war.

Aber dann kam der Entwicklungsauftrag tatsächlich, wie von Remy vorhergesagt, und ich machte mich daran, das Pilotbuch zu entwickeln. Inzwischen blieb ich meistens bis spätabends im Büro, eingehüllt in dicke Wolken von Tabakqualm. Das Schreiben fiel mir schwerer, als ich es erwartet hatte.

»Völlig klar«, kommentierte Julian. »Wenn du was über Liebe erzählen willst, dann machst du was zum Thema ›Liebe‹ – so wie du es vorhattest. Und wenn du was über soziale Probleme zu sagen hast, dann schreibst du eine Sendung über

›soziale Probleme‹. Aber du stülpst einem Format nicht noch ein zweites Thema auf.«

»Toll! Und was mach ich jetzt?«, fragte ich, während ich trübsinnig auf den Bildschirm vor mir starrte.

»Das Beste draus. Es wird jetzt schwieriger – aber das heißt immer noch nicht, dass es nicht großartig werden kann!«

Und so machte ich weiter. Mehrere Wochen lang schrieb ich wie ein Besessener, schrieb wieder um, wurde zum Kettenraucher, besiegte heldenhaft den fast unwiderstehlichen Drang, wagenradgroße Pizzen zu bestellen, und irgendwann tippte ich schließlich das magische Wort »Ende« unter das Pilotbuch.

Julian wartete nicht bis zum nächsten Morgen, sondern rief mich noch in der Nacht an, nachdem er es gelesen hatte.

»Das Beste, was geschrieben wurde seit dem frühen Woody Allen und natürlich seit Monty Python's Flying Circus!«

»Du lügst!«

»Ja, tu ich. Aber trotzdem: Gar nicht ganz schlecht, Amigo. Du kannst stolz auf dich sein.«

Er beteuerte hastig, dass er diese Worte noch nie in Gegenwart anderer Menschen benutzt habe und auch nicht gedenke, das jemals wieder zu tun. Auf jeden Fall schickte ich das Drehbuch mit einem guten Gefühl an die Produktionsfirma, die es an den Sender weiterleiten würde.

Mit dem, was jetzt geschah, hatte ich allerdings nicht gerechnet: Es passierte gar nichts – zwei Monate lang. Schließlich riefen wir bei der Produktionsfirma an. Nach mehreren Versuchen bekamen wir Siggi ans Telefon.

»Was ist los, Siggi? Hat Werner sich schon mal gemeldet, wie er das Pilotbuch findet?«

»Nein.«

»Wieso nicht?«

»Weil wir's ihm noch nicht geschickt haben.«

»Aber … aber … *wieso nicht?!*«

»Tja, ich war erst im Urlaub, so hat es ein paar Wochen

gedauert, bis ich's gelesen hatte. Danach hab ich's gleich an Remy weitergeleitet, aber der war so busy mit unserer neuen Courtshow. Und als er's schließlich gelesen hatte und ich's mit ihm besprechen wollte, ist er dann in Urlaub, und direkt danach war die Berlinale. Aber letzte Woche hatten wir dann das Meeting, und ich wollte euch jetzt jeden Tag anrufen, um euch unsere Meinung mitzuteilen …«

Es stellte sich raus, dass ich nur ein paar Sätze ändern sollte, dann würden sie es sofort an Werner weiterleiten. Julian atmete auf und deutete an, dass es mich sehr viel schlimmer hätte erwischen können.

»Ich habe mal von einem Drehbuch acht Überarbeitungen und Neufassungen geschrieben, bevor es ein Redakteur zu sehen bekommen hat. Hat mich anderthalb Jahre meines Lebens gekostet.«

Ich machte die Änderungen und verschickte sie, und danach dauerte es tatsächlich nur drei Wochen, bis Siggi von sich aus anrief und uns informierte, dass man das Buch an den Sender weitergeleitet hatte. Es stellte sich allerdings heraus, dass Werner sich zurzeit nicht in Deutschland aufhielt, sondern in Los Angeles auf einer Fernsehmesse. Gleich anschließend wollte er – was uns inzwischen nicht mehr überraschte – Urlaub machen.

Knapp zwei Monate danach hatten wir Melanie am Apparat.

»Werner steht jetzt ganz knapp davor, das Buch zu lesen«, hauchte sie durch die Leitung und klang, als habe sie den ganzen Tag in ihrem Büro nägelkauend dem Moment entgegengefiebert, an dem sie endlich anrufen und uns die freudige Nachricht mitteilen konnte.

»Und Remy hat sich gedacht, um die Dinge schnell voranzubringen, planen wir jetzt schon mal ein *Get-together* mit allen Beteiligten. Seid ihr frei – so Mitte übernächsten Monats?«

Also fanden wir uns einige Wochen später in einem ebenso schicken wie sterilen Besprechungsraum der Produktionsfirma ein. Obwohl es erst zehn Uhr morgens war, hatte ich zu diesem Zeitpunkt schon fast eine komplette Schachtel Zigaretten geraucht.

Alle Beteiligten waren gekommen, und auch ein neues Gesicht war dazugestoßen: Cora, eine blasse, brünette Redakteurin mit kurz geschnittenen Haaren. Sie saß neben Werner und ergriff sofort das Wort.

»Also, Werner und ich werden das Projekt ab sofort zu zweit betreuen. Wir haben allerdings noch eine Menge Arbeit vor uns ...« Sie blickte uns streng an. »Offensichtlich hattet ihr fälschlicherweise den Eindruck, dass ihr das Konzept aufwerten könntet, indem ihr massenhaft Bezüge zu so unerfreulichen Themen wie Ausländerproblematik, Arbeitslosigkeit, Kinderarmut und so herstellt. Mit so etwas möchten wir unser Publikum am Freitagabend aber nun wirklich nicht verschrecken.«

Es stellte sich heraus, dass Julian ursprünglich richtig gelegen hatte: Der Sender plante, soziale Themen ausschließlich in Realityshows und Dokusoaps zu präsentieren – Werner hatte sich schlicht verhört. Nun nickte er eifrig bei jedem Satz, den Cora von sich gab, und sah dann missbilligend zu uns herüber.

Julian saß ein paar Sekunden lang ganz still da und sammelte all seine seelische Kraft – dann setzte er seine Umarmungstaktik fort.

»Oh, tut uns Leid, dass wir da nicht so genau hingehört haben«, gab er mit einem entschuldigenden Lächeln von sich. »Wir können das natürlich alles wieder rausnehmen. Nicht wahr?«

Er sah mich eindringlich an – ich atmete tief durch und nickte.

»Damit wird es aber nicht getan sein ...«, meldete sich jetzt eine Stimme aus der gegenüberliegenden Ecke. Es war Mike.

»Vielleicht habt ihr letzte Woche die Zeitungen gelesen – da hatte ich ja keine so gute Presse …«

Zum Beweis hielt er eine Seite des *Express* hoch. Über einem Foto, das ihn in sichtlich besoffenem Zustand zeigte, prangte die Überschrift: »Comedystar ein Chauvi-Grapscher?«

Offenbar hatte Mike vorige Woche in einer Kölner Szenebar den Abschluss eines Werbevertrages gefeiert und dabei den anderen Typen an seinem Tisch seine Ansichten zu bestimmten Fragestellungen klargemacht. Die Fragestellungen lauteten:

1.) Sind alle Frauen Schlampen? 2.) Wo können sich Frauen die Scheißemanzipation hinstecken? 3.) Was sollte man mit den Scheißemanzen anstellen? 4.) Und was mit Schlampen, die Oralverkehr verweigern? 5.) Wetten, ich krieg diese Schlampe von einer Kellnerin ins Bett?

Mikes Pech war, dass am Nachbartisch eine Reporterin des *Express* saß und jedes Wort von ihm eifrig mitschrieb. Als Mike schließlich Richtung Taxistand davongewankt war, hatte sie außerdem noch ein Interview mit der Kellnerin geführt, die zuvor alle Hände voll zu tun gehabt hatte, sich Mike vom Hals zu halten.

»Tja, meine Agentur hat mir geraten, dass ich in dieser Situation nicht mit irgendwas Provozierendem rauskommen sollte«, fuhr Mike fort. »Also kann ich es nicht akzeptieren, wenn irgendwas Sexistisches oder Frauenfeindliches in einem der Sketche auftaucht. Also … ich muss darauf bestehen, dass die Frauen ausschließlich positiv gezeichnet werden. Und mit Achtung und Respekt. Was, äh, im Übrigen, wie ich betonen möchte, auch voll und ganz meiner eigenen Einstellung entspricht …«

Wir sagten alle drei kein Wort. Julian rettete sich in einen nicht enden wollenden Hustenanfall, und selbst Richie war zu verblüfft, um noch etwas zu antworten.

Remy nutzte die Gesprächspause und informierte uns noch

schnell darüber, dass man inzwischen die Kosten überschlagen und mit dem Geld verglichen habe, das der Sender zahlen wolle. Offenbar gab es da eine Diskrepanz, deshalb wolle man mit dem »Production Value« runtergehen. Und so bat er sich aus, sämtliche Sketche, die in andren Kulturen oder zu anderen Zeiten spielen würden oder die sonst wie in irgendeiner Weise aufwändig werden würden, durch neue zu ersetzen, die man billiger drehen könnte.

»Aber … das sind fast die Hälfte!«, stotterte ich. »Das kann nicht euer Ernst sein!«

Ich erinnerte sie verzweifelt daran, dass ihnen mein Konzept doch so gefallen hatte – und dass es doch ein Premiumprodukt werden sollte! Dann fing ich einen leidenden Blick von Siggi auf, dann einen ganz ähnlichen von Werner – die beiden waren einfach nur genervt. Ich hielt den Betrieb auf, sonst nichts. Also gab ich es auf.

Die nächsten beiden Monate waren eine Qual. Zu Hause wurde ich immer mürrischer und explodierte, sobald irgendwas schiefging. Zu allem Überfluss konnte ich nicht mit Beatrix über das Projekt und das Buch und all das, was mich dabei fertigmachte, reden. Meistens schlief sie sowieso schon, wenn ich aus dem Büro zurückkam. Ich merkte, dass das Drehbuch nicht der einzige Grund dafür war, dass ich so selten zu Hause war – ich ging Bea mehr und mehr aus dem Weg.

Sie spürte das, und ich spürte, dass sie es spürte, aber ich wollte nicht mal daran denken, ob ich ein schlechtes Gewissen haben musste. Ich wollte nur schreiben. Normalerweise hätte sie etwas versucht, um das Ruder rumzureißen, aber sie war gerade in eine Kommission gewählt worden, die ein neues Schulbuch für den Geschichtsunterricht vorbereitete, und das machte sie zusätzlich zu ihrem normalen Job. Und so lebten wir aneinander vorbei und sahen einfach nur zu, wie uns unsere Beziehung langsam mehr und mehr entglitt.

Bisher hatte ich beim Schreiben immer Spaß gehabt – aber das hier hatte mit Spaß nichts mehr zu tun. Immer noch wollte ich, dass mein Pilotbuch außergewöhnlich und großartig werden sollte, und schließlich, einige Tausend Zigaretten später, schaffte ich es tatsächlich: Ich tippte zum zweiten Mal das Wort »Ende« und starrte auf mein Werk – inzwischen war ich so weit, dass ich einfach nicht mehr sagen konnte, ob ich meiner Vision noch treu geblieben war. Ich konnte es nur hoffen.

Diesmal vergingen nur wenige Wochen, bis wir uns alle wieder in der Produktionsfirma trafen.

»Ich glaube, wir kommen der Sache schon viel näher«, lobte Cora. Ich nahm es mit einem Lächeln entgegen, von dem ich hoffte, dass es nicht zu gequält rüberkam. Immerhin gab es nur noch wenige Änderungswünsche: So wurden wir gebeten, sämtliche Fremdwörter durch leicht verständliche deutsche Begriffe zu ersetzen.

»In einem Sketch kommt zum Beispiel das Wort ›psychotisch‹ vor – da könntet ihr doch genauso gut ›durchgeknallt‹ schreiben«, tadelte Siggi sanft. »Oder: ›behämmert‹.«

»Aber ... der Mann, der das sagt, ist *Psychiater!* Und er redet über eine *Patientin!«*, entgegnete ich verwirrt. Cora lächelte milde.

»Na ja, euch wird schon was einfallen ...«

Diesmal fielen mir die Überarbeitungen viel leichter, denn ich gewöhnte mir an, nicht mehr zu schreiben, bevor ich nicht mit ein paar Gläsern Wein oder Bier für die nötige Lockerheit gesorgt hatte. Schon zwei Wochen später schickte ich die neue Fassung weg. Wenige Tage später telefonierte ich mit Siggi.

»Ganz im Ernst: Ich glaube zwar, es ist immer noch gut, aber ich hab auch das Gefühl, jetzt unterscheidet es sich kaum noch von den Sachen, die man sonst sieht.«

»Doch, natürlich tut es das«, antwortete Siggi, »schon durch den neuen Titel.«

Und so erfuhr ich, dass meine Show jetzt nicht mehr *Ratgeber: Liebe* hieß, sondern *Knutsch, knutsch – Comedy mit Kuss.*

Die Umbenennung ging auf eine Theorie von Remy zurück, die er irgendwo aufgeschnappt hatte und derzufolge Wörter, in denen der Buchstabe »K« möglichst oft vorkam, besonders lustig waren. Das lustigste Wort der Welt war also »Rokokokakerlake«.

Ich legte kommentarlos auf.

Das nächste Treffen fand nicht mehr in den Räumen der Produktionsfirma statt. Wir hatten es bis in den Sender geschafft.

Cora und Werner begrüßten uns in bester Laune und äußerten ihre Zufriedenheit mit der neuen Fassung. Remy berichtete über den Fortgang der Produktionsvorbereitungen.

»Also, wir haben jetzt eine Hauptdarstellerin gecastet«, verkündete er stolz und zeigte das Foto einer charmant lächelnden Schwarzhaarigen Mitte zwanzig herum. »Das ist sie – Nina. Hat bis jetzt Nebenrollen in einer anderen Sketchshow gespielt, aber wir sind überzeugt, sie hat Potenzial. Und sieht außerdem auch noch top aus.«

Wir alle nickten beifällig, da kündigte Remy an, dass die Neubesetzung eine winzige inhaltliche Konsequenz zur Folge haben würde.

»Also, bei den Castingsketchen hat Nina … na ja, sagen wir mal, nicht sooo gut abgeschnitten, von der Performance her. Aber dann hat sich rausgestellt, dass sie wunderbar junge prollige Türkinnen imitieren kann. Und wir haben uns gedacht – kann man nicht ein paar Prolltürkensketche in die Show schreiben? Dann würde ihr Potenzial optimal genutzt, und wir wären auf der sicheren Seite.«

Werner und Cora waren von der Idee augenblicklich begeistert, weil sowohl Prolls als auch Türken zurzeit einfach in waren. Wir benötigten nur drei Tage für die Überarbeitungen – diesmal halfen mir Julian und Richie, weil ich allein die Kraft nicht mehr aufgebracht hätte.

Wie üblich zeigte man sich begeistert. Wir verharrten in nervöser Anspannung, während wir auf den nächsten Besprechungstermin warteten. Doch bevor es so weit war, meldete sich Siggi am Telefon.

»Ihr müsst noch mal ran, Jungs. Wir brauchen neue Texte für den männlichen Hauptdarsteller.«

Er erklärte uns, dass die Polizei Mike in einem Hotelzimmer verhaftet habe, während er gerade eine Line Kokain vom Bauch eines der beiden Edelcallgirls schnupfte, die sich nackt auf seinem Bett räkelten. Ihre Kollegin war in diesem Moment dabei, eine Sexualpraktik durchzuführen, von der die Leser des *Express* wussten, dass Mike sie besonders schätzte.

»Keine Angst, wir haben schon einen Nachfolger«, tröstete uns Siggi. »Er heißt Dimitrios. War letztes Jahr im Halbfinale von *Deutschland sucht den Superstar.*«

»Äh, also – er hat gesungen? Ist er denn auch Darsteller?«, fragte ich.

»Na ja, nicht direkt. Aber Remy findet, dass er ein funny Face hat. Und er kriegt jetzt Schauspielunterricht. Das klappt schon. Hauptsache, ihr schreibt uns ein paar schöne Musiknummern.«

Bevor er auflegte, klärte Siggi uns ganz nebenbei noch darüber auf, dass Dimitrios etwas steif rüberkomme und man deshalb entschieden hätte, sich vom Thema »Liebe« zu verabschieden.

»Ist doch gut für euch – da seid ihr nicht so eingeschränkt bei der Themenwahl. He, schreibt noch ein paar Beamtensketche – die kommen immer super.«

Anschließend teilte er uns auch noch mit, dass man beim Sender ganz begeistert von den Prolltürkinnen-Nummern war und man deshalb den Titel noch mal geändert habe. Die

Show hieße jetzt *Knutsch, knutsch – die voll konkret krasse Comedy mit Küss.*

»Abgespacet, oder? War meine Idee!«, verkündete Siggi stolz.

Etwa ein Vierteljahr später schickte man uns die DVD mit der abgedrehten Pilotfolge zu. Wir bewaffneten uns mit einem Kasten Bier und schauten uns das fertige Werk an. Erst dachten wir, die Versandabteilung habe sich vertan, denn wir erkannten nur einen Teil der Nummern wieder, und die, die wir identifizieren konnten, hatten nicht mehr viel mit dem zu tun, was wir geschrieben hatten.

»Sie haben alle meine Gags rausgekürzt«, sagte Richie tonlos.

»Glücklicher!«, antwortete Julian. »Meine sind noch drin – aber ich kapier sie nicht mehr.«

Ein Telefonat mit Melanie ergab dann, dass man kurz vor dem Dreh noch zwei andere Autoren engagiert hatte, um den Text noch mal etwas zu »polishen«. Ich entschied, dass es mir eigentlich egal sein konnte, was auf dieser DVD zu sehen war. Melanie teilte uns dann noch mit, dass man beim Sender begeistert und der Serienauftrag nur noch eine Formsache war.

»Tja, da wird demnächst 'ne Menge Arbeit auf euch zukommen, Jungs!«, frohlockte sie. Wir sahen uns an.

»Da hat sie Recht. Das wird ein hartes Stück Arbeit«, sagte ich und schaute auf den Bierkasten, der noch fast voll war.

Als ich in dieser Nacht nach Hause kam, war Bea noch wach. Sie saß im Nachthemd auf dem Sofa und blätterte in alten Ausdrucken. Als sie mich kommen hörte, sah sie auf.

»Die hast du heute Morgen auf dem Küchentisch vergessen«, sagte sie und zeigte auf die Blätter. Es war eine frühe Fassung der Sketche, aus dem *Ratgeber: Liebe,* nicht aus *Knutsch, knutsch.*

»Ich hab sie gelesen. Sie sind echt lustig.«

Ich setzte mich neben sie und lächelte schwach. Sie starrte wieder auf die Blätter. Eine Weile sagte sie nichts, dann räusperte sie sich.

»So siehst du mich also? Als Spießerin? Als die Frau aus der öden 08/15-Beziehung?«

Ich erstarrte. Ich hatte gar nicht mehr daran gedacht, dass ich unsere Beziehung zum Vorbild für einen Teil der Nummern genommen hatte.

»Aber … nein …«, sagte ich matt. »Das kannst du so wirklich nicht sehen …«

»Doch. Doch, kann ich. Weißt du, du schreibst echt gut: Ich kann mich ganz genau wiedererkennen darin.«

Dann schwieg sie. Ich konnte nichts sagen, also versuchte ich, sie in den Arm zu nehmen, aber sie stieß mich weg.

»Und diese Traumfrau? In den anderen Sketchen? Was ist damit?«

»Was … was soll damit sein?«, stammelte ich. »Oh Gott, das … das ist nur so ein dummer Traum. Du willst das doch wohl nicht ernst nehmen?«

Sie stand auf.

»Schwache Leistung, was?«, sagte sie bitter. »Mehr als zwanzig Jahre lang habe *ich* versucht, deine Traumfrau zu sein. Und alles, wofür es gelangt hat, ist … das!«

Angeekelt ließ sie die Blätter zu Boden fallen.

Am nächsten Tag sagte Beatrix, dass sie Zeit brauche, um nachzudenken, und zog aus, zu einer ihrer Pädagoginnenfreundinnen. Ich rannte neben ihr her, während sie packte, und schwor ihr, dass sie meine Traumfrau sei, aber selbst in meinen Ohren hörte es sich abgeschmackt und verlogen an.

Mir blieb nichts zu tun, als mich in die Arbeit zu stürzen. Immerhin verdiente ich so genug Geld, um die Wohnung zu behalten, und ich konnte mich ablenken. Ich aß wieder mehr, verlor aber nicht völlig die Kontrolle, und in ein paar Wochen hatten wir die erste Staffel von *Knutsch, knutsch* fertig geschrieben, die nur vier Folgen lang sein würde. Kurz darauf war die Show bereits abgedreht und wurde gesendet, das ging jetzt sehr schnell. Ich hatte also genügend Zeit, in der leeren Wohnung herumzulaufen und die Scherben meines Lebens einer genauen Betrachtung zu unterziehen.

Kurzzeitig waren die Dinge besser für mich gelaufen – und was war dabei rausgekommen? Ich hatte mich verleiten lassen, mal wieder alles falsch zu machen. Und die Ursache war – wie üblich – Kathleen! Sie hatte nur ein kurzes, zwangloses Wiedersehen auf dem Weihnachtsmarkt dazu benötigt, eine knappe halbe Stunde voll belanglosem Geplauder.

Solange ich mit Beatrix zusammen gewesen war, hatte ich die Augen vor der Wahrheit verschlossen. Ich hatte mir vorgemacht, dass es der Ärger über Kathleens Arroganz gewesen war, der mich dazu getrieben hatte, mich beweisen zu wollen. Doch jetzt gestand ich mir ein, dass ich mich wieder in sie verliebt hatte und dass es unausweichlich gewesen war – weil wir füreinander bestimmt waren.

Natürlich lief es immer darauf hinaus, dass ich Probleme bekam. Aber auch andere füreinander bestimmte Paare hatten sich mit ihrer Liebe eine Menge Ärger eingehandelt, wie zum Beispiel Romeo und Julia: Ächtung durch die Familie, Verbannung, Doppelselbstmord, im Vergleich dazu stand ich noch ganz gut da.

Offensichtlich – das hatte mich die Beschäftigung mit Drehbüchern gelehrt – besaß ich die zwanghafte Neigung, für meine Liebste Prüfungen und Abenteuer zu bestehen, also auf Questen auszuziehen, wie man es früher mal genannt hätte, als man statt »Liebe« noch »Minne« sagte. Doch früher hatte man es auch leichter – da konnte ein Ritter zärtliche Gefühle beweisen, indem er losritt und Drachen, schwarze Ritter oder die Heiden niedermetzelte, also Taten beging, für die man heute in die geschlossene Psychiatrie oder vor ein Kriegsgerichtstribunal kommen würde.

Aber ich erkannte, dass ich – trotz des bedauernswerten Mangels an schwarzen Rittern und Drachen – auf eine letzte Queste gehen und Kathleen für mich gewinnen musste und dass dies die allerletzte Chance sein würde, um mein Leben in eine vernünftige Richtung zu lenken.

Natürlich gab's da ein kleines Problem: Sie war inzwischen eine Starjournalistin, und ich musste nicht mehr mit ein paar Dutzend Gymnasiasten um sie konkurrieren, sondern mit ein paar Millionen politisch interessierten Fernsehzuschauern. Außerdem hatte ich sie bei unserem letzten Treffen offenbar zu Tode gelangweilt.

Aber dann hatte Kathleen eine Nominierung für den Deutschen Fernsehpreis erhalten, und ich erkannte darin den Wink des Schicksals, das mir mal wieder – vielleicht zum letzten Mal – eine einmalige Chance zuschusterte.

Denn mich würde man ebenfalls einladen: In der Sparte *Beste Comedy* hatte man *Knutsch, knutsch – die voll konkret krasse Comedy mit Küss* nominiert.

10 HERBST 2005

»Oh Mann, ich fasse es noch immer nicht, dass du *das* geschafft hast, Chris – du bist so … *dünn*. Das ist *toll!*«

»Jaja, kommen wir bitte wieder zum Thema zurück, Schorsch! Okay?«

»Okay, gut. Also, wenn ich richtig verstehe, willst du dich an Kathleen Specht ranmachen … an *die* Kathleen Specht – mal wieder, nach zwanzig Jahren. Und du willst sie erobern, indem du sie durch eine Tat beeindruckst …«

»Genau, Schorsch. Was Mutiges, Spektakuläres!«

»Und das ist … eine Liebeserklärung beim Deutschen Fernsehpreis??«

»Ja.«

»Und, äh, was hab ich damit zu tun?«

»Also: *Falls* wir den Preis bekommen – und irgendwie hab ich, nach allem, was passiert ist, das sichere Gefühl, dass das so sein wird – und wir nach vorn gehn, um ihn entgegenzunehmen, werde ich den Produzenten elegant aus dem Bild schieben, und *dann* … habe ich vielleicht zwanzig Sekunden, um etwas zu sagen – und ein paar Hundert Stars *und* Kathleen werden mich anstarren, und mein Puls wird etwa bei zweihundert sein. Wenn ich *dann* erst anfange, mir zu überlegen, was ich sage, ist es zu spät.«

»Ich verstehe noch immer nicht …«

»Mann, Schorsch! Du bist der beste Redner, den ich kenne. Ich hab dich neulich im Fernsehen gesehen, als du über diese Finanzsache da gesprochen hast …«

»Den Bundeshaushalt.«

»Genau! Das war der Hammer! Wirklich mitreißend … also, jedenfalls für einen Politiker!«

»Äh, also … diese Verabredung soll dazu dienen, dass … ich dich coache? Für eine Liebeserklärung?«

»Jetzt hast du's! Ich verstehe, dass du das vielleicht ein bisschen extrem findest …«

»Extrem?? Das … das ist Wahnsinn! Und außerdem: Chris – ich bin Mitglied des Bundestags! Ich bin im Haushaltsausschuss! Ich bin jetzt … wie soll ich das sagen? Ich bin … *wichtig!* Und meine Zeit ist wichtig!«

»Ja schon – aber du bist auch mein Freund.«

Schorsch blinzelte mich leidend an. Ich vermied seinen Blick und schaute im Zimmer umher – ich hatte mir die Büros von Mitgliedern des Bundestags luxuriöser vorgestellt.

»Wieso klingelst du nicht einfach bei ihr zu Hause und sagst ihr, was du zu sagen hast?«, fragte Schorsch.

»Das hab ich dir doch erzählt: Bis ich zum ›Ich‹ von ›Ich liebe dich‹ komme, ist sie schon vor Langeweile weggedöst. Ich brauche einen Knalleffekt.«

»Weißt du was? Du guckst zu viele von diesen romantischen Komödien. Du glaubst, weil das da dauernd klappt, haut das auch im echten Leben hin!«

Ich war kurz davor, eine schnippische Bemerkung zu machen, über Politiker und ihre feste Verankerung im echten Leben, aber dann entschied ich mich doch dafür, das Gespräch mit einem Dackelblick fortzusetzen.

»Bitte, Schorsch! Ich habe noch nie Reden gehalten! Und ich brauche den perfekten Text, den perfekten Tonfall, den perfekten Blick!«

»Na ja … das ist auch nicht einfach, zugegeben. Seine Mimik zu kontrollieren, und seine Gestik … klar, da braucht man schon Hilfe.«

Ich jubelte innerlich – ich hatte einen Nerv getroffen.

Schorsch stand jetzt auf und unterzog meine Körperhaltung einer fachmännischen Prüfung.

»Deine Haltung ist eigentlich ganz gut. Und dein Blick … was würdest du sagen, wie du jetzt gerade deiner Meinung nach guckst?«

»Äh, bittend?«

»Tja, ich hätte gesagt: hungrig. Hier müsste man daran arbeiten, dass du keine missverständliche Botschaft aussendest.«

»Siehst du? Wenn ich so was falsch mache bei der Rede, dann stehe ich da wie der letzte Depp. Arbeite mit mir!«

»Ich weiß nicht. Na ja, vielleicht … also, inhaltlich – kannst du mir da irgendwas geben, was über ein plattes ›Ich liebe dich‹ hinausgeht? Was es individueller macht? Eine besonders romantische Erinnerung?«

»Oh ja – natürlich kann ich das!«

Er sah mich erwartungsvoll an. Ich schloss die Augen und erinnerte mich: an den Weihnachtsmarkt vor dem alten Dom und wie ich mich von Kathleen verabschiedet hatte. Ich hatte mich noch einmal zu ihr umgedreht – und da stand sie und hatte ihre Mütze abgenommen, wohl, weil ihr heiß vom Glühwein geworden war. Ihr Haar stand ihr wirr vom Kopf ab, ihre Nase lief, ihre Wangen und Augen waren gerötet, und sie stand sehr verloren da und suchte in ihrer Handtasche nach einem Taschentuch.

Ein paar Sekunden lang hatte ich verwirrt gezwinkert, weil sich das Bild in meinem Kopf mit dem Bild hier vor mir überlagerte: Da stand wieder das Mädchen, das sich am Fahrradständer hinter der Schule die Augen ausgeheult hatte und das ich danach aufgemuntert hatte. Ich starrte diese Vision an, bis sie sich die Nase geschnäuzt hatte, die Mütze wieder überzog, ihren Papierstern an sich drückte und in der Menschenmenge verschwand.

Als ich mit der Erzählung geendet hatte, sah ich Schorsch an. Er schlug nervös die Hände gegeneinander.

»Äh, und das … ist deine ultimative Vorstellung von Romantik? Rotz, Naseputzen und eine durcheinandergeratene Frisur??«

Ich nickte. Schorsch ließ sich wieder in seinen Lederstuhl fallen.

»Oh Mann – das wird mehr Arbeit, als ich dachte!«

Einige Wochen später trat ich zusammen mit Schorsch, der seine Beziehungen hatte spielen lassen und so noch eine Einladung ergattert hatte, in die Hallen des Coloneums in Köln-Ossendorf. Außer uns trieben sich hier noch Hunderte A-, B-, C-Promis und Schaulustige herum. Kamerateams, perfekt gestylte Hostessen und Organisationshelfer mit aufgesetzten Headsets eilten hektisch umher und sorgten dafür, dass das allgemeine Nervositätslevel noch weiter anstieg. Jetzt erst bekam ich ein Gefühl dafür, wie verrückt mein Plan tatsächlich war. Schorsch bemerkte meine wachsende Panik.

»Mach deine Atemübungen, Chris, wie ich's dir gezeigt habe. Und versuch, deinen Puls zu kontrollieren.«

»Okay.« Ich gehorchte und atmete tief in meinen Bauch und konzentrierte mich auf meine Körpermitte.

»Wir wollen nicht, dass deine Stimme nachher quietscht oder sich überschlägt«, ermahnte Schorsch mich. »Das ist mir mal auf einer Delegiertenkonferenz in Bielefeld passiert. Hätte mich damals fast den Platz im Landesvorstand gekostet.«

Nachdem wir einen kilometerlangen roten Teppich entlanggewandelt waren, erreichten wir eine kleinere Nebenhalle, in der man Getränke ausschenkte. Hier stießen wir auf Richie, der uns einen Cocktail in die Hand drückte.

»Der große Tag, mein Junge …«, sagte er und prostete mir zu. »Und du willst wirklich nicht sagen, worum's gehen soll bei deiner Rede?«

»Lass dich überraschen«, antwortete ich lächelnd.

Julian, der zum ersten Mal, seit ich ihn kennen gelernt hatte, kein Sweatshirt trug, kam mit einem Bier in der Hand zu uns.

»Ah, deine Rede, interessantes Thema. Dazu zwei schnelle Infos am Rande, die ich aufgeschnappt hab. Erstens: Wir *haben* den Fernsehpreis gewonnen! Aber das bleibt noch unter uns, okay?«

Ich gratulierte mir leise. So weit schien mein Plan schon mal aufzugehen. Dann fuhr Julian fort.

»Und zweitens: Wir drei werden *nicht* mit nach oben gehen, um den Preis anzunehmen.« Er grinste verzerrt. »Es gehen schon Remy und der Co-Produzent rauf, ein gewisser Thoralf, dazu kommen Dimitrios und Nina und außerdem die beiden wichtigsten Nebendarsteller. Dazu die beiden Regisseure, dann Werner und Cora, dann Siggi, unser Producer, und Melanie. Das sind zwölf Leute – da kann man uns nicht mehr dazwischenquetschen. Tja, das war's dann mit deiner Rede.«

Den Rest der Zeit bis zum Beginn der Aufzeichnung hockten wir trübsinnig an der Bar, wo wir uns mit einer Serie rasch aufeinanderfolgender Margaritas trösteten. Einmal kam Kathleen vorbei, aber ich zog den Kopf ein, damit sie mich nicht sah.

Ich blieb auch an der Bar, als die Show begann. Die erste Hälfte der Aufzeichnung verbrachte ich in einer Art Trancezustand. Über Lautsprecher bekam ich mit, dass Kathleen den Preis nicht bekam – ein weiterer Grund, noch eine Margarita zu bestellen. Als die Pause begann und die Zuschauer aus dem Studio in die Hallen und die Bars strömten, sah ich, wie sämtliche Beteiligte von *Knutsch, knutsch* in einem Nebenzimmer verschwanden. Julian klärte mich auf.

»Die verhandeln da drin jetzt über die nächste Staffel. Die will der Sender nämlich auf jeden Fall an den Start kriegen – so schnell wie möglich.«

Ich nickte düster. Richie schaute zum Halleneingang.

»Hoffentlich werden die sich bald einig. Unsere Kategorie kommt direkt nach der Pause.«

Ganz hinten in meinem Kopf tauchte ein aberwitziger kleiner Gedanke auf und bahnte sich seinen Weg mitten ins Zentrum meiner Aufmerksamkeit.

»Vielleicht brauchen sie aber noch ein bisschen …«

Es dauerte einen Moment, bis Richie und Julian begriffen, dann grinste sie mich an.

»Okay – wir müssen improvisieren«, sagte Julian energisch. Er zog sein Jackett aus und hängte es an einen Stahlträger.

»Richie postiert sich am Eingang!«, kommandierte er.

»Was hast du vor?«, fragte Richie. »Die Tür zuhalten?«

»Das würde wohl kaum klappen. Nein, ihr wisst doch: Mit einer sauber ausgearbeiteten Spannungsdramaturgie kann man jedes Publikum von den Löchern im Hauptplot ablenken. Und genau das werde ich ihnen bieten – ein wenig Spannung und Aufregung. Wozu sind wir Showleute?«

Er krempelte sich unternehmungslustig die Ärmel hoch, während wir zu dem Nebenraum hinübergingen.

»Aber bring dich nicht in Schwierigkeiten, okay?«, sagte ich.

Er schenkte mir sein wölfischstes Lächeln. »Mir wird keiner was übel nehmen – nicht, wenn ich mir den richtigen Gegner aussuche …«

Damit riss er die Tür auf, die Richie hinter ihm sofort wieder schloss, und stürmte in den Raum. Von drinnen dröhnte seine Stimme zu uns.

»SIGGI! WAS HAST DU MIT UNSEREN SKETCHEN GEMACHT?! KOMM HER UND STELL DICH!«

Dann hörten wir erschreckte Schreie, umgeworfene Stühle und Kampflärm. Richie nickte anerkennend.

»Er ist der Meister, keine Frage.«

Damit postierte er sich vor der Tür und nickte mir zu. Ich

lächelte dankbar zum Abschied und eilte in den Zuschauerraum zurück – machte aber vorher noch mal einen Umweg an der Bar vorbei, um mich mit einer letzten Margarita einzudecken. Als ich schließlich meinen Platz erreichte, merkte ich, dass ich inzwischen ein wenig wankte. Ich kam gerade rechtzeitig – die Preisverleihung ging weiter, im Saal wurde es dunkel. Schorsch, der neben mir saß, flüsterte mir zu.

»Und – hast du alles noch im Kopf?« Er rekapitulierte. »*Bevor blabla, muss ich ein paar Worte richten an die wunderbarste Frau der Welt* … dann in die Kamera mit dem roten Licht schauen, ja … *blablabla Weihnachtsmarkt getroffen, nach so vielen Jahren, da ist es mir blabla: Kathleen, du bist die Frau meines Lebens, blabla* … und dann: schnell weg, bevor der Saalschutz kommt.«

Ich nickte. Dann musste ich aufstoßen.

»Was ist mit dir? Du bist total blass«, fragte Schorsch, dann blickte er hoffnungsvoll auf meine verschwitzten Hände.

»He, wir können das immer noch abblasen.«

»Quatsch!« Ich boxte ihn gegen die Schulter, er verzog das Gesicht. Ich wollte noch etwas sagen, da wurde ich von dem Licht eines Scheinwerfers, der mir ins Gesicht strahlte, geblendet. »Und der Preis für die beste Sendung im Bereich Comedy geht an … jawohl: *Knutsch, knutsch – die voll konkret krasse Comedy mit Küss!*«

Der Moderator auf der Bühne suchte mit zusammengekniffenen Augen den Teil des Zuschauerraums ab, den der Scheinwerfer anstrahlte und in dem sämtliche Beteiligten von *Knutsch, knutsch* gesessen hatten. Von denen war allerdings nur noch ein Einziger übrig: ich.

»Nun, äh … das ist jetzt die Stelle, an der sich der eine oder andere Gewinner hier heraufbemüht, um den Preis entgegenzunehmen …«

Ich hob die Hand und stand auf, dann atmete ich tief durch, setzte mich in Bewegung und schritt zur Bühne, begleitet von einer dramatischen Siegeshymne, die aus den Boxen dröhnte.

Genauer gesagt: Ich hatte das Gefühl, dass ich schritt – in Wirklichkeit wankte ich. Und als ich mühsam die Treppe auf die Bühne hochgestolpert war, versuchte ich, dem Moderator die Hand zu geben – und verfehlte sie. Ich hörte Kichern, dann starrte ich auf die riesige Saalleinwand. Und in diesem Moment passierte es: Die TV-Regie präsentierte mir mein Leben, in Sekunden zusammengerafft. Ich sah mich selbst, zitternd, wankend, das Kinn trotzig vorgeschoben, eine verloren wirkende Witzfigur. Dann schnitt das Bild hart auf die Zuschauer – und da sah ich sie: Kathleen, überlebensgroß, in einem atemberaubend ausgeschnittenen Abendkleid, hinter ihr saß Ulrich Wickert und neben ihr ein junger braungebrannter Typ mit sorgfältig gepflegtem Dreitagebart, der seinen Arm um sie gelegt hatte. Die beiden achteten nicht auf das, was auf der Bühne vor sich ging, sondern steckten die Köpfe zusammen und flüsterten sich irgendwas ins Ohr, was sie zum Lachen brachte.

Es war völlig egal, ob sie mit dem Dreitagebart zusammen war oder ob er nur ein zufälliger Sitznachbar war – aber ich hatte uns beide im Vergleich gesehen, hart aneinandergeschnitten. Und die gewaltige erzählerische Kraft des Filmschnitts ließ mich endlich erkennen, was mir immer schon hätte klar sein müssen: dass Kathleen hierher gehörte und ich nicht – dass diese ganze Aktion ein gigantischer Schwachsinn gewesen war. Und dass ich sie endgültig verloren hatte.

Dann drängte man mich ans Mikrofon. Ich öffnete den Mund und wusste nicht, was ich sagen sollte. Ich wusste nur noch, dass ich nach Hause wollte. Dass ich mich unglaublich allein und verlassen fühlte und mir verzweifelt wünschte, irgendjemand würde mir zu Hilfe kommen.

Und einen Moment später wusste ich gar nichts mehr.

Wie ich später aus meinen Gesprächen mit Dr. Tiemeier erfuhr, gibt es die Diagnose *Nervenzusammenbruch* unter Medizinern nicht. Sie nennen das, was mit mir passierte, stattdessen eine *akute Belastungsreaktion.*

Gründe dafür gab es genug: die unerwiderte Liebe zu Kathleen, die Trennung von Beatrix, die rastlose Schreiberei, das Drama um *Knutsch, knutsch.* Schon, dass ich einen derart hirnrissigen Plan wie die Liebeserklärung auf offener Bühne überhaupt fassen konnte, deutete – so Dr. Tiemeier – klar darauf hin, dass ich mit Riesenschritten auf einen Zusammenbruch zusteuerte, nur leider hatte das niemand erkannt.

Während ich in der Halle des Coloneums vor dem Mikrofon stand, machte irgendwas in meinem Kopf »schnapp«, vielleicht aber auch »klick« oder »plopp« – und von diesem Moment an legte sich ein dicker Schleier über meine Erinnerung. Das sei durchaus nicht unüblich, erklärte mir Dr. Tiemeier, sondern ein Selbstschutz des Gehirns, der dafür sorge, dass das Bewusstsein die als unerträglich empfundene Belastung einfach ausblende – als allerletzten Ausweg gewissermaßen.

Tatsächlich hatte mein Gehirn beim Ausblenden ganze Arbeit geleistet – viel mehr als ein paar unerträglich schrille Schreie (die ich nach genauem Überlegen als meine eigenen identifizierte), grauenhafte Schmerzen in meinem Bein, das Signalrot eines Ambulanzwagens und das Piken einer Spritze in meinen Hintern sind mir als Erinnerungsfetzen nicht geblieben.

Als ich wieder aufwachte, saßen meine Eltern an meinem Bett, mit dem resigniert-betroffenen Blick, den sie sich für spezielle deprimierende Situationen reservierten: Beerdigungen, Nachrichtenberichte über Naturkatastrophen mit mindestens tausend Todesopfern – und Gespräche mit mir. Ich nutzte die Tatsache, dass ich als psychisch angeschlagen galt, und sagte einfach gar nichts. Also gingen die beiden zu meiner Erleichterung bald wieder und versprachen, wiederzukommen, wenn es mir besser gehen würde. Danach schlief ich eine Woche lang mehr oder weniger durch, so tief und friedlich, wie ich lange nicht mehr geschlafen hatte.

Schließlich wurde ich dadurch geweckt, dass mir jemand den Mund aufhielt und Wasser hineingoss, bis ich mich verschluckte. Ich hustete und keuchte und schlug in Panik um mich – und als ich die Augen öffnete, sah ich Julian und Richie, die sich über mich beugten.

»Du hattest recht – das weckt jeden auf«, sagte Julian zu Richie und stellte mit zufriedener Miene das Wasserglas weg. Dann würdigte er mich eines Blickes.

»Tut uns Leid … oder nein: eigentlich nicht. Wir sitzen hier seit eineinhalb Stunden und halten dein Händchen, und es ist ja nicht so, als hätten wir nichts zu tun. Es geht nicht an, dass du unseren Einsatz nicht mal registrierst.«

Ich nickte mühsam.

»Was … was ist passiert … bei der Preisverleihung?«

Richie sah mich fasziniert an. »Dann stimmt das tatsächlich: Du kannst dich an nichts erinnern? Ich dachte immer, das gäb's nur in überkonstruierten Psychothrillern.«

»Ich weiß nichts mehr. Gar nichts.«

Richie schaute zu Julian hinüber. »Oh bitte – darf ich's ihm sagen?«

»Ich weiß nicht«, antwortete Julian und beäugte mich skeptisch. »Denkst du nicht, man sollte damit noch warten? Ich meine, sieh ihn dir an: Der Mann ist ein Wrack!«

»Aber er muss es eh erfahren!«

»Hmmmm … vielleicht sollten wir vorher wenigstens den Arzt fragen. Sonst kriegt er einen Schock oder verfällt in katatonische Starre, und wir lassen ihn hier als sabberndes Gemüse zurück, oder –«

»Verdammt noch mal«, schaltete ich mich ein. »Jetzt red schon, Richie!«

»Gut, auf deine Verantwortung.« Er lehnte sich behaglich zurück. »Aber vorher: Willst du uns nicht endlich erzählen, was genau du eigentlich da oben auf der Bühne vorhattest?«

Ich seufzte. »Eine Ansprache halten. An Kathleen. Dass ich sie liebe.«

Richie und Julian sahen sich an.

»Hm, das ist dir vielleicht ganz knapp danebengegangen …«, sagte Richie.

Also erfuhr ich endlich, was während meines Blackouts passiert war. Erst viel später zeigte man mir den Videomitschnitt. Im Fernsehen hatte man die Szene rausgeschnitten, aber irgendjemand hatte sie ins Internet gestellt.

Die voll besetzte Halle im Coloneum. Der Gewinner des Preises für die beste Comedy wird auf die Bühne gerufen. Doch statt des erwarteten fröhlichen Häufleins von Darstellern, Produzenten, Regisseuren und Redakteuren wankt ein einsamer, dicklicher, desorientiert wirkender Typ mittleren Alters auf die Bühne. Der Moderator bekommt eine Durchsage und hält die Hand ans Ohr – und verkündet dann, dass er sich freue, einen der Autoren des Formats hier begrüßen zu dürfen. Schnitt auf das Publikum: Die meisten Zuschauer kichern und gehen offenbar davon aus, dass die Nummer mit dem verwirrten Typen zur Show gehört.

Nun soll der komische Mann etwas sagen. Er baut sich mühsam vor dem Mikrofon auf und steht da. Sekunde um Sekunde vergeht, und er steht einfach nur da. Wieder Schnitt ins Publikum: Die Nummer kommt immer besser an, die Leute johlen.

Oben auf der Bühne: Der blasse Typ steht immer noch mit hängenden Schultern vorm Mikrofon. Dann beginnt sein Kinn zu zittern. Endlich redet er mit weinerlicher Stimme, eigentlich ist es eher ein kleinkindliches Gebrabbel, aber mit etwas Phantasie kann man ihn verstehen.

»Komm zurück zuuuu mir! Bittttäääää! Komm zurück – BEATRIX!«

Der Mann scheint sich selbst zuzuhören, und sein Gesicht nimmt einen noch verwirrteren Ausdruck an. Wieder Schnitt ins Publikum: Die Menschen kreischen vor Vergnügen.

Schließlich kommen kräftige Angestellte des Sicherheitsdienstes und versuchen, den Mann vom Mikrofon wegzuzerren. Er aber entkommt ihnen und torkelt voran – und tritt ins Leere und fällt in einem spektakulären Sturz von der Bühne.

Noch mal Schnitt ins Publikum: tosender Beifall, die Leute wischen sich die Lachtränen aus den Augen. Das war der Höhepunkt des Abends.

Als ich mir den Clip ansah, war ich in etwa der dreimillionenste Zuschauer. Nach dem Wackersdorf-Foto hatte ich es also nun schon zum zweiten Mal zu einem Moment des inoffiziellen Ruhms geschafft.

Ich reagierte auf die Nachricht von meinem in jeder Hinsicht missratenen Auftritt, indem ich die Welt wieder ausblendete und einfach weiterschlief. So verbrachte ich weitere Tage in diesem Zustand zwischen halb bewusstem Vor-mich-hin-Dämmern und ohnmachtsähnlichem Tiefschlaf, während mein Bein und meine Nerven langsam heilten.

An einem Morgen tauchte ich ganz langsam und widerstrebend aus meinem nächtlichen Koma auf, als ich merkte, dass sich wieder Menschen in meinem Krankenzimmer befanden, ein Mann und eine Frau.

»Er wacht einfach nicht auf. Also, ich muss wieder gehen«, sagte der Mann.

»Ich leider auch«, antwortete die Frau. »Schade. Ich hätte gern mit ihm gesprochen.«

Ich hörte, wie die beiden aufstanden und sich ihre Jacken anzogen. Dann redete wieder die Frau.

»Na ja, aber schön, dass wir beide uns hier getroffen haben.«

»Ja, das ist wenigstens eine Entschädigung.«

Die beiden lachten unbehaglich. Dann gingen sie zur Tür. Mein Bewusstsein bildete sich ein, dass sie noch einmal zu meinem Bett zurückschauten.

»Was hat ihn nur zu so einem blödsinnigen Plan gebracht, Schorsch?«, fragte die Frau leise.

»Keine Ahnung, echt!«, antwortete der Mann schnell. »Da musst du ihn schon selber fragen. Ich, äh, war völlig überrascht!«

»Ja, glaube ich«, sagte die Frau, mit einem Lächeln in der Stimme. Dann folgte eine lange Pause, bevor sie leise weitersprach.

»Irgendwie ist es fast schade.«

»Wie meinst du das?«, fragte der Mann.

»Ich habe ihn letztes Jahr in Paderborn wiedergetroffen, auf dem Weihnachtsmarkt. Er sah so gut aus, und er war so nett, obwohl ich mich ganz schrecklich aufgeführt hab, und – na ja, um ein Haar hätte ich ihn damals gefragt, ob er nicht mal mit mir essen gehen will.«

»Wirklich??« Die Stimme des Mannes klang jetzt sehr angespannt.

»Ja. Natürlich, das wäre extrem idiotisch gewesen und außerdem moralisch unvertretbar – er war ja mit Bea zusammen. Ach, was soll's, das hat er ja mehr als klargemacht, dass es keine andere für ihn gibt.«

Sie gingen. Die Tür schloss sich, und ich war wieder allein.

Ich wünschte mir verzweifelt, ich hätte dieses Gespräch nur geträumt – aber sie hatten Blumen dagelassen. Noch bevor ich den Schock verdaut hatte, bekam ich bereits wieder Besuch: Beatrix.

Sie sah besser aus als je zuvor. Offenbar hatte die Trennung von mir ihr gutgetan, dachte ich bitter. Sie setzte sich auf den Rand meines Bettes und schaute auf mich herunter.

»Was macht das Bein?«

»Ach, der Knochen wächst schon wieder zusammen.«

Sie nickte, und einen Moment lang sah es so aus, als würden wir es schaffen, in eine friedvoll dahinplätschernde Am-Krankenbett-Konversation zu verfallen, aber dann holte sie tief Luft.

»Ich will dir jetzt was sagen, Chris, und das fällt mir nicht ganz leicht. Deshalb … bitte unterbrich mich nicht, ja?« Ich nickte. »Also, das war total bescheuert, was du da gemacht hast, das weißt du sicher selbst.« Ich nickte wieder. »Aber es war auch sehr … sehr süß von dir. Na ja, seit ich davon gehört hab, habe ich lange nachgedacht. Und ich könnte mir vorstellen, dass … dass wir wieder zusammenkommen. Und uns noch mal eine Chance geben.«

Ich sah sie fassungslos an. Damit hatte ich im Traum nicht gerechnet.

»Zusammenkommen? Du meinst … wir …?«

Sie nickte und lächelte schwach.

»Wahrscheinlich sollte ich das nicht tun, und meine Freundinnen erklären mich eh für verrückt, aber … aber wenn man auf so eine Art und Weise gefragt wird, dann wandert man entweder aus … oder man sagt *Ja*.« Jetzt lächelte sie breit, wurde dann aber wieder ernst.

»Ich bin aber keine Märtyrerin, verstehst du? Wenn du das *wirklich* willst, dann nur unter der Bedingung, dass alle … alle die Verrücktheiten und diese Spinnereien endlich aufhören.«

»Spinnereien?«

»Na ja, zum Beispiel könntest du einen vernünftigen Beruf ausüben, der dich *nicht* in den Wahnsinn treibt. Ich habe Beziehungen. Du könntest immer noch an einer Schule anfangen.«

Ich nickte wieder.

»Und dann diese anderen Sachen …« Sie überlegte lange, bevor sie weitersprach. »Weißt du, diese Sucherei nach dem ganz großen Glück – das ist es doch bei dir, oder? Was dich so fertigmacht und dazu bringt, immer wieder so einen Blödsinn zu machen? Also, ich finde, es ist einfach … ungesund. Unrealistisch. Unreif. Wenn man wenigstens ein bisschen Glück ergattert hat, dann ist es eh schon schwer genug, das bisschen zu halten und nicht zu verlieren. Verstehst du?«

Ich nickte. Ich hatte sie tatsächlich verstanden: Genau wie sie für mich war ich für sie nur die zweite Wahl. Doch während ich immer mal wieder der Traumfrau Kathleen hinterherlief, hatte sie die Suche nach ihrem Traummann gar nicht erst aufgenommen. Sie hatte den Gedanken daran längst schon aufgegeben, bevor wir zum ersten Mal zusammenkamen – irgendwann, als sie feststellen musste, dass ihre Anziehungskraft auf Jungs nicht ausreichen würde, um denjenigen zu bekommen und zu halten, von dem sie vielleicht träumen mochte. Jetzt schaute sie mich wieder ernst an.

»Bitte – überleg es dir. Du kennst jetzt meine Bedingungen.«

Sie nahm meine Hand. In diesem Moment kapitulierte ich: Ich war so lange einem Phantom hinterhergejagt – und was hatte es mir eingebracht? Es war Zeit, damit Schluss zu machen, endgültig erwachsen zu werden und mich mit dem Zweitbesten zufriedenzugeben. Außerdem war es nun mal *ihr* Name gewesen, den ich auf der Bühne des Coloneums ausgerufen hatte, aus was für Gründen auch immer: Panik, Einsamkeit, Verzweiflung. Meinem Unterbewusstsein, das in dieser Situation die Kontrolle übernommen hatte, war Beatrix als Rettung für mich erschienen, niemand anderes.

Ich zog Beatrix zu mir herunter und küsste sie. Ich wusste im selben Moment, dass es falsch war, ihr Angebot anzunehmen, falsch für uns beide – aber ich wusste auch: Mein Schicksal hatte mir eine Chance nach der anderen geboten, und ich hatte sie alle vermasselt, und jetzt hatte es das letzte Angebot für mich ausgepackt, zuckte trübsinnig mit den Achseln und sagte: »Tja, tut mir leid, alter Junge – mehr ist einfach nicht drin für dich.«

Seitdem ist etwa ein halbes Jahr vergangen. In dieser Zeit ist Beatrix wieder eingezogen, und ich habe mich mit ihrer Hilfe bei der Städtischen Friedrich-Schlegel-Schule beworben – als Quereinsteiger. Ab nächsten Monat werde ich Sechzehn- bis Neunzehnjährigen, von denen die meisten nur ein oder zwei Jahre rumkriegen müssen, Deutsch und Erdkunde beibringen.

Ich habe wieder mehr als zehn Kilo zugelegt in der langen Zeit, in der ich mich kaum bewegen konnte, und ich fürchte, das ist noch nicht das Ende. Weder Beatrix noch ich haben noch den Enthusiasmus, der nötig ist, um meinen Hunger wieder unter Kontrolle zu bekommen.

Richie und Julian schreiben zu zweit weiter. Wie von ihm vorhergesagt, hatte Julians brachiale Aktion beim Fernsehpreis keine negativen Folgen für ihn – im Gegenteil: Er kultiviert jetzt seinen Ruf als leicht verrückter, zur Gewalttätigkeit neigender Hardcoreautor, und Richie tut alles, um ihm dabei zu helfen.

Schorsch hat niemandem erzählt, was ich auf der Bühne beim Fernsehpreis *wirklich* hatte sagen wollen – und so hütet er jetzt mein Geheimnis, so wie ich all die Jahre nie etwas über Wackersdorf ausgeplaudert habe. Neulich habe ich im Fernsehen wieder eine Rede von ihm gesehen – er war großartig. Ich wette, in ein paar Jahren schafft er es in den Bundesvorstand.

Miriam und Gregor werden nächstes Jahr ihr drittes Kind bekommen und haben angekündigt, dass es für mich keinen Ausweg geben wird – ich soll als Taufpate herhalten. Ich überlege noch, ob ich das wirklich tun will.

Und Kathleen? Sie dreht eine Dokumentation über jüdische

und palästinensische Kinder in Jerusalem, deshalb ist sie zurzeit auch nicht mehr regelmäßig im Fernsehen zu sehen, und das macht mein Leben einfacher. In den Zeitungen steht, dass sie jetzt mit einem Kameramann zusammen ist – der Dreitagebart von der Preisverleihung. Aber mit etwas Mühe schaffe ich es, nicht daran zu denken.

Neulich war unser zwanzigjähriges Abijubiläum – doch ich bin nicht hingegangen.

Bisher sind diese Veränderungen so schnell über mich hereingebrochen, dass ich noch nicht mal Zeit hatte, deprimiert zu sein. Aber dieses Wochenende besucht Beatrix eine ihrer Freundinnen, und ich bin allein in der Wohnung und bereite mich vor und gehe die Klassenpläne und Schülerlisten durch, die man mir mitgegeben hat. Ich muss Montag früh noch mal mit dem Direktor reden, denn ich habe den Eindruck, dass zumindest ein paar der Schüler erheblich jünger sind als sechzehn, und ich möchte keine böse Überraschung erleben und mich mitten in einem Haufen plärrender Gören wiederfinden.

Ich habe mir für diesen Abend eine supergroße Pizza Quattro Stagione mit extra Käse bestellt und sie mit ein paar Bieren runtergespült. Dabei habe ich an das Abijubiläum gedacht und daran, dass es jetzt nicht mehr lange dauert, bis ich vierzig werde, und dass meine gesamte Zukunftsperspektive mehr oder weniger darin besteht, irgendwie weiterzuwurschteln, bis ich dann in ein paar Jahrzehnten mal sterbe – mit einer Frau, für die ich keine Leidenschaft empfinde, mit einem Job, der mich zu Tode langweilen, und mit einem Schmerbauch, der nicht noch einmal verschwinden wird. Das Schlimmste ist, dass ich jetzt weiß, dass ich Kathleen immer lieben werde und dass es ein Leben ohne sie sein wird. Natürlich war es das in den vergangenen vierzig Jahren auch schon – aber irgendwie gab es immer Hoffnung. Und die habe ich endgültig verloren.

Ich weiß, dass es Besessenheit ist, aber seit ein paar Monaten quält mich die Erinnerung an das Gespräch mit Mark Hillebrand heftiger als je zuvor. Ich kann es einfach nicht anders sehen: Mein Leben ist eine Abfolge von verpassten Chancen und grauenhaften Timingfehlern.

Ich *hätte* schlank werden können – schon vor fast zwanzig Jahren. Und dann *hätte* ich meine Traumfrau erobern können – Kathleen. Ich versuche immer wieder, mir klarzumachen, dass dies eine »schwarze Logik« ist, die sich im Kreis dreht und nur zu Selbsthass und Verzweiflung führt – aber ich glaube mir selbst nicht.

Und dieser Eingangsfehler, der mich schon völlig auf das falsche Gleis brachte, war nur der Auftakt für eine ganze Reihe kapitaler Böcke, die ich geschossen habe: meine vermasselte Liebeserklärung an der Blockhütte, die Dummheit, nicht mit ins Kinderferienlager zu fahren und so Kathleen in die Arme von Stefan zu treiben. Immer lag ich daneben: Bei der Entscheidung, wieder mit Beatrix zusammenzukommen, dann bei meiner Fehlleistung auf dem Weihnachtsmarkt und noch mehr bei dem Vorhaben, ausgerechnet durch eine Sketchshow in die Annalen der Dichtkunst einzugehen. Und einsam thront über allem der Versuch, Kathleen durch einen idiotischen Auftritt bei einer Fernsehpreisverleihung für mich zu gewinnen.

Einen Vorteil hat die Sache allerdings: Die meisten Menschen ziehen irgendwann am Ende ihres Lebens Bilanz und werden sich dann klar darüber, was sie von den vergangenen Jahrzehnten zu halten haben. Ich dagegen bin noch nicht mal vierzig und kann jetzt schon ein abschließendes Statement abgeben, was mein Leben angeht: »Guter Versuch, mein Junge – aber das war wohl nichts!«

Ich konnte nur den Kopf schütteln, wenn ich daran dachte, wie viel Mühe sich mein Schicksal mit mir gegeben hatte, wie viele Steilvorlagen es mir in den Lauf geschickt hatte und wie ich diese Chancen alle vergeben hatte. Ich lachte bitter und höhnte, angetrunken wie ich war: »Tja, das war's dann! Jetzt fällt selbst dir nichts mehr ein, was?«

Dann trank ich noch eine letzte Flasche Bier, um mich zu trösten, machte das Licht im Wohnzimmer aus und ging ins Bett.

ZWEITER TEIL

11

Als ich aufwachte, war es im Zimmer noch dunkel. Ich wusste, dass irgendwas sonderbar war und anders als sonst, aber ich konnte nicht sagen, was.

Ich lag eine Weile mit geschlossenen Augen da und dämmerte dem endgültigen Erwachen entgegen – da kam ich endlich drauf. Ich musste kichern und machte mir eine geistige Notiz, Dr. Tiemeier anzurufen. Er hatte mich gewarnt, dass die Medikamente, die ich vorübergehend einnehmen sollte, meine Libido hemmen würden. Aber was sich da jetzt im Moment unter der Bettdecke aufbaute, war eindeutig die prächtigste Morgenlatte, die sich seit Jahren bei mir gemeldet hatte. Meine Männlichkeit war offensichtlich so gewaltig, dass selbst die vereinten Kräfte der pharmazeutischen Industrie sie nicht im Zaum halten konnten. Mit diesem wohligen Gedanken schlief ich noch mal ein.

Ich sank in eine Art erschöpften Tiefschlaf, in dem mich wirre Träume heimsuchten. Die einen handelten von Kathleen in ihrem schulterfreien Abendkleid, die anderen handelten von Kathleen *ohne* schulterfreies Abendkleid.

Dann folgte ein Albtraum, in dem ich hörte, wie die Zimmertür geöffnet wurde, jemand die Vorhänge aufriss und dann meine Mutter mit genervter Stimme auf mich einredete.

»Steh endlich auf, Christoph, es ist allerhöchste Zeit! Gott, jeden Morgen dasselbe mit dir!«

Dann schloss sich die Zimmertür wieder. Ich spürte, dass mein Körper in etwas eingehüllt war, das sich auf angenehme Art zugleich rau und weich anfühlte. Während ich darüber nachdachte, was das sein konnte, dämmerte ich wieder ein.

Ich erwachte wieder und beschloss, mit Dr. Tiemeier ein ernstes Wörtchen zu reden. Wenn die Medikamente einen solchen Mix aus lebhaften erotischen Träumen und Albträumen bewirkten, wie zum Teufel sollte das meiner seelischen Gesundheit dienen?

Ich stand auf, machte mich auf den Weg ins Badezimmer und klammerte mich an das wenige, was ich von dem Traum von Kathleen noch in Erinnerung hatte und das in ein paar Minuten ebenfalls verschwunden sein würde. Doch ich kam nicht weit.

Da, wo die Tür zum Flur hätte sein sollen, befand sich ein Schreibtisch. Und hinter dem Schreibtisch eine Wand.

Ich schaute mich um, und meine Knie wurden weich, so dass ich gerade noch wieder zum Bett zurückwanken und mich setzen konnte. Ängstlich blickte ich mich noch mal um, weil ich immer noch nicht glauben konnte, was ich sah. Aber es gab keine Zweifel: Ich befand mich nicht in meinem Schlafzimmer. Ich befand mich noch nicht mal in meiner Wohnung.

Ich war in meinem alten Zimmer – im Haus meiner Eltern.

Völlig verwirrt durchkramte ich meine Erinnerung nach Anhaltspunkten. Wann war ich nach Hause gefahren? Gab es irgendeinen Anlass? Im Gegensatz zu meinem Blackout vom Fernsehpreis gab es hier nicht mal den winzigsten Erinnerungsfetzen. Ich keuchte in Panik – ich würde wohl doch erheblich mehr mit Dr. Tiemeier besprechen müssen, als ich gedacht hatte.

Und dann ließ mein Bewusstsein endlich die Erkenntnis zu, die – schon seit ich aufgewacht war – im Hintergrund darauf gewartet hatte, an die Oberfläche zu gelangen. Ich merkte, dass ich am ganzen Körper zitterte, und versuchte verzweifelt, die aufkommende Panik zu beherrschen.

Mein Problem war nicht, dass ich nicht mehr wusste, wie ich hergekommen war.

Mein Problem war, dass ich gar nicht hier sein *konnte.* Weil es dieses Zimmer nicht mehr gab!

Zögernd stieg ich wieder aus dem Bett, ging zu dem Schreibtisch hinüber und betastete ihn ungläubig: Es war mein alter Schreibtisch, mit der grünen gummierten Schreibunterlage und dem alten Tintenfässchen darauf, das nur zur Zierde dastand. Selbst die Kerben, die ich eingeritzt hatte, als ich mein erstes Fahrtenmesser ausprobiert hatte, konnte ich spüren.

Und doch war ich dabei gewesen, als dieser Schreibtisch auf dem Sperrmüll gelandet war. Ich hatte ihn selbst mit meinem Vater auf die Straße getragen – vor fast zwanzig Jahren.

Überhaupt nichts von dem, was ich sah, hätte hier sein dürfen. Meine Eltern hatten das Zimmer mit der Zeit zu einem Multifunktionsraum irgendwo zwischen Gäste-, Näh- und Lesezimmer und Abstellkammer umgemodelt. Ich konnte mich genau erinnern, dass ich mich bei einem meiner letzten Besuche umgesehen und danach zu Beatrix gesagt hatte: »Mann, hier ist *nichts* mehr von früher drin außer dem Kleiderschrank.«

Und hier jetzt sah ich … ALLES! Die braune Klemmlampe, deren Gelenke so ausgeleiert waren, dass sie dauernd in sich zusammensank; die selbst gebastelten Airfix-Flugzeuge, die an Fäden an der Decke hingen; der alte Globus auf meinem Nachttisch, zu dessen Licht ich so viele Nächte heimlich im Bett gelesen hatte; die unbeholfen bemalten Zinnsoldaten auf dem Regalbrett, die meine Mutter als Allererstes entsorgt hatte, sobald ich ausgezogen war; das kleine Messingwandkreuz, das ich zur Kommunion bekommen hatte; auf dem Regal der Sharp-Rekorder und daneben das Stecksystem mit den selbst aufgenommenen Cassetten. Alles stimmte. ALLES!

Mir wurde plötzlich kalt, und ich merkte, dass ich unter Schock stand. Ich versuchte verzweifelt, irgendeinen klaren

Gedanken zu fassen, und entschied mich, die Situation logisch zu betrachten. Dadurch fühlte ich mich gleich besser, und ich setzte mich, diesmal ohne dass meine Beine zitterten, und ging mehrere denkbare Erklärungen durch:

Möglichkeit 1: Irgendeine von diesen »Versteckte-Kamera«-Sendungen. Das würde bedeuten, dass man in meine Wohnung eingebrochen wäre, dort das Bier mit einem Schlafmittel versetzt hätte (oder – ein noch erschreckenderer Gedanke – man hätte den Pizzaboten bestochen und die Pizza manipuliert). Danach wäre man in mein Schlafzimmer eingedrungen, hätte mich aus dem Haus geschleppt und quer durch Nordrhein-Westfalen ins Haus meiner Eltern transportiert, die bei diesem Streich hätten mitspielen müssen. Ich kam zu dem Schluss, dass ich diese Hypothese ausschließen konnte – zumal selbst der genialste Ausstatter nicht in der Lage gewesen wäre, mein Zimmer dermaßen perfekt nachzubauen.

Möglichkeit 2: Ich träumte noch immer. Mit diesem Gedanken konnte ich mich gut anfreunden, doch Träume verliefen anders: Man unterhielt sich mit seinem Vater, und der verwandelte sich plötzlich in die glatzköpfige Zeichentrickfigur Elmer Fudd aus *Schweinchen Dick,* die mit ihrer Schrotflinte auf Entenjagd gehen wollte, und man lachte köstlich darüber, bis man bemerkte, dass man sich selbst in Daffy Duck verwandelt hatte und plötzlich durch den Wald rannte, aber keinen Schritt vorwärtskam.

Hier aber blieb alles an seinem Platz, niemand verwandelte sich oder eröffnete die Jagd auf mich. Ich überprüfte die Situation, indem ich mich in den Arm kniff – es tat weh.

Möglichkeit 3: Ich hatte die Grenze zum Wahnsinn überschritten. Vielleicht lag ich in Wirklichkeit noch in der geschlossenen Psychiatrie, ans Bett festgeschnallt und sabbernd von all den Medikamenten, mit denen man mich vollgepumpt hatte, im verzweifelten Bemühen, mich in die Wirklichkeit zurückzuholen.

Dieser Gedanke gefiel mir gar nicht, aber ich musste ihn in Betracht ziehen, zumal ich noch nie wahnsinnig gewesen war und daher keinen Vergleich hatte und nicht wusste, was da alles auf einen zukommen konnte. Dagegen sprach allerdings, dass ich – je mehr ich mich von dem Schock erholte – den Eindruck hatte, dass ich wieder klar denken konnte.

Erneut entschloss ich mich, einen Test zu machen, und stellte mir die Aufgabe, 1127 durch 16 zu teilen. Ich setzte mich an den Schreibtisch, nahm einen Geha-Füller und kritzelte auf einem der herumliegenden Zettel herum. Ich bekam 70,4375 heraus. Danach überprüfte ich das Ergebnis mit dem Texas-Instruments-Taschenrechner, den ich auf dem Schreibtisch fand. Das Ergebnis: 70,4375. Das akzeptierte ich als Beweis: Niemand, der träumt oder sich gerade in einem wirren, chaotischen Wahnzustand befindet, wäre in der Lage, eine solche Rechnung durchzuführen.

Alle logischen Möglichkeiten schieden also aus. Ich stand auf und lief im Zimmer herum, um mich zu konzentrieren. In diesem Augenblick gab mein Unterbewusstsein wieder eine Beobachtung an mein Bewusstsein weiter, die es bis jetzt zurückgehalten hatte. Wieder kam die Panik in einer Welle über mich, und wieder versuchte ich verzweifelt, ruhig zu atmen, bis der Moment vorbei war. Einen Moment noch brauchte ich, um Mut zu fassen – dann schaute ich an mir hinunter.

Ich sah meine Füße nicht.

Erneut wurden meine Knie schwach, und ich lehnte mich an den Kleiderschrank. Nach einer Weile ging mein Atem ruhiger. Dann wusste ich, was ich tun musste. Ich öffnete die Tür. Tatsächlich: Vor mir lag der Flur des oberen Stockwerks, wie ich ihn in Erinnerung hatte. Ich ging ins Badezimmer und stellte mich vor den Spiegel. Was ich sah, überraschte mich jetzt nicht mehr, und trotzdem hatte ich das Gefühl, dass ich jeden Moment in Ohnmacht fallen würde.

Ich sah, dass ich wieder dick war und außerdem höchstens

sechzehn Jahre alt. Außerdem erkannte ich die Ursache für das weiche und zugleich raue Gefühl auf meiner Haut.

Ich trug einen babyblauen Frotteeschlafanzug.

Minutenlang stand ich einfach da und starrte das fremde Gesicht im Spiegel an. Ich kannte es nur noch von alten Fotos – aber das war nicht dasselbe, überhaupt nicht. Ich bemitleidete mein jüngeres Selbst – dieser schwabbelige Typ, der mich da irgendwie dümmlich anstarrte, das war tatsächlich einmal *ich* gewesen! Ich konnte es kaum ertragen, meinem Spiegelbild in die Augen zu sehen. Die passten einfach nicht zu mir. Sie … *wussten von nichts.*

Eine Zeit lang gelang es mir nicht, mich von dem Anblick loszureißen – es war, wie an einem Unfall auf der Autobahn vorbeizufahren: grauenhaft, aber man kann nicht wegschauen.

Schließlich aber schaffte ich es und blickte hilflos umher. Und da sah ich sie, in der Ecke vor dem kleinen Schränkchen – die alte Korona-Waage, die mein Gewicht jahrelang um gnädige fünf Kilo vermindert hatte. Ich *wusste,* dass ich sie vor Jahren hinter dem Haus genüsslich in ihre Einzelteile zerlegt hatte. Aber hier stand sie, weiß und unschuldig, und lud mich ein, auf sie zu steigen und nachzuprüfen, ob das, was ich gesehen hatte, mit einer mechanischen Messung übereinstimmte. Zögernd setzte ich beide Füße auf die Plattform – 98 Kilo. Ich stieg wieder hinunter und lehnte mich gegen das Waschbecken. Ich hatte es nicht mehr genau im Kopf, aber ich war mir ziemlich sicher, dass ich mit ungefähr sechzehn Jahren etwa 90 Kilo gewogen hatte – genauer gesagt: dass ich *geglaubt* hatte, 90 Kilo zu wiegen: In Wirklichkeit waren es 95 gewesen.

Ich ging wieder zurück in mein altes Zimmer und schaute in den Kleiderschrank – er war voll mit Klamotten, die ich schon komplett vergessen hatte und die ich jetzt fassungslos wiedererkannte: blauschwarze Feincordhosen, bedruckte T-Shirts (darunter das berüchtigte Iron-Maiden-Shirt), spießige blaue Hemden, noch spießigere beigefarbene Windjacken, dann die coole, zerschlissene Jeansjacke mit der aufgenähten US-Flagge, uralte kaputt gelaufene Adidas-Turnschuhe, geschmacklos gemusterte Socken und billige, ausgeleierte weiße Unterwäsche. Wie hatte ich so was jemals tragen können?

Ich entschloss mich, dass ich – was immer hier auch los sein mochte – den Ereignissen lieber angekleidet entgegenblicken wollte, und nicht in meinem alten Frotteeschlafanzug. Also zog ich ein paar der am wenigsten geschmacklosen Sachen über und stand kurz darauf wieder vor dem Spiegel und betrachtete mich fassungslos. Nichts passte richtig, und der Bauch machte mich völlig verrückt: Wie hatte ich den früher nur ertragen können?

Langsam wurde ich wach – ich erinnerte mich daran, dass ich mal gelesen hatte, dass Jugendliche entwicklungsbedingt Langschläfer sind und die frühen Anfangszeiten des deutschen Schulunterrichts dem Biorhythmus der älteren Schüler entgegenarbeiten. Das konnte ich nur bestätigen.

Aber noch etwas anderes hatte ich bemerkt, als ich den Flur entlanggegangen war: Ich fühlte mich trotz meiner Körperfülle gut. Alle die Lädierungen und Wehwehchen, die mit den Jahren gekommen und dann geblieben waren, so dass ich sie kaum noch bemerkt hatte: die Verspannungen im Nacken, das Knirschen im Knie, die leichten Schmerzen in den Fußgelenken – sie waren nicht mehr da (oder, wenn man es anders betrachtete: *noch nicht* da). Auch das Durchatmen fiel mir so leicht wie seit vielen Jahren nicht mehr – kein Wunder, in diesem Alter hatte ich noch nicht geraucht.

Ich ging wieder in den Flur hinaus und sah mich um. Ganz offensichtlich befand ich mich in der oberen Etage unseres Hauses – und die war in dem Zustand, in dem sie Anfang bis Mitte der 80er-Jahre war. Ebenso offensichtlich lief ich – passend zum Zustand des Hauses – in meinem Körper von damals rum. Das musste ich einfach akzeptieren, und ich bemerkte erstaunt, wie schnell sich mein Bewusstsein an diesen Gedanken gewöhnte. Diese Erkenntnis hätte mich wenigstens in einen hysterischen Schreikrampf treiben sollen, aber ich fühlte mich ruhig, fast schon neugierig, und – wie ich lächelnd feststellte – natürlich hungrig. Also entschloss ich mich, mich die Treppe hinunterzuwagen, in Richtung Küche. Zögernd taperte ich abwärts, und je weiter ich kam, desto deutlicher konnte ich gedämpfte Stimmen durch die Küchentür hören. Ich kannte diese Stimmen, ich hatte sie tausend Mal gehört, wenn ich morgens die Treppe runterstieg: Es waren meine Eltern.

Ich spürte, wie mir das Herz bis zum Hals schlug, während ich den langen, noch düsteren Flur entlangschlich, und etwas in mir wünschte sich verzweifelt, wieder umzukehren, sich ins Bett zu legen und weiterzuschlafen, bis dieser absurde Traum vorbei wäre. Aber ich wusste auch, dass eine solche Flucht keinen Sinn haben würde und dass ich das hier einfach sehen *musste:* Ich öffnete die Küchentür.

»… dann bin ich bei Schweine-Meiers vorbei, weil's denen ihrer Oma doch so schlecht geht wegen ihrem Rheuma und Luise mir aus dem Schwarzwald diese Salbe mitgebracht hat. Die hat ihr so gut geholfen.«

»Was macht Luise im Schwarzwald?«

»Das hab ich dir doch erzählt, Walter: Da hat sie ihre Tante besucht. Rüßmanns Lenchen hat sie gefahren, die hat ja früher bei denen gewohnt.«

»Doch, jetzt, wo du's sagst: Das hast du erzählt.«

»Siehst du. Und ich geh also gerad am Amt vorbei, da … was hast du denn, Christoph?«

Ich stand mit offenem Mund in der Tür. Dieses Bild war eine der Ikonen unter meinen Kindheitserinnerungen: mein Vater, der Zeitung lesend am Küchentisch saß, während meine Mutter hin und her lief und das Frühstück vorbereitete. Es war nie ganz verblasst, aber es war vorbei, Vergangenheit. Die Küche hatten sie vor Jahren komplett neu eingerichtet, und außerdem frühstückten sie inzwischen im Wohnzimmer, wo sie nebenbei fernsehen konnten. Aber hier stand ich nun inmitten einer Erinnerung, die auf gespenstische Weise zum Leben erwacht war: Meine Eltern, mindestens zwanzig Jahre jünger, in der Küche, die es so nicht mehr gab, und sie frühstückten, wie sie es meine ganze Kindheit und Jugend lang jeden Wochentagmorgen getan hatten. Ich spürte, wie ich wieder anfing zu zittern. Jetzt sah auch noch mein Vater von seiner Zeitung auf.

»Iss abends nicht mehr so viel. Dann träumst du auch nicht so schlecht.«

Diesen Satz hatte er mindestens hundert Mal zu mir gesagt, und damals war ich jedes Mal fast rasend geworden vor Wut. Aber jetzt hatte ich nur das Gefühl, dass ich komplett durchdrehen würde, wenn ich hier weiter so stehen und sie anstarren würde. Also hörte ich auf zu starren – nur um etwas *noch* Dämlicheres zu tun –, ich öffnete den Mund und stammelte: »Mama!«

Die beiden sahen mich noch verwunderter an, und ich korrigierte mich schnell.

»Äääääh, *Morgen!* Guten Morgen. Das wollte ich sagen.«

Wieder ein Schock: diese helle, jugendliche Stimme zu hören, vernuschelt und unkontrolliert – aber trotzdem ganz eindeutig meine Stimme. Dann wankte ich auf den Tisch mit dem Frühstück zu und setzte mich, ohne die beiden anzusehen. Aber ich ahnte, dass sie mir mit ihren Blicken folgten und dass sie sich dann kopfschüttelnd anschauten, so wie sie es tausend Mal getan hatten.

Ich konzentrierte mich auf den Duft von frischem Toast und Kaffee, der unsere Küche morgens über lange Zeit hinweg für mich zu dem besten Platz auf der Welt gemacht hatte, und versuchte, die beiden zu ignorieren.

»Er ist schon wieder so komisch, Inge.«

»Das ist doch normal in dem Alter.«

Mein Vater deutete auf die Zeitung. »Ich hab gelesen, in Amerika haben die Schulpsychologen. So was sollten die hier auch mal einführen.«

»Die gibt's hier *auch,* Walter. Aber in *Städten* – wo die so viele Verkorkste haben.«

Ich konnte es nicht fassen: Dreißig Sekunden lang befand ich mich nun in Gegenwart dieser verjüngten Ausgaben meiner Eltern – und sie hatten es tatsächlich schon geschafft, dass ich begann mich zu ärgern. Sie redeten über mich, als sei ich nicht anwesend, das hatten sie meine ganze Jugend über getan – aber ich hatte die Erinnerung daran mit der Zeit verdrängt.

Ich wollte irgendwas sagen, musste mir aber eingestehen, dass ich außer der Tatsache, dass ich morgens frühstückte, fast alles vergessen hatte. Hatte ich in diesem Alter mit meinen Eltern geredet? Und wenn ja, worüber? Hatte ich Zeitung gelesen? Ich wusste es einfach nicht mehr.

Zum Glück nahm meine Mutter ihre Plaudereien wieder auf, die in regelmäßigen Abständen von meinem Vater mit einer knappen Bemerkung oder einer kurzen Nachfrage kommentiert wurden, und niemand schien von mir zu erwarten, dass ich etwas beitrug, außer mein Frühstück zu verputzen.

Ich hatte den unwillkürlichen Drang, die beiden anzuschreien: »SEHT IHR NICHT, DASS HIER GERADE ETWAS UNFASSBARES PASSIERT?? WIE KÖNNT IHR DA EINFACH DASITZEN UND DIESES BANALE ZEUG VOR EUCH HIN PLAPPERN?!« Aber ich sah natürlich ein, dass das Unsinn war – alles hier gehörte zusammen. Der Einzige, der nicht passte, war ich.

Also wendete ich meine Aufmerksamkeit dem Frühstück vor meinem Platz zu: ein riesiger Stapel bereits gerösteter Toastbrotscheiben, dazu Mengen von Wurst, Käse und Marmelade, wie ich sie inzwischen nur noch von Festtagen kannte. Selbst vor den Beatrix'schen Speiseplanreformen hatte ich mir eine derart üppige Kühlschrankbestückung nicht mehr gegönnt.

Ich konnte es kaum glauben, dass dies mein tägliches Frühstück gewesen sein sollte – doch etwa zwanzig Minuten später hatte ich sämtliche Scheiben verdrückt und noch zwei weitere dazu, was meinen Vater zu einem Stirnrunzeln veranlasste und meine Mutter zu einem wohlgefälligen kleinen Lächeln. Ich stand auf und sah mich unschlüssig um. Wie um Himmels willen war der Ablauf morgens gewesen? Hatte ich den Tisch abgeräumt? Und wenn ja, hatten wir damals schon die Spülmaschine? Oder war ich einfach losmarschiert? Meine Mutter beendete meine Fragen.

»Geh schon und hol deine Sachen. Und denk diesmal an dein Turnzeug!«

Sie machte eine verscheuchende Handbewegung. Wenigstens fiel ihnen meine Verwirrtheit nicht auf. Jetzt kam es mir entgegen, dass ich damals offenbar ein ziemlich verbummelter Typ gewesen war.

Ich ging wieder nach oben ins Bad, spritzte mir kaltes Wasser ins Gesicht und überlegte, was ich tun sollte. Irgendwie hatte ich die ganze Zeit das Gefühl gehabt, diese Vision, oder in was immer ich hier auch hereingeraten sein mochte, würde jeden Moment verpuffen und ich mich wieder in meinem Schlafzimmer in Köln befinden und die Fotos von andalusischen Fischern an der Wand anstarren. Ich würde mir einen Kaffee machen (Frühstück brauchte ich beim besten Willen nicht mehr), zur Beruhigung den Fernseher einschalten und in aller Ruhe darüber nachdenken, was da mit mir passiert war.

Aber es verpuffte nichts, stattdessen schien es immer weiterzugehen. Ich erwog die Möglichkeit, meine Eltern – falls es denn meine Eltern waren – mit den Tatsachen zu konfrontieren und ihnen zu eröffnen, dass ich eigentlich fast vierzig Jahre alt war und als angehender Lehrer und angehender Ehemann zweihundert Kilometer entfernt lebte, wo ich mich immer noch von einem Nervenzusammenbruch erholte, doch ich hatte das sichere Gefühl, dass das keine gute Idee war. Ich entschied, dass es das Sinnvollste sein würde, nach den Regeln dieser Welt, in die es mich verschlagen hatte, zu spielen. Das bedeutete: Ich musste den Schulbus erwischen. Vielleicht würde ich ja außerhalb dieses Hauses einen Anhaltspunkt finden, der das Phänomen, dem ich ausgesetzt war, erklären konnte.

Jetzt, da ich grob einschätzen konnte, was mit mir passiert war, begann mich die Frage zu quälen, was das alles sollte. Während ich mich abtrocknete, spürte ich eine Gänsehaut auf meinem Rücken, dann begann ich zu zittern (mal wieder), und ich erkannte, dass sich dieser Morgen den heftigsten Schock für diesen Moment aufgespart hatte – denn mir war plötzlich klar geworden, *was dies für ein Tag war!*

Ich hastete schnaufend in mein Zimmer zurück, nahm die digitale Armbanduhr vom Nachttisch und überprüfte das Datum: 10. März 1983. Das passte. Dann stöberte ich unter dem Schreibtisch meine Schultasche hervor, die ich am Abend zuvor gepackt haben musste. Ich kramte hektisch darin herum und fand einen losen Zettel: meinen Stundenplan, handgeschrieben – für die zehnte Klasse, auch das passte. Ich schluckte, dann verglich ich den Plan mit den Heften in der Tasche: erst eine Doppelstunde Mathe – und in der Tasche fand ich ein kariertes Din-A4-Matheheft. Dann eine Stunde Religion und eine Stunde Biologie – auch hier je ein Heft, in meiner sonderbar ungelenken Handschrift bekritzelt. Dann die fünfte und sechste Stunde: eine Doppelstunde Latein. Atemlos durchwühlte ich die alte Tasche. Es war, wie ich vermutet hatte: Ich fand kein Lateinheft.

Das hatte nämlich Mark Hillebrand.

Und an diesem Tag würde er es mir zurückgeben wollen.

MÄRZ 1983 12

Der Weg zur Bushaltestelle, mit meiner alten Schultasche unter dem Arm (natürlich nicht auf dem Rücken – wenn man nicht komplett uncool sein wollte, hörte man mit spätestens fünfzehn auf damit, daran konnte ich mich noch erinnern), entwickelte sich zu einer surrealen Erfahrung. Überall sah ich Dinge, die mich mit aufgerissenem Mund dastehen ließen: Ein kastenförmiger VW Polo fuhr an mir vorbei, dann ein 300er Mercedes, dann sah ich auf der anderen Straßenseite das alte Zollhaus, das vor mehr als zehn Jahren abgerissen worden war. Aus einem Fenster rechts von mir nickte mir verkniffen Oma Köhne entgegen, die Ende der 80er-Jahre gestorben war.

Im Schulbus nach Hölten quetschte ich mich allein in eine Zweierbank, dankbar, endlich wieder etwas Zeit zu haben, um die Situation zu durchdenken. Zum Glück blieb die Lautstärke auf der Hinfahrt morgens immer gedämpft, im Gegensatz zur Rückfahrt am Mittag, wenn sich der dann hoffnungslos überfüllte Bus in eine lärmende, überkochende Hölle verwandeln würde.

Im Radio lief »You can't hurry Love« von Phil Collins, dann »99 Luftballons« von Nena und »Our House« von Madness. Schau an, dachte ich, WDR 2 spielt dieselben Songs wie 2006. Ich fühlte mich fast wieder zu Hause dabei, aber dann kamen die Nachrichten, und in denen ging es um den Sieg der CDU bei der Bundestagswahl, und Helmut Kohl gab ein Interview und kündigte an, eine geistig-moralische Wende einläuten zu wollen.

Schließlich beruhigte ich mich etwas und dachte nach: Heute war also der Tag, an dem – wie ich es immer gesehen hatte – ich die Chance verpasst hatte, mein Leben zum Besseren zu ändern. Und irgendetwas oder -jemand hatte mich an dieses Datum zurückversetzt (immer vorausgesetzt, dass ich nicht doch träumte oder mich in einer Art Delirium befand).

Sämtliche Details wirkten absolut real, ich erkannte sogar vieles wieder, was ich schon lange vergessen hatte: die selbstvergessene Art, mit der Marion Bickmann aus der 13, die immer eine Reihe vor mir saß, ihre dicken, langen Haare zu Schnecken drehte, sie dann wieder aufdröselte und wieder begann, sie einzudrehen, die ganze Fahrt über. Immer hatte ich damals hinstarren müssen, fasziniert und abgestoßen zugleich. Marions Haarspielereien waren längst von meinem Gedächtnis aussortiert worden und auf den Erinnerungsmüllplatz gewandert, irgendwo in den Abteilungen »Nutzlos«, »Ohne Belang« und »Brauche ich nicht«. Aber nun saß Marion wieder vor mir, und wieder starrte ich wie hypnotisiert auf ihren Zeigefinger, den sie als Instant-Lockenwickler benutzte.

Wenn dies ein Traum oder eine Vision war – wie hätte ich all diese Details einbauen können, derer ich mir selbst nicht mehr bewusst war? Ich musste akzeptieren, dass ich mich in der *Realität* befand – in der Vergangenheit. Und es konnte kaum ein Zufall sein, dass es mich ausgerechnet an diesen Tag verschlagen hatte – meinen Schicksalstag.

Ich atmete tief durch: Wenn meine Annahmen stimmten, dann konnte ich nicht darauf hoffen, dass ich so schnell in das Köln des 21. Jahrhunderts zurückkehren konnte. Ich konnte nicht mal darauf hoffen, *jemals* zurückzukehren. Denn ganz offensichtlich hatte mein Schicksal, mit dem ich immer so gehadert hatte, entschieden, dass ich noch eine zweite Chance bekommen sollte, meine Fehlentscheidung zu korrigieren – alles, was dazu geführt hatte, dass ich im Jahr 2006 mit nicht mal vierzig Jahren übergewichtig, gelangweilt und ohne Perspektive darauf wartete, ein paar weitere deprimierende Jahrzehnte durchzustehen. Mir fiel ein, wie ich in der vorherigen Nacht (oder anders gesagt: in einer Nacht, die sich erst in mehr als zwanzig Jahren ereignen würde) das Schicksal mit den Worten »Da fällt dir wohl nichts mehr ein, was?« verhöhnt hatte. Ich musste die Möglichkeit in Betracht ziehen, dass ich da jemandem ernsthaft auf die Füße getreten hatte.

Ja, das war die einzige logische Erklärung: Ich würde mein Leben noch einmal leben können. Und ich würde die Chance haben, ein paar entscheidende Sachen zu ändern. Zum Beispiel würde ich Kathleen Specht für mich gewinnen.

Wenig später schritt ich wie ein Schlafwandler über den Schulhof, der zu dieser Zeit zum Glück noch fast leer war. Wie früher ließ mich der Anblick der Schule frösteln, und ich beeilte mich, ins Innere zu kommen. Mein Bauch schwabbelte unangenehm auf und nieder, als ich beschleunigte, doch ich kam immer besser damit zurecht und bemerkte fassungslos, dass ich schon wieder dabei war, mich an diesen Körper zu gewöhnen.

Ich zog die Schultern ein, immer noch überwältigt von dem, was hier gerade mit mir passierte und das so unglaublich und unfassbar war, und zugleich so real. In einer Sekunde machte mir der Gedanke daran panische Angst, in der nächsten empfand ich kindliche Vorfreude auf die Möglichkeiten, die mir – wenn ich mit meinen Vermutungen richtiglag – offenstehen würden. Schließlich beschloss ich, einfach für eine Weile mit dem Denken aufzuhören – ich näherte mich nämlich Aufenthaltsraum B.

Ich öffnete die Tür und befand mich plötzlich mitten in der Vision, die ich so oft in meiner Erinnerung durchlebt und mit der ich mich so unablässig gequält hatte. Alles war da: der Gestank nach Schweiß, Sagrotan und Butterbroten, das kalte Neonlicht, der Lärm, den Dutzende aufgeregt schwatzende Schüler produzierten und der fast körperlich wehtat.

Ich tastete mich durch Trauben von Acht- und Neuntklässlern und kam mir vor wie ein Undercoveragent, der eine feindliche Gruppe infiltriert und dessen Tarnung jeden Moment entdeckt werden kann.

Ich wusste, was ich zu tun hatte – und steuerte auf den Heizkörper zu, auf dem ich damals gesessen hatte. Hier stieß ich auf das erste Hindernis: Auf meinem Platz saßen zwei Fünftklässler und spielten Bauernskat.

Ich versuchte, meine Gedanken zu ordnen: Offenbar spielte sich nicht alles haargenau so ab wie beim ersten Mal, vielleicht hatte der Bus ein paar Minuten länger gebraucht. Eigentlich ging es ja auch nur darum, dass ich diesmal Marks Angebot annehmen würde (falls er es tatsächlich wiederholen sollte).

Trotzdem konnte es natürlich nicht schaden, auf Nummer sicher zu gehen. Also baute ich mich drohend vor den beiden Kleinen auf und sprach den Satz, mit dem in der Weltgeschichte des Schulwesens Millionen älterer Schüler ihre jüngeren Kameraden gequält haben:

»Weg da, das ist mein Stammplatz!«

»Oh Mann!«, maulte der Kleinere von ihnen. »Direkt da vorn ist doch noch frei!«

Als ich eine grimmige Miene aufsetzte, nahmen sie murrend ihre Karten und belegten die Nachbarheizung. Ich lächelte triumphierend in mich hinein. In meinem früheren Leben hatte ich nicht annähernd so viel Autorität ausstrahlen können. Ich steckte zwar in dem Körper eines Sechzehnjährigen, aber ich war erwachsen und damit allen anderen hier ein gutes Stück voraus an Selbstvertrauen und Lebenserfahrung. Ich setzte mich auf den Heizkörper, ließ den Blick zufrieden durch den Raum schweifen – und erstarrte: Dies war der falsche Platz. Ich Idiot hatte die beiden Fünftklässler zum richtigen Heizkörper geschickt. Stöhnend erhob ich mich wieder und trottete drei Meter weiter.

»Ich, äh, hab mich vertan. *Das hier* ist mein Stammplatz.«

Die beiden sahen mich fassungslos an.

»Spinnst du, Fettsack?«

»Willst du uns verarschen?«

Diesmal fiel meine Vorstellung weniger souverän aus. Nach einer nervenzerfetzenden Diskussion schaffte ich es, die beiden mit den zwei »Nuts«-Riegeln, die ich in der Tasche hatte, zu bestechen und zum erneuten Umzug zu bewegen. Erleichtert setzte ich mich auf den richtigen Heizkörper, gerade rechtzeitig, denn jetzt entdeckte ich ihn am anderen Ende des Raumes: Mark Hillebrand. Ich spürte, wie sich meine Nackenhaare aufrichteten – jetzt würde es sich entscheiden, ob ich Recht hatte.

Quälend lange Minuten geschah gar nichts. Ich beobachtete Mark möglichst unauffällig, er quasselte mit einigen seiner Bewunderer. Konnten die ihn nicht in Ruhe lassen?

Dann aber passierte es – er schaute zu mir rüber. Ich fühlte mich ertappt, weil er merken musste, dass ich ihn beobachtet hatte. Aber er grinste nur lässig, beugte sich zu seiner Tasche hinunter, holte ein Heft heraus, stand auf und kam dann auf mich zu.

»Hier ist dein Heft zurück, Chris.«

Ich schluckte und versuchte mich zu kontrollieren. Jetzt nur keinen Fehler machen.

»Danke, Mark.«

»Das war echt schwer in Ordnung von dir, dass ich Latein von dir abpinnen konnte. Ohne dich wär ich jetzt ein toter Mann!«

Es war tatsächlich genau wie damals. Was für ein Glück, dass ich diese Szene so oft in meiner Erinnerung durchgespielt hatte.

»Kein Thema, ey …«

»Ich weiß gar nicht, wie ich das vergessen konnte, dass Kreymann heute die ganzen Übersetzungen einsammeln will. Unglaublich, was?!«

»M-hm.«

Gut, dass ich damals so viel rumgestammelt hatte. Das ließ sich problemlos reproduzieren.

»Du bist echt schwer in Ordnung.«

Ich hielt den Atem an – jetzt lagen sie direkt vor mir: die Sekunden, die über mein weiteres Leben entscheiden würden. Ich lächelte Mark erwartungsvoll an. Mark lächelte zurück – und klopfte mir auf die Schulter und ging wieder.

Ich starrte ihm entsetzt nach. Ich merkte, dass ich etwas krächzte, aber ich brachte kein Wort heraus. Das konnte doch nicht wahr sein? Was war hier los?

Da drehte Mark sich noch einmal um.

»He – wir sollten öfter mal zusammen was an den Start kriegen oder so, Chris. Sag mal, hast du nicht mal Bock, mitzulaufen? Morgens zur Penne, da kommt man echt gut drauf.«

Ich atmete erleichtert auf. Meine Erinnerung stimmte also doch – sie war nur nicht ganz so präzise gewesen, wie ich mein Leben lang geglaubt hatte.

»Du meinst: joggen? Jeden Tag?«

»Genau. Na, was ist? Bist du dabei?«

Ich lächelte und ließ mir die Worte, die ich jetzt aussprach, auf der Zunge zergehen.

»Gute Idee, Mann. Ich bin dabei.«

»Stark. Dann sagen wir: Montag, sieben Uhr bei euch am Dorfeingang?«

»Klar!«

Er nickte mir noch mal zu, dann ging er wieder. Ich fühlte mich fast schwerelos und unendlich dankbar.

Ich hatte es tatsächlich getan: Ich hatte den schlimmsten Fehler meines Lebens korrigiert. Eine Welle der Euphorie überschwemmte mich. Das waren definitiv die besten zehn Sekunden meines Lebens gewesen – der Moment, in dem sich für mich alles zum Guten gewendet hatte. Ich würde noch mal ganz von vorn anfangen – und diesmal alles richtig machen.

Kurz darauf hatte sich mein Enthusiasmus wieder etwas verflüchtigt, denn ich irrte die Gänge des Freiherr-vom-Stein-Gymnasiums entlang, auf der verzweifelten Suche nach unserem Klassenzimmer. Natürlich hatte ich mir derart banale Selbstverständlichkeiten nicht auf dem Stundenplan notiert – ich hatte ja damals nicht geahnt, dass ich Jahrzehnte später wiederkehren und auf diese Informationen angewiesen sein würde.

Ich probierte ein paar Treppenaufgänge, die mir vertraut erschienen, dort blickten mir aber nur misstrauische und verschlafene Gesichter entgegen. Dann endlich sah ich unter mir Richie den Fenstergang entlangtrotten. Erleichtert lief ich zu ihm hinunter – ich nahm mir eine Sekunde, bevor ich ihn ansprach, um ihn näher zu betrachten: Er war klein, viel kleiner, als ich es in Erinnerung hatte. Außerdem wusste ich, dass ich ihn damals schon als den vollendeten Zyniker gesehen hatte. Doch dieser Richie, auf den ich jetzt zuging, sah nicht aus wie ein Zyniker, sondern … *unschuldig* – Gott, er war gerade eben kein Kind mehr. Aber immerhin sah ich wenigstens mal ein vertrautes Gesicht. Ich fiel ihm fast um den Hals.

»Mann, Alter, schön, dich zu sehn! Wie geht's dir?«

Er zog erstaunt die Augenbrauen hoch und schob mich weg.

»He, behalt mal deine Wichsgriffel bei dir, Dicker.«

Ich starrte ihn verwirrt an, dann begriff ich langsam: Für mich war es jetzt mehr als einen Monat her, dass ich ihn zuletzt getroffen hatte (beziehungsweise seine erwachsene Ausgabe), aber er hatte wahrscheinlich am Abend zuvor das letzte Mal mit mir rumgehangen. Außerdem waren wir sechzehn und damit zu einem Höchstmaß an Coolheit verpflichtet. Am meisten verblüffte mich allerdings, das Wort »Wichsgriffel« wieder zu hören, das sich irgendwann im Verlauf der 80er-Jahre aus dem Sprachgebrauch verabschiedet hatte. Ich merkte, dass ich mich mächtig anstrengen müssen würde, um mich anzupassen.

»Sorry, ich wollte nicht, äh, also … was geht so ab, Alter?«
Er blieb stehen und starrte mich prüfend an.

»*Was geht ab??* Wovon redest du? Bist du besoffen??«

Verdammt, das hatte ich in meiner Verwirrung nicht bedacht: »Was geht ab« war modern, wahrscheinlich Hip-Hopper-Jargon, und Hip-Hop war noch überhaupt nicht erfunden. Ich würde genau aufpassen müssen, was ich von mir gab, sonst würde man mich als totalen Freak sehen (hatte es damals das Wort »Freak« schon gegeben?). Ich überlegte fieberhaft, dann fiel mir schließlich etwas ein, ein magischer Satz, der *immer* passen würde:

»Hast du Mathe gemacht?«

Er stieß nur genervt die Luft aus und verdrehte die Augen, dann schlurften wir weiter, Richtung Klassenzimmer. Ich hatte es geschafft: Es war wieder wie früher.

Im Laufe des Tages gewöhnte ich mich wieder daran, dass mich alle »Dicker« nannten, auch wenn es mir schwerfiel. Ich tröstete mich damit, dass ich ja schon bald mit Mark Hillebrand trainieren und dann neue Zeiten anbrechen würden. In den Pausen erkundete ich fasziniert die Schule und stellte zum Beispiel verblüfft fest, dass ich die pure Existenz des naturwissenschaftlichen Trakts im Obergeschoss ganz und gar vergessen hatte.

Ich durchlebte eine Reihe von peinlichen Momenten, als ich merkte, dass mir die Namen von fast einem Dutzend meiner Klassenkameraden nicht mehr einfielen. Dann begrüßte ich nach der ersten Stunde Schorsch, der mir vor Kurzem noch bei meiner missglückten Liebeserklärung an Kathleen geholfen hatte, überschwänglich und erntete nur verblüfftes Schweigen. Es stellte sich raus, dass ich zu dieser Zeit noch kaum etwas mit Schorsch zu tun hatte. Schließlich entschuldigte ich meine Fehlleistungen damit, dass ich schlecht geschlafen hätte, was ja auch durchaus der Wahrheit entsprach.

Leider allerdings interessierten sich meine Lehrer für solche Erklärungsansätze nicht besonders. Es dauerte nur ein paar Minuten, bis sich meine Abneigung gegen Schule und Unterricht in vollem Umfang erneuert hatte. Kreymann, der legendäre Lateinlehrer, zeigte besonders wenig Humor.

»*Servus Capiendus* – Was ist das für eine grammatikalische Konstruktion ... Christoph?«

»Äääääh, Ablativus absolutus??«

»WAS?!« Eigentlich war ich immer gut in Latein gewesen, und Kreymann sah mich irritiert an. »Versuchen Sie es noch mal, Christoph!«

»Nun ... Partizip Präsens?«, riet ich drauflos.

»Par– WAS?? Das ist nicht nur falsch, das ist völlig absurder Unfug! Also bitte – was für eine Konstruktion liegt hier vor?«

Kreymanns Zuneigung zu mir schmolz in rasender Geschwindigkeit dahin. Nachdem ich noch ein paar Sekunden lang unschlüssig dagesessen und hilflos umhergeblickt hatte, starrte er mich an wie ein widerliches Insekt an, das es zu zertreten galt.

»Das ist einer von Ihren unreifen Pennälerwitzen, oder?«

»Äh, nein, wirklich ...«

»Sie können mir nicht sagen, dass Sie ein simples Gerundivum nicht erkennen können! So was kann man doch nicht in ein paar Tagen vergessen!«

Ich konnte ihm schlecht sagen, dass ich nicht nur ein paar Tage, sondern mehr als zwanzig Jahre Zeit gehabt hatte, das Gerundivum zu vergessen, und außerdem so ziemlich alles, was mit lateinischer Grammatik zu tun hatte. Die Situation war doppelt demütigend für mich: Nicht nur, dass ich als knapp Vierzigjähriger diesen Unsinn noch mal hinter mich bringen musste – ich wurde auch von all den mäßig motivierten, kichernden Halbwüchsigen um mich herum locker ausgestochen.

Als ich wieder nach Hause kam, fand ich zum Mittagessen auf meinem Teller eine gigantische Portion Kassler mit Sauerkraut vor. Ich nahm noch einen Nachschlag, ermahnte mich aber, dass ich auf keinen Fall die Kontrolle über mein Essverhalten völlig verlieren durfte.

Nach dem Essen versuchte ich abzuschalten, indem ich durchs Fernsehprogramm zappte – aber das bestand aus einem Testbild auf dem Ersten und Zweiten und einer Schulfernsehen-Sendung auf dem Dritten, in der ich meine Kenntnisse in anorganischer Chemie hätte vertiefen können.

Also zog ich mich auf mein Zimmer zurück und durchstöberte meine Schulbücher. Einerseits wollte ich mich nicht auf Dauer zum Gespött machen, andererseits begriff ich nun langsam, was für eine Chance sich mir hier bot: Ich würde ein zweites Mal Abitur machen können, und so lästig es auch sein mochte – dieses Mal würde ich es nicht vermasseln, und danach würde ich etwas Vernünftiges studieren. Und wenn ich mich auch zunächst in einem strategischen Nachteil befand, so hatte ich meinen Mitschülern doch etwas voraus: Ich wusste, was mir bevorstand. Und ich wusste, *wie* man lernt – das immerhin hatten mir die Jahre an der Uni gebracht.

Bald darauf wurde ich müde, legte mich auf mein Bett und ging all meine Pläne im Kopf noch mal durch. Ich fühlte mich, als hätte es mich auf einen gigantischen Abenteuerspielplatz verschlagen. Es gab so vieles, was ich wiederentdecken konnte und auf das ich neugierig war: die ganze Welt von 1983. Ich dachte an mein Leben, das ich seit ein paar Stunden hinter mir gelassen hatte – ich wünschte mich nicht zurück. Dann dachte ich an Kathleen, die in zehn Monaten hier auftauchen würde und die sich dieses Mal – da gab es keinen Zweifel – in mich verlieben würde. Mit diesen angenehmen Gedanken glitt ich in den Schlaf hinüber, eingehüllt von dem Lavendelduft meiner Kindheit.

Als ich wieder aufwachte, war es dunkel im Zimmer. Ich hielt den Atem an: Hatte ich alles geträumt und fand mich doch wieder in meiner Wohnung in Köln? Ich tastete mich aus dem Bett – und rannte einmal mehr vor den Schreibtisch. Schmerzerfüllt hüpfte ich umher – dies war eindeutig mein altes Zimmer.

Gut gelaunt humpelte ich hinunter in die Küche und verputzte ein ausgiebiges Abendessen. Dann ging ich ins Wohnzimmer, wo meine Eltern gerade »Der große Preis« schauten. Ich setzte mich dazu. Vielleicht würde ich mir nachher noch mit ihnen die Dokumentation über Herbert von Karajan auf dem Dritten Programm ansehen. Vielleicht würde ich aber auch gleich wieder ins Bett gehen. Ich brauchte viel Schlaf. Schließlich war ich erst sechzehn.

Am Montag stand ich im Trainingsanzug, die Schulsachen in einem Rucksack, am Ortseingang unseres Dorfes. Mark, der im Nachbarort wohnte, würde auf seinem Weg nach Hölten hier vorbeikommen. Wieder mal haute es mich fast um: Ich machte mich gerade mit einem knappen Vierteljahrhundert Verspätung auf, meine eigene Vision zu durchleben. Das konnte einfach nicht wahr sein – und doch: Da trabte Mark durch die Dunkelheit auf mich zu. Sein Atem dampfte – ganz so, wie ich es mir immer vorgestellt hatte. Er nickte mir knapp zu.

»Morgen. Hätte ich nicht gedacht, dass du tatsächlich mitmachst.«

Ich grinste. »Tja, so ein Angebot würde ich doch nie im Leben ausschlagen.«

Er nickte wieder und lief dann sehr langsam weiter.

»Wir lassen's ganz gemütlich angehen, okay? Ich bin extra früher los als sonst.«

Ich stimmte ihm keuchend zu. Das war genau die Coaching-Herangehensweise, die ich mir vorgestellt hatte. Tatsächlich konnte man das, was ich da im Schutz der Dunkelheit aufführte, auch kaum Laufen nennen – eher fortgeschrittenes

Hoppeln. Ich stöhnte: Ich war noch schlechter in Form, als ich es vermutet hatte. Auf einmal sehnte ich mich nach meinem Körper aus dem Jahr 2006 zurück. Er mochte nicht mehr ganz jung und nach allgemeinen Maßstäben schwächlich gewesen sein – aber verglichen mit dem weichen, schwabbelnden Fettberg, mit dem ich hier arbeiten musste, hatte es sich dabei um eine sehnige, gestählte Sportmaschine gehandelt.

Bald litt ich unter Atemnot, aber die Euphorie hielt mich aufrecht, und Mark erledigte den Rest und trieb mich immer wieder ungeduldig an. Eines hatte ich in meinen Visionen nämlich nicht vorausgesehen: Wir waren so langsam, dass wir tatsächlich in Gefahr gerieten, zu spät zur ersten Stunde zu kommen.

Ich holte alles aus mir raus, und dann endlich – wie so oft in meiner Phantasie – sah ich Hölten in der Ferne auftauchen. Obwohl ich kurz vor einem Kreislaufzusammenbruch stand, barst ich fast vor Stolz. Endlich erreichten wir die Stadtmitte, und Mark bog zur Realschule ab, die neben dem Freiherr-vom-Stein-Gymnasium lag.

»Mein Onkel ist da Hausmeister. Der schließt mir immer die Sportanlage auf, und ich kann duschen. Bei uns ist ja noch alles dicht.«

»Guter Service«, keuchte ich beeindruckt.

Also liefen wir zu dem kahlen Betonbau hinüber, in dem die Realschule untergebracht war, und trotteten durch einen Hintereingang in den Turnhallenbereich. Hier war ich noch nie gewesen. Wir durchquerten ein paar dunkle Gänge und erreichten schließlich den Umkleide- und den Duschraum.

»Wir müssen uns beeilen. Ich sag eben meinem Onkel Bescheid, dass es später geworden ist.«

Ich nickte, und Mark verschwand wieder im Gang. Nachdem ich mich aus dem völlig durchgeschwitzten Trainingsanzug gequält hatte, ging ich nach nebenan und stellte mich unter eine der Duschen – zum Glück kam heißes Wasser. Ich spürte, wie mein Körper sich ganz langsam erholte, schloss für einen Moment die Augen und gab mich dem Hochgefühl, das mich durchströmte, hin: Der Moment war gekommen, an dem ich mein neues, besseres Leben tatsächlich begann und der schlankere, coolere, erfolgreichere Chris Mackenbrock geboren würde, der zukünftige Freund von Kathleen Specht. Ich spürte eine tiefe innere Ruhe, dann eine sanfte Schläfrigkeit und dann: Panik.

Aus dem Umkleideraum ertönten aufgeregt schwatzende Mädchenstimmen.

Erstarrt stand ich da – das waren Dutzende, es musste ein ganzer Sportkurs sein. Nun hörte ich verwunderte Rufe: Sie mussten meine Klamotten entdeckt haben. Sekunden später wurde die Tür zum Duschraum aufgerissen, und ein halbes Dutzend Realschülerinnen – höchstens Neuntklässlerinnen – spähte hinein, sah mich und fing an zu kreischen.

Jetzt endlich reagierte ich und hastete zur Fensterseite des Raums, wo mein Handtuch an einem Haken hing. Leider ist es nicht so leicht, seine Bewegungen zu koordinieren, wenn man a) in einem fremden Körper steckt, an dessen Ausmaße man sich noch nicht wirklich gewöhnt hat, b) in wilde, kopflose Panik geraten ist, weil man gerade einen der peinlichsten Momente seines Lebens durchlebt, und c) Shampoo in die Augen bekommen hat und fast blind umherstolpert.

Die Folgen ergaben sich mehr oder weniger zwangsläufig: Ich rutschte aus und schlidderte dem Mädchenpulk auf der Türseite entgegen, der sich von Sekunde zu Sekunde vergrößerte und mit ständig wachsender Hingabe im Chor kreischte. Mühsam kämpfte ich mich wieder hoch und watschelte ganz langsam Richtung Handtuch. Inzwischen war der Lärm in hysterisches Gelächter übergegangen, das von den Kacheln widerhallte. Ich band mir das Handtuch um und überlegte verzweifelt, wie ich mir einen Weg durch diese Wand von kreischenden Sportlerinnen zu meinen Klamotten und meinem Rucksack bahnen sollte. Da hörte ich eine energische Männerstimme.

»Was ist denn los? Geht doch mal zur Seite!«

Ein paar Sekunden später gab die Mädchenwand eine Gasse frei, und der Hausmeister der Realschule, Marks Onkel, stapfte auf mich zu. Ich atmete auf.

»Was machst du hier, Junge?!«

»Ich, äh … duschen …«

»Das sehe ich! Nur … warum machst du das hier – in der Mädchendusche??«

Ich starrte ihn fassungslos an. Das alles ergab keinen Sinn.

»Ich … oh Gott, ich wusste nicht …«

»Das hoffe ich für dich! Los, verschwinde! Aber sofort!«

In mein Handtuch gehüllt, trottete ich mit gesenktem Kopf an dem Mann und den Realschülerinnen vorbei in die Umkleide, griff mir den Rucksack und verschwand so schnell wie möglich im Flur. Dort stand ich plötzlich Mark gegenüber.

»Mark – das war die Mädchendusche. Warum … warum hast du …«

»Warum er dich da reingeschickt hat? Na, wenn er es nicht gemacht hätte, dann wär doch der ganze Spaß weg gewesen«, sagte jemand hinter mir sanft.

Plötzlich wurde mir sehr kalt. Ich kannte diese Stimme. Langsam drehte ich mich um, und da stand sie: Tatjana Behling. Sie lächelte mich böse an.

»Hallo, Mackenbrock! Wie geht's? Kühl hier, was?«

Ich japste nur und schaute zwischen ihr und Mark hin und her. Mark blickte schuldbewusst zur Seite. Tatjana ging zu ihm und gab ihm einen Kuss.

»Danke, Schatz. In Zukunft wird er sich's zweimal überlegen, bevor er mich verarscht.« Die beiden lächelten sich verliebt an, dann wendete sich Tatjana wieder mir zu. »Und wir hatten schon Angst, du gehst nicht auf das Angebot ein – dann wär das hier alles ins Wasser gefallen …«

Ganz langsam setzte mein Gehirn alle Teile zusammen: Ich erinnerte mich daran, dass mir Tatjana Rache geschworen hatte, weil ich dafür gesorgt hatte, dass Jens Kaletta nicht beim »Sommernachtstraum« dabei war und stattdessen Richie die Chance zu seiner Kussattacke bekam. Für mich lag die Sache Jahrzehnte zurück und war eine heitere Jugenderinnerung – aber hier hatten wir 1983, und Demütigungen unter Schülern waren eine aktuelle und todernste Sache.

Ich hatte mich immer gefragt, warum Tatjana ihre Ankündigung, sich an mir zu rächen, nie wahrgemacht hatte. Jetzt wusste ich, warum: Sie hatte es versucht – und ich hatte es ihr damals vermasselt, denn ich war nicht auf Marks Angebot eingegangen. Aber diesmal hatte es geklappt. Wie ich später erfuhr, sah der ursprüngliche Plan vor, mich einzuschließen, doch unsere Verspätung und die Tatsache, dass der Unterricht an der Realschule eine Viertelstunde früher begann, hatten Tatjana entgegengearbeitet und dazu geführt, dass ich vom Gymnastikkurs der ersten Stunde überrascht wurde, ohne dass Tatjana sich auch nur rühren musste.

Mark sah mich noch mal entschuldigend an, dann legte er seinen Arm um Tatjana, und die beiden beeilten sich, wegzukommen, zumal Marks Onkel jetzt wieder auftauchte. Ich öffnete schnell die nächste Tür zu einem Raum, der sich zu meiner unendlichen Erleichterung als die Jungenumkleide erwies. Dort ließ ich mich auf die Bank plumpsen und vergrub meinen Kopf in den Händen. Ich konnte es nicht fassen: Mein ganzes Leben lang hatte ich dieser Chance nachgetrauert – und jetzt stellte sich heraus, dass es sie nie gegeben hatte. Mark Hillebrand hatte niemals vorgehabt, mit mir zu trainieren.

Meine ganze Schulzeit hindurch hatte ich mich selbst in den schlimmsten Situationen immer beherrschen können. Doch jetzt, da ich fast vierzig Jahre alt war, geschah es endlich: Ich sackte auf der Bank zusammen und fing an zu heulen.

Natürlich sorgte Tatjana dafür, dass sich die Geschichte meiner Demütigung im Laufe des Vormittags in der gesamten Freiherr-vom-Stein-Schule verbreitete. Wo immer ich auftauchte, gab es Gekicher, doch ich hörte es kaum.

Ich war immer noch wie betäubt. Die Geschichte von dem Morgen, an dem ich Marks Angebot ausgeschlagen hatte, war im Lauf der Zeit so etwas wie mein Chris-Mackenbrocks-Verpfuschtes-Leben-Schöpfungsmythos geworden. Dann war mir auf mysteriöse Art und Weise die Chance gegeben worden, diesen Moment noch einmal zu erleben und meinen epochalen Fehler zu korrigieren – nur damit ich mitbekam, dass es gar keinen Fehler gegeben hatte. Ich hatte mir zwanzig Jahre lang etwas vorgemacht.

Ich gewöhnte mich in den nächsten Wochen wieder an stinkende Qualmwolken aus den Auspuffen, an den Anblick von Karottenjeans, auch daran, dass ansonsten vernünftige Menschen ohne Anzeichen von Scham Begriffe wie »Zum Bleistift« oder »Ratzefummel« oder »Ey, du Eumel« verwendeten. Ich erneuerte meine Freundschaft mit Richie und begann, die Nachmittage wieder bei ihm zu verbringen (gerade hatte er seinen Dachboden wieder bezogen). Als ich die ersten Male mit ihm redete, erschien er mir albern und kindisch, und ich fragte mich, ob ich zu dieser Art der Unterhaltung würde zurückkehren können. Doch dann redeten wir wie früher über Fußball, Musik, Mädchen und das, was gestern im Fernsehen gelaufen war, dazu kämpften wir darum, wem die besseren Witzeleien oder treffenderen Beleidigungen einfielen. Ich gestand mir ein, dass dies genau die Themen waren, die ich auch mit dem Richie des Jahres 2006 täglich durchgekaut hatte. Endlich einmal konnte ich dankbar für meinen intellektuell begrenzten Horizont sein.

Dafür legte ich eine beeindruckende Aufholjagd in meinen Schulfächern hin und füllte meine Erinnerungslücken in rasender Geschwindigkeit. Und dann – etwa zwei Wochen nach der Katastrophe im Mädchenduschraum – hatte ich wieder eine Eingebung: Wenn ich es schaffen konnte, den Unterrichtsstoff aufzuholen, weil ich gelernt hatte, wie man lernt, dann konnte ich auch allein trainieren – und abnehmen. Auch das hatte ich ja schon mal erfolgreich hinter mich gebracht, ich wusste, worauf es ankam, *und* ich wusste, dass ich mich organisieren und die nötige Disziplin und Ausdauer entwickeln konnte. In meinem ersten Leben hätte ich vielleicht nicht ohne jemanden wie Mark Hillebrand als Coach auskommen können, aber diesmal würde ich es auch allein schaffen.

Am nächsten Morgen zog ich wieder meinen Trainingsanzug an und packte meinen Rucksack. Ohne die Anfeuerung war ich noch langsamer als beim ersten Mal und kam tatsächlich zu spät zur ersten Stunde – aber ich hatte es geschafft.

Am Abend nach meinem ersten Lauf suchte ich meine Mutter in der Küche auf. Ich hatte mich dafür entschieden, dass ich mit Offenheit am ehesten etwas erreichen würde.

»Mama – ich weiß, du liebst mich und du meinst es gut. Aber wir müssen über das reden, was ich esse …«

»Es tut mir leid, Christoph. Ich kann unmöglich *noch mehr* kochen.«

»Sollst du auch nicht, Mama. Ich will …«

»Ja?« Sie sah mich erwartungsvoll an, ich holte tief Luft.

»Mama – ich will, dass du weniger kochst. Und ich will Gemüse. Und Salat. Und … Obst. Und ich will keine Schokoladenvorräte mehr und auch nicht jeden Sonntag einen Kuchen.«

Meine Mutter sah mich bestürzt an. Ich sah, dass sie jeden Moment anfangen würde zu weinen, und dann würde ich sofort wieder weich werden, also redete ich schnell weiter.

»Es tut mir leid, Mama. Aber es muss sein. Ach ja … und nur damit du dich nicht wunderst, dass die Waage im Badezimmer oben fünf Kilo mehr anzeigt: Ich hab sie wieder richtig gestellt.«

Damit ging ich und hoffte, dass ich genügend Eindruck hinterlassen hatte, um ihr Kochverhalten zu ändern. Ohne ihre Hilfe würde mir das Abspecken nicht gelingen, das war klar. Am selben Abend konferierten meine Eltern (und fragten sich sicherlich, ob psychologische Hilfe für mich erforderlich sei). Es kam zu einer erbitterten Debatte, in der sich mein Vater, der ein mäßiger Esser und schlank wie eine Gerte war, auf meine Seite schlug. Schließlich entschieden sich die beiden, mich zu unterstützen, falls ich sie überzeugen könnte, dass ich es diesmal tatsächlich ernst meinte. Von da an lief ich fast jeden Tag morgens zur Schule, und nachmittags führte ich viele der Übungen durch, die Timo mir in einer weit zurückliegenden Zeit im Fitnessstudio gezeigt hatte.

»Ich weiß echt nicht, was mit dir los ist, Dicker«, sagte Richie eines Abends ein paar Monate später, als ich wieder in seinem Zimmer saß. »Du machst einen auf Sportler, du rauchst nicht, du kommst dauernd an mit Hausaufgaben und so einem Scheiß – insgesamt würde ich sagen: Du verdienst nicht, mit mir befreundet zu sein.«

Ich grinste. »Wenn du 'nen besseren Charakter hättest, würden auch andere Leute deine Freunde sein wollen. Aber so bleibe nur ich, und das auch nur wegen deinen Cassetten«, sagte ich und schaute auf Richies Tapedeck, auf dem gerade »The River« von Bruce Springsteen lief. Mann, wie lange hatte ich das schon nicht mehr gehört.

Richie schüttelte den Kopf. »Manchmal frage ich mich, ob du nicht von Aliens entführt und ausgetauscht worden bist. An einem Tag bist du noch ganz normal, am nächsten Tag dann plötzlich … anders …«

»Erwachsener?«, fragte ich lächelnd.

Richie überlegte ein paar Sekunden, dann schüttelte er den Kopf.

»Sagen wir's mal so: Du versuchst, dich *aufzuführen*, als wärst du unglaublich reif. Aber es tut mir leid – als Erwachsener kommst du echt nicht überzeugend rüber!«

Ich lächelte noch breiter und verabschiedete mich.

»Also, wir sehen uns morgen, Dicker«, sagte Richie und ließ mich hinaus. »Tschüssikowski!«

»Ja«, antwortete ich. »Auf Wiesegehn!«

Ich hatte mich wieder assimiliert. Als Kathleen Specht ein halbes Jahr später an unsere Schule wechselte, war ich einer der Klassenbesten, ich wog zwölf Kilo weniger, und ich war wieder ganz und gar in die Welt meiner Jugend eingetaucht.

13 1984/85

Ein halbes Jahr lang bastelte ich an meinem neuen, bereicherten Leben: Ich fing an, Gitarrenunterricht zu nehmen, besorgte mir in der Bibliothek eine Menge der Bücher, die ich immer schon mal lesen wollte, machte bei der Schülerzeitung mit – und ich trat wieder in die Katholische Landjugend ein. Dort lernte ich Miriam, ihren Noch-Freund Theo und Stefan neu kennen und traf wieder auf Gregor (und heuchelte Überraschung darüber).

Doch dann kam der Winter, und ich wurde immer nervöser. Bald musste Kathleen an die Freiherr-vom-Stein-Schule wechseln. Ich hatte mich entschlossen, dass ich auch diesmal die Situation wiederholen wollte: Ich würde sie am Fahrradständer »finden« und sie dann trösten und ihr die Schule zeigen. Wenn ich es nicht tat, würde möglicherweise jemand anderes die Chance ergreifen, und das konnte ich nicht zulassen.

Leider hatte ich keine Ahnung, wann genau Kathleen zu uns gewechselt war. Ich wusste nur, dass es irgendwann im Januar gewesen sein musste und dass ich sie aufgestöbert hatte, als ich gerade Kunst blaumachte.

Endlich, an einem klaren, kalten Tag Ende Januar, nach dem Unterricht auf dem Weg zur Bushaltestelle, hörte ich, wie sich Schorsch und Joker über ein Mädchen unterhielten, das aussah wie eine Punkerin und neu auf die Schule gekommen war – Schorsch hatte mit ihr zusammen Geschichte Grundkurs gehabt, wo sie sich vorgestellt hatte. Sie hieß Kathleen.

In dieser Nacht schlief ich kaum. All die Herausforderungen der letzten Monate hatten mich ganz in Beschlag genommen, doch nun, da ich wusste, dass ich Kathleen so bald wiedersehen würde, konnte ich an nichts anderes mehr denken. Ich fühlte mich unendlich glücklich und zugleich unerträglich aufgeregt, wie damals als Kind, wenn man an Heiligabend eine Burg oder ein Fort geschenkt bekommen hatte und dann brutalerweise noch eine Nacht schlafen musste, bevor man damit spielen durfte.

Es stimmte tatsächlich alles: In der zweiten Stunde am nächsten Morgen hatte ich Kunst. Während die anderen die Kunstarbeitsräume betraten, setzte ich mich ab und schlenderte die Gänge entlang. Niemand sah mich, und so überquerte ich den Pausenhof. Ich fühlte mich hellwach, und ich wusste, dass dies der Tag des neuen Chris Mackenbrock sein würde – ein Chris Mackenbrock, der so viel souveräner war als der alte (vor allem den Mädchen gegenüber).

Gerade hatte ich die Müllcontainer erreicht und wollte um die Ecke biegen, da hörte ich ein Geräusch hinter mir. Geistesgegenwärtig quetschte ich mich hinter die Container. Ich nahm leichte Schritte wahr. Zu meinem Entsetzen blieb die Person, die mich aufgeschreckt hatte, stehen.

»Suchst du da irgendwas?«, fragte eine tiefe, kehlige Mädchenstimme. Die hätte ich unter Tausenden herausgehört – es war Kathleen. Ich quetschte mich wieder hinter dem Müll hervor und lächelte gezwungen.

»Natürlich nicht. Ich, äh, hab mich versteckt. Ich dachte … es wär vielleicht die Pausenaufsicht gewesen.«

»Pausenaufsicht? Jetzt? Während des Unterrichts?«

»Oh ja … hab ich gar nicht dran gedacht.«

Sie nickte nur irritiert und glaubte mir offensichtlich kein Wort. Ich schaute sie verkrampft lächelnd an – sie sah tatsächlich genauso aus wie in meiner Erinnerung: wunderschön und verletzlich, und am liebsten hätte ich sie einfach in die Arme genommen und geküsst. Ein paar Monate vorher noch wäre ich geschockt gewesen, weil sie so *jung* war – aber inzwischen sah ich die Welt wieder mehr und mehr aus der Sicht eines Siebzehnjährigen.

»Was schaust du so?«, fragte sie stirnrunzelnd und riss mich aus meinen Betrachtungen.

»Ich … nichts. Ich, äh, bin Chris.«

Sie sah mich prüfend an. »Chris? Dann bist du der Typ aus der Mädchendusche?«

»Nein! Das heißt … ja. Aber die Hälfte von dem, was da erzählt wird, ist frei erfunden.«

Großartig – ich tat alles, um mein Leben umzukrempeln, um Kathleen für mich zu gewinnen, und das Allererste, was sie von mir erfuhr, war, dass ich ein Sittenstrolch war.

»Ist ja auch egal. Okay, Chris – super, dass wir uns mal so richtig ausgequatscht haben. Ich muss weiter.«

Damit ließ sie mich stehen und ging wieder los, Richtung Fahrradständer. So hatte ich mir unser zweites erstes Treffen nicht vorgestellt. Eilig trottete ich ihr nach und stellte mich neben sie, während sie sich eine Zigarette anzündete. Sie sah mich misstrauisch an.

»Äääääh, hast du noch eine?«, improvisierte ich. Sie gab mir eine Zigarette. Ich lächelte sie dankbar an. Jetzt endlich war mein Augenblick gekommen.

»Du bist neu, oder? Soll ich dir die Schule zeigen und das Gelände?«

»Meinetwegen.«

Ich lächelte sie an und merkte, dass meine Vorbereitung doch nicht ganz perfekt gewesen war: Ich hatte darauf vertraut, dass sich das Gespräch automatisch wieder so mühelos anlassen würde wie beim ersten Mal, zumal ich ja inzwischen noch weniger gehemmt war als früher. Doch aus irgendeinem Grund passierte das nicht. Ich versuchte verzweifelt, mich zu erinnern, worüber ich damals mit ihr geredet hatte – aber ich hatte nicht die Spur einer Ahnung. Entsetzt wurde mir klar, dass wir ja damals beide siebzehn gewesen waren, also mehr oder weniger unzurechnungsfähige, hormon- und neurosenzerfressene Geschöpfe, und wahrscheinlich kaum zu einer vernünftigen Unterhaltung in der Lage. Möglicherweise war das, was ich in meiner Erinnerung als faszinierendes Gespräch festgehalten hatte, in Wirklichkeit nur pubertäres Gestammel gewesen:

»Ey, kommt gut, die Kippe.«

»Ja, supergut.«

»Hörste gern Musik?«

»Klar.«

»Police *ist geil, nicht?«*

»Ja, supergeil. Cure *auch.«*

»Klaro. Ey, weißte, was auch megageil aussieht? Dein Halsband.«

»Echt jetzt?«

»Ja. Mega abgefahren, ey!«

»Affentittengeil, was?« (debiles Kichern)

»Oberaffentittengeil, ey!« (noch debileres Kichern)

Ich schüttelte mich – nein, das war völliger Unsinn. Wir *hatten* uns damals gut unterhalten, und das Wort »geil« hatte dabei kaum eine Rolle gespielt, da war ich mir sicher. Allerdings hatte ich damals nicht gewusst, dass Kathleen die Frau meines Lebens sein würde – und war deshalb möglicherweise ein klein wenig lockerer gewesen.

Kathleen sah mich misstrauisch an, da ich immer noch einfach nur schweigend herumstand. Ich musste schnell handeln und beschloss, dass ich mit ihr über ihre Probleme reden würde – ich wusste ja, dass sie einen schlechten Start bei uns gehabt hatte. Damit konnte ich arbeiten.

»Ist bestimmt nicht leicht, hier neu hinzukommen, was?«, fragte ich, während ich ihr Feuerzeug nahm und mir die Zigarette anzündete. Sie überlegte kurz, dann nickte sie.

»Na ja, stimmt. Ich bin schon ein-, zweimal gewechselt, aber immer in der Stadt«, sagte sie leise. »So schwer war es noch nie, und ich hatte gedacht –«

Was sie gedacht hatte, erfuhr ich nie. Sie unterbrach sich und schaute mich erschrocken an. »Was ist los?« Ich wollte ihr antworten, aber ich konnte nicht. Stattdessen röchelte ich hilflos und starrte in verwirrter Panik ins Nichts, während der Rest des Körpers sich hilflos zusammenkrampfte.

In meinem Eifer, ihr zu gefallen, hatte ich mir wie so oft zuvor die Zigarette angezündet und einen tiefen, genüsslichen Lungenzug genommen und dann zu einem zweiten angesetzt. Dabei hatte ich nicht nur vergessen, dass ich seit inzwischen fast elf Monaten keine Zigarette mehr geraucht hatte, und ebenso, dass ich vor Aufregung heute Morgen nicht einen Bissen gefrühstückt hatte.

Vor allem aber hatte ich mir nicht klargemacht, dass ich diesem Körper hier nicht die erste Zigarette seit Monaten zumutete – sondern die erste Zigarette seines Lebens.

Ich begann zu husten und hörte damit die nächsten fünf Minuten nicht mehr auf, außer um mich über eines der Räder zu lehnen und erstickt vor mich hin zu würgen. Kathleen redete ängstlich auf mich ein.

»Entschuldige, Chris, tut mir Leid. Das ist Schwarzer Javaanse. Ich wusste nicht, dass du den nicht abkannst! Tut mir total Leid.«

Ich wollte abwinken, aber ein neuer Hustenanfall überwältigte mich. Sie kramte eine Dose Cola aus ihrer Jacke hervor und gab mir zu trinken. Endlich konnte ich wieder atmen. Kathleen sah mich an.

»Du gehst besser wieder rein. Gibt's hier nicht so was wie ein Krankenzimmer?«

»Nein, schon gut. Und ich wollte dir doch –«

»Ich muss auch los, wenn ich rechtzeitig zu Sowi kommen will.«

Sie zog mich halb mit sich, und so stolperten wir wieder ins Schulgebäude, ich immer noch hustend und Kathleen offensichtlich besorgt, dass ich jeden Moment ohnmächtig zusammensacken könnte. Als wir die Gänge erreicht hatten, verabschiedete sie sich hektisch. Sie schaute mich noch mal an und schüttelte den Kopf.

»Oh Mann, du siehst echt scheiße aus – blass wie eine Leiche!«

Sie drehte sich um und machte sich, schneller als nötig oder höflich gewesen wäre, davon. Ich schaute ihr fassungslos nach.

Als ich Kathleen Specht das erste Mal begegnet war, hatte sie mich nett, aber zu dick gefunden. Dieses Mal wollte ich einen ganz anderen Eindruck auf sie machen – und das war mir gelungen: *Jetzt* sah sie in mir einen gehemmten Perversen, der schon beim Genuss einer selbst gedrehten Zigarette k. o. ging und ansonsten die unappetitliche Neigung hatte, Mülltonnen zu durchstöbern. Was für ein Aufstieg!

In den nächsten Monaten gab es für mich wenig Gelegenheit, den miesen ersten Eindruck, den Kathleen von mir bekommen hatte, zu korrigieren. Im Gegensatz zu meinem »ersten« Leben versuchte ich diesmal von Beginn an aktiv an sie heranzukommen, aber ihre Meinung über mich stand fest, zumal sie sich auch diesmal wieder mit Tatjana und ihrer Clique angefreundet hatte. Wieder verabschiedete sich Kathleen von ihrem Punkstil, und wieder fuhren wir nach Berlin, doch diesmal gab es kein Strip-Poker, und ich landete nicht nackt unter Kathleens Bett. Ich trauerte ein wenig darum. Von nun an hatte ich diese Erinnerung – wie auch viele andere – exklusiv für mich und würde sie mit niemandem teilen können, denn das, woran ich mich erinnerte, war niemals passiert.

Zum Glück begann Kathleen auch diesmal wieder, bei der Schülerzeitung mitzuarbeiten – so sah ich sie wenigstens hin und wieder mal außerhalb des Unterrichts und ohne die Tatjana-Clique, und ich konnte ihr zeigen, dass in mir noch etwas anderes steckte als ein krankhaftes Interesse für Neuntklässlerinnen und Mülltonnen. Doch ich biss auf Granit – wenn ich mit ihr redete, konnte ich schon froh sein, wenn ich hin und wieder mal ein genervtes »Ja«, »Nein« oder »Ich hab doch gesagt: Lass mich in Ruhe!« aus ihr rausbekam. Wenn wir uns in der Redaktionsbesprechung gegenseitig unsere Artikel vorlasen, kamen die härtesten Kritiken zu meinen Werken regelmäßig von Kathleen. Nach einiger Zeit verlor ich die Hoffnung fast völlig – doch dann schrieb Kathleen zum zweiten Mal ihren Artikel über die Rolle unserer Schule im Dritten Reich.

Wieder kündigte Dr. Multhaup, unser Direktor, an, den Verkauf der Zeitung verbieten zu lassen, falls der Artikel erscheinen würde. Beim letzten Mal hatte die Redaktion klein beigegeben und Kathleen daraufhin ihre Mitarbeit eingestellt – aber diesmal gab es *mich*. Ich hielt ein flammendes Plädoyer, wie ich es aus meinen Lieblingsrechtsanwaltsserien kannte, und weckte den Kampfgeist der anderen Redaktionsmitglieder. Wir schalteten alle Gremien ein, die bereit waren, uns anzuhören, schrieben Leserbriefe und organisierten sogar eine Schülerdemonstration. Das Erstaunlichste dabei war, dass ich all das nicht tat, um Kathleen zu imponieren. In meinem ersten Leben hatte ich von diesem Vorfall kaum etwas mitbekommen, mein Horizont hatte sich im Großen und Ganzen tatsächlich auf Musik und Fußball beschränkt. Doch das hatte sich geändert: Ich hatte Kathleens Artikel gelesen und fand ihn engagiert und mutig, und der Versuch, ihn zu verbieten, empörte mich.

Am Ende hatten wir Erfolg: Dr. Multhaup gab sich geschlagen, und die Zeitung erschien unverändert. Dies wiederum hatte zur Folge, dass Kathleen nicht aus der Redaktion ausschied und deshalb auch nicht bei der Landjugend vorbeischaute, weil sie sich ja nicht auf die Suche nach einem neuen Betätigungsfeld machen musste.

Auch für mich persönlich hatte mein Engagement Folgen: Kathleens Sticheleien bei unseren Besprechungen wurden seltener und hörten schließlich ganz auf, und dann, an einem Spätnachmittag im Sommer, saßen wir allein an unseren Pulten in dem Klassenzimmer, das als Redaktionsarbeitsraum diente, und schrieben an unseren Artikeln. Irgendwann stöhnte sie genervt und schaute auf.

»Also, da du bestimmt drauf wartest, dass ich mich irgendwann bedanke für deine Hilfe, tu ich das hiermit: danke.«

Sie sah mich trotzig an. »Aber wenn du glaubst, dass du mich mit so was rumkriegen kannst: Vergiss es!«

»Okay.«

»Gut.«

Sie nickte, dann beugten wir wieder unsere Köpfe über unsere Artikel.

»Hast du Lust, Samstag mitzukommen ins *RAM?*«, fragte ich.

»Ja«, sagte sie.

So viele Jahre hatte ich mir vorgestellt, wie es sein würde, Kathleen Specht zu erobern. Und als es dann passierte, klappte es fast von selbst. Ich ging mit ihr ins RAM, wo – wie ich wusste – vor allem Wave und Indie gespielt wurde, Kathleens Lieblingsmusik. Ein paar Tage später fragte ich sie, ob sie mich zu einer Informationsveranstaltung gegen die geplante Umgehungsstraße begleiten wollte. Jetzt zahlten sich all die Dates, die ich in den vergangenen Jahrzehnten hinter mich gebracht hatte, aus – und natürlich auch die Tatsache, dass ich Kathleen so viel besser kannte, als ihr bewusst war.

Im Lauf der nächsten Wochen verbrachten wir immer mehr Zeit zusammen. Im Gegensatz zu Beatrix, die es so eilig gehabt hatte, Teil einer »Beziehung« zu werden, genoss es Kathleen allerdings, die Dinge in der Schwebe zu halten. Es dauerte noch fast einen Monat, bis wir uns zum ersten Mal küssten, und noch einen weiteren, bis ich tatsächlich ihre Mutter kennen lernte, die ihr verblüffend ähnlich sah und mit der sie in einer bedrückend engen Wohnung am Stadtrand lebte.

Kathleen redete häufig über Beziehungen, und es klang dann jedes Mal, als habe sie schon ein halbes Dutzend Trennungen hinter sich. Dabei hatte sie bisher nur einen einzigen Freund gehabt, in Hamburg. Sie vertrat die These, dass man sich nicht einengen lassen dürfe (was sie in meinem ersten Leben ja in der Tat auch nie hatte geschehen lassen).

Also ließ ich die Dinge langsam angehen und drängte sie nicht. Ich platzte sowieso vor Glück und Verliebtheit. So etwas wie das hier hatte ich noch nicht erlebt, und ich hatte nicht gewusst, dass man sich *so* fühlen konnte und dass Liebe nicht nur »schön« und »erfüllend« oder »quälend« sein konnte oder was für Worte man sich in späteren Jahren auch dafür ausdenken mochte, sondern auch einfach GROSS und FANTASTISCH und ein einziger RAUSCH, von dem man sich verzweifelt wünscht, dass er ewig anhalten möge.

Am Ende der Sommerferien gab es ein kleines Tief, als Kathleen von ihrem Jugendaustausch in Italien zurückkam und ich ihr anmerken konnte, dass sie ein schlechtes Gewissen hatte, obwohl sie kein Wort über das, was dort passiert war, verlor. Und ich wiederum konnte ihr nicht sagen, dass ich alles wusste von ihr und Davide, denn Beatrix, der ich aus dem Weg ging, hatte es mir diesmal nicht erzählt.

Aber ich kam darüber hinweg, und den Rest des Sommers über hatte ich das Gefühl, dass das Leben mich nun für all das entschädigte, was so lange Zeit schiefgelaufen war. Kathleen besuchte mich in unserem Dorf und gewann die Herzen meiner Eltern (die sie ja nie in ihrer Punkphase gesehen hatten). Wir machten Spaziergänge die Felder entlang und lagen dann nebeneinander versteckt im hohen Gras. Ich streichelte ihren Rücken.

»Du bist verliebt in mich, nicht wahr?«, fragte sie leise.

»Ja, das bin ich«, antwortete ich. »Sehr.«

»Ich auch in dich. Glaube ich wenigstens. Ich mein … ich hab nicht so den Vergleich. Ich weiß nur, dass ich das *so* noch nie gefühlt hab, und –«

Sie konnte einfach nicht anders: Ihr Gehirn arbeitete ununterbrochen und ordnete und hinterfragte in jeder Sekunde alles, was sich um sie herum und in ihr abspielte. Ich unterbrach diesen verhängnisvollen Prozess, indem ich sie küsste. Jetzt lächelte sie wieder und schloss die Augen.

»Ich wusste es übrigens von Anfang an – dass du hinter mir her bist.«

»Wirklich? Wieso?«

Sie lächelte verschmitzt und öffnete die Augen wieder. »Damals, als wir uns das erste Mal gesehen haben, da hast du getan, als würdest du mich nicht kennen. Und trotzdem … wusstest du meinen Namen.«

»Oh. Wirklich?«

»Ja, wirklich.« Sie lachte hell. »Und das sagt mir: Du hattest mich vorher schon gesehen und dich erkundigt, wie ich heiße. Eine andere Erklärung gibt's ja wohl nicht, oder?«

»Nein«, sagte ich lächelnd. »Eine andere Erklärung gibt's nicht.«

Wir lagen weiter so da, und ich hielt sie im Arm und lauschte auf ihren Atem, der immer gleichmäßiger wurde.

»Stimmt es echt, dass du früher dick warst?« Sie schlief schon halb. Ihre Stimme war kaum mehr als ein Hauch.

»Das war ich«, antwortete ich leise. »Vor langer Zeit.«

»Wenn du immer noch dick wärst, dann würde ich trotzdem genauso in dich verliebt sein, wie ich's jetzt bin. Das weißt du, nicht wahr?«

»Ja«, log ich und strich ihr die Haare aus dem Gesicht. »Das weiß ich.«

In den letzten Septembertagen schlief ich das erste Mal mit ihr, in ihrem winzigen Zimmer, dessen Wände sie selbst bemalt hatte. Diesmal mussten wir nicht auf eine Gelegenheit warten, wie es mit Beatrix der Fall gewesen war. Kathleens Mutter arbeitete viel, und es gab keine Geschwister, und so hatten wir die Wohnung meist den ganzen Nachmittag für uns allein.

Es war nicht Kathleens erstes Mal, aber ich war sehr vorsichtig und sehr zärtlich. Insgeheim dankte ich Beatrix und der scheuen Anne für alles, was ich von ihnen gelernt hatte (das galt nicht für Lilo, die versaute Kellnerin: Was ich von ihr gelernt hatte, behielt ich erst mal besser für mich).

Und als ich nachher neben Kathleen lag und ihren nackten sanften Körper spürte, der sich an meinen drückte, dankte ich aus ganzem Herzen der Macht, die mich zurück in meine Vergangenheit versetzt hatte. Ich war schlank, ich würde meinen Traumberuf ergreifen, und ich hatte meine Traumfrau erobert. Ich durfte jetzt ein neues perfektes Leben führen – allerdings, wie sich herausstellte, nur für kurze Zeit.

Inzwischen hatte ich herausgefunden, dass in meinem zweiten Leben die meisten Sachen in etwa so passierten, wie sie es beim ersten Mal auch getan hatten. Eine Zeit lang hatte ich mit dem Gedanken gespielt, dass ich mit Wetten reich werden könnte, aber dann musste ich bemerken, dass ich mich an enttäuschend wenige Dinge wirklich *exakt* erinnern konnte.

Außerdem gab es Abweichungen. So wusste ich genau, dass Hubi Klahold kurz vor Weihnachten 1983 mit seiner Freundin Susanne Schluss gemacht hatte. Sie hatte ihm bei ihrem letzten Streit ein Veilchen verpasst, und wir hatten über »Hubis Weihnachtsgeschenk« gespottet. Diesmal aber verbrachten die beiden Weihnachten zusammen – doch auf die erste Klassenfeier im neuen Jahr kamen beide getrennt, und Susanne verbrachte den Abend demonstrativ in den Armen unseres Freundes Joker, den sie unerbittlich abknutschte.

Ebenso konnte ich mich erinnern, dass der HSV 1983 hauchdünn vor Werder Bremen Meister geworden war, nur durch die bessere Tordifferenz getrennt. Diesmal allerdings holte sich Bremen mit einem Punkt Vorsprung den Titel, scheiterte aber nächstes Jahr im Meistercup genauso sang- und klanglos, wie es der HSV getan hatte.

Es gab also so etwas wie Kraftfelder im Leben, die Dinge drängten in eine bestimmte Richtung. Ich hatte für mich selbst einiges geändert, aber ansonsten hielt ich mich besser heraus, es war eh schon schwer genug, mit der Überlagerung von zwei Leben klarzukommen. An einem meiner ersten Tage in der Schule hatten Richie und Gregor von unserem alten Physiklehrer Herr Vossebein geredet, und ich hatte das mit einem melancholischen »Ach, der gute alte Vossebein – jetzt züchtet er bestimmt seine Rosen im Burgenland« kommentiert. Richie und Gregor sahen mich fassungslos an und klärten mich darüber auf, dass Vossebein gerade die Parallelklasse unterrichtete. Er würde erst Ende des Schuljahres in Rente gehen – ich hatte mich um ein Jahr vertan.

Ein noch peinlicherer Zwischenfall ereignete sich, als ich an einem Abend im Pfarrheim diskutierend an der Theke stand und geistesabwesend Beatrix, die dazukam, mit einem Kuss und einem beiläufigen »Hallo, Schatz« begrüßte, wie ich es schon tausend Mal getan hatte. Diesmal erntete ich dafür eine Ohrfeige.

Manchmal war es schwer, mich zurückzuhalten. Während einer Freistunde belauschte ich zufällig ein Gespräch zwischen Beatrix, Tatjana und Inga im Aufenthaltsraum.

»… und sie haben's echt gemacht, Bea?«

»Ja.«

»Und? Hat Kat gesagt, wie's war?«

»Sie meint, dass er sich gaaaaaanz viel Mühe gegeben hat – aber total ängstlich war. Und schrecklich unsicher.«

»Oooooh.«

»Aber sie sagt, sie wird ihm das alles noch beibringen. Es war ja immerhin sein erstes Mal.«

Ich sah, wie selbst Tatjana, meine Erzfeindin, mitleidig nickte. Alles in mir drängte sich, zu ihnen zu laufen und zu schreien: »Nein, ihr Schnepfen! Das war nicht unsicher! Das war *vorsichtig!* Und *zärtlich!* Weil *ich* nämlich jede Menge Erfahrung hab – aber eure Freundin nicht!«

Doch ich war verurteilt, mir in solchen Situationen auf die Zunge zu beißen, wenn mich die anderen nicht für einen halb verrückten Sonderling halten sollten. Zu meinem Unglück sahen die drei mich jetzt.

»Oh, hallo, Chris …«, stotterte Beatrix.

»Hallo.« Ich lächelte verzerrt. »Wie geht's?«

»Gut.« Sie nickten und versuchten, sich das Grinsen zu verbeißen.

»Tja, ich gehe mal wohin, wo ich meine Ruhe hab. Ich, äh … ich muss noch lernen.«

Ich nickte ihnen zu und ging wieder zurück zur Tür. Da hörte ich Tatjanas Stimme hinter mir.

»Ja – er muss noch *eine Menge* lernen …«

Sie hatte geflüstert, allerdings so laut, dass sie sich sicher sein konnte, dass ich es auch hören würde. Beatrix und Inga kicherten. Ich drehte mich noch einmal um.

»Ach, Tatjana …«

»Ja, Mackenbrock?«

»Fährst du eigentlich dieses Jahr wieder mit deiner Familie in die Berge zum Skifahren? Über Weihnachten?«

»Ja. Wieso?«

»Ach, nur so.«

Ich lächelte, drehte mich wieder um und ging.

Da ich mir vorstellen konnte, in welche Kraftfelder ich geraten konnte, wenn Kathleen wieder zur Katholischen Landjugend stoßen würde, hatte ich alles getan, um sie da rauszuhalten.

Ich behauptete, dass ich nur hingehen würde, um meine Eltern glücklich zu machen. Und wenn Kathleen danach fragte, was da so vor sich ging, erzählte ich ihr abschreckende Geschichten von Bibellesungen und Gebetsstunden. Eine Zeit lang ging es gut, doch ich hätte mir denken können, dass mein perfektes Leben irgendwann ein Ende haben musste.

Der Moment kam, als ich an einem düsteren Herbsttag ein mit Tassen und Löffeln beladenes Tablett durch den Pfarrheimflur bugsierte und durch die geschlossene Tür zwei sich streitende Stimmen hörte.

»... überall auf der Welt werden Menschen unterdrückt. Wieso um Himmels willen sind für euch ein paar reaktionäre polnische Katholiken wichtiger als die anderen?«, fragte eine gereizte weibliche Stimme. Eine demonstrativ geduldige männliche Stimme antwortete.

»Erstens ist die ›Solidarność‹ nicht reaktionär, das ist eine Gewerkschaft. Und Gewerkschaften *dürfen* auch christlich sein.«

»Oh, vielen Dank auch für die Belehrung. Das wusste ich Dummerchen ja noch gar nicht!«, antwortete die weibliche Stimme genervt.

»Und zweitens sind die Leute in Polen fast unsere Nachbarn. Und wenn da die Bürgerrechte mit Füßen getreten werden, dann geht uns das schon an«, fuhr die männliche Stimme fort, hörbar bemüht, die Geduld nicht zu verlieren. »Und drittens ist es ja nicht so, als würden wir die Menschen sonstwo ignorieren.«

Ich stöhnte auf und betrat den Jugendraum, und da saßen sie sich gegenüber, mit erhitzten Köpfen und verkniffenen Mienen: Stefan und Kathleen. Kathleen sah auf und lächelte.

»Hi. Ich wollte mir doch mal anschauen, wo du dich immer rumtreibst.«

Ich nickte nur und versuchte, ebenfalls zu lächeln. Aber in Wirklichkeit hätte ich heulen können, also stellte ich die

Tassen ab, um irgendwas zu tun zu haben. Kathleen war inzwischen aufgestanden und gab mir einen Kuss, dann gingen wir hinaus, wobei sie Stefan noch einen giftigen Blick zuwarf.

»Es ist viel netter hier, als du's beschrieben hast«, meinte sie, als wir draußen im Flur waren. »Aber mal im Ernst: Dieser Typ da drin – mit dem würde ich's ja keine halbe Stunde aushalten!«

Wieder konnte ich nur nicken. Ich ahnte, dass der Sturm aufzog.

Zum ersten Mal empfand ich es nun als Qual, den Lauf der Dinge bereits zu kennen. Natürlich schaffte ich es nicht, Kathleen davon abzuhalten, von nun an regelmäßig bei der Landjugend vorbeizuschauen. Bei den Gruppenabenden im Jugendraum war ich dazu verurteilt, ihr und Stefan zuzusehen, wie sie sich erbittert stritten, während ich genau wusste, was die beiden insgeheim bereits füreinander empfanden, wahrscheinlich noch ohne es sich einzugestehen. Ich versuchte dagegenzusteuern und zu einer Art Superfreund zu werden – aber das ging gründlich daneben.

»Heyyyyyy, schon wieder Blumen für mich?«

»Ja, Süße. Hab ich selbst gepflückt.«

»Wie lieb. Ja, das ist … total lieb von dir. Ich tu sie zu den anderen hier auf dem Regal – falls ich da irgendwo noch einen Platz finde.«

»Schön. So … und wann ist heute Nachmittag die Vorstellung?«

»Du meinst … von meiner Jazztanzgruppe??«

»Klar. Das darf ich mir doch nicht entgehen lassen.«

»Wie … wie lieb. Aber … wir tanzen auf einem Stadtfest in Salzkotten. Das ist vierzig Kilometer weg. Und du hast uns schon ein halbes Dutzend Mal zugesehen.«

»Ich kann gar nicht genug davon kriegen!«

»Chris – wir müssen mal reden ...«

Und sehr geduldig (aus ihrer Sicht war sie ja die Erfahrenere in Sachen Beziehungen) erklärte sie mir, wie schädlich »Klammern« und »zu große emotionale Abhängigkeit« für uns beide sein und wie sehr unsere Beziehung darunter leiden könnte.

Mir blieb also nichts übrig, als zuzuschauen und abzuwarten, was passieren würde. Ansonsten konnte ich nur versuchen, so viel Gift wie möglich gegen Stefan zu versprühen. Die einzigen Gefühle, die es zwischen den beiden geben durfte, waren Abscheu, Genervtheit und abgrundtiefer Widerwillen. Immer wieder stöhnte Kathleen: »Der Typ ist so was von arrogant. Den sollte man einfach nur ignorieren!« Und jedes Mal drängte es mich, sie anzufeuern: »Ja, lass ihn uns ignorieren, Schatz! Wir beachten ihn einfach nicht mehr! *Nie mehr! Okay?*«

Aber ich durfte meine Eifersucht nicht zeigen. Das hätte nur dazu geführt, dass Kathleen sich eingeengt gefühlt und den Drang verspürt hätte, aus meiner »emotionalen Umklammerung« (wo hatte sie nur immer solche Begriffe her?) zu entfliehen – vermutlich direkt in die weit geöffneten Arme von Stefan.

Es war zum Verrücktwerden: Dies hätten die besten, schönsten und fantastischsten Monate meines Lebens werden sollen, und irgendwie waren sie es auch, doch gleichzeitig konnte ich manchmal kaum atmen aus Angst vor dem Verderben, das auf uns lauerte. Nach außen hin wirkte alles völlig normal, aber in Wirklichkeit lebten wir monatelang in einer Dreierbeziehung – nur dass dies zwei von den drei Beteiligten nicht bewusst war.

Für eine Weile hatte ich dann trotzdem den Eindruck, dass die Dinge diesmal anders laufen könnten, denn obwohl ich die beiden mit einer eifersüchtigen Aufmerksamkeit beobachtete, gegen die Othello wie ein kaltblütiger Phlegmatiker gewirkt hätte, entdeckte ich keine Anzeichen für einen Gefühlswandel. Außerdem hatte Kathleen wieder ihre Leidenschaft für die Grünen entdeckt, und wir gingen nun regelmäßig zu deren Treffen und seltener ins Pfarrheim.

Wir hörten Hermann zu, der die Gründung des Ortsverbandes plante, sahen, wie Schorsch unterdrückt wurde, und knabberten in den Pausen an Karottensticks. Ich begann, mich wieder besser zu fühlen – doch dann, an einem Abend im Frühjahr, tauchte er auf: Stefan.

Ich sah ihn in der Ecke der renovierten Tenne sitzen, während wir gerade einem Vortrag von Hermann über das Waldsterben lauschten – er war allein und schaute sich unauffällig unter den Anwesenden um, und als er uns sah, nickte er uns betont beiläufig zu. Niemand sonst würde Verdacht schöpfen – aber ich *wusste*, dass er damals nur zu diesen Treffen gekommen war, weil Kathleen ihn mitgeschleppt hatte (so wie sie jetzt mich mitschleppte), und dass das, was hier passierte, ihn tödlich langweilte. *Ich* wusste, dass es nur einen Grund gab, weswegen er sich das antat: Kathleen.

»Guck an – da hat noch jemand sein Herz für den sterbenden Wald entdeckt«, flüsterte ich Kathleen mit spöttischem Lächeln zu.

»Wahnsinn, nicht? Das hätte ich nicht von ihm gedacht«, flüsterte sie zurück und sah zu Stefan hinüber, mit diesem milden Gesichtsausdruck, den ich früher schon an ihr gesehen hatte – als sie langsam begriff, dass sie sich in mir getäuscht hatte.

Ich spürte, dass die Krise bald ausbrechen musste, und als wenig später das Gerücht die Runde machte, dass Tatjana Behling schwanger aus den Weihnachtsferien zurückgekehrt war, erinnerte ich mich wieder an all die Ereignisse von damals: Tatjanas Abschiedsfeier, auf der ich vergeblich versucht hatte, Kathleen meine Liebe zu gestehen. Am Tag danach war sie ins Kinderferienlager aufgebrochen – dort waren sie und Stefan zusammengekommen und hatten ihre junge Liebe gefeiert, indem sie den Wagen von Pastor Henrichs in ein Instrument der Sünde verwandelten.

Als ich daran dachte, fasste ich wieder Mut: Dies war eine der Weggabelungen in meinem Leben gewesen, an denen ich hoffungslos versagt hatte. Aber ich hatte nun schon einmal eine traurige Erinnerung ausgelöscht und durch eine bessere ersetzt, und ich würde das wieder tun können.

Noch gab es die demütigende und niederschmetternde Erinnerung an das Kinderferienlager, zu dem ich getrampt war, nur um zu erfahren, dass Kathleen und Stefan das Skandalpaar des Jahres geworden und bereits abgereist waren. Aber bald würde es eine neue Erinnerung geben: an ein Ferienlager, in dem zwischen Kathleen und Stefan *nichts* passiert war – weil *ich* diesmal mitfahren würde!

Ironischerweise schaffte ich es dann tatsächlich, die Geschehnisse in eine ganz neue, unerwartete Richtung zu lenken – aber nur mit dem Ergebnis, dass ich eine grauenhafte Erinnerung durch eine noch schlimmere ersetzte. Zum Glück führte ich dieses Mal Tagebuch, so dass ich einfach daraus zitieren kann und mich nicht quälen muss, indem ich mein Gedächtnis bemühe.

14 SOMMER 1985

24. Juni:

Fuhr mit Kathleen und Miriam im Wagen von Rita Theissen nach Sundern. Rita rauchte und redete pausenlos und erwähnte ein paarmal zu oft, wie wichtig es ihr sei, »eine Beziehung zu euch Jugendlichen herzustellen«. Kat und Miriam beteiligten sich kaum am Gespräch. Die beiden verachten Rita, weil sie sich zu dick schminkt, zu viel trinkt und außerdem in dem Ruf steht, nur ins Ferienlager mitzufahren, um ihrer deprimierenden Ehe mit dem Leiter des Ordnungsamtes zu entgehen und potenziellen jugendlichen Liebhabern nachzustellen. Tatsächlich bildet Rita einen extremen Kontrast zu den anderen beiden Kochfrauen, die rundlich und jovial sind und – im Gegensatz zu Rita – tatsächlich kochen können.

Es fühlte sich ungewohnt an, mit einem richtigen Erwachsenen tatsächlich zu reden und nicht belehrt, ausgefragt oder runtergemacht zu werden oder das Gefühl zu haben, dass man – egal, was man von sich gibt – nicht ganz ernst genommen wird.

Kleiner Aussetzer dann, als wir das alte Schullandheim bei Sundern erreichten – war etwa eine Minute lang nicht ansprechbar, wurde komplett überwältigt von der Erinnerung. Bekam mich aber wieder in den Griff und war danach in der Lage, die Halle zu betreten. Dort peinlicher kleiner Zwischenfall: sah Stefan, der sich über ein weinendes Mädchen beugte, und verdächtigte ihn vor den anderen, die Kleine ungeschickterweise umgerempelt zu haben. Es stellte sich aber raus, dass sie sich beim Spielen verletzt hatte und Stefan ihre Wunden versorgte. Der Mistkerl will Medizin studieren – alle Betreuerinnen, selbst Miriam und Kathleen, waren hingerissen.

Versuchte danach, die Aufmerksamkeit auf mich umzuleiten, und machte mit Kat einen Spaziergang und sagte ihr, dass ich sie liebe. Danach langer Kuss. Sehr gut – dieses Mal hat die Stefan-Kathleen-Romanze keine Chance.

Später Aufteilung der Gruppen auf die acht Betreuer: Ich bekam einige ältere Jungen zugewiesen. Wir sind die »Löwenzahngruppe«, es gibt auch die »Kleeblätter«, die »Pusteblumen«, und die Gruppe elf- und zwölfjähriger Mädchen, die in kreischenden Jubel ausbrach, als ihr Stefan zugeteilt wurde, nennt sich die »Disteln«. Pastor Henrichs erläuterte, dass neben den Ausflügen, Nachtwanderungen, Schatzsuchen und Spielen, die man für die Kleinen vorbereitet hat, jeden Tag Wettbewerbe stattfinden werden, bei denen die einzelnen Gruppen Punkte sammeln können.

25. Juni:

Bin sehr glücklich mit dem bisherigen Verlauf des Ferienlagers. Heute gab es eine Stadtrallye in Sundern, und meine Gruppe hat haushoch gewonnen.

Kleiner Bonus: Stefans »Disteln« landeten auf dem letzten Platz.

Großer Bonus: Nachher waren wir schwimmen im See. Kat hat sich einen neuen Badeanzug gekauft und sieht unfassbar sexy aus. Ich blieb die ganze Zeit im Wasser und kam nicht raus, um mich zu sonnen. Es wäre peinlich gewesen, wenn das ganze Lager mitbekommen hätte, *wie sehr* mir Kathleens Anblick gefiel.

Leider schlafen wir nach Geschlechtern getrennt, auch die Betreuer. Wenigstens hatte ich Kat nach dem Abendessen ein paar Minuten für mich allein. Am Rand des kleinen Parks hatte ich unsere Initialen mit einem Herz darum in einen Apfelbaum geritzt, als Symbol unserer Liebe. Das zeigte ich ihr nun. Es schien ihr ein bisschen peinlich zu sein, und nachher ließ sie es nur zu einem quälend keuschen Kuss kommen. Fühlte mich ihr trotzdem sehr nah.

27. Juni:

Tage des Triumphs! Die »Löwenzähne« räumten bei sämtlichen Wettkämpfen ab: Fußball, Tauziehen, Schnitzeljagd – meine Jungs waren fast immer ganz vorn dabei. Besonderes Highlight: Auch die Betreuer müssen bei den Wettkämpfen mitmachen – heute durfte Stefan beim Hindernislauf meinen Staub schlucken!

Einziger Wermutstropfen: ein kleiner peinlicher Moment beim Frühstück, als Pastor Henrichs eine Rede hielt und die Kinder ermahnte, nichts in die Bäume zu ritzen – das sei Sachbeschädigung. Kathleen lief tiefrot an, aber zum Glück hat uns keiner gesehen. Jetzt steht ein Grundschüler namens Carsten in Verdacht, in die zwölfjährige Kerstin verknallt zu sein.

29. Juni:

Erster ernster Rückschlag: Stefan hat den allgemeinen Unwillen über die Übermacht der »Löwenzähne« genutzt, um sich in den Mittelpunkt zu stellen. Er kennt sich sogar in moderner Pädagogik aus – und so machten wir auf seine Anregung hin heute nur Spiele, bei denen es keine Sieger und Verlierer gab. Alle waren begeistert von seinem pädagogischen Feingefühl.

Zu allem Überfluss will außerdem die Hitzwelle nicht abreißen. Deshalb ist heute die Fahrt nach Köln ausgefallen, und alle verbrachten mal wieder den halben Tag beim Baden am See – auch Kathleen. Befinde mich in einem Zustand konstanter, quälender Erregung, die nur noch abklingt, wenn ich Stefan beobachte, der immer mehr Aufmerksamkeit auf sich zieht. Fällt denn keinem auf, wie peinlich dieses heilige, pädagogische Getue ist?

Fragte heute Abend Kat, ob wir uns wieder an »unserem Baum« treffen wollten. Sie lehnte entschieden ab und erklärte, sie sei heilfroh, dass keiner draufgekommen ist, dass wir das waren mit dem Herz, und dass das ihrer Meinung nach auch so bleiben solle.

Muss sehr enttäuscht ausgesehen haben, denn gleich darauf gab sie mir einen langen Kuss, der mich emotional ein wenig tröstete, aber meine körperliche Qual noch weiter anstachelte.

Die einzigen friedlichen Augenblicke sind mir in der Nacht vergönnt, wenn ich mir in einer der wenigen Toilettenkabinen Erleichterung verschaffe. Ich bete um einen Kälteeinbruch.

30. Juni:

Kein Regen in Sicht, aber dafür eine neue Chance, Punkte gegen Stefan zu machen: In den nächsten Tagen soll jede Gruppe ein Musikstück vorbereiten, das dann an unserem bunten Abend aufgeführt werden wird. Jetzt wird es sich auszahlen, dass ich begonnen habe, Gitarre zu lernen. Ich entschied, dass die »Löwenzähne« »Michael row the Boat ashore« singen werden, einen Gospel – das passt gut zu einem Jungenchor und ist außerdem christlich, aber nicht so spießig wie »Kleines Senfkorn Hoffnung« oder »Herr, gib uns deinen Frieden«.

Vor dem Abendessen war ich zufällig ein paar Augenblicke lang mit Kat allein in einer Ecke des Flures, wo mich die Leidenschaft übermannte: Ich küsste sie gierig, und dann sagte ich ihr, wie sehr ich sie liebe. Sie lächelte irgendwie ausweichend, fand ich, und als sie mir antwortete, dass sie mich auch liebe, klang es wie eine Pflichtübung.

Heute Abend dann ereignete sich noch eine irritierende Szene: Wir spielten im Saal ein Spiel, bei dem die Hauptperson mit verbundenen Augen die Person erkennen muss, die sich vor sie stellt, durch Ertasten der Gesichtszüge. Ich wurde ausgewählt, und als ich die Person, die man mir brachte, abtastete, merkte ich sofort, dass es Kathleen war. Ich machte daraufhin einen kleinen Gag und rief: »Ich hab's raus: Das hier ist Pastor Henrichs!« Dann zog ich die Person vor mir an mich und küsste sie. Der Saal tobte.

Ich nahm dann das Tuch ab und stellte fest, dass ich mich geirrt hatte: Die Person war nicht Kathleen – sondern Rita Theissen. Wie konnte mir das nur passieren? Ich habe meine Freundin mit einer Frau verwechselt, die *über dreißig* ist! Es muss daran gelegen haben, dass ich einfach dauernd an Kat denke. Verdammt, wenn ich mich schon vertun musste, hätte es dann nicht Miriam sein können? Und nicht Rita, die Mrs. Robinson von Hölten?

Kat ging mir danach aus dem Weg. Ich habe so ein schlechtes Gewissen. Morgen muss ich ihr sagen, wie sehr ich sie liebe!

1. Juli:

Bin nicht dazu gekommen, meinen Vorsatz in die Tat umzusetzen: Kat hat es verhindert. Ich übernahm in meiner Freizeit sogar die zusätzliche Aufgabe, neue Getränke in der Stadt zu besorgen, weil Kat dafür eingeteilt war und wir so zusammen fahren konnten. Doch sie lud die dicke Frau Mönnikes ein, uns zu begleiten, und führte mit ihr eine angeregte Diskussion darüber, was alles in eine Quarkspeise gehört und was nicht.

Nachher wieder die tägliche Hölle beim Baden am See. Heute war es noch schlimmer: Stefan war auch da, saß unter einem Baum und tat so, als würde er ein Buch lesen. Ich lag am anderen Ende der Wiese und konnte ihn beobachten: Er starrte Kathleen an! Ganz unauffällig, nur immer mal für ein oder zwei Sekunden, meistens, wenn er umblätterte. Dann hob er den Kopf und sah wie zufällig hinüber zum Ufer, wo Kat und Gregor mit ein paar von den Kleineren Wasserspiele veranstalteten. Ich wette, er kam sich sehr clever vor dabei –

aber vor mir konnte er die Gier in seinem Gesicht nicht verbergen.

Habe heute Abend in der leeren Küche, in der ich auch nachts, wenn die anderen schlafen, immer mein Tagebuch schreibe, ein Liebesgedicht für Kathleen verfasst. Ging danach zu den anderen Betreuern zurück und wollte Kat den Zettel mit dem Gedicht heimlich zustecken. Sie trug aber nur eng anliegende Shorts und ein T-Shirt. Also musste ich in den Saal schleichen und habe den Zettel in ihrem Schlafsack versteckt.

2. Juli:

Was für ein Tag! Kat fand heute Morgen den zerknitterten Zettel mit dem Liebesgedicht in ihrem Schlafsack. Ich hatte es, damit es leserlicher wird, in Schönschrift geschrieben, und so erkannte sie meine Handschrift nicht. Sie kam nicht mal auf die Idee, dass es von mir sein könnte, sondern war überzeugt, dass sie einen Verehrer unter den Jungen hat. Miriam und die anderen Betreuerinnen, denen sie das Gedicht zeigte, stimmten ihr zu. Sie kommentierten die niedliche Handschrift und die unbeholfenen, kindlichen Reime. Mir wurde schlecht vor Demütigung.

Beobachtete später am See wieder Stefan dabei, wie er meine Freundin beobachtete, die wiederum kaum noch Augen für mich hat. Dachte darüber nach, was mich zuerst umbringen wird: die Eifersucht oder die Hitze?

Als der bunte Abend losging, war ich nur noch ein nervliches Wrack. Es war immer noch weit über zwanzig Grad und drückend schwül, aber kein Gewitter kam, um uns zu erlösen. Die »Löwenzähne« schlugen sich tapfer – dafür griff ich auf der Gitarre ein ums andere Mal daneben. Und dann der Schlag in die Magengrube: Stefan und die »Disteln« traten auf. Es stellte sich raus, dass der Mistkerl Klavier spielen kann. Schlimmer noch: Seine Gruppe führte ein richtiges kleines Musical auf – und er hatte die Songs selbst geschrieben!

Das Musical handelte von Kindern, die die Zerstörung der Welt verhindern wollen, von den dummen Erwachsenen aber nicht ernst genommen werden (»Papa, warum hörst du mir nicht zu-huuu? Ich bin doch ein Mensch genau wie du-huuu …«). Doch schließlich rührt die Unschuld der Kleinen die Politiker und Generäle so sehr, dass sie davon absehen, den Planeten in die Luft zu jagen, und sich wieder vertragen.

Am Ende stellten die Mädchen sich in einer Reihe auf, fassten sich an den Händen und sangen »Imagine«. Die größte Schnulze, die der echte John je geschrieben hat, aufgeführt von unschuldigen Kleinmädchenstimmen – es war schamlos. Ich wollte mich darüber lustig machen, aber alle um mich herum hatten Tränen in den Augen, selbst Gregor – und Kathleen! Auch mir war plötzlich zum Heulen zumute. Danach orkanartiger Beifall, der gar nicht mehr enden wollte. Ich beobachtete Kathleen: Sie klatschte begeistert und schaute Stefan schon wieder mit diesem besonderen, milden Gesichtsausdruck an. Trotz der brütenden Hitze lief es mir kalt den Rücken runter.

Um meine Niederlage komplett zu machen, gab die Gruppe danach noch eine Zugabe: Stefan ließ die Mädchen mit ihren zarten Stimmchen »Smoke on the Water« singen. Die Masse tobte.

Bin nur noch verzweifelt. Über eine Woche lang habe ich mich mit aller Macht gegen das gestemmt, was unvermeidbar scheint – doch jetzt sieht es ganz so aus, als seien meine Kräfte einfach zu schwach.

3. Juli:

Gestern hatte ich gedacht, es könnte nicht mieser werden – aber da hatte ich mich getäuscht. Der Tag heute war schlimmer. Kathleen hat mit mir Schluss gemacht.

Natürlich war die Hitze schuld. Sie hat meine seelische Widerstandskraft ruiniert und so dafür gesorgt, dass ich zuletzt die Spannung nicht mehr ertragen konnte. Den ganzen Vormittag über brütete ich düster vor mich hin. Nach dem Essen kam es dann schließlich zu der Entladung, die wohl unvermeidlich geworden war.

Es passierte während der Ruhestunde: Zwei Jungen kaperten ein Ruderboot, fuhren auf den See hinaus. Dort stellten sie sich auf den schwankenden Planken auf und lieferten sich ein Duell, indem sie mit zwei von den aufblasbaren Riesenbananen, die wir als Schwimmhilfe für die ganz Kleinen mitgenommen hatten, aufeinander eindroschen. Die Kämpfer wurden von den aufgeregten Betreuern zum Ufer zurückgerufen. Als wir uns gerade wieder zerstreuen wollten, schnappten sich Kat und Miriam die Bananen, schwangen sich ins Boot und fuhren hinaus ins tiefere Wasser. Dort lieferten sie sich unter schrillem Kreischen eine erbitterte Schlacht und platschten dann beide prustend in den See, wo sie sich dann weiter mit Wasser bespritzten. Ich vermute, dass diese Szene mich endgültig so sehr erhitzte, dass ich mich nun einfach nicht mehr zurückhalten konnte. Ich forderte Stefan heraus.

Wir warteten, bis Kat und Miriam zurück waren, dann ruderten wir hinaus auf den See, weiter als die anderen zuvor. Schließlich standen wir auf, schnappten uns die Plastikbananen und hämmerten damit aufeinander ein. Am Anfang war es noch lustig, und die Zuschauer am Ufer johlten begeistert. Immer wieder ging einer von uns über Bord und musste dann wieder ins Boot klettern.

Wir machten immer weiter – endlich wurde es der Menge langweilig, und man konnte die ersten Buhrufe hören. Stefan, um seine Popularität besorgt, wollte aufhören, aber ich ließ es nicht zu. Stattdessen versetzte ich ihm einen noch heftigeren Hieb mit der Banane, dann wurde ich neugierig, wie es sich anfühlen würde, die alberne Banane wegzulassen und ohne Hilfsmittel zuzuschlagen. Stefan erkannte meine Absicht, sprang über Bord und wollte zum Ufer schwimmen. Aber ich sprang ihm hinterher, verfolgte ihn und bekam ihn am Fuß zu fassen.

»Spinnst du? Was soll das?«, brüllte er Wasser spuckend.

»Lass sie ihn Ruhe! Kapiert?!«, keuchte ich.

»Was?? Wovon redest du?« Er kreischte jetzt fast und strampelte wild mit den Beinen. Ich stürzte mich auf ihn und drückte ihn unter Wasser. Er schlug mit den Armen unkontrolliert um sich. Schließlich gelang es ihm, mir seinen Fuß gegen mein Kinn zu rammen, und er schwamm rasch davon. Am Ufer wartete schon unser Publikum auf uns. Alle hatten inzwischen gemerkt, dass etwas nicht stimmte, und niemand sagte ein Wort, als wir aus dem Wasser stiegen. Stefan stapfte zum Haus, ich sah ihm nach.

Kathleen kam zu mir und fragte mich, was los war und ob ich komplett verrückt geworden sei. Ich antwortete ihr nicht, sondern ging einfach davon. Wie hätte ich ihr auch klarmachen sollen, dass ich wusste, was in ihr vorging, weil ich es zwanzig Jahre zuvor schon mal mitbekommen hatte, in einem anderen Leben? Und dass es mich in den Wahnsinn trieb, dass ich die Wiederholung der Ereignisse einfach nicht verhindern konnte?

Heute Abend sprach kaum jemand mit mir, aber alle – auch Kathleen – waren betont nett zu Stefan, meinem »Opfer«.

Als die anderen alle im Bett waren, blieben Kathleen und ich allein zurück. Für einen winzigen Moment hatte ich die Vorstellung, dass es vielleicht doch noch zu der romantischen Nacht kommen würde, die ich mir so oft erträumt hatte. Aber dann sah ich ihr Gesicht, und mit jeder Sekunde, die wir schweigend dasaßen, ahnte ich mehr, dass ich mich getäuscht hatte: Das hier würde nicht die Rettung dieses verkorksten Ferienlagers für mich werden, sondern der Moment, an dem alles zusammenkrachen würde. Endlich drehte sie sich zu mir.

»Wir müssen mal reden.«

»Ja, das find ich auch«, antwortete ich schnell, in der absurden Hoffnung, durch pures Geplappere das Unvermeidliche abzuwenden. »Es gibt so vieles, was ich dir –«

»Wir sollten Schluss machen.«

Ich stammelte ein paar unzusammenhängende Wortfetzen. Dann, mit einer übermenschlichen Anstrengung, gelang es mir zu antworten.

»Aber … das geht nicht! Wir sind Seelenverwandte, und –«

»Wir sind WAS??«

»Äh, Seelenverwandte …«

Sie sah mich ein paar Sekunden lang fassungslos an. Ich japste nur, weil ich wusste, dass es mir mal wieder gelungen war, ganz genau das Falsche zu sagen.

»Nein! Das sind wir nicht«, antwortete sie schließlich. »Wenn wir seelenverwandt wären, hättest du gemerkt, dass ich's nicht ertrage, dass du hier … *so bist!* Ich fühle mich, als hättest du die Hände um meinen Hals gelegt und würdest langsam zudrücken …«

Sie atmete schwer. Ich nahm ihre Hand. Sie wehrte sich nicht dagegen, aber nur, weil sie nicht grausam sein wollte. Ich streichelte über ihren Handrücken wie über ein Stück Stoff, das sich angenehm anfühlte, jedoch ohne Leben war. Sie sah mich traurig an.

»Es tut mir leid, Chris. Aber das ist einfach alles zu heftig für mich. *Du* bist zu heftig.«

Ich wollte sie verzweifelt an mich ziehen, doch sie wich zurück.

»Wirklich … es ist besser, wir lassen es. Wenigstens für eine Weile.«

Ich ließ ihre Hand los. Dann drehte sie sich um und ging schnell in die Halle.

4. Juli:

Heute erreichte die Hitzwelle ihren Höhepunkt. Es gab keine Erleichterung – und für mich, der ich zu einer Hölle aus Selbstvorwürfen und verzweifeltem Liebeskummer verurteilt bin, sowieso nicht. An den Spielen nahm ich nur mechanisch teil. Die »Löwenzähne« eilten heute von Erfolg zu Erfolg, aber unsere Triumphe ließen mich kalt.

Vor zwanzig Jahren hatte ich Träume von wunderschönen Dingen, die hier passieren würden, von großer Romantik und neu entdeckter Liebe. Damals ereigneten sich dann tatsächlich romantische Szenen, und zwei Menschen entdeckten ihre Liebe füreinander – aber tragischerweise war ich keiner von ihnen. Jetzt war ich angetreten, um diese Ereignisse zu verhindern oder aber selbst Teil der Liebesgeschichte zu werden. Doch das Ergebnis ist niederschmetternd: Für mich ist es *noch* mieser gelaufen als damals, und Kathleen und Stefan habe ich den Trip auch versaut. Diesmal haben alle verloren.

Während der Mahlzeiten blieb ich für mich. Zum Glück erzählte Kathleen den anderen nichts von unseren Problemen (ich weigere mich noch immer, es als Trennung zu sehen) – so kam niemand, um mich zu trösten oder mit mir ein aufbauendes Gespräch zu führen, das hätte ich nicht ertragen. Die Einzige, die anscheinend etwas merkte, war Rita Theissen. Nach dem Abendessen brachte sie mir ein Extraschälchen mit Pudding, und ich fühlte mich ein wenig an damals erinnert, als ich in diesem Saal mit Marmeladenbroten getröstet worden war.

»Ist alles in Ordnung? Mit dir und Kathleen?«, fragte Rita, während sie das Schälchen vor mir auf den Tisch stellte. Ich hatte keine Kraft mehr, um zu lügen.

»Nein. Gar nichts ist in Ordnung.«

Sie nickte und lächelte traurig. »So geht das manchmal im Leben. Man verliebt sich und glaubt, man weiß genau, wie alles weitergeht, und freut sich auf die Zukunft. Und dann ist die Zukunft da, und man merkt, dass man sich was vorgemacht hat und es nie einen Grund gab, sich zu freuen.«

Sie stoppte sich, bevor es noch offensichtlicher wurde, dass sie von ihrer verkorksten Ehe mit diesem Ordnungsamtstypen redete.

»Also, es tut mir echt Leid. Das hast du nämlich nicht verdient«, fügte sie rasch hinzu. Ich nahm das Schälchen und nickte dankbar.

»Ja«, sagte ich. »Das haben wir beide nicht verdient.«

Sie sah mich erstaunt an, dann schüttelte sie den Kopf. »Du bist wirklich einer der ungewöhnlichsten Achtzehnjährigen, denen ich je begegnet bin, Chris Mackenbrock.«

Ich musste lächeln, zum ersten Mal an diesem Tag. Denn da hatte sie natürlich vollkommen Recht.

Zum Glück findet heute die große Nachtwanderung statt. Ich werde nicht mitgehen, einer muss sowieso hier die Stellung halten. Ich fühle mich abgestumpft und leer. Das Tagebuchschreiben lenkt einen wenigstens ab. Ich muss jetzt aber Schluss machen, denn ich habe den Eindruck, jemand schleicht gerade durch den Flur. Wahrscheinlich eines von den Kindern, die sich den Magen verdorben haben und nicht mitgehen konnten …

(Ende der Tagebucheinträge)

Das ist so eine Sache mit den Kraftfeldern, die unser Leben bestimmen. Die Dinge drängen in eine bestimmte Richtung, aber was genau passiert und wie es passiert, das kann niemand vorhersagen. Während des Ferienlagers in Sundern in meinem ersten Leben wurden Kathleen und Stefan ein Paar – und nach Hause geschickt, weil sie beim Sex im Wagen des Pastors erwischt wurden.

Diesmal kamen Kathleen und Stefan nicht zusammen, das hatte ich verhindern können (auch wenn ich – quasi als Kollateralschaden – meine Beziehung mit Kathleen gleich mit ruiniert hatte). Aber dafür wurden wieder zwei Teilnehmer der Fahrt beim Sex auf dem Rücksitz eines Wagens erwischt: Rita Theissen und ich.

Rita war es gewesen, die spät noch unterwegs war und in die Küche kam, und ich erfuhr nie, ob sie zufällig dort auf mich stieß oder es so geplant hatte. Sie setzte sich einfach zu mir, und so kam ich doch noch zu der Nacht, die ich mir so oft vorgestellt hatte, mit geflüsterten Offenbarungen, faszinierten Blicken, weil man die Person gegenüber ganz neu entdeckt, und der berauschenden Gewissheit, dass nach dem Reden noch mehr kommen wird.

Wie schon bei der Hinfahrt genoss ich es einfach, dass sie *erwachsen* war. Während meiner ersten Jugend hatte ich nicht mitbekommen, wie sehr wir in unserer eigenen Welt gelebt hatten. Jetzt fehlte es mir manchmal, mit jemandem zu reden, der tatsächlich *Erfahrungen* gemacht hatte – und Rita hatte mehr als genug davon aufzuweisen.

Wir redeten über Kathleen und über Ritas Mann und über das Gefühl, in Hölten lebendig begraben zu sein, und tranken Wein dazu. Ich konnte nur zu gut verstehen, wie es für sie sein musste, mit jemandem zusammenzuleben, für den sie keine Leidenschaft empfand, aber das konnte ich ihr natürlich nicht sagen. Dann sah ich, wie schön und verletzlich sie aussah, und mir wurde bewusst, dass sie fast zehn Jahre jünger als ich sein musste. Dann küssten wir uns, und schließlich überlegten wir uns, dass ihr Wagen der einzige wirklich private und vor allem schalldichte Ort war, an den wir uns zurückziehen konnten.

Wir gingen direkt durch die Seitentür in die Garage. Hätten wir einen kleinen Umweg gemacht und wären außen herum gegangen, hätten wir gemerkt, dass ausgerechnet in dieser Nacht die Hitzewelle ihr Ende fand, denn inzwischen wurde es immer windiger, und immer mehr Wolken schoben sich vor den Mond – und wir hätten uns denken können, dass die Nachtwanderer vorzeitig zurückkommen würden. Und wäre ich den Tag über nicht so abgestumpft und gleichgültig gewesen, hätte ich wohl mitbekommen, dass der Schatz, den die Kinder finden mussten, unter dem Wagen des Pastors versteckt worden war, der neben dem von Rita stand.

So aber bekamen die Teilnehmer des Ferienlagers eine Show

geboten, gegen die selbst Stefans Musical verblasste. Während eine Traube von zwei Dutzend Kindern zusammen mit Miriam und Pastor Henrichs verblüfft auf Ritas heftig auf und ab ruckelnden VW Passat zuging, erhellten durch das offene Garagentor die ersten Blitze des aufziehenden Gewitters die Szenerie.

Am nächsten Morgen schickte man uns beide nach Hause, und mir wurde einmal mehr mitgeteilt, dass ich für die Mitarbeit in Institutionen der katholischen Kirche nicht tragbar war.

Ich selbst teilte diese Meinung durchaus: Niemals zuvor hatte ich mich so *schuldig* gefühlt. Die Tatsache, dass Kathleen nicht *offiziell* mit mir Schluss gemacht hatte, stellte meinen einzigen Trost und meine Hoffung dar. Ich sagte mir, dass sie es ja gewesen war, die immer davon gesprochen hatte, dass wir eine offene Beziehung führen sollten – und ich hatte diese Theorie nur in die Tat umgesetzt. Aber natürlich war ich mir auch darüber im Klaren, dass es der unreife Achtzehnjährige in mir war, der sich solche Entschuldigungen ausdachte. Kathleen würde mich nur noch mehr hassen, wenn ich ihr mit so etwas kommen würde.

In meiner Verzweiflung nahm ich sogar wieder Kontakt mit Beatrix auf, um zu erfahren, was Kathleen dachte. Was ich von ihr hörte, gab mir neuen Mut: Zwar waren sich Kat und alle ihre Freundinnen darüber einig, dass ich ein mieses Arschloch war, doch man gab Rita Theissen, der notorischen Verführerin, die Hauptschuld und war geneigt, in mir eher ein hilfloses Opfer zu sehen, das zu willensschwach gewesen war, um Ritas teuflischen Künsten zu widerstehen. Außerdem gab sich Kat tatsächlich eine kleine Mitschuld an dem Vorfall: Sie hatte schließlich meine ständigen Liebesbekundungen zurückgewiesen und mich dann in die Wüste geschickt – und so meine Moral untergraben.

Ich war überrascht über so viel Fairness und wäre am liebsten sofort zu Kat gestürmt, um alles wieder in Ordnung zu bringen, doch Beatrix hielt mich zurück: Dass Kathleen mich irgendwie verstehen konnte, bedeutete noch lange nicht, dass sie mir auch verzieh. So blieb ich ihr fern und fühlte mich dabei erschreckend an mein erstes Leben erinnert, als ich Kathleen jahrelang aus der Ferne angeschmachtet hatte.

Immerhin hatte ich den perversen Trost, dass auch sie unter unserer Trennung litt. Seit ihrer Punkphase war sie nicht mehr so blass gewesen und hatte so viel Schwarz getragen. Meine vorsichtigen Annäherungsversuche wehrte sie jedoch entschieden ab, und so suchte ich verzweifelt nach einer Möglichkeit, meinen Fehler wiedergutzumachen. Lange Zeit blieb ich ratlos, doch dann – während ich auf einem Treffen der Grünen einem Referat von Hermann zuhörte und mich zu Tode langweilte, wusste ich plötzlich, was ich tun konnte.

FRÜHJAHR 1986 15

»Au!« Ich hörte, wie Richie auf und ab hüpfte. Der Strahl seiner Taschenlampe tanzte zitternd auf dem Dielenboden.

»Das ist eine totale Schnapsidee, Mann!«

»Was ist los? Hast du Angst?«

Als Antwort leuchtete mir der Lichtstrahl ins Gesicht.

»Lahmer Versuch, Dicker! Du solltest wissen, dass ich über so was stehe.«

Der Strahl senkte sich wieder. Ich blinzelte und tastete mich weiter an den Holzbalken entlang.

»Du musst nicht mit reingehen. Du kannst aufpassen, dass keiner kommt, während ich mich umsehe, okay?«

»Keine Chance. Ich steh nicht irgendwo rum, während du allein den ganzen Spaß hast.«

»Sehr gut. Und das Risiko ist eh gleich null. Wenn Hermann merkt, *was* wir haben mitgehen lassen, kann er nicht zur Polizei – weil er sich dann nämlich selbst ans Messer liefern würde. Das ist wasserdicht.«

»Nimm's nicht persönlich, Mann, aber du bist viel zu dämlich, um einen wasserdichten Plan zu entwerfen. Warum hast du nicht Schorsch gefragt? Der hat doch bestimmt einen Schlüssel.«

»Hatte. Er ist letzte Woche ausgetreten.«

»Vernünftig. Politik ist eh nichts für ihn.«

»Oh doch! Äh, ich meine: Ich *glaube* doch. Aber er konnte Hermann nicht mehr ertragen. Und ich … war zu selten da, um ihn zu verteidigen.«

Ich stieß gegen eine Holztür – wir hatten das Büro der Höltener Grünen erreicht. Gedämpft hörte man die Geräusche der kleinen Willkommensfeier, die Elli für Hermann, der an diesem Tag aus dem Krankenhaus entlassen worden war, in ihrer Bauernküche veranstaltete. Das Büro lag im vorderen Teil des alten Hauses, die Küche im hinteren. Ich drückte leise die Türklinke herunter – die Tür war verschlossen.

»Okay, Mann«, flüsterte ich zu Richie. »Dein Job!«

Als Richie im Alter von zehn oder elf Jahren beschlossen hatte, die Karriere eines Superkriminellen einzuschlagen, hatte er präzise Pläne entworfen, wie er zur Weltherrschaft gelangen konnte (sein wichtigster Leitsatz lautete: Wenn du einen Superagenten in die Hände kriegst, erläutere ihm nicht deine genialen Machenschaften – erschieß ihn sofort!). Außerdem hatte er mit dem für ihn typischen Enthusiasmus begonnen, kriminelle Fertigkeiten zu trainieren. Seit damals war er ein exzellenter Luftgewehrschütze, kannte Dutzende Geheimschriften und Verschlüsselungscodes, konnte einen Wagen kurzschließen – und altmodische Türschlösser mit Hilfe einer Haarnadel öffnen. Jetzt machte er sich ans Werk.

»Du benutzt mich nur«, raunzte er, während er mit einem Stück Metall im Türschloss herumstocherte.

»Stimmt«, antwortete ich. »Ich kann diese Dokumente ja kaum wieder mit auf die Party schleppen. Die nimmst du mit, wenn ich dich durch die Seitentür wieder rauslasse.«

»Und das nur, um dich bei Kathleen wieder einzuschmeicheln. Andere schicken erst mal Blumen und schauen, was passiert ...« Ich merkte, dass er nur vor sich hin redete, um sich besser konzentrieren zu können, also antwortete ich nicht.

»... oder 'ne selbst aufgenommene Cassette – da hätte ich dir ein paar sehr gute Tipps geben können. Ein Glück, dass du nicht gleich den Bundeskanzler entführen willst. Nebenbei, woher willst du überhaupt wissen, dass sie das gut findet, wenn du Fidel Castro ans Messer lieferst?«

»Ach, ich hab da so eine Ahnung …«, sagte ich. »Außerdem werde *ich* ihn nicht ans Messer liefern.«

Bevor ich weiterreden konnte, hörte ich ein leises Knacken und ein zufriedenes Grunzen: Richie hatte das Schloss geöffnet. Leise drückte er die Tür auf. Wir schlichen hinein und leuchteten mit den Taschenlampen um uns.

»Tja, und jetzt?«, fragte Richie.

Ich blickte umher. »Ich schau im Schreibtisch und du in dem Aktenschrank da.«

Ich öffnete eine der Schreibtischschubladen. Hinter mir hörte ich Richie im Schrank kramen.

»Das ist doch behämmert. Ich hab keine Ahnung, wonach ich hier suche.«

Ich seufzte. Warum nur hatte Kathleen in ihrem Brief an mich damals nicht geschrieben, wo genau sie die belastenden Papiere gefunden hatte?

»Verdammt. Wenn das hier ein Film wär, dann müssten wir nur ein paar Sekunden stöbern und würden dann auf einen Umschlag mit der Aufschrift ›Streng geheim‹ stoßen und könnten dann damit abzischen!«, stöhnte ich.

»Soviel zu: wasserdichter Plan«, ätzte Richie. Dann kicherte er. »Erinnert mich ein bisschen an diese Nacht in der Jugendherberge in Berlin. Da sind wir genauso konfus rumgeirrt.«

»Schade, dass ich nicht dabei war.«

»Du musstest ja unbedingt schlafen. Aber allzu viel hast du nicht verpasst – Schorsch und Gregor haben sich verdrückt, sobald es spannend wurde. Und als ich ins Zimmer der Mädchen bin, war nur Joker da, total zugekifft. Wir sind zurück und haben auf dem Klo noch eine Flasche Wein leer gemacht, und dann hab ich ihn ins Bett verfrachtet.«

»Enttäuschend. Weißt du was? Ich glaub, wenn ich mitgekommen wär, wäre mehr passiert.«

»Mit dir Schnarchnase? Blödsinn!« Er prustete leise. Dann

wühlten wir uns weiter durch Akten und Papierstapel. Eine Weile kramten wir still vor uns hin, da hielt Richie plötzlich inne.

»Pscht! Hörst du was?«, zischte er.

»Nein«, antwortete ich flüsternd. Wir hielten den Atem an.

»Das war draußen. Vor dem Fenster.« Richie schlich ans Fenster und starrte hinaus auf die Straße. Er drehte sich zu mir.

»Sag mal – weißt du, ob die hier drin 'ne Alarmanlage haben?«

»Nein, haben sie nicht«, antwortete ich leise.

»Ah. Dann ist alles klar.«

»Was?«

»Dass die Bullen hier nur auf Streife vorbeigekommen sind und dann unsere Taschenlampen gesehen haben.«

Ich schaute ihn entsetzt an. Im selben Moment leuchtete eine starke Stablampe durch das Fenster. Ein kantiges Gesicht erschien, und über dem Gesicht eine Polizeimütze.

Prüfend starrte der Beamte Richie an, der ins Licht der Lampe blinzelte. Dann ließ er den Lichtstrahl durchs Zimmer wandern, bis er mich entdeckte. Ich nahm die Hand vor die Augen.

»Versucht nicht abzuhauen, ihr beiden! Bleibt, wo ihr seid!« Seine Stimme klang nicht unangenehm, väterlich fast und sehr souverän. Es war eine Stimme, die einem sagte: Solange wir alle vernünftig bleiben, wird es schon nicht so schlimm werden, mein Junge. Aber wenn du mich verarschst, wirst du mich kennen lernen.

Das Gesicht verschwand, wenige Sekunden später hörten wir, wie geklingelt wurde. Richie stöhnte.

»Scheiße! Wieso lass ich mich nur auf so einen Mist ein?!«

Ich musste an die Fahrt nach Wackersdorf in einem anderen Leben denken, als Richie plötzlich im Bus aufgetaucht war, und an die verzweifelten Abende, als sein älteres Ich große Teile der finalen Fassung von *Knutsch, knutsch* für mich geschrieben hatte. Und obwohl ich vor Angst fast hätte kotzen können, musste ich lächeln.

»Tja, du wirst das nicht gern hören …«, antwortete ich ihm. »Aber wenn ich genau drüber nachdenke: Ich glaube, du hast den Drang, mich zu beschützen, Alter.«

»Das ist absurd. Sag so was nie wieder.«

»Okay.«

Richie lächelte gequält. »Wenn ich fürs Beschützen zuständig wäre, dann wären wir jetzt irgendwo anders. Aber *nicht hier!*«

Ich nickte und stellte noch eine Akte zurück. Aus dem Flur hörten wir jetzt gedämpfte Stimmen, die rasch näher kamen.

Ein paar Tage später ging ich über den Schulhof, als mich jemand am Ärmel zupfte. Ich drehte mich um – es war Kathleen.

»Hast du mal Zeit?«

Ich nickte. Darauf hatte ich mich vorbereitet, seit Hermann, Elli und der Polizist uns im Büro der Grünen erwischt hatten. Richie und ich hatten uns vorher in aller Eile auf eine Version verständigt, nach der wir einen Streich spielen und ein paar Akten durcheinanderbringen wollten. Leider aber stellte sich heraus, dass im Büro auch die Parteikasse lagerte (die wir *nicht* entdeckt hatten). Also mussten wir mit einem Prozess rechnen. Aber das alles kümmerte mich kaum und verblasste gegen das, was ich Kathleen damit angetan hatte.

Wir gingen in eine ruhige Ecke des Flurs. Sie blickte mich ernst an.

»Also, wegen dem, was da letzte Woche passiert ist …«

Ich nickte wieder und wagte es nicht, sie anzuschauen. Aufgrund meiner Dummheit würde Hermann jetzt für immer

Chef der Höltener Grünen bleiben. Und vor allem: Kathleen würde ihren Artikel nicht schreiben können. Den Artikel, der das Sprungbrett für ihre Karriere gewesen wäre. Ich schluckte einen dicken Kloß im Hals hinunter.

»Das … ich war so dumm …«

Sie nickte. »Ja, allerdings.«

»Es tut mir leid. Total leid.«

Sie seufzte. »Chris. Was wolltest du *wirklich* in dem Büro? Das sollte doch nicht irgendein idiotischer Streich sein?«

Ich überlegte fieberhaft, was ich ihr erzählen konnte.

»Äh, nein …«, stammelte ich.

»Ich habe mit Richie geredet. Der meint, du wolltest an … gewisse Dokumente kommen.«

Verdammt – ich hatte Richie eingeschärft, nichts davon auszuplaudern. Wie hätte ich jemandem erzählen sollen, woher ich von diesen Dokumenten wusste?

»Ist nicht wichtig.«

»Oh doch, das ist es!« Sie atmete heftig. »Okay, ich werd dir was sagen: Wenn ich das richtig zusammensetze, dann weiß ich, um was für Dokumente es geht.«

»Ah …«

»Ja. Aber das ist nicht das Ding. Das Ding ist …« Sie atmete tief durch, dann sah sie mich eindringlich an. *»Ich wollte die auch stehlen!«*

Ich versuchte, überrascht auszusehen. In ihrem Eifer bemerkte sie zum Glück nicht, wie konfus ich war.

»Verstehst du? *Ich hatte dasselbe vor wie du!«*

»Ja. Ich verstehe.«

»Und … ich hab nachgedacht. Die ganzen Tage. Ich meine: Das kann einfach kein Zufall sein. Dass zwei Menschen unabhängig voneinander dieselbe total unglaublich verrückte Sache tun wollen – und dass diese beiden ausgerechnet *wir* sind! Das stimmt doch, oder: Es *kann* einfach kein Zufall sein?!«

Ich nickte. Was sollte ich sonst auch tun? Sie fuhr fort.

»Und da musste ich dauernd an das denken, was du gesagt hast. Dass wir Seelenverwandte sind.«

»Ja.«

»Und … vielleicht hast du ja wirklich Recht.«

»Ja?«

»Ja. Und wir sind verwandte Seelen. Und gehören zusammen.«

»Ich … du meinst …?« Langsam verstand ich, worauf sie hinauswollte. »Wir …?«

»Ja. Wir sollten zusammen sein«, sagte sie und nickte ernsthaft. »Und zwar richtig. Nicht nur so halb. Sondern … ganz und gar.«

Sie lächelte. Mein Herz hämmerte. Ich wusste, dass ich nur noch ein paar Sekunden lang würde klar denken können, bevor eine Welle von Liebe und Euphorie jeden Rest von Vernunft hinwegschwemmen würde, also beeilte ich mich, mir über die Situation klar zu werden.

Ich hatte Kathleen Specht, das Mädchen, in das ich mich seit Jahrzehnten immer wieder verliebt hatte, endgültig für mich erobert. Aber ich hatte es nur durch ein Missverständnis geschafft, das ich allerdings nicht aufklären konnte, ohne für verrückt erklärt zu werden.

»Was meinst du? Sag doch was!« Sie sah mich unsicher an.

Ich überlegte fieberhaft. Konnte ich dieses Geschenk annehmen? Ich würde mir vorkommen wie ein Schwindler. Ich versuchte, das Für und Wider abzuwägen – aber da schwappte die Welle über mir zusammen.

Also küsste ich sie.

So geht das mit den Kraftfeldern, die unser Leben bestimmen. Wieder mal landete ich vor Gericht und wurde verurteilt; das Schicksal war offensichtlich fest entschlossen, mir diese Erfahrung nicht zu ersparen. Aber ich hatte etwas ändern können. Das Wichtigste!

Ich hatte mein Glück gefunden. Es war ein holpriger Start gewesen, aber diesmal hatte ich die richtigen Entscheidungen getroffen. Und ich wusste: Der Rest meines Lebens würde ganz und gar anders verlaufen.

16

AUGUST 2005

Köln, Paartherapiepraxis Dr. Krüger, Abschrift der Tonbandaufzeichnung der Sitzung vom 16.08.2005 mit Kathleen Specht-Mackenbrock und Chris Mackenbrock, Auszug.

DR. KRÜGER: Also, Kathleen, Chris … wie ist es Ihnen beiden seit unserer letzten Sitzung ergangen?

KATHLEEN: Gut.

CHRIS: Ja. Wir … wir versuchen, wieder bewusster miteinander zu reden …

DR. KRÜGER: Sehr schön. Und nun, haben Sie sich selbst beobachten können? Wie Sie miteinander kommunizieren? Und vor allem: streiten?

KATHLEEN: Ja. Dazu gibt's eine Menge Gelegenheit. (lacht bitter)

DR. KRÜGER: Und welche Muster haben Sie festgestellt? Sie erinnern sich …

CHRIS: Die vier Reiter …

DR. KRÜGER: Genau – die vier apokalyptischen Reiter für jede Beziehung: übermäßige Kritik am anderen, zwanghafte Verteidigungshaltung, Verachtung des Partners und schließlich Abschottung. Haben Sie etwas von diesen destruktiven Kommunikationsstrategien bei sich entdecken können?

CHRIS: Äh, ja … alle vier.

DR. KRÜGER: Oh.

CHRIS: Ja. Das heißt: bei *mir* eher zwei: die zwanghafte Verteidigung und teilweise die Kritik, bei meiner Frau dagegen:

alle vier. Und, äh, möglicherweise noch ein oder zwei andere *noch* destruktivere Strategien, von denen die Psychologie noch gar nichts weiß.

DR. KRÜGER: Oh … Kathleen, sehen Sie das auch so?

KATHLEEN: Ja. Oder, äh, wie war die Frage? (schaut auf die Uhr)

DR. KRÜGER: Haben Sie noch einen Termin?

KATHLEEN: Ja, ich muss eigentlich zu einer Sitzung, bei der wir eine Verfassungsklage gegen behördlich organisierte Datenspionage im Internet vorbereiten.

DR. KRÜGER: Ah.

KATHLEEN: Aber es ist schon okay. Dass eine Horrorvision der Zukunft gerade dabei ist, Wirklichkeit zu werden, ohne dass es jemand merkt, das ist doch ganz bestimmt nicht so wichtig wie meine Ehe, nicht wahr?

DR. KRÜGER: Wir hatten in der letzten Sitzung schon über die Wirkung von Suggestivfragen gesprochen, Kathleen. Und darüber, dass ich keine mehr beantworten werde.

KATHLEEN: Tut mir Leid. Das war albern von mir. Okay, ich meine, diese Paartherapie war nicht meine Idee, sondern seine. Ich hab ihm gesagt, dass ich nicht glaube, dass wir das brauchen, aber er –

CHRIS: Da! Sie tut es schon wieder. Sie redet über mich, als wäre ich nicht da!

DR. KRÜGER: Chris – dasselbe tun Sie auch gerade.

CHRIS: Oh … aber *sie* hat angefangen!

DR. KRÜGER: (seufzt)

KATHLEEN: Also, das mit dem Mehr-Zeit-zusammen-Verbringen, das Sie angeregt hatten, Dr. Krüger …

DR. KRÜGER: Bernhard, bitte.

KATHLEEN: Bernhard, ja. Also, das klappt ehrlich gesagt nicht ganz so gut. Mein Leben ist einfach, na ja: sehr erfüllt.

DR. KRÜGER: Haben Sie die Checkliste gemacht, um die ich Sie gebeten habe?

KATHLEEN: Ja. (zieht einen Zettel hervor) Also, da ist mein Beruf, da ist für mich kein Kompromiss möglich. Ich weiß, es ist nur eine Lokalzeitung, aber auch im Kleinen kann man etwas bewegen …

DR. KRÜGER: (nickt)

KATHLEEN: Dann die Amnesty-Gruppe – also, da kann es ja wohl keine Diskussion geben, dass ich die nicht im Stich lassen kann, dann das Komitee gegen Datenmissbrauch und die Initiative gegen die neue Bundesstraße … sorry, das ist wirklich *zu* wichtig. In den Vorstand vom Bürgerzentrum bin ich gerade erst gewählt worden, und bei Zartbitter sind wir eh viel zu wenige.

DR. KRÜGER: Ich verstehe.

KATHLEEN: Aber ich hab aufgehört mit dem Italienischunterricht, *und* ich hab abgelehnt, bei den Grünen für den Ortsvorstand zu kandidieren.

DR. KRÜGER: Das ist doch erfreulich, dass Sie bereit sind, etwas von dieser Zeit wieder umzuschichten und in Ihr Privatleben zu investieren.

KATHLEEN: (seufzt) Ja.

DR. KRÜGER: Und haben Sie schon Pläne, was Sie mit dieser Zeit anstellen wollen?

CHRIS: Ich, äh, hatte vorgeschlagen, noch mal nach Norwegen zu fahren. Zelten – das haben wir früher mal gemacht. Da waren wir sehr glücklich.

KATHLEEN: Ach, das ist doch … so lange vorbei.

DR. KRÜGER: Sie erinnern sich nicht gern daran, obwohl Sie so glücklich waren, Kathleen?

KATHLEEN: (schweigt)

DR. KRÜGER: Das klingt traurig.

CHRIS: Damals lag noch alles vor uns. Wir waren ständig zusammen. Wir waren verwandte Seelen, wissen Sie, die –

KATHLEEN: Oh bitte, nicht *das* schon wieder. Ich kann das nicht mehr hören! Dr. Krüger …

Dr. Krüger: Bernhard, bitte …

Kathleen: Bernhard, können Sie ihm nichts geben oder ihn hypnotisieren, dass er das endlich mal vergisst? Das mit der Seelenverwandtschaft war ganz früher mal ein Thema, aber inzwischen haben wir eindrucksvoll bewiesen, dass das – wenigstens was uns angeht – Unsinn ist. Aber für ihn ist es so eine Art Fetisch.

Dr. Krüger: Wieso sagen Sie es ihm nicht selbst, Kathleen?

Kathleen: Gott, meinen Sie, das hätte ich nicht schon tausend Mal? Außerdem: Wir bezahlen Ihnen achtzig Euro pro Sitzung, und bis jetzt hat das gar nichts gebracht – da können Sie sich ruhig auch mal nützlich machen!

Chris: Ah! Da – hören Sie's? Dieser keifende Tonfall? Jetzt lässt sie die Maske fallen! So geht das zu Hause dauernd!

Kathleen: Ach, und was du machst, ist wohl gepflegte Konversation, was?!

Chris: Wenigstens versuche *ich* –

Kathleen: Tust du nicht!

(Beide reden gleichzeitig, unverständlich, Dr. Krüger seufzt)

Sitzung vom 30.08.2005, Auszug des Tonbandprotokolls:

Dr. Krüger: … und wie sieht es aus mit Ihrem Sexualleben? Würden Sie das immer noch als befriedigend bezeichnen?

Kathleen: Ja.

Chris: Schon. Also … es ist befriedigend – *wenn* wir mal Sex haben. Sex mit Kathleen zu planen, das ist nicht ganz unkompliziert … also, etwa so viel Aufwand wie bei anderen Paaren, wenn sie ihren Jahresurlaub vorbereiten.

Kathleen: Da wären wir also wieder bei *dem* Thema angelangt.

Dr. Krüger: Ich vermute also, Sie haben Ihre Verpflichtungen nicht weiter reduzieren können, Kathleen?

KATHLEEN: Nein. Und mir reicht's, dass hier alle immer so tun, als wär ich die einzige Neurotikerin unter lauter Normalen. Dieser Mann hier ist zwanghaft gesundheitsbewusst. Er hat ein ganzes Regalbrett mit Büchern über den gesunden Körper, über Diäten und den Fettstoffwechsel oder wie das heißt. Allein unsere Waage hat dreihundert Euro gekostet. Und an dem Teil hängt er wie andere … wie *normale* Männer … an ihrem BMW. Manchmal wünsche ich mir, er würde im Badezimmer Pornos lesen und masturbieren, wie es sich für einen frustrierten Ehemann gehört. Aber *er* steht auf seiner Waage und kontrolliert, wie viel Körperfettanteile er hat und ob seine Zellen zu 73 Prozent aus Wasser bestehen oder neuerdings zu 73,5 Prozent.

CHRIS: Das ist unfair! Wenn ich nicht genau auf mich achte, geh ich sofort wieder in die Breite. Das ist doch nicht neurotisch, da aufzupassen und –

KATHLEEN: Und da wir gerade beim Thema »zwanghaft und neurotisch« sind, Dr. Krüger …

DR. KRÜGER: Bernhard, bitte.

KATHLEEN: *Bernhard* – alle Ihre Bleistifte sind zentimeterweit abgekaut, und wenn Sie nachdenken, machen Sie mit dem Mund Ploppgeräusche – wer ist hier also zwanghaft??

DR. KRÜGER: (seufzt)

Sitzung vom 13.09.2005, Auszug des Tonbandprotokolls:

DR. KRÜGER: … ich habe mich ein wenig umgehört und herausgefunden, dass ich nicht der erste Paartherapeut bin, an den Sie sich gewendet haben.

KATHLEEN: Ja, das stimmt, wir waren vorher eine Zeit lang bei Dr. Rotermund.

DR. KRÜGER: Und Sie waren nicht zufrieden mit ihm?

CHRIS: Äh, es war eher so, dass *er* nicht zufrieden mit *uns* war, glaub ich.

KATHLEEN: Ja. Er hat sich geweigert, uns noch mal zu sehen.

CHRIS: Nachher haben wir gehört, dass er uns nur »das Horrorpaar« genannt hat.

DR. KRÜGER: (leise zu sich) Der hat's hinter sich … (zu Kathleen und Chris) Also, Sie würden sagen, Ihre Situation hat sich nicht verbessert in letzter Zeit?

KATHLEEN: Na ja, wir streiten weniger.

CHRIS: Aber das liegt, glaube ich, daran, dass Kathleen *noch* weniger zu Hause ist.

KATHLEEN: Jetzt hör auf. Immerhin habe ich …

CHRIS: Ich weiß, ich weiß … mit dem Italienisch aufgehört, und du wirst nicht die Grünen-Chefin.

DR. KRÜGER: Bitte, lassen Sie uns über etwas anderes reden. Ich weiß, das Thema ist vielleicht schmerzhaft – aber wie sieht es denn aus mit Kindern?

KATHLEEN: Kein Kommentar.

DR. KRÜGER: Kathleen, bitte bedenken Sie, wie wichtig Offenheit ist.

KATHLEEN: Tu ich ja: Ich sage ganz offen, dass ich darüber nicht reden will.

CHRIS: Oh Mann, so wird das hier doch nie was!

KATHLEEN: Ah, und das ist wohl meine Schuld was?

CHRIS: Ja, allerdings!

(Beide reden durcheinander, Dr. Krüger seufzt)

Sitzung vom 27.09.2005, Auszug des Tonbandprotokolls:

DR. KRÜGER: … das ist doch sehr ermutigend: Jeder von Ihnen hat es geschafft, zehn Dinge aufzuschreiben, die Ihnen am anderen gefallen – auch wenn sich … (liest vor) »ist nicht so eine Umweltsau wie die meisten seiner Freunde« oder (liest vom anderen Zettel) … »hat Gottseidank als letzte Frau Deutschlands jetzt auch damit angefangen, sich die Beine zu rasieren« ein wenig nach dem anhört, was wir *vergiftete*

Komplimente nennen. Aber trotzdem – viele Paare schaffen noch nicht einmal das.

CHRIS: Wir … wir lieben uns ja auch. Eigentlich. Also, wenigstens … liebe ich sie …

DR. KRÜGER: Das ist ganz wichtig: dass sie sich beide immer wieder ins Gedächtnis rufen: »Auch mein Partner ist hier, weil er unserer Liebe eine Chance geben will.«

(CHRIS und Kathleen schweigen, Kathleen räuspert sich)

KATHLEEN: (leise) Wenn er mich liebt … warum sieht er mich dann immer wieder so an – als wäre ich ein Alien oder ein Monster? Als würde ich ihm Angst machen?

DR. KRÜGER: Chris? Möchten Sie Kathleen antworten?

CHRIS: Ich … ich weiß nicht, wovon du redest.

KATHLEEN: Doch. Heute Morgen erst, als du dir die Zähne geputzt und mich im Spiegel gesehen hast. Du hast gedacht, ich merke es nicht … und da hast du geguckt, als hätte ich eine Axt in der Hand.

CHRIS: Hmmmm, habe ich das? Ist mir nicht aufgefallen.

KATHLEEN: So schaut man niemanden an, in den man verliebt ist.

DR. KRÜGER: Was denken Sie, Chris, wenn Sie Kathleen auf diese Weise ansehen?

CHRIS: Keine Ahnung, wirklich. Das ist mir nicht bewusst, dass ich so was tue.

DR. KRÜGER: Also, Chris, ich würde gern anregen, dass Sie, wenn Sie Kathleen anschauen, sich selbst beobachten. Was denken Sie? Und vor allem: Was fühlen Sie? Fragen Sie sich: Was gefällt Ihnen besonders an Kathleen? Und wenn Sie das für sich formuliert haben, dann sagen Sie es ihr.

CHRIS: (nickt)

KATHLEEN: Das hört sich *diesmal* nach einem wirklich hilfreichen Vorschlag an. Darauf wäre dieser Rotermund nie gekommen.

DR. KRÜGER: Danke, Kathleen. Und ich darf anregen, dass *Sie* noch einmal über die Schädlichkeit von vergifteten Komplimenten nachdenken …

(Ende der Abschrift)

Natürlich wusste ich ganz genau, wieso ich Kathleen an diesem Morgen im Badezimmerspiegel angestarrt hatte – und so oft in den Monaten davor. Aber ich hätte es weder ihr noch Dr. Krüger erzählen können.

Nach all diesen Jahren tappte ich fast nie mehr in Situationen, in denen ich mich zurückhalten musste, um nicht zu verraten, dass ich diesen Teil meines Lebens schon einmal gelebt hatte. Manchmal, wenn ich darüber nachdachte, kam es mir sogar so vor, als habe ich mir den gesamten ersten Durchlauf nur eingebildet. Die Erinnerungen an damals verblassten immer mehr, und der Gedanke, dass ich jetzt eigentlich fast sechzig Jahre alt sein musste, erschien mir unwirklich.

Ich hatte viel Zeit damit verbracht, über mein sonderbares und bizarres Schicksal nachzudenken. Gab sich da wirklich jemand so unglaublich viel Mühe, nur damit ich glücklich werden konnte? Und wenn ja – warum haute das dann einfach nicht hin? Wäre all diese Kreativität, die dabei draufging, dass irgendeine Macht versuchte, mein Leben in die richtigen Bahnen zu lenken, nicht besser für sinnvollere Zwecke angewendet worden – für den Weltfrieden oder Vollbeschäftigung oder wenigstens pünktlichere Bahnen?

Und wieso ausgerechnet ich? Zu dem Zeitpunkt, an dem ich zurückversetzt wurde, lebten etwa 6,6 Milliarden Menschen auf der Welt. Selbst wenn man einberechnete, dass psychisches Leid subjektiv schlimmer wiegen kann als eine objektive physische Notlage, musste ich trotzdem davon ausgehen, dass mindestens fünf Milliarden dieser Menschen im Frühsommer 2006 schlechter dran waren als ich – und sich mit größerer Berechtigung wünschen durften, in der Zeit zurückzugehen, um ihr Schicksal zu verbessern.

Gut, man konnte religiös denken und annehmen, dass GOTT dahinterstand und er eine solche Vorzugsbehandlung nur jemandem aus der eigenen Community zukommen lassen wollte – dann könnte man alle Buddhisten, Moslems, Hindus und so weiter streichen, und natürlich die Evangelischen. Aber selbst dann blieben noch 1,1 Milliarden Katholiken übrig. Und die meisten von denen hatten auch nicht viel mehr zu lachen als ich – zweitausend Jahre katholische Moraltheologie bürgten dafür.

Eine Zeit lang hatte ich mich dann intensiv mit Zeitreisen und Paralleluniversen beschäftigt und gehofft, in den Erkenntnissen der modernen Physik irgendeinen Hinweis zu finden – vergeblich. Wenn ich das, was ich gelesen hatte, richtig verstanden hatte, war man sich einig, dass so etwas wie Zeitreisen im Prinzip technisch nicht durchführbar war, und wenn, dann nur Reisen in die Zukunft.

Wollte man in die Vergangenheit zurückkehren, müsste man ins All fliegen und sich dort durch ein sogenanntes Wurmloch hindurchquetschen, das man allerdings zuerst stabilisieren müsste. Dazu bräuchte man wiederum Materie mit negativer Energiedichte, und zwar eine ganze Menge davon, nämlich mehr, als im gesamten Universum vorhanden ist. Falls einen diese technische Komplikation entmutigte, könnte man sich aber auch ganz nah an ein schnell rotierendes Schwarzes Loch stellen, das würde einen – zumindest theoretisch – in die Vergangenheit zurückwirbeln können. Aber auch das wäre natürlich mit einer Menge Unbequemlichkeiten verbunden, und das Ergebnis mehr als ungewiss – zumal man bisher noch kein einziges schnell rotierendes Schwarzes Loch entdeckt hatte.

Mit der Zeit jedoch hatte ich mein Schicksal einfach als selbstverständlich hingenommen – was sollte ich auch anderes tun? Inzwischen näherte sich allerdings wieder der Zeitpunkt, an dem mein erstes Leben so abrupt geendet hatte, und das machte mich zunehmend nervös. Was, wenn ich in einer echten Zeitschleife gefangen war, wie Bill Murray in »Und täglich grüßt das Murmeltier«? Nur, dass sich in meiner Schleife nicht ein einzelner Tag immer und immer wiederholen würde – sondern 23 Jahre? So lange, bis ich den Dreh endlich raushaben und aus mir ein durch und durch guter und anständiger Kerl würde?

Ich versuchte, nicht an so was zu denken. Ich hatte auch so schon genug Probleme.

Als ich und Kathleen damals endgültig zusammengekommen waren, hatte ich natürlich nicht erwartet, dass sich von nun an alles für mich zu einem quietschvergnügten Kindergeburtstag entwickeln würde. Aber irgendwie hatte es sich für mich doch wie ein märchenhaftes Ende angefühlt, und immerhin hatte ich ja auch eine Menge dafür durchgestanden – ich hatte sogar einen Teil meines Lebens ein zweites Mal gelebt. Ich hatte mir damals keine klaren Vorstellungen vom weiteren Verlauf meines Weges gemacht, aber in meinen Phantasien hatte ich die Stürme und Untiefen hinter mir und segelte in gemächlichem Tempo in einen friedvollen Hafen ein.

Lange Zeit entsprach mein neues Leben auch meinen Erwartungen. Zwar konnte ich auch dieses Mal kein Rechtsanwalt werden (da ich mal wieder vorbestraft war), doch das störte mich nicht besonders – ich hatte ja Kathleen, und das war alles, was zählte. Mit dem Schreiben zum Geldverdienen hatte ich damals sowieso nur wegen Richie angefangen, und es würde noch Jahre dauern, bis der seinen ersten professionellen Text verfassen würde – also lief es für mich wieder auf den Lehrerjob hinaus. Immerhin konnte ich inzwischen sehr viel besser mit Kindern umgehen, und ich wusste ja auch, dass am Ende meines Studiums Lehrer gefragt sein würden, auch wenn es jetzt noch anders aussah.

Diesmal gab es keine verrückte Party, auf der meine Studienfächer ausgelost wurden, und auch keine alkoholbedingten Verspätungen. Und danach hing ich nicht jahrelang in der Luft herum, um schließlich, weil mir nichts Besseres einfiel, in der halbseidenen Welt der Fernsehunterhaltung zu landen. Diesmal meldete ich mich ohne Umschweife zu einem Germanistik- und Anglistikstudium auf Lehramt an und zog es durch, und das erfolgreich. Dann kämpfte ich mich durch das Referendariat, und kurz nach dem Jahrtausendwechsel leistete ich meinen Eid auf die Verfassung. Ich bekam einen Job an einem Gymnasium in Köln, und bald lernte ich alles, was man als Lehrer wissen musste:

– wie man sich mit einer Mischung aus Drohungen, Unverschämtheit und vorgetäuschter Schwerhörigkeit seinen festen Platz am Fenstertisch im Lehrerzimmer erobern kann.

– dass Konflikte unter Lehrern zivilisiert geregelt werden müssen – außer wenn ein Buffet eröffnet wird oder Freiexemplare eines Fachbuchs verteilt werden. In diesen Fällen ist die Anwendung roher körperlicher Gewalt nicht nur erlaubt, sondern notwendig, und der härteste Kämpfer kann sich des Neids und der unausgesprochenen Anerkennung des gesamten Kollegiums sicher sein.

– dass man, um nicht zwischen alle Fronten zu geraten, sich entweder auf die Seite der linken Gewerkschaft oder des konservativen Philologen-Verbandes schlagen sollte. Das waren die beiden Lehrervereinigungen, und sie bekämpften sich seit den 70er-Jahren mit inbrünstigem Hass.

Ich hatte mir nach meinen Erfahrungen bei den Grünen vorgenommen, mich aus allem Politischen herauszuhalten, landete aber trotzdem bei der Gewerkschaft – allerdings eher aus Zufall: An einem meiner ersten Tage hatte ich mir im Lehrerzimmer Kaffee in eine Tasse gegossen, die ich mir aus dem Geschirrschrank genommen hatte, als ein kleines kahlköpfiges Männchen auf mich zukam und mich abschätzig musterte. Ich hatte schon von dem Mann gehört – es war Jüschke, einer der Physiklehrer.

»Sie wissen, was das für eine Tasse ist, Herr Kollege?« Er

flüsterte fast und zwinkerte dabei nervös mit den Augen. Ich musterte die Tasse zum ersten Mal genauer: Sie hatte einen GEW-Aufdruck

»Und Ihnen ist auch klar, dass Sie, wenn Sie sich Kaffee in *diese Tasse* gießen ... eine ganz bestimmte Aussage damit machen?«

Damit hatte ich nicht gerechnet. Ich dachte einen Moment nach und schaute mir den Kollegen Jüschke noch einmal genauer an: Er hatte ein verkniffenes Grinsen und eine Warze an der Nase, außerdem machte sein Zwinkern mich wahnsinnig. So kam ich zu einer Entscheidung: Ich nickte fest und blickte ihm offen in die Augen.

»Jawohl, Herr Jüschke, das ist mir klar – ich mache meine Aussage, und ich stehe dazu. Genau das war meine Absicht!«

Jüschke verzog das Gesicht und entfernte sich, und meine mutige, offene Haltung verschaffte mir in kürzester Zeit den Respekt sämtlicher Gewerkschaftsmitglieder.

Das Ganze wäre komplett anders verlaufen, wenn nicht Jüschke, sondern Simone Rheker, eine der Englischlehrerinnen, meinen Fauxpas bemerkt hätte. Simone war noch keine vierzig, außerdem bildhübsch und humorvoll. Man konnte stundenlang mit ihr plaudern, bis man merkte, dass man einer beinharten Reaktionärin gegenüberstand. Mit den Erziehungsmethoden, die sie insgeheim favorisierte, hätte man auch einen sowjetischen Gulag, ein Boot Camp in Louisiana oder den Bund Deutscher Mädel leiten können – und trotzdem: Die Philologentreffen mit Simone machten bestimmt mehr Spaß als die quälend langatmigen Versammlungen, die die für ihre Diskussionswut berüchtigten Gewerkschaftsmitglieder abhielten.

Ich mochte das alles, den Job und die Schule und die Kinder, und nie kamen mir Zweifel. Ich wusste einfach, dass meine Entscheidung dieses Mal richtig war, und die Zeit bestätigte mich darin – zumal es sich hier um ein Vorzeigegymnasium handelte und ich hoch motivierte Vorzeigeschüler unterrichtete.

Und Kathleen? Sie hatte ihr Versprechen, das sie auf dem Schulflur gegeben hatte, gehalten: Diesmal wollte sie ganz und gar mit mir zusammensein. Die ersten Jahre waren großartig, aber dann beendete sie ihr Studium – und ihr kometenhafter Aufstieg fand *nicht* statt. Natürlich konnte sie im Gegensatz zu mir die Ungerechtigkeit darin nicht erkennen, da sie nicht wusste, dass sie schon ein Leben gehabt hatte, in dem es ihr unvergleichlich besser ergangen war. Aber trotzdem hatte sie Hoffnungen gehegt, und die wurden enttäuscht – diesmal fing sie bei der Lokalredaktion des *Kölner Stadt-Anzeigers* an. Das war kein schlechter Job, aber sie blieb dort stecken.

Kathleen trug es tapfer, und ich hatte das Gefühl, dass unsere Liebe sie über all das hinwegtrösten könnte. Wir traten allen möglichen Initiativen bei und kämpften zusammen gegen die Übel und Ungerechtigkeiten der Welt, Seite an Seite, ein bisschen so, wie wir damals im Aktivkreis der Landjugend gegen Stefan gekämpft hatten. Außerdem zogen wir in eine abenteuerlich verwinkelte Dachwohnung in Köln-Sülz, reisten um die halbe Welt, und irgendwann gegen Ende des Jahrtausends unternahm ich den entscheidenden Schritt, um mein Glück perfekt und endgültig zu machen: Ich machte ihr einen Heiratsantrag.

Es überraschte mich ein wenig, dass sie Ja sagte, denn ihre Einstellung zu bürgerlichen Beziehungen und ihren Symbolen hatte sich nicht geändert. Ich meinerseits versuchte alles, um es ihr leicht zu machen, und drängte nicht auf eine spießige Hochzeit in der Kirche von Hölten oder überhaupt in irgendeiner Kirche. Stattdessen hielten wir eine Zeremonie am Nordseestrand ab, wo uns ein ehemaliger Priester traute, der aufgrund seiner Nähe zur Befreiungstheologie aus dem Klerus ausgestoßen worden war.

Etwa zwei Jahre später bekam ich eines Abends mit, wie Kathleen nacheinander mit zwei Stadträten telefonierte, erst wegen der geplanten Abholzung einer Allee am Rheinufer und eine halbe Stunde später wegen der Verminderung der städtischen Unterstützung für ein schwul-lesbisches Begegnungszentrum. Beide Male begannen die Telefonate mit bitteren Anschuldigungen und versteckten Angriffen, gingen dann über in offene, nicht druckreife Beleidigungen und endeten in finsteren, apokalyptischen Drohungen, bevor sie schließlich das Telefon auf den Tisch feuerte. Von da an ahnte ich, dass etwas ernsthaft nicht in Ordnung sein könnte: Sie war zur Fanatikerin geworden.

Noch immer konnte ich manchmal ein glückliches Lächeln bei ihr hervorzaubern, wenn ich ihr sonntags das Frühstück ans Bett brachte oder sie darüber aufklärte, dass sie ihre Sachen packen müsse, weil ich eine Zugfahrkarte nach Amsterdam gebucht hatte. Aber immer öfter schien sie bei solchen Gelegenheiten ein schlechtes Gewissen zu haben, dass die Straßenkinder und die kranken Wälder ihre Zeit nicht ungeteilt beanspruchen konnten. Sie bei ihren Aktionen zu unterstützen hatte ich inzwischen aufgegeben, denn dabei verwandelte sie sich in eine öffentliche Person und ich mich in einen unbezahlten Assistenten – und Leute, die uns dabei beobachteten, wären kaum auf die Idee gekommen, dass wir ein Paar waren. Also ging ich meinen eigenen Interessen nach und versuchte, irgendwie damit klarzukommen, dass der Briefkasten jeden Morgen mit Informationsbroschüren so ziemlich aller deutschen Wohlfahrts- und Protestorganisationen überfüllt war.

Immer noch machte ich mir vor, dass dies mein neues besseres Leben war, in dem diesmal alles richtig lief, unser »Und-wenn-sie-nicht-gestorben-sind«-Ende. Doch warum tat es dann so weh, an die Kathleen zu denken, die früher in meinem Kopf mit mir gesprochen hatte? Die war moralisch gewesen und anspruchsvoll, aber ihre Stimme sanft und ihre Gegenwart – wenn auch nur eingebildet – tröstlich.

Wie in meinem ersten Leben wurden mir die Augen auch

diesmal wieder auf dem Weihnachtsmarkt in Paderborn endgültig geöffnet. Wir waren mit Kathleens Mutter da, und außerdem mit Gregor und Miriam und ihren zwei Kindern – an dem Lebenslauf der beiden hatte sich nicht ein Jota geändert, doch wir sahen sie nur selten, da Kathleen Besuche bei anderen Paaren, vor allem bei welchen mit Kindern, unerträglich spießig fand.

Wie damals stand ich mit Gregor an der Glühweinbude. Wir tranken ein paar Gläser, während die Frauen und Kinder sich durchs Gedränge quetschten und nach Geschenken suchten, und Gregor informierte mich gerade darüber, dass möglicherweise noch ein drittes Mal Nachwuchs folgen würde. Da hörte ich hinter mir ein wütendes: »FUCK! SO EIN FUCK!«

Gregor und ich drehten uns um – dort stand Kathleen vor der Bude neben uns und hatte einen Papierweihnachtsstern gekauft und versuchte, ihn in eine Einkaufstüte zu quetschen – doch er passte nicht. Sie starrte den Stern wütend an und beschimpfte ihn dann wieder: »Mach schon! Du idiotisches, nutzloses, missratenes Teil!«

In diesem Moment geschah es: Die Erinnerung an die erwachsene Kathleen aus meinem ersten Leben war seit Langem verblasst – doch hier, auf dem Weihnachtsmarkt, stand mir ihr Bild plötzlich so klar vor Augen, als könnte ich ihre Hand ergreifen und mit ihr davonschlendern.

Ich sah wieder ihr gerötetes Gesicht, die reizenden Fältchen, ihren eleganten Schal, der so gut zum Mantel passte, ihre perfekt gestylte Frisur, die sich in einen aufregenden Strubbelkopf verwandelte, wenn sie ihre Mütze abnahm, ihr selbstsicheres, entspanntes Lächeln. Ich roch sogar ihr edles Parfum, das so gut auf den Rest ihres Outfits abgestimmt gewesen war. Auch damals hatte sie einen Papierstern gekauft, und sie hatte mit einem Blick bemerkt, dass er nicht in ihre Einkaufstüte passen würde – und hatte ihn dann einfach an sich gedrückt und war davongegangen.

Leibhaftig dagegen stand vor mir die echte, neue Kathleen, die den Papierstern mit absurder Inbrunst hasste, deren Kurzhaarfrisur niemals durcheinandergeriet, deren Klamotten mit voller Lautstärke »Wir sind nicht da, um jemandem zu gefallen – wir sind praktisch!« schrien.

Sie roch nach einer Hautpflegesalbe, weil sie in den letzten Jahren immer mehr Allergien bekommen hatte, ihre Stirn war von Falten zerfurcht, und um ihren Mund herum hatte sich ein bitterer, spöttischer Zug eingegraben, der nur noch selten verschwand.

Jetzt begriff ich es wirklich: Ich hatte ein Monster erschaffen.

Von da an konnte ich nicht anders: Ich musste sie immer wieder anstarren, und natürlich merkte sie es mit der Zeit. Dies war der Blick, von dem sie bei Dr. Krüger gesprochen hatte und der sie an meiner Aufrichtigkeit zweifeln ließ – wie hätte ich ihr sagen sollen, was er bedeutete?

»Tja, Schatz, Folgendes: Ich habe mein Leben schon mal gelebt, damals warst du eine Starjournalistin und ich ein erbärmlicher Loser. Jetzt, beim zweiten Mal, läuft für mich alles glänzend, danke, allerdings auf deine Kosten. Wie mies das für dich ist, habe ich allerdings erst kürzlich so richtig mitbekommen – tja, und deshalb starre ich dich manchmal so erschrocken an. Kann man doch verstehen, oder?«

Sie spürte, dass etwas nicht in Ordnung war, und wurde immer gereizter, und wir begannen, immer häufiger zu streiten. Schließlich machte Gregor, von Miriam beauftragt, den Vorschlag mit der Paartherapie. Ein paar Monate lang wehrte ich mich noch gegen den Gedanken, wie ein Kind, das verzweifelt hofft, dass die Realität sich ändert, wenn man es sich nur intensiv genug wünscht. Doch schließlich – am Tag nach einem besonders heftigen Streit darüber, ob man sich durch den Akt des Rasenmähens als latent faschistisch entlarvt oder nicht –

machte ich ihr den Vorschlag, nach einem Therapeuten für uns zu suchen.

Am Anfang hatte keiner von uns beiden den Eindruck, die Therapie könne uns helfen, selbst nach dem Wechsel zu Dr. Krüger. Doch inzwischen merkte ich, dass wir Fortschritte machten: Wir stritten weniger, wir unternahmen wieder mehr zusammen, und wir redeten mehr miteinander.

Wir hatten jetzt schon die ganze Woche zusammen gefrühstückt, und an diesem Morgen hatte sie mir sogar einen Abschiedskuss gegeben, einen, der nicht flüchtig dahingewischt war, sondern lang und zärtlich und süß. Irgendwie wurde ich zwar das Gefühl nicht los, dass ich mich vielleicht zu früh freute, dass ich mir zu viele Hoffnungen machte, dass irgendetwas faul sein müsste – aber trotzdem reichte schon dieser eine Kuss, um mich den ganzen Vormittag über in einen Zustand der Euphorie zu versetzen. Weder die hyperaktiven Nachwuchshooligans, die in meinem Stundenplan als »Klasse 9b« geführt wurden, noch die ständig übermüdeten Teilnehmer des Englisch-Leistungskurses in der fünften und sechsten Stunde konnten daran etwas ändern.

Am Nachmittag drohte meine Hochstimmung allerdings einen ernsthaften Dämpfer zu erhalten: Dr. Leipold, unser Direktor, hatte eine außerordentliche Lehrerkonferenz angesetzt.

»… und deshalb werden wir eine Klassenkonferenz abhalten, und ich werde einen Schulverweis beantragen.« Dr. Leipold rückte seine Krawatte zurecht und sah sich herausfordernd um. »Wortmeldungen dazu?«

Norbert neben mir zeigte auf. Dr. Leipold stöhnte und nickte Norbert mit einer Grimasse des Widerwillens zu.

»Das wäre dann schon der dritte und vierte Antrag auf Schulverweis dieses Jahr«, sagte Norbert mit erhobener Stimme. Dr. Leipold verzog das Gesicht. »Nun, das ist ja wohl nicht unsere Schuld. Sondern die der jungen Herren.«

»Ach, kommen Sie«, assistierte ich Norbert. »Das Computersystem der Schule zu knacken ist doch auch eine Leistung. Und die Mails, die sie geschrieben haben, hatten literarische Qualität. Das kann ich bezeugen.«

Dr. Leipold nahm ein Taschentuch und wischte sich den Schweiß von seiner Stirn. Er schwitzte ständig.

»Herr Mackenbrock – diese elektronischen Liebesbriefe haben *sämtliche* weiblichen Mitglieder des Lehrkörpers bekommen. Und sie waren gespickt mit Ausdrücken, die ein seelisch gesunder Siebzehnjähriger nicht einmal kennen sollte!« Er atmete tief durch und schlug dann mit der flachen Hand auf den Tisch.

»UND SIE WAREN ALLE UNTERSCHRIEBEN MIT MEINEM NAMEN!« Dr. Leipolds Stimme war immer durchdringend und schrill. Jetzt aber erreichte sie Höhen, die das Zuhören schmerzhaft machten. Die rechte Hälfte des Tisches, die mit Gewerkschaftsmitgliedern besetzt war, kicherte. Die Mitglieder des Philologen-Verbandes, die sich an der linken Tischhälfte aufgereiht hatten, starrten düster vor sich hin. Jetzt meldete sich Simone Rheker.

»Außerdem haben die beiden ja auch eine Datei mit Klausurinhalten kopiert. Das war ein Betrug! Da bleibt Dr. Leipold keine Wahl.«

Dr. Leipold nickte und setzte eine Miene auf, die er – wie ich vermutete – für tragisch hielt, um sich den Nimbus eines Politikers, der den Mut zu harten, aber notwendigen Entscheidungen hat, zu geben. Sein erklärtes Vorbild war Winston Churchill. Norbert schnaufte wütend.

»Ich habe *keine* Wortmeldung gesehen. Vielleicht halten Sie sich demnächst auch mal ans Protokoll, Frau Rheker!«

Es war Norberts Spezialität, die Versammlung mit Protokollfragen zu quälen. Selbst seine eigenen Leute hassten ihn dafür. Simone versuchte, etwas zu antworten, aber ich übernahm schnell wieder, bevor wir in eine Diskussion über Wortmeldungsregularien abdriften konnten.

»Die wollten doch nicht betrügen. Die zwei haben die Aufgaben an den *gesamten* Physikkurs weitergegeben, damit alle eine Eins plus schreiben – um mit dieser Aktion gegen die Klausuren des Kollegen Jüschke zu protestieren.« Ich sah zu Jüschke auf der gegenüberliegenden Tischseite hinüber, der uns verkniffen anblickte.

»Oh ja! Ich hab mir die Klausur angesehen«, setzte Norbert hinzu. »Selbst *ich* hätte da bestenfalls eine Drei geschafft – und ich habe Physik studiert!«

Dr. Leipold hüstelte. »Na ja, Ihre fachliche Qualifikation ist hier nicht so sehr das Thema, Herr Tietz. Sondern diese beiden Jungen.«

Norbert schaute beleidigt zur Seite, während von der gegenüberliegenden Tischseite nun leises Prusten zu hören war. Ich ergriff wieder das Wort.

»Uns ist außerdem aufgefallen, dass in den letzten Monaten alle Schüler, die … na sagen wir mal, im vergangenen Jahr irgendwie unliebsam aufgefallen sind, bedenklich absacken.«

»Genau!« Norbert hatte seinen Angriffsmut wiedergefunden und kam jetzt richtig in Fahrt. »Alle, die nicht in euer kleines spießiges Schema passen, werden einfach aussortiert! Entweder suspendiert, oder man verpasst ihnen Fünfen! Das ist niederste Rambo-Pädagogik!«

Seine letzten Worte konnte man nicht verstehen, weil die Mitglieder des Philologen-Verbandes sich jetzt endgültig provoziert fühlten und nun beide Seiten des Tisches heftig aufeinander einbrüllten. Das passierte bei jeder Konferenz – nur selten so früh wie heute. Dr. Leipold wartete ab, bis langsam wieder Ruhe einkehrte, dann setzte er ein betont grimmiges Lächeln auf – eines, mit dem möglicherweise Churchill in Jalta den Kollegen Stalin bedacht hatte.

»Also, ich hoffe, dass Herr Tietz solche Unterstellungen nicht wiederholen wird. Davon abgesehen habe ich schon am Anfang des Schuljahres angekündigt, dass wir an dieser Schule von nun an verstärkt Wert auf Leistung und …« Er ließ sich das Wort auf der Zunge zergehen. »… *Exzellenz* legen werden. Und dass wir einen Zero-Tolerance-Kurs einschlagen werden.«

»Aber das ist doch Unsinn!«, warf ich ein. »Das hier ist doch nicht die Bronx – das ist Köln-Lindenthal! Die Kinder hier ernähren sich makrobiotisch und spielen Geige. Die fahren noch nicht mal schwarz mit der Straßenbahn. Lassen Sie die doch einfach in Ruhe!«

»Und seien *Sie* doch nicht so naiv, Herr Mackenbrock!« Er schwenkte die Ausdrucke der Skandalmails über seinem Kopf. »*Das hier* kommt dabei raus, wenn Leute wie Sie sich bei den Schülern anbiedern!«

Ich winkte ab. Alle wussten natürlich, was hinter Dr. Leipolds Bemühungen stand: Letzten Sommer hatte es zum ersten Mal Gerüchte gegeben, dass die CDU-geführte Landesregierung, die seit ein paar Monaten im Amt war, ihn zum nächsten Bildungsminister machen wollte. Seit er davon erfahren hatte, setzte Dr. Leipold alle Energien darein, aus unserer Schule eine konservative Musteranstalt zu machen. Dabei kämpfte er mit harten Bandagen – die Schulverweise zum Beispiel waren rechtlich mehr als bedenklich, doch seine Vorgesetzten im Schulamt hielten ihm da den Rücken frei.

Eine Stunde später war es uns gelungen, das Schlimmste zu verhindern: Die beiden Übeltäter würden einen Monat lang helfen, den Schulhof zu säubern, und nicht von der Schule geschmissen werden. Norbert und ich erholten uns im Chemie-Arbeitsraum unter der Dunstabzugshaube für Gefahrenstoffe, dem einzigen Ort in der Schule, an dem wir rauchen konnten.

»Es war mir mal wieder eine Freude, an Ihrer Seite zu streiten, Herr Tietz«, sagte ich lächelnd. Heute hatte mir selbst die Konferenz die Stimmung nicht verderben können. »Wir haben Sauron nicht vernichtet, aber in den Dunklen Turm zurückgetrieben. *Und* ein paar Orks geärgert«, fügte ich mit Blick auf Simone Rheker, die gerade dazutrat und sich ebenfalls eine Zigarette anzündete, hinzu. Norbert zuckte nur mit den Schultern und seufzte.

»Das Ganze fällt mir immer schwerer. Na ja … gehen wir noch einen trinken? Oder musst du nach Hause?«

»Nee. Dienstagabend ist Kathleen immer unterwegs.«

»Ah. Im Bürgerzentrum oder bei den Grünen?«

»Weder noch – dienstags ist ihr Italienischkurs.«

Ich lächelte noch ein paar Sekunden lang stumpfsinnig vor mich hin – dann erinnerte ich mich daran, dass ich die ganzen Tage schon das Gefühl gehabt hatte, dass an der Harmonie zwischen Kathleen und mir irgendwas faul war.

Jetzt wusste ich endlich, was es war.

Paartherapiepraxis Dr. Krüger, Sitzung vom 11.10.2005, Auszug des Tonbandprotokolls:

DR. KRÜGER: Sie hatten also während unserer gesamten Therapiezeit eine sexuelle Beziehung zu ihrem Italienischlehrer, Kathleen??

KATHLEEN: (leise) Ja.

CHRIS: Sie hat gedacht, mir fällt es nicht auf, weil NIEMAND den Überblick über ihren Terminplan haben kann. Sie hätte nur eben nicht damit prahlen sollen, dass sie mit ihrem Italienischkurs aufgehört hat.

KATHLEEN: Es war das letzte Mal. Ich bin zu ihm gegangen und habe die Sache beendet.

DR. KRÜGER: Es wird viel Arbeit erfordern, das Vertrauen zwischen Ihnen wieder aufzubauen …

KATHLEEN: (leise) Ich weiß.

Chris: Wir … wir haben darüber gesprochen. Und ich … *wir* wollen das alles vergessen. Und hinter uns lassen.

Dr. Krüger: Ich verstehe. Das finde ich gut. Ich finde es gut, dass Sie, Chris, Kathleen verzeihen. Und dass Sie, Kathleen, sich jetzt klar zu Ihrer Beziehung bekennen. Und auch wenn es schwer werden wird, ist es nicht unmöglich, neu anzufangen.

Kathleen: Ich würde wirklich gern … neu anfangen. (Chris und Kathleen lächeln sich an)

Dr. Krüger: Also gut, ich möchte Sie bitten, eine kleine Übung zu machen, die ich manchen Paaren als Hausaufgabe aufgebe. Okay?

Chris: (nickt)

Kathleen: (nickt)

Dr. Krüger: Ich möchte, dass Sie beiden sich zu einem Rendezvous verabreden. Und dass Sie dabei so miteinander umgehen wie Menschen, die dabei sind, sich zu verlieben, und sich noch nicht kennen. Also: Präsentieren Sie sich im besten Licht, versuchen Sie, Ihr Gegenüber für sich einzunehmen. Und gleichzeitig: Seien Sie neugierig auf das, was der oder die andere Ihnen über sich erzählt – so wie Verliebte neugierig aufeinander sind. Versuchen Sie, für einen Abend das, was sich bei Ihnen angestaut hat, etwas in den Hintergrund treten zu lassen, und schauen Sie, was passiert, wenn Sie den Partner aus einer ganz anderen Perspektive erleben. Suchen Sie sich einen Abend aus, an dem Sie beide Zeit haben.

Chris: Nächste Woche wollten wir in unsere alte Heimatstadt – meine Eltern besuchen. Wir könnten diesmal ein Zimmer im Hotel nehmen …

Dr. Krüger: Das wäre vielleicht eine gute Idee. Eine neue Umgebung, unbelastet von den Alltagsquerelen. Wenn Sie das Besuchsprogramm hinter sich haben, dann könnten Sie abends etwas essen gehen, in ein romantisches Restaurant.

Schöne Erinnerungen aufleben lassen. Sich gegenseitig neu entdecken …

KATHLEEN: Ja, das … das hört sich schön an. Das würde mir gefallen.

DR. KRÜGER: Wunderbar. Ich bin schon sehr gespannt, was dabei herauskommen wird …

(Ende der Aufzeichnung)

Ich fragte Kathleen nicht nach Einzelheiten über ihre Affäre. Sie erzählte von sich aus, dass sie mehrere Monate lang gedauert hatte und nun endgültig vorbei war. Ich merkte, dass es sie drängte, die Beweggründe ihrer Tat genau zu analysieren, aber da blockte ich ab. So sehr die üblichen Fragen (»War er besser als ich? Und wenn ja – was hatte er so alles drauf, was mir fehlt?«) mich auch quälten, so war ich mir doch sicher, dass die einzige Chance für uns darin bestand, diese Geschichte abzuhaken und mit unserem Leben weiterzumachen. Außerdem würden wir uns bei Dr. Krüger in den nächsten Monaten noch ausführlich genug mit den Hintergründen beschäftigen.

Wir gaben uns jetzt beide alle Mühe, wieder zu dem Paar zu werden, das wir früher einmal gewesen waren. Unsere Streitfrequenz sank vorübergehend fast auf null, und hin und wieder ertappten wir uns sogar dabei, dass wir wieder gemeinsam lachten. Wenn ich mir die schreckliche Kurzhaarfrisur und die formlosen Klamotten wegdachte, konnte ich in ihr jetzt manchmal wieder die Kathleen durchschimmern sehen, in die ich mich damals verliebt hatte, und ich hoffte verzweifelt, dass es ihr mit mir ähnlich ging.

Am Tag bevor wir uns nach Hölten aufmachten, bekam ich einen Anruf von Schorsch.

»Chris, hallo! Ist das immer noch die richtige Nummer?«

»Offensichtlich, Schorsch. Sonst wär ich nicht am Apparat.«

»Ah, ja.«

»Es sei denn, du hast gerade versucht, Julia Roberts zu erreichen oder den Papst – in dem Fall ist das hier die falsche Nummer.«

»Oh Gott, bitte aufhören.«

»Na gut. Worum geht's?«

»Ich bin gerade in Köln, um …« Er senkte seine Stimme zu einem Flüstern. »… um mit Guido Westerwelle zu Mittag zu essen. Ist das der Hammer, oder was?«

Wie sich herausstellte, verspürte Schorsch den unwiderstehlichen Drang, diesen Karrieresprung mit jemandem zu feiern. Am Abend trafen wir uns in einem kubanischen Restaurant (das bis vor wenigen Jahren ein Mexikaner gewesen war). Schorsch war immer noch der Alte.

»Westerwelle ist *echt* interessiert an dem, was ich zu sagen habe. Er sagt, ich bin ihm aufgefallen. Oh Mann, Chris … mit ein bisschen Glück bin ich bald kein kleiner Hinterbänkler mehr.«

»Klingt gut.«

»Ich hab's immer gewusst: die FDP, das war die beste Entscheidung meines Lebens. Bei den Grünen hätte ich's nie so weit gebracht.«

Ich musste lächeln. »Da hast du ganz zweifellos Recht, Schorsch.«

»Außerdem bin ich natürlich ganz einfach auch ein Liberaler. Durch und durch.«

»Klar, Schorsch.«

»Guck nicht so. Du nimmst mich nicht ernst!« Schorsch lächelte gutmütig und bestellte sich noch eine Weinschorle.

»Das ist mindestens deine sechste«, sagte ich. »Die Gerüchte, dass ihr im Bundestag alle dauernd besoffen seid, stimmen also.«

»Jedes Wort«, antwortete er grinsend. »Ich habe übrigens heute fast deinen Chef getroffen.« Er prostete mir zu.

»Wen? Den Schulrat?«

»Nein. Deinen Direktor. Beim Essen mit Guido. Ich darf ihn jetzt Guido nennen …«

»Und noch mal Glückwunsch.«

»Auf jeden Fall: Dein Dr. Leipold –«

»Oh bitte, nenn ihn nicht so.«

»Also gut. *Der* Dr. Leipold war heute ebenfalls dabei.«

»Du hast also gar nicht mit Guido allein gegessen?«

»Nein, wo denkst du hin? Wir waren acht oder neun. Und darunter eben auch Dr. Leipold, den ein paar wichtige Leute kennen lernen wollten.«

Er beugte sich zu mir und sah mich verschwörerisch an. Dann versuchte er, wieder die Stimme zu senken und einen geheimnisvollen Eindruck zu machen – was ihm nicht leichtfiel, da er einen Schluckauf bekam.

»Dein Direktor wird nämlich … der nächste Bildungsminister hier sein.«

»Tja, das hätte ich dir schon vor ein paar Monaten sagen können.«

Schorsch schaute enttäuscht und nahm noch einen Schluck Weinschorle. Dann beugte er sich noch näher zu mir.

»Also gut, dann werde ich dir jetzt was erzählen, das dich *wirklich* umhauen wird. Aber du musst mir versprechen: kein Wort. Zu niemandem. Okay?«

»Okay.«

Er schaute sich um, ob auch niemand uns beobachtete. Ich musste mir ein Lächeln verbeißen – aber trotzdem wurde ich langsam neugierig.

»Also … dieser Dr. Leipold – der hätte den Posten nämlich fast nicht bekommen …«, flüsterte Schorsch.

»Das wäre auch vernünftig gewesen«, antwortete ich. »Der Typ ist –«

»Pscht! Jetzt lass mich doch mal ausreden!« Inzwischen lallte er leicht. Er kam noch näher, so dass sich sein Gesicht fast an meines presste.

»Er hätte den Job fast nicht bekommen … weil er selbst als Schüler beim Abi geschummelt hat. Hat sich die Aufgaben der Abiklausur besorgt.«

»Echt?« Jetzt hatte er mich. Ich war baff.

»Ja. Und das Beste ist …« Schorsch kicherte und nippte noch mal an seiner Schorle, wobei er die Hälfte verschüttete. »Er hat sich dabei so doof angestellt, dass alles rausgekommen ist.« Er kicherte wieder, dann rülpste er. »Aber sein alter Herr war in der Bezirksregierung und hat ihn rausgehauen.«

»Wahnsinn. Und trotzdem soll er Minister werden?«

Schorsch nickte. »Es gibt keine Beweise mehr dafür. Die Einzige, die das noch bezeugen kann, ist eine halbverwirrte Omi, irgendwo in St. Peter-Ording in irgendeinem Altersheim. Und erst nachdem man sich einigermaßen sicher war, dass da nichts rauskommt, hat man sich entschlossen, dass dein Dr. Leipold Minister werden darf.«

»Dass das nicht rauskommt?? Sogar *du* weißt es!«

»Pfffff!« Er sah mich mit verletztem Stolz an und richtete sich zu voller Größe auf, wobei er sein Glas endgültig umschmiss.

»Ich hab eben gute Verbindungen. Bis ganz nach oben in die NRW-FDP. Jepp! Wir regieren hier nämlich mit.«

»Weiß ich.«

»Sehr gut.« Plötzlich schaute er mich ängstlich an. »Oh Gott, wie konnte ich dir das erzählen? Du darfst das keinem weitersagen, Chris! Verstehst du? Niemandem! Oh Mann, ich bin so ein Trottel!«

»Keine Sorge, Schorsch. Ich bin heilfroh, wenn der Mann in die Regierung wandert und ich ihn loswerde – das werde ich doch nicht verhindern.«

Schorsch nickte erleichtert. »Tja, dann – trinken wir noch was?«

»Ach, ich weiß nicht«, antwortete ich. »Wir fahren morgen nach Hölten …«

»Natürlich.« Er blinzelte mich erstaunt an. »Ich dachte, wir könnten zusammen mit dem Zug fahren.«

Ich überlegte verwirrt, ob ich irgendwas verpasst hatte. »Du … du fährst auch?«

»Ja klar. Die Hälfte der alten Jahrgangsstufe kommt.« Er merkte, dass ich ihn fassungslos anstarrte.

»Oh Mann, ihr habt's noch gar nicht gehört? Kreymann ist tot! Samstag wird er beerdigt.«

Daraufhin trank ich tatsächlich noch ein Bier. Wie ich von Schorsch erfuhr, war Kreymann, der so viele von uns mit dem Ablativus absolutus, dem Vokativ und der o-Deklination gequält hatte, viel beliebter gewesen, als ich geahnt hatte. Natürlich sprachen seine erbarmungslose Strenge und erschütternde Humorlosigkeit nach wie vor gegen ihn, auf der anderen Seite aber hatte er vielen der ärmeren Schüler für wenig Geld Nachhilfeunterricht gegeben. Und nun würde es zu einer späten Sympathiebekundung für ihn kommen, für die er vermutlich nur ein genervtes Kopfschütteln übrig gehabt hätte. Ich sah ihn vor mir, wie er in seinem Sarg lag, das Rumoren der Menschenmenge auf dem Friedhof hörte und vor sich hin grummelte: »Um Himmels willen – haben die Leute nichts Vernünftiges zu tun?«

Für kurze Zeit fragte ich mich, ob ich das Rendezvous mit Kathleen unter diesen Umständen nicht abblasen sollte, doch dann kam ich zu dem Schluss, dass das nicht nötig sein würde. Wir konnten schon früh nach Hölten fahren (es war der letzte Tag der Herbstferien) und dann den Tag mit meinen Eltern verbringen. Am Samstag dann konnten wir zur Beerdigung gehen, und dann würde unserem romantischen Abend nichts mehr im Weg stehen.

Als Kathleen spätabends von der Sitzung des Komitees gegen Datenmissbrauch zurückkam (Ich hatte es überprüft: Die hatte tatsächlich stattgefunden. Inzwischen hielt ich es doch für sicherer, Kathleens Terminplan genauer als bisher im Auge zu behalten), erzählte ich ihr die Neuigkeiten, und sie stimmte mir zu, dass wir uns nicht abhalten lassen sollten. Sie war nie besonders scharf darauf gewesen, die Leute aus unserer alten Jahrgangsstufe wiederzutreffen, und würde deshalb froh sein, das Wiedersehen auf der Beerdigung so schnell wie möglich hinter sich zu bringen, um dann zum angenehmen Teil des Tages überzugehen – dem Date mit ihrem Ehemann.

SEPTEMBER 2005 17

Am nächsten Morgen musste ich einen schlimmen Kater niederkämpfen, fand mich aber in einer Hochstimmung, die mich einfach nicht mehr verlassen wollte. Ich sang unter der Dusche, ich pfiff vor mich hin, als ich mich anzog, und ich sang schon wieder, als ich zum Frühstücken in die Küche kam. Und selbst als Kathleen mir mit verschlafener Stimme sagte, dass sie mir die gute Laune nicht verderben wolle, aber leider gezwungen sei, mir mit dem Buttermesser die Kehle durchzusäbeln, wenn ich nicht augenblicklich aufhören würde, trübte das meine Stimmung kein bisschen.

Ich merkte außerdem, dass ich sie mitreißen konnte. Auf der Fahrt konnte sie sogar Schorsch ertragen, obwohl sie die FDP mehr hasste als jede andere Partei und Schorsch als Ex-Grüner in ihren Augen ein prinzipienloser Verräter war, der charakterlich in die unterste Schublade der menschlichen Gesellschaft gehörte, zusammen etwa mit Stasi-Spitzeln oder Leuten, die Tierversuche an Golden Retrievern durchführten. Sie verzichtete sogar darauf, auf die kriminelle Vergangenheit von Otto Graf Lambsdorff anzuspielen – etwas, was sie normalerweise reflexhaft tat, wenn sie auf einen FDP-Anhänger traf.

Als Schorsch erfuhr, dass Kathleen und ich das romantischste Hotelzimmer der Stadt gebucht hatten und auf einem Balkon frühstücken würden, von dem aus man ganz Hölten überblicken konnte, fragte er uns, ob wir ihm das Zimmer ein paar Stunden lang überlassen würden. Für den folgenden Tag hatte sich ein TV-Team angekündigt, das ihn in seiner Heimatstadt interviewen würde, und er wollte Eindruck schinden.

»Ich und das Team, wir haben auch Zimmer in eurem Hotel, aber eben nicht das Turmzimmer. Wir machen am Morgen danach noch ein paar Aufnahmen in der Altstadt, aber ein Interview auf dem Balkon, oder, wenn's dunkel wird, im Zimmer vor dem Gemälde von Annette von Droste-Hülshoff, das wär das Größte, wirklich.«

»Schon okay, Schorsch, kein Problem«, antwortete Kathleen, und sie lächelte dabei – ihr altes, vertrautes, sonniges Lächeln. Ich jubelte innerlich – das war eine lockere, entspannte Kathleen, wie ich sie seit Jahren kaum noch erlebt hatte. Mit jedem Kilometer, den wir uns unserem Ziel näherten, wurde ich mir sicherer: An diesem Wochenende würde sich für uns alles wieder zum Guten wenden!

Wir verbrachten den ersten Tag pflichtbewusst bei meinen Eltern, und ich merkte, wie sehr ich es genoss, dass wir diesmal das harmonische Paar nicht nur vorspielen mussten. Am Samstagmorgen schließlich fuhren wir nach Hölten zur »Alten Mühle«, einem der ältesten und schönsten Hotels Ostwestfalens.

Wir hätten uns keinen besseren Ort für unser Vorhaben aussuchen können: Das Droste-Zimmer oben im Turm troff geradezu vor Romantik, genau wie das ganze Hotel. Wir waren nie hier gewesen – wieso auch, wenn man direkt nebenan wohnt? An der Mauer neben dem Balkon wuchsen Efeuranken, und als wir über Hölten blickten, kamen wir uns vor wie ein jungverheiratetes Herrscherpaar im Mittelalter. Dann legten wir uns nebeneinander in das riesige alte Bett, und ich hielt Kathleen einfach nur im Arm, so wie ich sie vor langer Zeit an einem perfekten Sommertag gehalten hatte, als wir zusammen im hohen Gras gelegen hatten.

Ich musste daran denken, wie alles zusammenpasste: Heute würden wir Kreymann beerdigen – seine Lateinhausaufgabe, die Mark Hillebrand überfordert hatte, war schließlich der Ausgangspunkt gewesen für all die Entwicklungen, die zu diesem Moment führten. Und eben an diesem Tag würde ich mein Leben, das mir zu entgleiten drohte, wieder in den Griff kriegen.

Ich drückte Kathleen fest an mich. Sie kicherte, und ich hätte fast heulen können, dass ich dieses Kichern endlich wieder hören durfte, ein Geräusch, in dem nichts Genervtes, nichts Leidendes und nichts Bitteres mitschwang. Ich seufzte lächelnd: Das hier war ein hoffnungslos romantischer Moment, genau wie ich es mir erträumt hatte. Wir lächelten uns an, und dann küssten wir uns – und dann klingelte mein Handy. Es war Richie.

»Hey, Chris, ich hab schon gehört, dass du auch hier bist. Wie sieht's aus – Lust vorbeizukommen?«

Ich besprach mich kurz mit Kathleen. Wir einigten uns, dass es besser sein würde, mich sofort mit Richie zu treffen, so dass wir den Abend ungestört für uns haben würden. Also betrat ich eine halbe Stunde später zum ersten Mal seit vielen Jahren wieder das Haus von Richies Familie, in dem inzwischen sein Bruder mit seiner Frau und seinem Sohn lebte. Wir setzten uns ins Wohnzimmer. Vom Dachboden her dröhnte Hip-Hop.

»Neffe«, erklärte Richie. »Der wohnt jetzt da oben.«

»Er hat eine bessere Anlage als du früher.«

»Ja – aber einen komplett verkorksten Musikgeschmack.« Er schaute zur Decke. »Das hier ist eines der sanfteren Liebeslieder, der Refrain geht, glaub ich: ›Deine Mutter ist eine Nutte und ich fick sie in den Arsch!‹ Oder so ähnlich.«

Ich musste grinsen, Richie seufzte. »Aber es gibt Hoffnung. Neulich hat er alte Sachen von Sisters of Mercy gespielt. Guter Junge …«, sagte er lächelnd und brüllte es dann noch mal zur Decke: »GUTER JUNGE!«

Wie immer mit Richie entwickelte sich das Gespräch mühelos und ohne jede Spur von Verkrampfung, so als hätten wir uns erst gestern zuletzt gesehen. Ich erwähnte meine Probleme mit Kathleen nicht, und von ihm erfuhr ich nur, dass er jetzt mit einer bulgarischen Lyrikerin zusammenlebte. In diesem Leben hatte er mich nicht gefragt, ob ich mit ihm zusammen ein Autorenbüro aufmachen wollte – zu dem Zeitpunkt, als er nach Köln kam, hatte ich schon längst einen Job als Lehrer gehabt. Er hatte andere Partner gefunden, darunter auch Julian, mit denen er sich ein Büro teilte.

Inzwischen hatte ich ihn schon fast ein Jahr nicht mehr gesehen, und meine Stimmung wurde ein Stück düsterer, als ich mir klarmachte, dass dies wahrscheinlich auf lange Zeit hinaus unser letztes Treffen sein würde. Als wir die üblichen Themen durchgekaut hatten, zwinkerte Richie mir plötzlich vergnügt zu.

»Übrigens, hier ist noch ein kleiner Bonus für dich.« Er zog eine DVD hervor und legte sie in den Player.

»Die Pilotfolge für meine erste ganz eigene Sketchshow. Hab ich selbst produziert, auf eigene Kosten.«

»Auf eigene Kosten? Nicht schlecht.«

»Tja. Wenn man nicht alles selbst macht und die Kontrolle behält, kommt nur Mist dabei raus. Ich könnte dir Geschichten erzählen …«

Ich grinste, während er auf den Startknopf drückte. Dann kam die Show.

Sie hieß nicht *Ratgeber: Liebe,* aber Richies Konzept war ähnlich: Alle Geschichten handelten von Paaren und ihren Beziehungen. Ich musste lächeln, die Idee hatte wohl einfach in der Luft gelegen.

Dann aber blieb mir plötzlich der Atem weg: Ich erkannte mich wieder – und Kathleen.

»Na, was sagst du?«, fragte Richie, als es vorbei war, und schaute mich misstrauisch an. »Viel gelacht hast du ja nicht.«

»Also, ich kann's nicht so gut beurteilen. Wir haben ja zu Hause auch gar keinen Fernseher.«

»Ah.«

»Aber ich fand's lustig, echt! Und toll geschrieben!« Er nickte dankbar. Ich schluckte.

»Äh, sag mal, dieses eine Paar, das in vielen Sketchen vorkommt – *sie* ist so eine freudlose, vertrocknete Altlinke, die an *nichts* Spaß hat, und *er* ist ein tumber Klotz, der vor sich hin lebt und gar nicht merkt, wie elend sein Leben ist, und ihres auch …«

»Ja?«

»Also … gibt's da Vorbilder?«

Es war jetzt ganz still. Selbst die Musik aus der Decke hatte aufgehört. Richie atmete tief durch.

»Du und Kathleen.« Er lächelte entschuldigend. »Ich hatte mir immer gedacht, dass man über euch beide großartige Nummern schreiben könnte. Ich hab euch ein paar Wochen miterlebt, als ich euch damals besucht habe.«

»Aber … das war nur einmal.«

»Na ja – mir hat's ausgereicht.«

Ich starrte ihn fassungslos an, reden konnte ich nicht mehr. Dass wir Richie, dem ewigen Spötter, als Vorbilder für seine Sketche dienen würden, damit hätte ich rechnen können. Auch damit, dass diese Szenen die tiefsten und düstersten Wahrheiten über Kathleen und mich offenlegten. Sie zeigten erbarmungslos alles, was zwischen uns nicht stimmte, wie unglücklich wir waren, ohne uns das einzugestehen, und auch, wie mies ich mich Kathleen gegenüber verhielt.

Mit all dem konnte ich leben. Aber etwas war daran, das mich komplett, absolut und restlos verwirrte und mir einen Schauer nach dem anderen den Rücken hinunterjagte:

Richies Besuch bei uns war fast zehn Jahre her!

Ich versuchte, das irgendwie einzuordnen: Wenn Richie keine übernatürlichen seherischen Kräfte besaß, dann hatte er den katastrophalen Zustand meiner Beziehung mit Kathleen damals schon beobachten können. Und das bedeutete: Ich hatte mir etwas vorgemacht. Es war nicht alles erst in den vergangenen zwei oder drei Jahren schwierig geworden.

In Wirklichkeit war Kathleen all die Jahre lang unglücklich und verzweifelt gewesen – und hatte alles darangesetzt, damit ich nichts davon mitbekam. Was wahrscheinlich nicht besonders schwer gewesen war, weil ich ganz klar ein Talent dafür besaß, Dinge, die um mich herum vorgingen, nicht mitzubekommen.

Sie hatte das so lange durchgezogen, bis sie es nicht mehr aushielt und ihr Frust und ihr Leid sich einen Weg an die Oberfläche gebahnt hatten. Bis dahin hatte sie mir ein zufriedenes Leben vorgespielt, um mich zu schonen. Ich liebte sie plötzlich mehr als zu irgendeinem anderen Zeitpunkt in den vergangenen Jahren.

Richie sah mir irritiert zu, wie ich fassungslos auf den Fernseher starrte, auf dem inzwischen wieder *SpongeBob* lief. Es war, als hätte ich die letzten Jahre meines Lebens bisher nur durch einen Milchglasschleier betrachten können und als hätte jemand diese Glasscheibe endlich zerschlagen, so dass mir jetzt alles gestochen scharf vor Augen stand.

Und dann musste ich an Beatrix denken, die damals meine Vorlagen gelesen hatte – und der ebenfalls eine Handvoll Sketche die Augen geöffnet hatte. Ich bekam eine Gänsehaut bei dem Gedanken, wozu die Kunst in der Lage ist – selbst wenn es sich nur um eine Handvoll lustiger kleiner Szenen handelt. Und mir wurde klar, was für ein großartiger Autor Richie war.

Ich schaute aus dem Fenster, wo gerade Schorsch mit dem Fernsehteam vorbeiging. Er und der Interviewer legten wohl Drehorte für den nächsten Tag fest.

Ich drehte mich zu Richie. Ich wusste nun, dass die Veränderungen an diesem Wochenende für mich größer sein würden, als ich geahnt hatte. Aber ich war bereit.

»Richie – du musst ein paar Anrufe für mich machen«, sagte ich.

Kreymann wurde bei strahlendem Sonnenschein beerdigt. Der Friedhof war voller Menschen, die meisten von ihnen ehemalige Schüler, die sich bald nach Jahrgangsstufen ordneten. Als die Zeremonie vorbei war, kam Gregor auf uns zu.

»Ganz schön voll hier«, sagte er.

»Ja«, antwortete ich. »Und wenn du jetzt sagen willst, dass alle nur gekommen sind, um sich zu vergewissern, dass er auch wirklich tot ist, dann wärst du der … lass mich nachrechnen … ah ja, der Vierte.«

»Nein, das wollte ich nicht sagen, Chris. Ich wollte nur sagen, dass … dass es voll ist.«

Ich lächelte – natürlich: Gregor würde niemals einen Witz machen, genauso wie er mich niemals »Alter« oder »Dicker« genannt hatte, sondern immer nur »Chris«.

»Wo ist Miriam?«, fragte ich.

»Oh, die konnte nicht kommen. Musste bei den Kindern bleiben.«

»Schade.«

Er nickte. »Und ihr? Die meisten von uns fahren erst morgen wieder. Heute Abend wollen wir uns in der ›Zwiete‹ treffen.«

»Kat und ich gehen ins ›Baan Pai‹.«

»Ah. Soll echt nobel sein da.«

»Hoffentlich.«

»Na dann viel Spaß. Vielleicht sieht man sich noch.«

Nach der Beerdigung spazierten wir durch Hölten, und danach hatten wir Sex in dem riesigen Himmelbett im Turmzimmer. Wir gaben uns beide Mühe und waren befangen, und so dauerte es lange, bis wir in Fahrt kamen, aber dann genossen wir es, denn zum ersten Mal seit Langem stand kein unausgesprochener Groll mehr zwischen uns. Danach redeten wir eine Stunde lang über alles, was uns gerade einfiel, so, wie wir es schon seit Jahren nicht mehr getan hatten. Schließlich wurde es dunkel und Zeit aufzubrechen.

Das »Baan Pai« war ein thailändisches Restaurant, das gleichzeitig als Cocktailbar herhalten musste, und so ziemlich das Großstädtischste, das Hölten zu bieten hatte. Ich hatte einen verschwiegenen kleinen Ecktisch reservieren lassen, den wir nun ansteuerten. Kathleen trug ein weinrotes Abendkleid. Ich hatte es vor diesem Abend noch nie an ihr gesehen, also musste sie es für diesen Anlass gekauft haben. Ich merkte, dass ich plötzlich einen Kloß im Hals hatte: Sie wollte es tatsächlich versuchen – es war ihr ernst damit, ganz neu anzufangen.

»Das Kleid sieht toll aus«, sagte ich. Sie lächelte fast schüchtern.

»Danke. Ich hab's bei ›Deicker‹ gekauft. Eigentlich gehe ich da nicht hin, weil die letztes Jahr ihren Mitarbeitern das –«

Ich legte ihr den Finger auf den Mund. Himmel, selbst ein harmloses Kompliment war bei ihr eine Steilvorlage für ein politisches Statement. Dann aber musste ich fast wider Willen lächeln. Im Moment konnte ich selbst das bei ihr als liebenswerte kleine Marotte sehen.

»Wollen wir etwas trinken?«, fragte ich.

Sie nickte. Ich umschiffte eine weitere Klippe und vermied es, kalifornischen oder südafrikanischen Wein zu bestellen, der möglicherweise durch die Ausbeutung entrechteter Wanderarbeiter hergestellt worden war. Dann hakten wir die nächsten Programmpunkte ab: in die Speisekarten schauen, darüber reden, was wir bestellen wollten, uns wieder zulächeln. Kathleen schaute sich schließlich nervös um.

»Schön hier, wirklich.«

»Stimmt. Echt gelungen, wie sie das renoviert haben.«

»Ja. Vor allem die Decke. Mit dem Gebälk und so.«

»Genau. Und der Kamin.«

Sie nickte, und wir schwiegen befangen. Ich suchte fieberhaft nach einem vernünftigen Gesprächsthema – oh Mann, es war tatsächlich wie bei einem ersten Date, das sich so richtig zäh anließ. Zum Glück kam jetzt der Kellner, ein winziger Thailänder mit bestenfalls oberflächlichen Deutschkenntnissen. Gerade hatte Kathleen ihre Vorspeisensuppe in Auftrag gegeben, als wir durch Lärm vom anderen Ende des Raumes unterbrochen wurden. Dort schoben die Angestellten mehrere große Tische zusammen.

»Entschuldigung.« Unser Kellner lächelte beschwichtigend. »Kommt noch große Gruppe.«

Kathleen sah mich verblüfft an. »Hat Gregor nicht gesagt –?«

»Ja. Sie wollten in die ›Zwiete‹. Vielleicht sind sie's ja auch gar nicht ...«

»Ja. Bestimmt nicht«, stimmte Kathleen zu.

Wenige Minuten später betraten Richie und Gregor als Erste das »Baan Pai«, hinter ihnen mehrere Dutzend unserer alten Klassenkameraden. Kathleen stöhnte.

»He, wir können doch trotzdem unser Date genießen«, versuchte ich, sie zu beruhigen.

»Meinst du?«, fragte sie skeptisch.

»Natürlich. Die stören uns schon nicht.«

Gewissermaßen als direkte Antwort darauf stiefelte Gregor auf unseren Tisch zu. Dort blieb er stehen und sah mit tiefem Ernst auf uns herunter.

»Die Heizungsanlage in der ›Zwiete‹ tut's nicht richtig. Den meisten war kalt.« Wir nickten verstehend.

»Sie wollten irgendwohin, wo es wärmer ist«, fügte er überflüssigerweise hinzu.

»Schon klar«, antwortete ich. »Also dann: Viel Spaß. Lasst euch von uns nicht stören.«

Gregor nickte. Wir sahen ihn aufmunternd an. Er überlegte

anscheinend, ob er wieder gehen sollte. Wir nickten ihm auffordernd zu. Doch er stand weiter mit versteinertem Gesicht auf der Stelle. Schließlich seufzte er lange und tief – und setzte sich.

»Das, was ich euch heute erzählt hab … das war gelogen«, sagte er mit tonloser Stimme.

»Äh … was hast du denn erzählt?«, fragte Kathleen.

»Dass Miri zu Hause bei den Kindern geblieben ist.« Gregor starrte auf das Tischtuch vor ihm hinab. »Ist sie nicht. Sie ist weg. Und die Kinder auch.«

Wir sahen ihn an. Aber Gregor dachte nicht daran, noch eine weitere Erklärung zu liefern. Was ihn anging, war offenbar alles gesagt.

»Das heißt … ihr habt euch getrennt?«, fragte Kathleen vorsichtig.

»Auf Zeit. Miri meint, dass wir das brauchen.«

Er sah uns nicht an, sondern unterzog das Tischtuch vor ihm einer peinlich genauen Betrachtung.

»Aber … was ist denn los?«, fragte Kathleen schließlich. »Ich dachte immer, ihr zwei seid das perfekte Paar.«

Gregor sah zur Seite und rutschte unbehaglich auf dem Stuhl hin und her.

»Ist nicht so wichtig.«

Damit stand er genauso abrupt auf, wie er sich gesetzt hatte.

»Entschuldigt. Ich will euch nicht den Abend verderben. Das war dumm von mir.«

Er produzierte etwas, was entfernt an ein Lächeln erinnerte, drehte sich um und ging wieder zu den anderen. Wir sahen ihm nach.

»Ausgerechnet die beiden«, sagte Kathleen leise.

Ich nickte. »Ja. Ich hätte geschworen, die erwischt es nie.«

Dann lächelte ich ihr aufmunternd zu. »Aber er hat Recht: Wir sollten uns den Abend nicht verderben lassen. Okay?«

»Okay.«

»Wir lassen uns einfach nicht mehr stören.«

Sie nickte lächelnd. Ich hob mein Weinglas.

»Auf uns beide.«

»Auf –«

Jetzt begann die Gesellschaft an den zusammengeschobenen Tischen »People are People« zu singen. Anscheinend hatten die anderen sich in der »Zwiete« mit großen Mengen harten Alkohols warm gehalten – das erklärte natürlich auch Gregors überraschenden Drang, uns seine privaten Probleme zu offenbaren.

»Okay«, sagte ich entschlossen. »Ich frage nach, ob die hier ein Separee oder so was haben.«

Kathleen nickte eifrig. Die nächsten Minuten verbrachte ich in einer hektischen Diskussion mit dem gestressten thailändischen Restaurantbesitzer, den schließlich fünfzig Euro überzeugen konnten, uns eine abgelegene Nische ganz am anderen Ende des Restaurants zu überlassen. Das war zwar kein Separee, aber wir würden einigermaßen lärmgeschützt sein, und außerdem außer Sicht. Als ich wieder an unseren Tisch zurückkam, saß dort schon Richie, der auf Kathleen, die inzwischen ziemlich genervt wirkte, einplauderte.

»Setz dich doch!« Er machte eine gönnerhafte einladende Handbewegung. »Keine Angst, du störst uns gar nicht.«

»Sehr witzig.« Ich setzte mich und versuchte, so abweisend wie möglich dabei auszusehen.

»Schon gut, ich hab schon mitbekommen: Ihr wollt nicht gestört werden.« Er richtete sich auf. »Ich bin auch nur kurz vorbeigekommen, um dir zu sagen, dass ich ein paar Leute angerufen habe, und –«

»Schon gut, das kannst du mir später erzählen.«

»He, meine Kollegen meinen –«

»Wirklich – wir besprechen das nachher, okay?«

»Okay.« Er stand auf. »Na, auf jeden Fall ganz schnell: Du

kannst bei uns im Büro einsteigen. Julian ist schon gespannt drauf, dich kennen zu lernen. Also, macht's gut, ihr zwei.«

Damit drehte er sich um und tänzelte davon. Ich nahm schnell einen Löffel Suppe.

»M-hhhmmm, diese Sojasprossen – echt der Hammer, was?«

»Das sind Bambussprossen.« Kathleens Stimme klang gefährlich beherrscht.

»Ach, siehst du, die bringe ich dauernd durcheinander, genau wie Rucola und diese Endiviendinger, das kann mir einfach keiner –«

»Was für ein Büro??«

Sie sah mich durchdringend an. Ich verzichtete auf weitere Hinhaltemanöver.

»Das ist blöd. Richie sollte die Klappe halten. Ich wollte es dir nächste Woche sagen.«

»Was sagen?«

Ich lächelte. »Ich … ich werde das tun, was ich schon lange hätte tun sollen – das, wofür ich, glaub ich, geschaffen bin: schreiben.«

»Schreiben??«

»Ja. Mit Richie.«

»Was … schreiben?«

Kathleens Blick war jetzt nicht mehr durchdringend, sondern durchbohrend. Genauer gesagt, es war die Mutter aller durchbohrenden Blicke. Ich atmete tief durch.

»Sketche.«

Sie schaute mich verständnislos an. Nach einer endlosen Pause hauchte sie:

»Was?«

»Äh, das sind lustige kleine Szenen, in denen –«

»ICH WEISS, WAS SKETCHE SIND!«

»Oh, äh, ja … also, ich hatte heute so eine Art … nennen wir's Erscheinung. Ich werd's dir ein anderes Mal erzählen, was genau das war. Auf jeden Fall ist mir klar geworden, wie viel man damit erzählen kann und was man damit bewegen kann und –«

»Etwas bewegen – mit … lustigen kleinen Szenen im Abendprogramm?!«

Bisher hatte Kathleen versucht, sich zu kontrollieren, aber jetzt gab sie auf. Ihre Miene verwandelte sich in eine Grimasse puren, unverdünnten Abscheus. Ich redete schnell weiter.

»Ja. Ich kann mich für ein Jahr vom Lehramt beurlauben lassen, und dann sehe ich weiter. Ich weiß, das war jetzt ein schlechter Zeitpunkt, um dir –«

»Ein schlechter Zeitpunkt?!« Die steilen Falten über ihren Augen nahmen jetzt fast ihre ganze Stirn ein. »Wann, hast du denn gedacht, wäre der richtige Zeitpunkt, um mir *das zu* sagen? Dass du vorhast, dich zurückzuentwickeln … zu einem bekifften, gackernden, komplett verantwortungslosen Siebzehnjährigen, der mit ein paar anderen genauso verkorksten Gestalten seine Zeit damit verbringt, platte, idiotische Witzchen zu erfinden?!«

»Oh Liebling, ich weiß, das ist nicht deine Welt, aber …« Ich hob den Kopf und schaute sie fest an. »Aber ich denke, es ist meine.«

Sie schüttelte nur den Kopf, offenbar unfähig, etwas zu sagen.

»Können wir morgen darüber reden? Bitte?«, fragte ich schnell. Sie seufzte.

»Morgen werde ich das nicht anders sehen.«

»Okay. Aber … aber heute ist unser Date. Wollen wir damit nicht einfach weitermachen?«

Sie schaute unschlüssig. Schließlich nickte sie, allerdings ohne große Überzeugung. Der Kellner brachte den Hauptgang, und ich begann schnell, das Huhn in mich hineinzustopfen.

»Gut, das Gai Pad Krapow. Wie ist dein … dein … deine Nummer 38?«

Sie lächelte dünn.

»Auch gut. Danke.«

Wir aßen schweigend. Langsam entspannte Kathleen sich wieder.

»Hey, hab ich dir gesagt, dass du wunderschön aussiehst?«, fragte ich sie leise.

»Ja, vorhin, kurz bevor die Vorspeise gekommen ist.«

»Oh.«

»Aber es ist schön, dass du's noch mal sagst.«

Jetzt lächelte sie wirklich. Ich nahm mein Glas und sie ihres.

»Das hatten wir ganz vergessen.«

»Ja, stimmt.«

»Also … ich wünsche uns beiden, dass –«

In diesem Moment dröhnte ein ohrenbetäubendes Pfeifen durch den Raum. Wir blickten uns irritiert um – das Restaurant hatte sich fast völlig geleert, außer uns und den anderen aus unserer Jahrgangsstufe war kaum noch jemand hier. Jetzt sprach eine Stimme mit asiatischem Akzent in ein Mikrofon.

»Test, Test, ja … hallo, auf allgemein Wunsch – jetzt Karaoke.«

Wir sahen uns an.

»Diese verdammten Asiaten mit ihrem Karaoke«, sagte ich leise. »Sollen wir zahlen?«

Kathleen nickte. Ich wollte einen Kellner heranwinken, da gellte wieder das Rückkopplungsgeräusch durch den Raum. Dann hörten wir eine Frauenstimme, die sich räusperte.

»Also, ich fange an …«

Diese Stimme kannte ich: Es war Beatrix. Ich hielt den Atem an. Ich hatte sie seit Jahren nicht mehr getroffen, und es war ein sonderbares Gefühl, sie so nah neben uns zu wissen und ihr zuzuhören. Johlen und Beifallklatschen drang unverstärkt von den zusammengeschobenen Tischen zu uns.

»Ich singe ein gaaaanz besonderes Llllied …«

Ihre Zunge gehorchte ihr nur widerwillig – offenbar hatte auch sie die Kälte in der »Zwiete« mit Schnaps bekämpft. Jetzt hörte man ein dumpfes Poltern, anscheinend war ihr das Mikrofon aus der Hand gefallen. Nach einigen Sekunden, in denen man nur noch so etwas wie ein Rascheln vernehmen konnte, ging es endlich weiter.

»Ich singe ›Crazy Love‹ von … von Van Morrison.«

Ich richtete mich auf. Es war, als würde sich der ganze Raum elektrisch aufladen. Kathleen sah mich irritiert an.

»Es ist für einen ganz besonderen Menschen. Ich hab vor langer Zeit mal herausgefunden, dass es sein Lieblingslied ist, aber ich habe es nie für ihn gesungen …«

Von den Tischen hörte man lang gezogene »Ooooohs« und dazwischen ein einzelnes »Ausziehen!« – das war Richie.

»Also, ich fang jetzt an …«, kündigte Beatrix' Stimme an. Die Musik setzte ein.

»Nein, tu das nicht«, sagte ich erstickt, während Kathleen mich immer misstrauischer anstarrte. »Tu das nicht, Bea!«

Das Vorspiel dudelte endlose Sekunden lang dahin, endlich wurde es Zeit für Beatrix, mit dem Gesang einzusetzen. In die letzten Takte davor hauchte sie fast unhörbar:

»Ich liebe dich, Chris Mackenbrock. Hab ich immer …«

Dann fing sie an, »Crazy Love« zu singen, mit schwerer Zunge und brüchiger Stimme. Ich hörte es kaum – erstens ging der Gesang im begeisterten Grölen meiner ehemaligen Klassenkameraden unter, und zweitens war ich zu beschäftigt, Kathleens Blick auszuweichen.

Eine Zeit lang sagte keiner von uns etwas. Schließlich atmete Kathleen tief durch.

»Bitte antworte mir ganz ehrlich, ja? Hast du … hast du *irgendwann* mal was mit ihr gehabt?«

Sie wartete lauernd auf meine Antwort.

»Also, in diesem Leben war ich *nie* mit Bea zusammen. Wirklich!«

»Aber … *in einem anderen??*«

»Oh Gott, wie soll ich das erklären?«

Sie stand auf.

»Das musst du gar nicht. Ist schon klar.«

»Nein, du verstehst das falsch, Kat. Lass uns bleiben!«

»*Du* bleibst. Ich gehe. Feier du mit denen da hinten und … deiner Exfreundin. Ich bin im Hotel.«

»Aber … unser Date …«

Sie sah mich an. Der bittere Zug um ihren Mund war zurückgekehrt.

»Dieses Date … war die beschissenste Idee aller Zeiten!«

Damit ging sie. Als ich ihr nachsah, spürte ich, wie mein Herz bis zum Hals schlug. Ich wusste, dass ich sie verlieren würde, wenn ich sie nicht aufhielt.

Kurz darauf fuhr ich in Richies altem Peugeot vor der »Alten Mühle« vor. Richie starrte suchend aus dem Fenster.

»Da steht euer Wagen. Sie ist schon im Hotel.«

Wir stiegen aus. In diesem Moment öffnete sich die Tür zu der kleinen Hotelhalle, und Schorsch kam heraus. Er blinzelte uns irritiert an.

»Was macht ihr denn alle hier? Ist das Treffen schon vorbei?«

»Hast du Kat gesehn, Schorsch?«, fragte ich.

»Sie ist in euer Zimmer gestürmt, als wir gerade dabei waren, nach dem Interview zusammenzupacken. Hat uns alle hochkant rausgeschmissen.«

»Perfektes Timing«, kommentierte Richie mit schiefem Grinsen.

»Und dann? Was war dann?«, fragte ich aufgeregt. Schorsch lächelte mich beruhigend an.

»Na ja, Kathleen sah aus, als wär sie echt fertig mit den Nerven. Aber Roman hat alles im Griff, der beruhigt sie schon wieder. Das kann er super.«

»Wer?«, fragte Richie verständnislos.

»Roman Kreuzburg«, antwortete ich. »Der WDR-Mann, der Schorsch heute interviewt hat.« Ich starrte durch das Fenster neben der Tür in die winzige, funzlig erleuchtete Hotelbar mit ihren alten Holzbalken hinein. Dort saßen sie jetzt: Kathleen, die sichtlich mit den Tränen kämpfte, und Roman Kreuzburg, der offenbar beruhigend auf sie einredete und väterlich den Arm um ihre Schultern legte.

»Was ist denn überhaupt los?«, wollte Schorsch jetzt wissen.

»Der Dicke und seine Frau hatten heute so eine Art Date«, erläuterte Richie.

»Verstehe«, sagte Schorsch. »Und das ist wohl komplett schiefgelaufen, was?«

Ich lächelte. »Nein. Ganz und gar nicht. Es ist ganz genauso gelaufen wie geplant.«

Schorsch blinzelte verwirrt. Ich schaute wieder durch das Fenster.

Ich hatte geahnt und gehofft, dass dieses Wochenende einen Einschnitt bringen, dass sich etwas in meinem Leben ganz und gar ändern würde. Dabei hatte ich geglaubt, dass Kathleen und ich wieder zusammenkommen würden, dass wir mit Verspätung endlich in die unbeschwerte, glückliche »Happy-End«-Phase unserer Beziehung eintreten würden. Aber da lag ich daneben.

Als ich am Vormittag im Haus von Richies Familie gesessen und aus dem Fenster gesehen hatte, wie Schorsch mit dem Fernsehteam durch die Altstadt stapfte, hatte ich den Interviewer sofort erkannt: Roman Kreuzburg – der Mann, mit dem Kathleen in ihrem ersten Leben zusammen gewesen war, als ihre Karriere richtig durchstartete. In diesem Moment hatte ich eine Art Eingebung gehabt, blitzartig und von brutaler, unbarmherziger Klarheit: Dies war mal wieder einer jener Tage, an denen jemand vom Schicksal eine Chance fürs Leben bekommen würde. Aber diesmal war nicht ich derjenige – sondern Kathleen.

Und ich wusste sofort, dass ich sie, wenn ich dies zuließ, verlieren würde, und dieser Gedanke war so unfassbar niederschmetternd, dass ich wie betäubt in Richies Wohnzimmer saß und auf den Fernseher starrte, wo gerade *SpongeBob* lief, und ich wusste, dass ich mir die Sendung nie wieder würde anschauen können, ohne in Depressionen zu versinken.

Wahrscheinlich wäre es mir nicht schwergefallen, zu verhindern, dass Kathleen auf Roman Kreuzburg traf, und selbst wenn das passierte – sie war mit mir hier, und wir waren schließlich hergekommen, um uns neu ineinander zu verlieben. Ich war mir fast sicher: Sie würde die Chance vorüberziehen lassen.

Ich hatte damals niemanden gehabt, der mich in die richtige Richtung drehte und mir einen Schubs gegeben hätte, als ich es brauchte. Kathleen aber würde jemanden haben, der darüber wachte, dass sie sich diese Gelegenheit nicht vermasselte – und dieser jemand würde ich sein.

»Ich verstehe noch immer nicht, warum ich euch gestern diese alberne Geschichte über mich und Miriam erzählen musste«, sagte Gregor. Richie, Schorsch und Beatrix, die mit am Tisch saßen, nickten. Ich hatte sie alle gebeten, mich in der »Zwiete« zu treffen, und jetzt starrten sie mich neugierig an.

»Ich lüge nämlich nicht gern«, erläuterte Gregor.

»Ich weiß«, antwortete ich und rieb meinen schmerzenden Nacken – ich hatte die Nacht in einem Sessel in der Hotelhalle verbracht. »Aber du warst sehr überzeugend.«

»Und wenn Miriam davon erfährt, dass ich so was über uns erzählt habe, wird sie verrücktspielen«, fügte Gregor, ungewöhnlich gesprächig, hinzu.

»Ich glaube nicht, dass sie's jemals erfahren wird«, sagte ich. »Auf jeden Fall, ich muss dir sehr danken. Euch allen, dass ihr mir geholfen habt, ohne zu wissen, worum's geht! Und Richie, dass er es so gut choreografiert hat.« Richie nickte gnädig.

»Hat Spaß gemacht. Und wenn du wirklich mal umsatteln und schreiben willst – melde dich nur, Dicker. Du bist immer willkommen.«

Er hob sein Glas, und ich sah zu Beatrix hinüber.

»Und du warst einfach perfekt, Bea. Eigentlich hätte ich nicht gedacht, dass du tatsächlich mitmachst.«

Sie lächelte. »Ich weiß zwar nicht, wie du ausgerechnet auf mich gekommen bist, um dieses komische Lied zu singen und dir eine Liebeserklärung zu machen … aber ich hoffe, dass das kein blöder Scherz war.«

Ich schüttelte den Kopf. Richie spielte mit einem Schluck Bier, den er im Mund hin und her bewegte, und schaute mich forschend an.

»Gute Frage. Also, für mich ist offensichtlich, dass wir dir geholfen haben, dein eigenes Date zu sabotieren.« Ich nickte, er nahm einen weiteren Schluck und fuhr fort.

»Und dann ist Kathleen im Hotel diesem Kreuzburg in die Arme gelaufen, und der tröstet sie jetzt – und das macht dir *nichts* aus. Wenn's nicht so abwegig wär, würde ich sagen, dass du das sogar geplant hattest.«

Sie sahen mich alle fragend an. Ich zuckte mit den Schultern.

»Sagen wir, ich hatte … na ja, so eine Ahnung. Und dass es das Beste für sie sein wird.«

»Aber … woher willst du das wissen?«, fragte Schorsch. Ich seufzte.

»Ich weiß es eben. Irgendwann … in zehn oder zwanzig Jahren werden wir uns noch mal hier treffen, und dann werde ich's euch erzählen. Versprochen.«

Sie sahen sich an. Beatrix schüttelte den Kopf.

»Das ist doch Wahnsinn. Warum hast du nicht einfach mit ihr gesprochen?«

Ich antwortete nicht. Richie, der mein Dilemma bemerkte, half mir.

»Und was passiert jetzt?«, wollte er wissen.

»Ich denke, jetzt wird alles sehr schnell gehen. Sie hat eine Menge nachzuholen. Wir werden bald viel von ihr hören«, sagte ich, mehr zu mir selbst als zu ihnen. Richie blickte mich skeptisch an.

»Nur weil sie – wenn du dich nicht irrst – mit diesem Typen zusammenkommt?«

»Na ja – *und* sie hat eine Hammerstory für den Einstieg.«

Ich lächelte unschuldig. Nach ein paar Sekunden fiel der Groschen bei Schorsch.

»Oh Gott! Ohgottogott! Du hast ihr die Geschichte erzählt – von Dr. Leipold und dem Abiturbetrug …! Oh Gott!«

Ich lehnte mich zurück. »Wir haben gestern lange gesprochen, im Bett – dabei muss es mir wohl rausgerutscht sein.«

Schorsch sah mich fassungslos an. »Wie konntest du das tun? Das wird mich ruinieren!«

»Keine Angst. Niemand wird erfahren, dass du geplaudert hast.«

Ich schaute von einem zum anderen – es war ein mieses Gefühl, dass ich keinen von ihnen einweihen konnte, und ich freute mich plötzlich unendlich auf den Moment, an dem ich kein Vorauswissen mehr besitzen würde. Ich räusperte mich.

»Also, was ich auch noch sagen wollte … und weshalb ich euch gebeten hab, herzukommen …« Sie sahen mich neugierig an. Ich merkte, dass ich rot wurde – das war mir lange nicht mehr passiert. »Na ja, bei jedem von euch ist es so, dass ich das Gefühl hab, dass wir eine Menge zusammen erlebt haben. Und dass ich euch viel zu verdanken habe … obwohl wir uns teilweise seit vielen Jahren nicht gesehen haben.« Sie nickten irritiert. Ich atmete tief durch. »Und … also, ich würde das gern ändern. Und euch … wie soll ich sagen … wieder besser kennen lernen. Okay?«

Das »Okay?« klang flehender und kleinlauter, als ich es geplant hatte, als ich meine kleine Ansprache vorher im Kopf durchgegangen war. Aber alle nickten und lächelten, also hatten die Worte ihren Zweck wohl erreicht.

»Das fände ich schön«, sagte Beatrix.

»Ich bin dabei. Miri bestimmt auch«, entschied Gregor.

»Und ich auch«, sagte Schorsch schnell. »Wobei ich natürlich extrem wenig Zeit habe und immer sehen müsste, wie sich das einrichten –«

Er bemerkte die Blicke von Gregor und Beatrix und verstummte schnell.

»Ich mache auch mit, aber nur auf Probe«, ließ sich Richie gut gelaunt vernehmen. »Der sichere Weg zum Erfolg: Umgib dich mit erfolgreichen Menschen. Falls ihr immer noch solche Loser seid wie früher, steht ihr meinem Aufstieg im Weg.«

Wir blieben noch ein paar Minuten, dann griff ich nach meiner Jacke. Es war alles gesagt. Wir standen auf und zahlten. Als wir hinausgingen, hakte sich Beatrix bei mir ein. Sie lächelte.

»Wusstest du, dass ich früher tatsächlich mal ziemlich in dich verknallt gewesen bin?«

Ich lächelte zurück und versuchte, dabei überrascht auszusehen.

»Echt?«

»Ja. Komischer Zufall, dass du ausgerechnet mich gefragt hast, ob ich dieses Lied singe.«

»Ja. Stimmt. Komisch.«

Sie sah mich forschend an.

»Wie kannst du dir nur so sicher sein, dass du das Richtige getan hast? Ich meine … das war doch ein total verrückter Plan! Und wieso musste es unbedingt gestern geschehen?«

»Es gibt Tage, die dafür gemacht sind, dass da große Sachen passieren.«

»Ausgerechnet gestern? Woher willst du das wissen?«, fragte sie zweifelnd.

»Aus der Programmzeitung«, antwortete ich lächelnd.

Während ich ihr die Tür aufhielt, sah ich zu dem Fernseher, der über der Theke aufgestellt war. Dort lief eine Sendung, eine Aufzeichnung.

Gestern Abend war der Fernsehpreis 2005 verliehen worden.

Als ich in unser Hotelzimmer zurückkam, fehlte einer der Koffer, und aus dem Kleiderschrank waren Kathleens Klamotten verschwunden. Auf dem Tisch fand ich einen langen Brief von ihr. Kathleen hatte Hölten verlassen – so wie in ihrem ersten Leben: mit einem Verrat, und mit einer großen Story in der Tasche.

Ich hatte einen Tag und eine Nacht Zeit gehabt, mich darauf vorzubereiten, trotzdem lag ich eine halbe Stunde lang auf dem Bett und starrte wie in Trance den Umschlag an, auf den sie »Für Chris« geschrieben hatte. Sie war nie ein Fan von Kosenamen gewesen. Früher, wenn sie mir eine Notiz hinterlassen hatte, hatte sie manchmal »Für meinen Süßen« drübergeschrieben, aber das war lange vorbei. Ich starrte die Buchstaben an: Sie hatte sich Mühe gegeben, ordentlich und sauber zu schreiben, das war ungewöhnlich für sie und gab dem Ganzen eine bedrückend offizielle Note.

Endlich brachte ich den Mut auf, den Brief zu lesen – sie gab sich die ganze Schuld und vermied sorgfältig jedes Wort, das mich hätte verletzen können. Das war gut – offenbar hatte sie ein schlechtes Gewissen, und das wiederum bedeutete, dass sie wahrscheinlich schon dabei war, sich in Roman Kreuzburg zu verlieben, und vielleicht sogar schon mit dem Gedanken spielte, die spektakuläre Story über Dr. Leipold und sein verpfuschtes Abi zu schreiben.

Ich brauchte mehrere Anläufe, bis ich den Brief endlich durchgelesen hatte – so schwer hatte ich es mir nicht vorgestellt. Erst jetzt wurde mir langsam so richtig klar, was ich da mit voller Absicht angerichtet hatte. Immer wieder sprach ich es vor mich hin, um mich an den Gedanken zu gewöhnen und durch die unablässige Wiederholung irgendwie zu desensibilisieren: »Sie ist weg«!

Ein paarmal hatte ich das Handy schon in der Hand, um sie anzurufen und ihr zu sagen, dass alles ein schrecklicher Fehler gewesen sei, und um sie anzuflehen, zu mir zurückzukommen und einen neuen Anfang zu machen. Noch wäre mein Einfluss wahrscheinlich stark genug gewesen, um sie zurückgewinnen zu können – und so tippte ich immer wieder ihre Nummer ein, bis ich es schließlich nicht mehr aushielt und das Handy aus dem Fenster in den Hotelgarten hinunterwarf, nur um es gleich darauf in fieberhafter Panik wiederzuholen.

Schließlich beschloss ich, dass der Tag mir wenigstens etwas Gutes bringen sollte. Also ging ich ins Hotelrestaurant und bestellte mir eine Schlachtplatte mit Pommes frites und Kaisergemüse, als Vorspeise Königinnenpastete und danach eine doppelte Portion Mousse au Chocolat. Wenn schon alles für mich den Bach runtergehen sollte, dann aber bitte auch richtig.

18 200

Als ich am Abend nach der Beerdigung nach Hause kam, warteten auch hier auf mich schon ein halb leerer Kleiderschrank und eine zweite Notiz, in der Kathleen alles aufgeschrieben hatte, was sie in dem Brief im Hotel vergessen hatte.

In den nächsten Wochen ging tatsächlich alles schnell, wie ich es vorausgesehen hatte. Kathleen machte einen radikalen Schnitt und ordnete ihr Leben mit großem Enthusiasmus neu. Ich sah sie nur noch ein paarmal, aber wenn sie vorbeikam, um noch ein paar Sachen zu holen oder die Scheidung zu besprechen, haute es mich jedes Mal fast um, wie sehr sie aufgeblüht war. Ich hätte mich gut fühlen sollen, immerhin hatte sie diese Wandlung meinem Edelmut und meiner Inszenierungsgabe zu verdanken, und wenn ich sie so vor mir sah, mit blitzenden Augen und flirrend vor Energie und voller neuer Gedanken und großer Pläne, dann hatte ich den Beweis, dass ich das Richtige getan hatte.

Aber ich war das Alleinsein nicht mehr gewöhnt. Viele Wochen lang verbrachte ich meine Nächte auf dem Sofa im Wohnzimmer, weil ich in der unheimlichen Stille des leeren Schlafzimmers nicht einschlafen konnte.

Immerhin wurde ich von einer alten Geliebten getröstet, die ich nun wiederentdeckte: die Pizza Capricciosa mit extra Käse und Paprika. Anfangs waren es noch harmlose Flirts, seltene, verschämte Abenteuer, nach denen ich mich schuldig fühlte und mir schwor, dass es nicht wieder passieren würde. Nach einiger Zeit aber bahnte sie sich ihren Weg zurück in mein Leben, und sie brachte gleich noch ein paar entzückende Freundinnen mit: Pizza Caprese, Spaghetti Primavera und Tortellini Pomodore.

Einige Wochen später erschien Kathleens Artikel. Ein paar Tage darauf sickerte im Kollegium durch, dass Dr. Leipold sich den Job als Bildungsminister abschminken konnte – er würde uns als Direktor erhalten bleiben.

Am selben Nachmittag kam es über die Frage, ob der Cola-Automat in der Pausenhalle wieder abgeschafft werden sollte, fast zu einer Prügelei in der Schulkonferenz, als den gedemütigten Mitgliedern des Philologen-Verbandes, allen voran dem notorischen Jüschke, die Sicherungen durchbrannten. Dr. Leipold saß nur mit kreideweißem Gesicht da wie ein Untoter und starrte mit eingefrorener Miene auf eine Landkarte von Asien. Nach der Konferenz bat er mich, mit ihm in sein Büro zu kommen. Dort nahm er sich nicht mal die Zeit, mir einen Platz anzubieten, sondern drehte sich mit überraschender Heftigkeit zu mir, sobald er die Tür geschlossen hatte.

»Herr Mackenbrock. Der Zeitungsartikel, der mich denunziert und meine politische Zukunft ruiniert hat, ist von der Frau eines der Mitglieder meines Kollegiums geschrieben worden. Ich stelle Ihnen folgende Frage: Ist dieses Zusammentreffen ein Zufall?«

Der offene Hass in seinem Blick sprach dafür, dass er diese Frage für sich selbst schon beantwortet hatte. Ich entschied, dass es keinen Sinn machen würde, auszuweichen. Also sah ich ihm offen in die Augen.

»Nein, Dr. Leipold, ist es nicht.«

»Dachte ich's mir. Und woher … woher wussten Sie von dieser alten Geschichte?«

Ich überlegte ein paar Sekunden, dann dachte ich mir, dass ich, wenn ich schon wie ein Schüler wegen einer Schandtat zum Direktor zitiert worden war, auch entsprechend antworten konnte.

»Sag ich nicht.«

Dr. Leipold schnaubte mich an, aber ich starrte ungerührt an ihm vorbei. Er würde eine Verbindungslinie von einem geschwätzigen Parteifreund zu Schorsch bis hin zu mir ziehen müssen, um drauf zu kommen, wie die Geschichte in Kathleens Hände gelangt war, und ich war optimistisch, dass ihm das nicht gelingen würde. Außerdem hatte er ja jetzt seinen Schuldigen: mich. Er beugte sich ganz nah zu mir und verzog sein Gesicht zu einer hasserfüllten Grimasse.

»Hören Sie zu, Herr Mackenbrock«, zischte er, »ich kann Sie nicht einfach feuern, aber wenn Sie nächstes Schuljahr noch hier sind, dann mache ich Ihnen das Leben so zur Hölle, dass Ihnen ein Job in einer Hauptschule in Berlin-Neukölln im Vergleich dazu wie eine Kaffeefahrt vorkommen wird!«

»Verstehe.«

Typisch Pädagoge, dachte ich: Der schlimmste Ort, der diesem Mann einfiel, war nicht die Hölle oder Stalingrad oder Guantánamo, sondern eine Hauptschule in einem Problembezirk. Dr. Leipold bemerkte, dass ich nicht ganz bei der Sache war, und baute sich noch einmal dramatisch vor mir auf. Jetzt sah er Churchill ähnlicher als jemals zuvor.

»Gut, Herr Mackenbrock. Ach, und noch etwas: Ich habe immer noch ein paar Beziehungen, also versuchen Sie besser erst gar nicht, sich an den Gymnasien der Umgebung zu bewerben.«

Ich hatte das dringende Bedürfnis, ihn zu fragen, ob ich nicht nachsitzen oder Zigarettenkippen vom Schulhof klauben oder hundertmal »Ich darf meinen Direktor nicht verpetzen« an die Tafel schreiben müsse, doch dann ließ ich es bleiben. Dr. Leipold atmete heftig, und sein bis vor Kurzem noch leichenblasser Teint war einer tiefen Röte gewichen – er machte nicht den Eindruck, als sei er ein dankbares Publikum für einen Witz.

Ich nahm seine Drohung ernst, und so wechselte ich im nächsten Sommer und verabschiedete mich schweren Herzens von Norbert und meinen Freunden von der Gewerkschaft. Immerhin kannte ich aus meinem ersten Leben eine Schule, die so verzweifelt nach Lehrern gesucht hatte, dass sie jeden Quereinsteiger mit Kusshand genommen hatte. Und ich hatte recht: An der Friedrich-Schlegel-Schule stellte man sogar einen Ausgestoßenen wie mich ein.

Kathleens Fernsehkarriere hatte noch nicht richtig begonnen, aber immerhin gab es schon erste Gerüchte darüber, dass sie zum WDR wechseln würde. Ich sah sie jetzt gar nicht mehr und tröstete mich mit immer mehr Pizzas und Nudeln. Bis zum Ende des Sommers hatte ich mehr als zwanzig Kilo zugelegt und war endgültig dabei, die Kontrolle über meinen Körper zu verlieren. Schließlich besiegelte ich meinen Niedergang durch einen symbolischen Akt, als ich angetrunken aus dem Double-U nach Hause kam und im Badezimmer die gläserne Hochleistungswaage sah, die mich wie neuerdings fast immer vorwurfsvoll anstarrte. Ich riss die Waage an mich, drückte sie an die Brust, rannte mit ihr die Treppe hinunter und durch die Straßen Köln-Ehrenfelds, bis ich den Aachener Weiher erreichte, wo ich sie mit einem röhrenden Wutschrei ins Wasser schleuderte.

An einem Sonntagabend Anfang August bereitete ich mich auf meinen Job an der Friedrich-Schlegel-Schule vor und ging die Klassenlisten mit den Namen der Schüler, mit denen ich von nun an zu tun haben würde, durch. Dabei hatte ich eine Art Déjà-vu-Erlebnis – irgendwas daran kam mir geradezu unheimlich vertraut vor. Ich zermarterte mir eine Zeit lang meinen Kopf, und dann schließlich kam ich drauf: Ich sollte eine Klasse von Sechzehn- bis Neunzehnjährigen betreuen, aber ich hatte das Gefühl, dass die Schüler möglicherweise sehr viel jünger sein könnten – und genau diese Empfindung hatte ich schon einmal gehabt: Als ich das letzte Mal vor meinem ersten Tag an der Friedrich-Schlegel-Schule stand.

Am Tag, bevor ich dreiundzwanzig Jahre in die Vergangenheit zurückgereist war.

Schlagartig verloren die Klassenlisten allen Reiz für mich. In den letzten Wochen war mir ganz entfallen, dass dieser Tag immer näher rückte – der Tag, an dem ich ins Jahr 1983 zurückversetzt worden war. Nun war er gekommen, und das war beunruhigend und deprimierend zugleich. Ich hatte das Gefühl, dass ich mich vielleicht irgendwie darauf vorbereiten sollte. Also machte ich mir ein Bier auf und zog eine Bilanz:

Liebe:
Leben 1 (kurz vor 40. Geburtstag): Nicht geschafft, mit Traumfrau zusammenzukommen. Alternative: Leidenschaftslose Beziehung mit ungeliebter Frau oder erneute Trennung.
Leben 2 (kurz vor 40. Geburtstag): Traumfrau abbekommen, hat sich auf Dauer aber als neurotische Furie erwiesen. Trennung. Noch nicht verarbeitet.

Job:
Leben 1 (kurz vor 40. Geburtstag): Karrierepläne gescheitert, aktueller Job ist Notbehelf
Leben 2 (kurz vor 40. Geburtstag): Karrierepläne gescheitert, aktueller Job ist Notbehelf

Gewicht:
Leben 1 (kurz vor 40. Geburtstag): 122,5 Kilogramm
Leben 2 (kurz vor 40. Geburtstag): 120,5 Kilogramm

Verzweifelt versuchte ich, einen Sinn in dem, was passiert war, zu erkennen, aber ich schaffte es nicht: In meinem ersten Leben hatte ich die große Chance, mein Glück zu finden, verpasst und trotz aller Versuche diesen Fehler nicht wiedergutmachen können. Dann hatte ich zurückkehren können, um alles besser zu machen, und genau das hatte ich getan – mit dem Ergebnis, dass ich dadurch ausgerechnet den Menschen, den ich am meisten liebte, unglücklich machte. Das hatte ich jetzt hoffentlich wiedergutmachen können – aber ich selbst fand mich da wieder, wo ich beim ersten Mal auch gelandet war: ganz weit unten.

Und trotzdem – damals hatte mich die Aussicht auf den Rest meines Lebens zutiefst deprimiert, diesmal sah ich den Jahrzehnten, die nun auf mich zukamen, gelassen entgegen. Vielleicht war ich irgendwie auf eine buddhistische Art weise geworden, ohne dass ich es gemerkt hatte, vielleicht aber auch einfach nur zermürbt – ich konnte es nicht sagen.

Plötzlich bekam ich Angst, dass irgendein höheres Wesen, das sich inzwischen seit vielen sicherlich nervtötenden Jahren mit meinem Leben befasste, kopfschüttelnd auf meine Bilanz schauen und sagen könnte: »Schau an, der Chris Mackenbrock hat es mal wieder nicht gepackt, der Gute. Na, wir gönnen ihm noch eine Chance, irgendwann muss es ja mal klappen.«

Ich hatte seit vielen Jahrzehnten nicht mehr gebetet, aber dies schien mir ein Anlass zu sein, der radikale Maßnahmen erforderte. Ich legte also die Hände übereinander, damit ich mir nicht zu fromm vorkommen musste, und schloss die Augen. Ich vermied die protokollarischen Fragen nach der korrekten Anrede, ob nun ein unterwürfiges »Herr«, ein schlichtes »Gott« oder ein neutrales »O höheres Wesen« angemessen war. Irgendwie hatte ich das Gefühl, dass man mir formale Ungenauigkeiten verzeihen würde.

Eine Zeit lang rang ich mit mir, und es fiel mir nichts ein, das dringend genug klang, gleichzeitig aber nicht zu respektlos war und andererseits nicht wie würdelose Bettelei rüberkam. Schließlich entschied ich mich für eine kurze, schlichte Variante.

»Hallo, wer du auch bist. Also, was immer du auch morgen früh vorhast … mich betreffend – lass es einfach sein, ja? So, wie es ist, ist es okay für mich.«

Irgendwie hörte sich das nicht so ganz nach einem Gebet an,

aber ich hatte das Gefühl, dass damit zu diesem Thema alles gesagt war. Mir kam noch alles Mögliche in den Sinn, was ich hätte besprechen können, wenn ich schon mal dabei war, aber das sparte ich mir für später auf, jetzt hatte das hier oberste Priorität.

Ich trank noch zwei weitere Flaschen und aß eine aufgewärmte Calzone, um meine Angst zu betäuben. Dann legte ich mich auf das Sofa und schlief ein.

»Aufwachen, du Faulpelz, oder ich mach dir Beine!«

Ich schreckte hoch. Eine Sekunde lang lag mir ein »Ja, Mama, ich komm ja schon« auf den Lippen, aber jemand kam mir mit der Antwort zuvor.

»Stör mich nicht, du dumme Ente!«

Dann ertönten mehrere »Boings«, »Tschings« und »Kawumms«, und mir wurde klar, dass ich den Fernseher angelassen hatte. Ich schaute mich um: Dies war mein Wohnzimmer. Dort lag mein Handy auf dem Tisch und daneben die Klassenpläne: Es war eindeutig 2006.

Einen Moment lang fühlte ich mich enttäuscht. Das letzte Mal war an diesem Morgen ein Wunder passiert, oder wie immer man es auch nennen mochte. Das war beängstigend und verwirrend gewesen, aber vor allem das Ungewöhnlichste, Größte und Fantastischste, das ich je erlebt hatte. Dabei zu sein, wenn ein Wunder *nicht* passiert (auch wenn man sich das gewünscht hat), ist im Vergleich dazu schal und unspektakulär.

Aber ich schüttelte diese Gedanken ab: Immerhin hatte ich eine neue Aufgabe vor mir. Ich duschte und fuhr zur Schule. Heute war ein »Kennenlerntag«, an dem die neuen Schüler mit ihren Familien vorbeikommen, sich alles anschauen und mit den Lehrern reden konnten.

Den ganzen Vormittag über machte ich dann in einem der Klassenzimmer die Bekanntschaft meiner neuen Schüler und manchmal auch ihrer Eltern. Ich konnte nicht viel mehr erzählen, als das, was ich bei meinem Einstellungsgespräch erfahren und ansonsten auf der Website der Schule herausgefunden hatte, aber das erwartete auch niemand.

Schließlich wurde es Mittag und Zeit für eine Pause. Ich hatte gerade die Jacke angezogen, als ich ein Räuspern hinter mir hörte. Ich drehte mich um: Vor mir standen Zwillinge, zwei dunkelblonde Jungen um die zwanzig.

»Hi. Wir sind Finn …«

»… und Leon.«

»Ja. Finn und Leon Störzl. Sind Sie der Mann, bei dem wir *dann doch noch* das Abi machen sollen?«

Ich bejahte und gab den beiden die Hand. Jetzt wurde mir auch klar, warum ich das sonderbare Gefühl gehabt hatte, dass ich jüngere Schüler würde unterrichten müssen: *Finn* und *Leon,* das passte einfach nicht zu Zwanzigjährigen – die beiden waren zu alt für ihre Namen.

»Unsere Mutter kommt gleich auch noch«, warnte mich der, den ich für Leon hielt. »Wir wissen, das ist albern – aber sie wollte sich das nicht nehmen lassen.«

Bevor ich den beiden versichern konnte, dass so was häufig vorkam und ihnen nicht peinlich sein müsste, hörte ich wieder eine Stimme hinter mir.

»Ach, da seid ihr ja. Ich habe doch gesagt, wartet auf mich.«

Ich erkannte sie, schon bevor ich mich umdrehte. Und im selben Moment fiel auch der Groschen bei mir: Zwillinge mit eigenartigen Namen – das hatte ich schon einmal mitbekommen, im Jahr, bevor ich mein Abitur gemacht hatte.

Ich drehte mich um. Vor mir stand Tatjana Behling. Sie brauchte ein paar Sekunden, dann erkannte sie mich.

»Mackenbrock! Das gibt's doch nicht! Ich … ich meine natürlich: Chris! Nein: *Herr* Mackenbrock!«

»Chris ist okay«, half ich ihr.

Ich hatte seit vielen Jahren nicht mehr an sie gedacht, aber wenn ich sie mir vorgestellt hatte, dann lief sie in eleganten Kostümen und Hüten rum – in Wirklichkeit trug sie eine Jeans und einen unauffälligen, aber sympathisch eng anliegenden Pullover. Ich gab ihr die Hand.

»Hallo, Tatjana … äh, Störzl??«

»Ja. Ich weiß, hört sich idiotisch an, aber die Leute in Bayern haben alle diese absurden Namen! Ich hab noch unglaubliches Glück, dass ich nicht Furzenbürzel oder Schnattergatter heiße.«

Ich musste grinsen: Es war noch immer nichts vor ihr sicher, das hatte sich nicht geändert. Ich hielt meine übliche kleine Ansprache, und dann entließ sie ihre Söhne. Als die beiden schon fast aus der Tür verschwunden waren, winkte Leon (oder Finn, das konnte man unmöglich genau sagen) seiner Mutter. Sie ging zu ihnen auf den Flur. Ich hörte, wie die drei sich leise unterhielten.

»Ja, er ist es. Und jetzt geht endlich«, flüsterte sie ungehalten.

»Echt? Der aus der Mädchendusche? Wahnsinn!«

Die beiden entfernten sich, Tatjana kam zurück und merkte an meinem fassungslosen Gesichtsausdruck, dass ich das Gespräch mitgehört hatte. Sie lächelte entschuldigend.

»Du bist bei uns so eine Art Familienlegende. Wie du in der Mädchendusche gelandet bist, war eine ihrer liebsten Gutenachtgeschichten.«

»Wie ich da *gelandet bin?* Das hört sich an, als hättest *du* gar nichts damit zu tun!«, sagte ich empört.

»Du warst selber schuld!«

»*Ich* hab nur Richie die Rolle verschafft! Das ist doch was ganz anderes!«

Sie wollte noch etwas erwidern – da mussten wir beide gleichzeitig lachen.

»Schön, dass aus uns zwei so gereifte Persönlichkeiten geworden sind«, kommentierte sie trocken.

»Stimmt«, antwortete ich. »Also, wollen wir uns nicht setzen?«

Sie nickte, und wir gingen zum Pult hinüber.

»Wieso bist du in Köln? Und nicht mehr in Bayern?«

»Ich bin jetzt alleinerziehend.«

»Oh. Wie kommt's?«

»Tja, eines Abends rief mein Mann an und sagte: *Mausi, ich bleib heute länger im Büro …*«

»Ich verstehe – die Sekretärin?«

»Nein, das Herz. Die Putzfrau hat ihn schließlich gefunden, über seiner Tastatur zusammengesackt.«

»Oh Gott … entschuldige … das tut mir Leid, ich wollte nicht …«

»Schon gut. Ist bereits ein paar Jahre her.«

Wir setzten uns. Ich war immer noch peinlich berührt, aber gleichzeitig hätte ich schwören können, dass Tatjana gerade den frühen Tod ihres Mannes benutzt hatte, um mich mal wieder reinzulegen – und dass jetzt in ihren Augen fast unmerklich ein teuflisches, triumphierendes Funkeln aufblitzte.

Wir redeten über ihre Tochter, die jetzt in die Oberstufe kam, und über ihre Söhne, von denen sie damals mit der trotzigen Arroganz einer Achtzehnjährigen gesagt hatte, dass sie sie zu »besonderen Menschen« erziehen wollte. Das war ihr ihrer Meinung nach gelungen, aber Tatjanas Erziehungsprinzipien und das deutsche Bildungssystem hatten sich nicht besonders gut ergänzt, und so mussten die beiden nun ihr Abitur nachholen. Wir redeten über die alten Zeiten und über die anderen aus unserer Jahrgangsstufe und was aus ihnen geworden war, vor allem natürlich über Kathleen.

Dann schließlich war die Mittagspause vorbei, und ein sechzehnjähriger Realschulabgänger mit seinen Eltern betrat den Raum. Als Tatjana aufstand, merkte ich, dass ich sie anstarrte: Sie verströmte noch immer den alten Behling-Glamour, aber hatte natürlich die unvermeidlichen Falten dazubekommen, und sie sah ein bisschen traurig aus und ein bisschen müde – doch sie gefiel mir hundertmal besser als die junge Tatjana Behling, die von halb Hölten angeschmachtet worden war.

»Also, war schön, dass wir uns wiedergesehen haben, Mackenbrock. Ich meine: Chris.«

»Stimmt. Also, bis dann, Tatjana.«

Sie ging, und die neue Familie setzte sich. Ich wollte gerade zu meiner Begrüßungsansprache ansetzen, da unterbrach ich mich.

»Moment, muss eben noch etwas erledigen.«

Die Leute nickten, und ich eilte auf den Flur hinaus. Tatjana war noch nicht weit entfernt – von hinten hätte man sie fast für eine Schülerin halten können, wahrscheinlich trieb sie immer noch alle möglichen Arten von Sport.

»Ach, Tatjana?«, rief ich. Sie drehte sich um.

»Würdest du gern mit mir essen gehen? Irgendwann diese Woche?«

Sie überlegte ein paar endlose Sekunden, wahrscheinlich mit dem Ziel, mich so weit als irgend möglich zu quälen, dann schließlich nickte sie.

»Natürlich.«

»Echt??«

Mit so wenig Widerstand hatte ich nicht gerechnet. Sie sah meinen verdatterten Gesichtsausdruck und lachte.

»Bild dir nichts ein, Mackenbrock! Ich bin fast vierzig und alleinerziehend und heiße *Störzl.* Ich muss nehmen, was ich kriegen kann!«

»Okay«, rief ich hinüber. »Damit kann ich arbeiten.«

Sie lächelte, drehte sich lässig um und schlenderte weiter. Ich kehrte zum Klassenzimmer zurück und war sehr zufrieden mit mir.

Diesmal hatte ich meine Chance nicht vorüberziehen lassen.

Wir sind essen gegangen, und in der Woche darauf in ein Konzert im Alten Wartesaal. Wenn ich mit Tatjana zusammen bin, habe ich nicht viel Zeit nachzudenken, weil ich aufpassen muss, ob sie gerade versucht, mich zu verarschen. Wenn ich allein bin, komme ich dazu, mir meine Gedanken zu machen, und dann versuche ich, einen Sinn in alldem zu sehen, was mit meinem Leben passiert ist. Auch im ersten Durchgang hätte ich Tatjana an diesem Augustmorgen in der Friedrich-Schlegel-Schule wiedergetroffen, da bin ich mir sicher. Was wäre dann passiert? Ich kann es nicht sagen. Und was wird diesmal passieren? Da kann ich nur hoffen.

Habe ich mein Leben zwei Mal verpfuscht und haben mich diese dreiundzwanzig Jahre, die ich wiederholt habe, so weit gebracht, dass ich diesmal ganz am Ende das Richtige tun und mein Glück machen werde? War es damals einfach nur unglaublich dämlich von mir gewesen, aufzustecken und alles abzuhaken – ein paar Stunden, bevor mir die nächste dicke Chance präsentiert wurde?

Oder waren schon meine ersten knapp vierzig Jahre nicht so verpfuscht gewesen, wie es mir vorgekommen war – und das Leben an sich ist einfach so: ein einziger Pfusch, in einem Maße unperfekt, dass sich endlose Schlangen bilden würden, gäbe es eine Reklamationsabteilung, und außerdem natürlich ziemlich aufregend, wenn man nur bereit ist, sich dumm genug anzustellen?

Auf jeden Fall: Ich bin immer noch heilfroh, dass ich nicht schon wieder als Sechzehnjähriger herumlaufen und mir Gedanken machen muss, was wohl aus meinem Leben wird. Mein Leben gefällt mir nämlich im Moment ganz gut, obwohl es unmöglich ist, im Unterricht irgendeine Art von Autorität auszustrahlen, nachdem die alte Geschichte von meinem Abenteuer in der Mädchendusche allgemein bekannt geworden ist.

Mein Leben wird irgendwie weitergehen, und wenn ich mich nicht allzu dämlich anstelle, wird schon irgendwas Vernünftiges dabei rauskommen. (Eine großartige Philosophie, und ich habe nur etwa sechzig Jahre gebraucht, um das zu erkennen.)

Heute hatte ich nach langer Zeit mal wieder eine Vision von meiner näheren Zukunft – keine von den knallbunten, abenteuerlichen Visionen von früher, eher eine stille, friedliche:

Tatjana wird mich einladen und Spaghetti Bolognese kochen, das einzige Gericht, das sie einigermaßen beherrscht. Nachher werden wir auf ihre Dachterrasse gehen und noch reden, und irgendwann küssen wir uns. Für einige großartige Minuten, die viel zu schnell vorbeigehen, werden wir dort oben stehen, und nachher werden wir uns etwas schüchtern anlächeln, und ich werde sagen: »Oh Mann, ich hatte vergessen, dass man sich *so* küssen kann.«

Sie wird mich ansehen und mir durchs Haar streichen.

»Sieht aus, als hättest du ganz schön lange auf mich gewartet.«

Ich werde kurz überlegen und dann in mich hineinlächeln, worauf sie mich etwas verwirrt anschauen wird.

»Oh ja, das habe ich«, werde ich antworten. »Sehr, sehr lange.«

ENDE

DANK

Ich möchte mich bei all denen bedanken, die mir in den letzten Monaten hilfreich zur Seite gestanden haben.

Das ist zuallererst Martin Breitfeld, mein Lektor, der mich unerschütterlich und mit großer Geduld über mehr als ein Jahr hin unterstützt, angespornt und beraten hat und der der Erste war, der dieses Buch gelesen und verständnisvoll kritisiert hat. Dann Sandra Heinrici für ihre klugen Anmerkungen und ihre Aufmunterung und alle anderen an dem Projekt Beteiligten bei Kiepenheuer & Witsch – vor allem die Grafikabteilung, die das wunderbare Cover erstellt hat.

Ebenfalls zu Dank verpflichtet bin ich Carmen, Karin, Markus, Peter Ruben und Thomas, die mich unter anderem über die Verhältnisse im Schulwesen und das Innenleben von Ferienlagern informiert haben.

Ein ganz besonders großes Dankeschön geht an Edith, die sich bereit erklärte, das Buch zu lesen, und mir mit ihrem Enthusiasmus, ihren Anmerkungen und wertvollen Einsichten unschätzbar geholfen hat.

Und schließlich danke ich meinem Freund und Kollegen Moritz, ohne den es gar nicht erst zu diesem Buch gekommen wäre.